Le Monde flottant

Alan Spence

Le Monde flottant

Roman *traduit de l'anglais (Écosse)*
par Philippe Giraudon

Éditions Héloïse d'Ormesson

Titre original :
The Pure Land

Éditeur original :
Canongate, 2006

www.editions-heloisedormesson.com

ISBN 978-2-35087-086-1

À Janani

1

La porte sans issue

Nagasaki, 1945

Si Tomisaburo ne l'avait pas vu de ses propres yeux, il n'y aurait pas cru. C'était l'épouvantable fin de tout, la destruction absolue, le néant. Une unique explosion avait dévasté la moitié de la ville, l'avait démolie en un instant, la réduisant à un amas de décombres. Sa maison se trouvait sur Minami Yamate, le côté sud de la colline, qui dominait la baie. Abritée par le coteau, elle était loin de l'épicentre. Ce simple fait l'avait sauvée de l'anéantissement.

Il était assis à son bureau, perdu dans la contemplation du pin dans le jardin. La maison lui devait son nom : Ipponmatsu, le Pin solitaire. Antérieur à l'édifice, il se dressait là avant que son père n'ait choisi le site et jeté les fondations. C'était la première fois qu'on voyait sur la colline une maison en pierre, à l'occidentale. Si elle avait été bâtie en bois et en papier, ce vent brûlant l'aurait-il réduite en cendres ?

Il regardait le pin, rien de plus, en s'efforçant de vider son esprit. Ne pas penser. Ou ne penser à rien. *Mu*. Le pin dans le jardin. La semaine passée, il avait ouvert le *Sutra du diamant*, tourné les pages en quête de sens. *Éveillez votre esprit sans le fixer nulle part.* Le poète Basho avait écrit : *Apprenez du pin ce qu'est le pin.* Apprenez la peine. Ces jours derniers, tout était méditation sur l'éphémère, l'impermanence. Il était vieux. Les membres de la Kenpeitai, la police pas si secrète que cela, avaient été cruels de le soumettre à un interrogatoire. À cause de ses origines, ils l'avaient considéré comme un espion. Son destin – son karma – le vouait à osciller entre deux mondes. N'appartenant vraiment ni à l'un ni à l'autre, il n'était ni chair ni poisson. À présent, les Américains arrivaient. Cette horreur était leur œuvre. Il n'y avait pas d'espoir.

L'éclair avait illuminé le ciel de sa lumière blanche, plus éclatante l'espace d'un instant que le soleil de midi. Il avait fermé les yeux sur l'image du pin gravée dans sa rétine. Puis le bruit avait rempli le firmament, énorme, tonitruant, si fort qu'il faisait mal. Tandis que Tomisaburo se bouchait les oreilles, la maison tout entière se mit à trembler. Toutes les fenêtres se brisèrent et le vent sec et brûlant se rua à l'intérieur, en ravageant tout sur son passage.

Sans réfléchir, comme un homme se voyant lui-même dans un rêve, il s'était levé, avait secoué les tessons de poterie et les éclats de verre parsemant ses vêtements. Sans réfléchir, il avait passé la main sur sa manche et senti la brûlure des innombrables coupures minuscules d'où s'échappait du sang sur ses doigts, sur sa paume ouverte. Sans réfléchir, il était sorti en trébuchant, avait tenté de réaliser l'immensité de ce qui venait d'arriver. L'atmosphère s'était assombrie d'un coup, comme par un après-midi d'hiver, mais le vent soufflant en rafales était encore chaud. La fumée d'un immeuble en flammes se dissipa et il regarda en direction de la ville, mais elle avait disparu. Tous les quartiers nord étaient anéantis, le moindre monument familier avait été rasé. Plus rien ne restait debout, en dehors, çà et là, de quelques cheminées d'usines ou de la charpente squelettique d'un entrepôt. Partout s'élevaient les flammes brillantes de petits incendies dont la fumée s'ajoutait au linceul gris voilant le ciel.

Sans réfléchir, comme un homme dans un rêve, il s'était avancé vers le désastre d'un pas lent, laborieux, en progressant avec peine sur le sol accidenté et jonché de détritus. Il avait mal aux dents, au dos, aux genoux. Plusieurs éclats de verre avaient atterri dans ses cheveux et entaillé son crâne. Mais tout cela aurait pu aussi bien arriver à quelqu'un d'autre, n'était rien comparé à ce qu'il voyait autour de lui. Ce spectacle était inimaginable. Impossible. C'était pourtant la réalité.

Un temple shinto avait été réduit en poussière mais le torii, son portail de bois rouge, avait été épargné par miracle. Il se dressait comme une porte sur le néant. Tomisaburo franchit son seuil.

Éveillez votre esprit sans le fixer nulle part. Il regarda tout, hébété.

Un cheval écrasé sous la charrette qu'il tirait.

Deux jeunes hommes à genoux, morts à l'endroit même où ils étaient tombés, les jambes emmêlées dans des fils électriques.

Trois cadavres carbonisés, assis sur ce qui avait été le banc métallique d'un arrêt d'autobus.

Le bureau de poste, disparu. Un magasin d'encens, disparu. Le quartier des plaisirs, disparu. Sa maison de thé favorite, disparue.

Plus il avançait, plus l'horreur grandissait.

Des corps et des fragments de corps jonchant la chaussée, pris au piège dans des voitures consumées ou flottant sur les eaux du port, dont la surface trouble avait pris une teinte rougeâtre.

L'ombre d'un homme dessinée sur un mur blanc : le malheureux avait péri instantanément, réduit en cendres. Une jeune mère vivante, qui serrait un bébé contre son sein. Son visage et ses bras, la tête de l'enfant, tout était brûlé. Seul le sein était intact, d'une blancheur limpide. Le besoin désespéré de tenir bon, de continuer de vivre, même en enfer.

Des gens rampant sur des décombres, les yeux aveugles, la peau roussie, les habits en lambeaux, en implorant de l'eau. Et comme pour se moquer d'eux, voici qu'une bruine sinistre se mettait à tomber.

Une statue au milieu d'un espace dégagé. Non, pas une statue : le cadavre calciné d'un moine assis en méditation et acceptant même cet instant, jusqu'au bout. Éveillez votre esprit.

L'esprit de Tomisaburo était vide, son cœur avait cessé de battre. Peut-être avait-il été tué lui aussi dans l'explosion, peut-être était-il désormais une âme désincarnée, condamnée à errer dans ce royaume des morts, le domaine des *gaki*, les spectres avides. Il essaya de se rappeler une prière, mais les mots ne voulaient pas venir.

Puis il se rendit compte que son propre visage était brûlé et ruisselant de larmes douloureuses. Il regarda avec détachement quelques gouttes tomber à ses pieds et rouler comme des grains minuscules, grisâtres, dans la poussière. Se retournant, il recommença en sens inverse son périple misérable.

Combien de temps avait passé depuis ? Les jours semblaient aussi longs que des années. Avec ses fenêtres cassées, la maison était grande ouverte. Il avait balayé les morceaux de verre, ramassé les livres et les papiers éparpillés sur le sol. En faire davantage était au-dessus de ses forces.

Il n'existait plus d'endroit où acheter des vivres et les vivres eux-mêmes faisaient défaut. Il survécut au jour le jour, en mangeant une poignée de riz cuit, quelques légumes marinés. C'était suffisant pour son faible appétit. De temps à autre, il s'autorisait une gorgée de la dernière bouteille de whisky écossais qu'il avait mise de côté en cas d'urgence. En cas d'urgence ! L'ironie de cette expression était amère.

Il était malaisé d'obtenir des nouvelles fiables sur la situation. Sa radio était presque muette ou rendue inaudible par le crépitement des parasites. Les voisins passant devant sa porte ne répondaient qu'avec laconisme à ses questions. Étant à moitié occidental, il était en partie coupable du désastre. La Kenpeitai ne l'avait-elle pas emmené pour un interrogatoire ?

Il n'y a pas de fumée sans feu.

De toute façon, cela faisait si longtemps qu'on ne pouvait se fier aux informations. On devait se contenter de la propagande et des rumeurs. À présent, c'était pire. La bombe de Nagasaki avait suivi celle d'Hiroshima. Ce n'était que le début.

Les Américains allaient bombarder Kyoto puis Tokyo, à moins que l'empereur ne se rende. Mais c'était impossible, puisque l'empereur était un être divin, infaillible. La nation s'attendait à un discours en provenance du palais impérial qui appellerait au suicide de masse, à la Mort honorable des cent millions d'hommes. Une folie magnifique. Tomisaburo sentit de nouveau les larmes lui monter aux yeux, brouiller sa vision. Le pin se mit à trembler. Sous le vent brûlant et la pluie toxique, il s'était racorni, ses rameaux s'étaient dénudés. Sa silhouette dépouillée se détachait sur le gris du ciel. Tomisaburo était sorti une nouvelle fois en direction de la ville, pour revenir derechef sur ses pas, désespéré. Des milliers de victimes avaient été transportées ou s'étaient traînées elles-mêmes jusqu'à l'infirmerie de fortune installée dans la gare de Michino-o. Seuls quelques centaines de patients avaient été soignés et pouvaient espérer survivre. Les autres étaient morts ou allaient mourir.

Je n'aurais jamais cru que la mort avait détruit tant d'hommes.

Il avait lu ce vers voilà bien longtemps, dans une autre vie. *L'Enfer* de Dante.

Tant d'hommes.

Il reprit son exemplaire du *Sutra du diamant* pour y chercher un conseil, une lueur dans les ténèbres, s'efforcer de comprendre. Le verset disait : *Shiki soku ze ku.*

La forme est vacuité.

Le son n'était guère distinct mais l'alimentation électrique devait avoir eu un sursaut, juste assez pour permettre au message de passer. L'empereur en personne s'adressait à la nation, d'une voix faible et cérémonieuse. Le pays capitulait sans conditions. Lui-même ne devait plus être considéré comme un dieu mais demeurait le symbole de l'État et de l'unité du peuple. Il n'exercerait plus de pouvoir politique. À l'avenir, le gouvernement serait confié à une chambre de représentants élus. Les forces armées, et les citoyens en général, devaient déposer les armes. Le Japon renonçait ainsi pour toujours à faire la guerre et à entretenir une puissance militaire.

Cette annonce fut suivie par un enregistrement lugubre de l'hymne national, après quoi la radio se tut. Tomisaburo s'effondra à genoux, le visage dans les mains, et resta longtemps figé dans cette position.

Quand il parvint enfin à se relever péniblement, il s'assit à son bureau. Il se sentait nauséeux, ses articulations craquaient, ses os lui faisaient mal. Cependant son esprit était lucide. Tôt ou tard, on allait venir le chercher. Ce seraient peut-être les hommes de la Kenpeitai, déterminés à le châtier. Ou les Américains, désireux d'obtenir sa collaboration afin qu'il les aide à prendre le pouvoir. Cela ne faisait guère de différence.

La civilisation était finie. Les barbares arrivaient.

Devant lui, sur le bureau, il avait posé un *wakizashi*, le sabre court des samouraïs, glissé dans son fourreau, auquel son père tenait tant. Dans le tiroir du bureau l'attendait le revolver de son père, chargé.

Il avait ôté le verre brisé des portraits encadrés de son père et de Waka, son épouse bien-aimée. Il était heureux qu'elle n'ait pas vécu assez longtemps pour voir ça. Il avait posé les photos sur le bureau, face à lui. Le regard de son père était sévère, celui de Waka empreint de douceur et de tristesse. Plus de deux ans déjà s'étaient écoulés depuis sa mort. Le temps avait passé si vite, bien que les journées sans elle parussent interminables. Comment était-ce possible ? La vie était aussi brève que les jours étaient longs.

À côté des photos se trouvaient quelques babioles qu'il gardait depuis son enfance, des porte-bonheur offerts par son père : un morceau de bambou servant jadis de monnaie, un dollar mexicain en argent, un papillon en papier blanc plié suivant les règles de l'origami. Son père avait accompli une œuvre immense. Ayant conservé ces petits objets rappelant comment tout avait commencé, il les lui avait transmis comme autant de souvenirs.

Le bureau de Tomisaburo possédait un compartiment à cylindre qui se fermait avec une minuscule clé en cuivre. Il l'ouvrit et en sortit un paquet enveloppé dans un tissu. Après l'avoir défait avec soin, il prit dans ses mains le livre qui était l'œuvre de toute sa vie et auquel il travaillait depuis vingt ans : un guide illustré de la vie marine de Nagasaki. Il avait chargé des artistes locaux de peindre chaque espèce de poisson, de cétacé, de mollusque et de crustacé en rendant avec minutie le moindre détail. Au début, les artistes n'avaient pas compris. Étant japonais, ils étaient habitués à rendre le mouvement d'un poisson ou d'un oiseau, à capter en quelques coups de pinceau une essence, la réalité fugitive de la vie. Il leur avait expliqué avec précision ce qu'il attendait d'eux, en leur montrant des dessins venus d'Amérique où l'exactitude anatomique était telle que même le compte des écailles de chaque poisson était juste. Ils avaient fini par peindre plus de huit cents images, qui étaient d'une véracité pointilleuse mais vibraient d'une vie intense. Ce livre alliait la précision scientifique à la beauté. Même s'il ne pouvait se comparer aux réalisations de son père, Tomisaburo avait estimé qu'à sa façon il n'était pas sans prix.

En tournant les pages, en touchant le papier fait à la main, il se rendit compte qu'il n'avait jamais été plus heureux qu'à l'époque où il travaillait à cet ouvrage et écrivait lui-même chaque titre dans sa calligraphie soignée. Il contempla les illustrations jusqu'au moment où la lumière de la fenêtre commença à pâlir. Puis il ferma le livre, l'empaqueta de nouveau et le rangea dans sa cachette, dont il glissa la clé dans sa poche de gilet.

Ouvrant le tiroir du bureau, il sortit le pistolet, le soupesa dans sa main, le reposa. Il prit ensuite le sabre, qu'il entreprit d'extraire de son fourreau. En entendant un bruit dehors, il se raidit. Des pas lourds faisaient crisser les éclats de verre jonchant l'allée, se rapprochaient de sa porte.

Les deux GI avançaient avec précaution dans le jardin dévasté, se frayaient un chemin au milieu des gravats, prêts à tirer. On les avait avertis qu'ils ne sauraient être trop prudents, car ils pourraient encore rencontrer des poches de résistance et certains bâtiments étaient peut-être minés. Cependant il était impossible de marcher sans bruit à travers les débris de verre et les tuiles fracassées.

La maison ne semblait pas trop endommagée. Plutôt vaste, elle était solidement construite et occupait une situation privilégiée au-dessus de la baie. Ils pourraient la réquisitionner pour y établir un quartier général. On n'entendait aucun bruit à l'intérieur. Peut-être les habitants avaient-ils fui, ou s'étaient trouvés au mauvais endroit lorsque la bombe avait explosé. S'ils étaient réduits en cendres, les choses seraient plus faciles.

Le sergent fit signe au caporal d'essayer d'ouvrir la porte. Elle était fermée et résista à ses tentatives. Ils auraient pu entrer par une des fenêtres béantes, mais pourquoi se donner cette peine ? Ils comptèrent jusqu'à trois et enfoncèrent la porte à coups de pied, fracassant la serrure et faisant voler en éclats le bois. L'arme au poing, ils entrèrent.

Tomisaburo se détourna du bureau pour leur faire face.

– Du calme, mon vieux ! s'écria le caporal. Pas la peine de t'affoler !

– Et pose donc ce coutelas ! ajouta le sergent.

Tomisaburo rangea le sabre dans son fourreau et le replaça sur le bureau. Puis il s'inclina en direction des deux hommes et déclara de sa voix sèche d'homme cultivé :

– Bonsoir, messieurs. Je suis désolé d'être hors d'état de vous offrir mon hospitalité.

– Bon Dieu ! s'exclama le caporal-chef. Où avez-vous appris à parler comme ça ?

– Chez mon père, répondit Tomisaburo en indiquant d'un signe de tête le portrait encadré.

– Sans blague ! Vous êtes un métis ?

Tomisaburo tressaillit mais confirma :

– Mon père était écossais.

Le sergent baissa son arme et saisit la photo.

– Un bel homme, observa-t-il.

– En effet, dit Tomisaburo. Et il était très âgé quand on a pris ce cliché. Aussi vieux que je le suis maintenant.

Sur la photo, son père paraissait puissant et imposant. Ses cheveux et ses favoris blancs étaient impeccables. Il portait un habit de soirée avec un col cassé et arborait une décoration épinglée sur sa redingote noire.

– Ça devait être quelqu'un, déclara le sergent.

– Oui, dit Tomisaburo. C'était un personnage.

Il désigna une autre photo sur le manteau de la cheminée.

– Celle-ci date de sa jeunesse. Il devait avoir dix-neuf ou vingt ans.

Le cliché avait été colorié et le sépia pâlissait sur les bords de l'image. L'arrière-plan était imprécis : une construction basse, la mer. Photographié en pied, le jeune homme posait d'un air effronté, les poings sur les hanches, sa casquette de marin perchée non sans désinvolture sur sa tête tandis qu'il regardait au loin avec assurance un autre monde, un autre temps, à près d'un siècle de distance.

2

Le monde connu

Aberdeen, 1858

La grisaille était partout. Même par une journée d'été comme celle-ci, le haar, la brume glacée de la mer du Nord, imprégnait toute chose de son humidité. Debout sur la digue, arc-bouté contre le vent, Glover scrutait le brouillard. Ciel et mer se confondaient en un dégradé de gris. Il se rappela la voix du vieux pasteur déclamant dans l'église obscure : « Or la terre était déserte et vide. » C'était exactement ça. Le haar détrempait ses vêtements comme une pluie légère, le col de sa veste était mouillé sous les doigts. Des gouttes emperlaient ses cheveux, ses cils. La vue un instant brouillée, il cligna des yeux. Il essuya son visage avec ses mains, lécha ses lèvres qui lui laissèrent un goût salé. La sirène assourdie d'un bateau se mit à gémir, toute proche. Des mouettes invisibles poussaient des cris incessants. Au-delà de l'horizon, il y avait des mondes. La cloche de l'église commença à sonner les quatre quarts précédant l'heure.

– Bon Dieu !

Il sauta du haut de la digue et dérapa sur les galets humides.

– Merde !

Cependant il garda l'équilibre, se redressa et courut aussi vite qu'il pouvait le long des docks pour rejoindre la route. Tandis que la cloche sonnait le second quart, il déboula dans Marischal Street et faillit bousculer deux jeunes femmes qui allaient à Footdee, où elles gagnaient leur vie en vidant des poissons. Elles venaient de Fittie. Leurs visages et leurs bras étaient rouges. Un flot brûlant de sang. Elles sentaient le poisson, les relents de leur travail, mais il ne put s'empêcher de répondre à leurs sourires rapides, pleins de coquetterie. Elles rirent quand il fit mine de les saluer avec un chapeau imaginaire.

Au quatrième coup de cloche, il trouva sur son chemin deux petits garçons maigrelets qui avaient laissé tomber leurs livres de classe pour s'affronter avec deux bâtons en guise de sabres, en un combat sans merci.

– Holà !

Ils levèrent leurs armes, pris de court, lorsqu'il passa droit entre eux en faisant le geste de les transpercer sans même ralentir le pas.

Au septième coup de cloche, il gravit à toute allure les marches de pierre usées menant à la porte du bureau. *James George. Courtier maritime.* Il se rua vers sa table au huitième coup exactement, en apportant avec lui une bouffée d'air du dehors. L'horloge du bureau finissait tout juste de sonner l'heure quand il s'assit à sa place.

Robertson, l'autre employé débutant, leva les yeux de ses papiers.

– Une entrée impeccable, Tom.

– Calculée à la seconde près ! répliqua Glover.

Il respira profondément, s'étira et croisa les mains derrière sa tête.

– Tu appelles ça l'été ? s'exclama-t-il en contemplant la grisaille de l'autre côté de la haute fenêtre.

Robertson suivit son regard.

– J'appelle ça Aberdeen !

Glover fit craquer ses doigts, plongea sa plume dans l'encrier et entreprit de s'occuper des papiers empilés sur son bureau.

Vers le milieu de la matinée, le soleil avait commencé à dissiper le haar. Glover interrompit son travail pour se lever et jeter un coup d'œil par la fenêtre. De vastes édifices de granit prenaient forme, leur masse crénelée émergeait du brouillard.

Cette ville. Tellement solide.

Dans l'autre direction, au bout de la rue, il apercevait les mâts des bateaux à l'ancre au-dessus desquels tournoyaient des mouettes.

– En avez-vous fini avec ces connaissements, monsieur Glover ?

Il n'avait pas entendu le vieux George pénétrer dans la pièce. La voix du vieillard, calme et sèche, évoquait le bruissement d'un parchemin.

Glover se retourna.

– Oui, monsieur. Ils sont sur mon bureau.

– Eh bien, monsieur Glover, je serais heureux de les voir sur mon bureau.

George sortit aussi doucement qu'il était entré. Glover saisit les documents, rencontra le regard de Robertson et imita à la perfection l'expression revêche de leur patron.

L'intérieur du pub disparaissait dans un brouillard jaunâtre. Cet antre aux couleurs sépia était taché de nicotine et empuanti par de lourds relents de tabac.

Glover se fraya un chemin jusqu'au comptoir à travers la foule des buveurs émérites entassés dans le repaire enfumé. Quand il revint vers sa table, il tenait fermement deux chopes de bière.

Robertson cria pour se faire entendre dans le vacarme :

– Je serais heureux de voir cette bière sur ma table, monsieur Glover !

– Vous allez pouvoir vous en foutre jusque-là dans une minute, monsieur Robertson !

Il posa les chopes, se lécha les doigts et fit péniblement le tour du banc.

– À la tienne ! s'exclama Robertson en avalant une gorgée.

– Santé ! répliqua Glover avant de boire un grand coup.

Il s'essuya la bouche couverte de mousse avec la main.

– Quel pisse-froid, lança Robertson. Le vieux George, je veux dire.

– Un sac à grimaces, approuva Glover. Et collet monté, avec ça. Sa petite bouche me rappelle toujours le cul d'un chat.

Robertson recracha sa bière et faillit s'étouffer. Quand il fut remis, il déclara :

– On se demande comment un type pareil a pu engendrer une créature aussi délicieuse que la jeune Annie.

– J'imagine qu'il a fait comme tout le monde, dit Glover. Encore que, remarque, il y a des choses que je préfère ne pas imaginer !

Il but une nouvelle lampée de bière et commença à se détendre pour la première fois de toute la semaine, à se laisser aller.

– Le Seigneur soit loué pour les samedis soirs, mon vieux.

– Tu penses qu'ils sont l'œuvre de Dieu ?

– Comme tout le reste, non ? Tu travailleras pendant six jours et le samedi soir tu seras dans les vignes du Seigneur.

– Amen !

À la quatrième chope, Glover sentit l'euphorie l'envahir. C'était une sensation magnifique, baignant toute chose dans un halo de chaleur bienveillante. Oui, que la vie était belle ! Il renversa la tête en arrière et éclata d'un rire tonitruant.

– Que se passe-t-il ? s'enquit Robertson.

– Rien, répondit Glover. Tout !

Après un verre ou deux, Robertson aimait à citer Burnes. Ce soir-là, ce fut Tam o'Shanter :

– « Nous restons assis devant nos chopes, à nous saouler de bonheur et de bière forte… »

La salle sentait mauvais et l'humidité suintait de son plafond bas. Elle semblait tanguer et se soulever comme un navire dans la houle. Quand le pub ferma, ils échouèrent dans la rue. Refaisant surface, ils aspirèrent goulûment l'air, surpris par sa fraîcheur soudaine qui les emplit d'une allégresse délicieuse.

– Hourra !

Le ciel était d'un bleu de cobalt et ne s'obscurcirait pas davantage. C'était la saison des longs crépuscules, des nuits claires.

Ils se joignirent à d'autres jeunes employés de leur connaissance. À présent qu'ils formaient un groupe, ils se mirent à faire du tapage d'un air fanfaron, en faisant retentir leurs bottes sur les pavés d'une ruelle obscure non loin des docks.

Glover s'arrêta car il avait une nouvelle importante à annoncer. Prononçant chaque mot avec soin, il proclama :

– J'ai besoin de pisser !

Il éclata de rire en entendant son propre ton pompeux. Les autres continuèrent leur chemin devant lui et il déboutonna son pantalon pour se soulager contre un mur humide. Une sensation exquise de délivrance l'envahit. Hourra !

Il se retourna en s'ébrouant et retint son souffle lorsqu'il réalisa que quelqu'un l'observait.

La femme avait émergé de l'ombre et se tenait sous la lueur faible et changeante d'un bec de gaz au manchon endommagé, qui la baignait d'un éclat fantomatique. Ses cheveux roux étaient rassemblés en chignon sur sa tête mais leur masse ébouriffée se rebellait de toutes parts. Son chemisier à moitié défait révélait sa gorge et ses épaules nues. Elle lui lançait un regard concupiscent – c'était le seul mot qui convenait –, où se mêlaient l'invite et la moquerie. Devant ce regard, il se sentit vulnérable, percé à jour, comme un petit garçon pâle et nu. Cependant elle ne le quittait pas des yeux, et il se sentit durcir sous son attention, devenir un homme. Cette sensation était normale, agréable, dépourvue de toute honte.

Les poings sur les hanches, la femme renversa soudain sa tête en arrière.

– T'es venu pour affaires, mon grand ?

Mais avant qu'il ait pu répondre, une autre silhouette surgit de l'obscurité derrière la femme. Un homme maigre au visage sévère l'enlaça, l'attira contre lui, mordilla sa nuque et lui chuchota quelque chose à l'oreille.

Elle éclata d'un rire rauque. L'homme jeta sur Glover un regard plein de rancune et d'hostilité puis cracha.

La femme regarda Glover d'un air de regret, comme pour dire : « Une autre fois, peut-être. » Les deux silhouettes s'évanouirent de nouveau dans les ténèbres, laissant le jeune homme interdit, en proie à une faiblesse mêlée d'ardeur.

– Pour l'amour de Dieu ! cria une voix. Laisse tomber, mon vieux ! Tu vas attraper la mort !

Robertson était venu voir ce qui le retenait.

– Alors, Tom, on fréquente les dames de la nuit ?

– Qui parle de les fréquenter ? répliqua Glover. Ce n'était qu'un petit flirt. Un badinage.

Il se reboutonna.

– Elle m'a fait de l'œil, cela dit.

– Veinard !

Ils se hâtèrent de rattraper les autres. La nuit était pleine de possibilités et de démons.

– « La nuit se prolongeait dans les chants et le tapage », déclama Robertson.

Ils descendirent King Street d'un pas traînant, non sans brailler des chansons de music-hall. Puis ils longèrent la plage avec force rires, en s'enfonçant dans le sable et en titubant à chaque pas. Ils passèrent ensuite devant la cathédrale Saint-Machar, dont les deux clochers étroits et trapus, évoquant des minarets en granit, se détachaient sur le bleu plus sombre du ciel. Malgré eux, ils s'invitèrent mutuellement au silence, affectèrent une mine sérieuse et respectueuse aux abords du cimetière où les morts dormaient de leur long sommeil. Ils arrivèrent au Brig o'Balgownie, le vieux pont de pierre traversant le Don. Glover monta sur le parapet, sans raison, simplement parce qu'il pouvait le faire. D'un pas lent, les bras écartés pour garder l'équilibre, il chemina sur la crête surplombant les eaux rapides du fleuve quinze pieds plus bas. Il l'avait souvent fait durant son enfance insouciante, quand il parcourait le parapet pieds nus, à toute allure, avant de plonger la tête la première dans les flots glacés. Il se sentait animé de la même intrépidité maintenant, mais il lui fallait contrôler ses mouvements, tel un funambule dans un cirque, en assurant sa prise avec ses pieds enfermés dans ses bottes. Robertson s'écria d'un ton exalté :

– « Et arrive avant les autres à la clé de voûte du pont ! »

Encore un pas, et Glover y était. Il étendit les bras et hurla :

– Oui !

L'un de ses compagnons lui lança une bouteille de bière, qu'il attrapa au vol et vida d'une traite. Après quoi il sauta sur la chaussée du pont et s'inclina tandis que les autres l'acclamaient et l'applaudissaient. Robertson se joignit à eux, puis se dressa de toute sa taille en bombant le torse.

– Je pourrais en faire autant, c'est facile ! assura-t-il d'une voix éméchée.

Les autres se mirent à brailler en tapant dans leurs mains en cadence :

– Oui ! Oui ! Oui ! Oui !...

Il se hissa péniblement sur le parapet. Ses mains tremblaient – c'était moins facile que ça n'en avait l'air. Se redressant prudemment, il vacilla un moment avant de trouver un semblant d'équilibre. Au début, il n'osa pas bouger de peur de tomber.

Puis il s'avança en chancelant...

– Oui !

Après avoir fait un unique pas il se figea, le dos courbé, pris d'une furieuse envie de s'accroupir et de continuer à genoux. Mais non, il aventura encore un pied en avant...

– Oui !

Les bras rejetés en arrière, il faillit basculer…

– Oui !

Raidi, en sueur, il progressa avec lenteur, puis accéléra brusquement et parvint au sommet du pont, où il s'immobilisa dans une pose incertaine mais triomphante.

– Oui !

Glover lui tendit la bouteille. Robertson la porta à ses lèvres, puis il agita soudain les bras, ouvrit la bouche toute grande, l'espace d'un instant qui sembla interminable, avant de basculer en arrière et de disparaître.

– OUI !

Prenant brutalement conscience de ce qui s'était passé, ils se penchèrent au parapet et scrutèrent les eaux du fleuve. Seul Glover eut la présence d'esprit de descendre sur la berge et d'aller sous le pont afin de rejoindre l'endroit où Robertson se débattait dans le courant. Glover pataugea dans l'eau, saisit son ami par la peau du cou et le tira sur le sol, où il resta étendu à tousser en essayant de reprendre son souffle. Il parvint enfin à se lever, trempé et secoué de frissons, les bottes remplies d'eau clapotante. Glover s'exclama en riant :

– Je ferais mieux de vous ramener chez vous, monsieur Robertson, sans quoi c'est vous qui allez attraper la mort !

Le dimanche matin, dans l'église grise et sinistre, Glover était assis bien droit sur le banc de bois dur. Il avait le cou ankylosé, mais il savait que s'il bougeait la tête trop brusquement son sang se remettrait à marteler son crâne. Se retournant avec une lenteur circonspecte, il jeta un coup d'œil sur la rangée. Martha, sa sœur, lui jeta un regard rapide en esquissant un sourire. Malgré sa corpulence, sa mère s'agitait sur le banc impitoyable afin de donner des coups de coude au père de Glover qui ne cessait de dodeliner de la tête.

Bon Dieu !

Il se rappelait être rentré à la maison d'un pas chancelant, à une heure impossible. Ses vêtements étaient ruisselants et il avait déclaré à Martha qu'il s'était baigné, qu'il nageait comme un poisson. Elle avait répliqué qu'il paraissait effectivement bien humecté. Après quoi elle lui avait apporté une serviette sèche et une tasse de thé brûlant. Il se rendait compte maintenant qu'elle avait dû rester éveillée pour l'attendre et il se sentit touché à l'improviste par la gentillesse dont témoignait ce geste, par sa bonté pleine de simplicité et de tendresse. Leurs parents n'avaient pas desserré les lèvres de tout le petit déjeuner.

Le vieux Naysmith, le pasteur, était un personnage maigre et lugubre dont la voix geignarde égrenait des discours aussi insistants que soporifiques.

L'atmosphère elle-même avait quelque chose d'oppressant. Une odeur de renfermé s'unissait au froid humide des vieilles pierres. Glover observa l'assemblée, qui lui apparut comme une galerie de figures grotesques dont les visages dignes de gargouilles semblaient sculptés dans du granit. Leurs traits outrés évoquaient des caricatures : hommes décharnés, difformes, aux visages usés et burinés ; femmes prématurément vieillies, dont la peau pâle était gercée, les mains et les bras rougis ; crétins hébétés, aux gestes empotés ; faces inexpressives, ne reflétant que le vide.

Glover fut pris d'une sorte de panique devant ces gens dont la pure présence physique s'imposait à lui à travers des détails aussi insignifiants que perturbants – des favoris blancs poussant sur des joues rougeaudes, une bouche large et humide, des dents cassées et mal plantées, des touffes de poils émergeant d'une paire d'oreilles ou d'une verrue couronnant un nez crochu, de petits yeux de fouine, un menton dégoulinant de bave.

La voix du pasteur continuait son rabâchage monotone. « Et maintenant prions. » Glover ferma les yeux. Mon Dieu, je t'en prie, puisse la vie ne pas se réduire à cette misère. Dans son enfance, il redoutait d'ouvrir les yeux pendant les prières, de peur que Dieu ne l'observe et ne lui assène un coup mortel. À présent il n'hésitait plus à regarder discrètement autour de lui. De l'autre côté de l'allée centrale, il aperçut Robertson, le visage livide, les yeux obstinément clos. Secoué de frissons, il ne put retenir un violent accès de toux. Glover réprima sa propre envie de rire. Dans la rangée derrière Robertson, la jeune Annie était assise avec son père. Il l'adjura intérieurement d'ouvrir les yeux et de le regarder. Mon Dieu, si seulement elle pouvait le faire, cette merveille de dix-sept ans, dont les épaisses boucles blondes s'échappaient de son bonnet et encadraient son visage. Et soudain : elle le fit. Oui, elle regarda droit vers lui et sa bouche s'ouvrit légèrement car elle était aussi stupéfaite que lui par cet instant sans pareil. Loué soit le Seigneur. Elle lui sourit brièvement, avec timidité, puis se détourna en fermant les yeux tandis qu'une rougeur imperceptible montait à ses joues.

Glover se retourna et se surprit à adresser un sourire radieux au pasteur, dont les sourcils étaient froncés par un courroux aussi vertueux qu'implacable. « Ne nous induis pas en tentation, mais délivre-nous du mal. » Glover inclina la tête, mais son cœur était allègre. Il avait été jugé digne d'une vision de la grâce divine.

À l'extérieur, Annie s'attarda un peu derrière son père dont elle se retrouva éloignée de quelques pas. Glover la rejoignit.

– Ce soir à sept heures ? murmura-t-il. Sur le Brig o'Balgownie ?

Elle rougit, nerveuse.

– J'essaierai de m'échapper.

Son père s'arrêta un peu plus loin et se retourna.

– Annie ! Viens ici, ma petite fille !

Elle regarda par-dessus son épaule, sourit de nouveau. Son père rencontra les yeux de Glover et inclina brièvement la tête, en un geste qui parvint à être à la fois un salut et un avertissement. Glover l'imita. Compris… Puis il vit Robertson appuyé à une pierre tombale et ne put s'empêcher d'éclater de rire.

– Tu as vraiment une mine de déterré !

Le pasteur, qui venait de pénétrer dans le cimetière, lui jeta une nouvelle fois un regard sévère.

– N'oubliez pas de respecter la sainteté du jour du sabbat, monsieur Glover !

– Oui, monsieur le pasteur. J'y veillerai.

Cet instant resterait gravé en lui : la jeune Annie par une soirée d'été, sans apprêts, accoudée au parapet du pont et se haussant sur la pointe des pieds pour regarder avec attention quelque chose du côté du fleuve. On aurait vraiment dit un tableau. *Jeune Fille sur le Brig o'Balgownie, le soir.* Elle portait une robe blanche toute simple et le soleil caressait ses cheveux blonds.

Elle ne l'avait pas vu et se montrait sans aucune gêne, absorbée dans sa contemplation. Puis elle dut sentir sa présence, entendre ses pas sur les pavés, et elle se retourna. Les yeux grands ouverts, elle mit un doigt sur les lèvres pour le faire taire. Il s'avança à côté d'elle et elle lui désigna ce qu'elle observait : un héron dont la silhouette anguleuse se dressait sur un rocher au milieu du fleuve, parfaitement immobile.

– Il est joli, non ? s'exclama-t-elle.

– Pour sûr, dit-il en effleurant son bras.

L'oiseau déploya ses ailes grises et s'envola pour se poser un peu plus loin au bord de l'eau.

– Je n'ai pas beaucoup de temps, dit Annie. J'ai raconté que j'allais juste faire un tour. Mon père m'a jeté un de ces regards dont il a le secret.

Glover répliqua en hochant la tête :

– J'y ai moi-même droit tous les matins !

Il plissa le front et imita le regard désapprobateur du père de la jeune fille. Elle rit en déclarant que c'était exactement ça. Prenant dans ses mains le visage d'Annie, il embrassa ses lèvres tièdes et veloutées, d'une douceur enivrante. Ils s'enlacèrent et descendirent du pont pour longer le fleuve. Le héron s'envola de nouveau, s'arrangeant pour être toujours un peu devant eux, à distance respectueuse.

Le lundi matin à huit heures, Glover fit une entrée impeccable, ou calculée à la seconde près, comme on voudra. Ouvrant brutalement la porte, il se rua dans la pièce, adressa un bref signe de tête à Robertson et se précipita vers son bureau. Mais avant qu'il ait eu le temps de s'asseoir, la porte de la direction s'ouvrit et George apparut, l'air plus sinistre que jamais.

– Veuillez m'accorder un instant, monsieur Glover.

Il entra dans son antre en laissant sa porte ouverte : c'était une convocation.

Robertson leva les sourcils en faisant mine de se trancher la gorge.

Haussant les épaules, Glover affecta une désinvolture qu'il était loin de ressentir.

– Ça m'a l'air sérieux !

Il entra dans le saint des saints, referma la lourde porte derrière lui. Debout devant la fenêtre, George lui tournait le dos et contemplait le port, les cargos et les bateaux de pêche, les carcasses des navires en construction dans les chantiers de Hall Russell.

– Asseyez-vous, dit George en se retournant pour lui faire face.

La pièce sentait la cire et le tabac. Les relents de fumée de la pipe du directeur se mêlaient à l'odeur de moisi s'échappant des vieux registres et des papiers poussiéreux. Glover avait la bouche sèche, l'inquiétude le taraudait. Il ne pouvait être question d'un problème professionnel – il travaillait dur et s'entendait bien avec les autres employés. Il craignit soudain qu'Annie ne fût en cause.

Le visage de George était impassible, un masque de pierre. Devant lui, sur le bureau, se trouvait une longue enveloppe couleur chamois. Il la poussa vers Glover.

– C'est pour vous. Une lettre de Jardine Mathieson.

Glover respira profondément. Il observa lui-même comme il s'obligeait à respecter les formes, se penchait pour prendre l'enveloppe. Il lut son nom et l'adresse de la firme, écrits dans une écriture élégante d'employé, aux lettres équilibrées et aux lignes parfaitement espacées. Les yeux rivés sur cette enveloppe, il s'étonna de la voir trembler dans sa main au rythme de son cœur battant, de son sang dont le cours s'accélérait.

– Vous deviez attendre cette lettre, dit George.

– Oui, monsieur.

Glover retourna l'enveloppe et lut le nom de la firme au dos : Jardine, Mathieson & Co.

– Mais je ne…

L'entretien avait eu lieu plusieurs mois plus tôt, à Édimbourg. Il pensait s'en être bien sorti, mais il n'avait tout simplement pas osé espérer.

– En tout cas, vous aviez de bonnes références de notre maison, observa George.

– Oui, monsieur. Merci.

Il entendit sa propre voix comme celle d'un étranger, d'un acteur dans une pièce de théâtre. L'instant semblait solennel, imprégné de gravité, de sérieux et de réalité. En même temps, Glover se sentait lointain, comme s'il ne faisait que regarder la scène. La pendule sonna sur la cheminée. Dehors, une charrette tirée par des chevaux passa bruyamment, un garçon brailla quelque chose en riant. Les mouettes poussaient leurs cris. La vie continuait, s'abandonnait à son propre flux.

– Eh bien ? s'impatienta George.

– Monsieur ?

– Au nom du Ciel, mon garçon ! Allez-vous vous décider à l'ouvrir ?

Glover reprit ses esprits.

– Bien sûr.

George lui tendit un coupe-papier au manche en os, mais il avait déjà glissé son pouce sous le rabat et ouvert l'enveloppe.

La lettre était écrite sur un papier à en-tête portant l'adresse de leur bureau central à Hong Kong. « Cher Mr Glover... » Il lut précipitamment. Le style était sec et minutieux, d'une précision pleine de professionnalisme. « Suite à votre entretien, nous avons le plaisir de vous offrir un poste. »

– Seigneur !

– Qu'y a-t-il ? demanda George.

– Ils me proposent une place, monsieur. Au Japon !

La bouche du directeur se tordit brièvement en une sorte de sourire.

– Vous allez avoir de quoi réfléchir.

– Oui, dit Glover.

Mais ce lieu et ce temps lui semblaient s'éloigner. Il était déjà en route.

– Au Japon ! s'exclama Robertson.

Glover brandit la lettre.

– Je t'avais dit que j'avais postulé pour un emploi.

– Mais au Japon ! C'est le bout du monde !

– On dit la même chose d'Aberdeen.

– Je sais, mais...

– Le fin fond de la terre ! La satanée Ultima Thule !

– Mais le Japon ! Quand même, les gens ne sont pas comme nous là-bas. Ce sont des barbares. Ils ont vite fait de vous couper la tête.

– Il y a des gens par ici qui seraient capables de vous pétrifier d'un seul regard !

Robertson éclata de rire.

– Bon Dieu, je suis bien placé pour le savoir ! Mais tu sais ce que je veux dire, Tom.

– Oui, parfaitement.

Un planisphère aux couleurs fanées était épinglé au mur du bureau. On y voyait les routes maritimes. Glover observa l'Inde et la Chine puis, tout au bout, le Japon.

– Tu n'as pas peur ? demanda Robertson.

Encore perdu dans sa contemplation de la carte, Glover prit un instant conscience de l'immensité, de la distance.

– Le pays des dragons ! s'écria-t-il.

Se retournant pour regarder Robertson, il ajouta plus doucement :

– Bien sûr que j'ai peur. Mais ce n'est pas une raison pour ne pas y aller.

– À mon avis, c'est une excellente raison ! répliqua Robertson.

– Si je reste ici, ma voie est toute tracée. Dans quelques années peut-être, en travaillant vraiment dur, j'obtiendrai la place de George à la tête du bureau. Je finirai par être aussi lugubre que lui. Bon Dieu, mon vieux, j'ai besoin de quelque chose de plus !

Robertson acquiesça de la tête mais il y avait une question inexprimée dans son regard.

– Et Annie ? dit-il enfin.

Glover sentit son cœur se serrer. Annie.

❧

Sa mère dut s'asseoir quand il lui parla de la lettre. Elle sortit le mouchoir de la manche de son corsage pour se tamponner le visage, en répandant son parfum familier de lavande.

– Au Japon ? dit-elle en le regardant fixement.

Elle ne parvenait pas à comprendre. Ce mot lui paraissait bizarre à prononcer, comme un mauvais goût sur sa langue.

Martha posa une main sur le bras de sa mère, en silence.

– C'est un peu loin, non ? observa son père.

Il prit la lettre, la déplia d'un geste brusque et la tint à bout de bras afin de la lire. Quand il eut terminé son examen approfondi du texte, il s'éclaircit la voix avant de psalmodier avec une gravité toute presbytérienne :

– Jardine Mathieson.

Il prononça ces noms d'un ton solennel, empreint du respect nécessaire, comme si c'étaient des livres de l'Ancien Testament.

– Leur firme est probablement la plus importante du monde, commenta Glover.

Son père hocha la tête.

– Ils te paieront bien.

C'était l'essentiel. Une place financièrement avantageuse, avec des perspectives d'avancement. Un emploi pour la vie. Son père était allé aussi loin qu'il l'avait pu, en bataillant pour atteindre son actuelle position de commandant de la gendarmerie maritime.

– Avec un début comme ça, je peux tout espérer, dit Glover.

– Tu pourras voir le monde, approuva son père en regardant machinalement par la fenêtre la mer au loin.

– Et faire fortune.

– Une fois que tu seras riche, tu reviendras t'établir ici.

– Mais s'il ne revenait pas ? murmura sa mère d'une voix sombre. Si je ne le revoyais jamais ?

Il y eut un instant de silence, scandé par le tic-tac sonore de la pendule dans la pièce, un bref *memento mori*, un rappel du passage du temps.

– Bah ! s'exclama Glover en rompant l'enchantement. Vous ne vous débarrasserez pas si facilement de moi !

– Il n'y a pas de quoi plaisanter, Tom, rétorqua sa mère. Les gens sont des sauvages, là-bas. Ils ne sont pas civilisés. Ce ne sont pas des chrétiens.

– Le Seigneur prend soin des Siens, déclara son père.

Un silence s'ensuivit de nouveau, puis il reprit :

– Le mieux serait peut-être de Lui demander de nous guider.

Il rendit la lettre à son fils. La discussion était close pour le moment. Glover hocha la tête en disant simplement :

– Oui.

Dans le jardin derrière la maison, il respira profondément l'air nocturne et tenta de s'éclaircir les idées. Cet endroit était son foyer, tout ce qu'il connaissait du monde. La solide demeure de granit était liée à l'emploi de son père. Tout cet univers si familier, presque douloureusement, lui semblait soudain étrange. Le jardin descendait en pente et dominait l'embouchure du Don, où le fleuve mêlait ses eaux à celles de la mer du Nord. Les vagues ne cessaient de déferler avec fracas et de refluer. La pleine lune brillait dans le ciel encore pâle, baignée dans cette pénombre qui ne devenait jamais vraiment la nuit. Au-dessus des mugissements et des silences de la mer, il entendit le cri perçant et limpide d'un huîtrier et se sentit bouleversé. Le gravier crissa derrière lui. Martha était à côté de lui, s'imprégnait du paysage. Ils restèrent un moment immobiles à contempler la mer.

– Dans combien de temps partiras-tu ? demanda-t-elle enfin. Si tu pars, évidemment.

– Je ne suis pas sûr. Dans quelques semaines, un mois peut-être.

– C'est horriblement proche !

– Je sais.

Il se retourna pour regarder la maison. À l'étage, la chambre de ses parents était éclairée.

– Père était drôle, dit-il.

Il imita la voix bourrue de son père, son sens de la litote abrupte, typique des hommes du Nord-Est :

– C'est un peu loin, non ?

Elle éclata de rire mais sans conviction, à contrecœur. En entendant sa voix saccadée, il comprit qu'elle n'était pas d'humeur à s'amuser.

Il leva les yeux vers la fenêtre où la lampe répandait sa petite lueur dorée dans l'obscurité grandissante.

– Peut-être sont-ils en train d'en parler.

– À moins qu'ils ne se taisent.

– Le plus probable, c'est qu'ils prient pour mon âme.

– Ils n'ont que de bonnes intentions, répliqua-t-elle. Ils veulent ce qui est le mieux pour toi. De toute façon, nous avons toujours su que nous ne pourrions pas te garder ici…

Elle détourna les yeux de la maison et observa la côte grise s'étendant au nord, le paysage d'une sévérité morose.

– Mais partir si loin, si affreusement loin. C'est dur. Et tu vas leur manquer, Tom. Dieu sait que nous allons tous te regretter. Plus que tu ne l'imagines.

Il ne pouvait rien lui répondre tant l'émotion qu'elle exprimait était profonde. Des paroles rassurantes auraient été vides de sens, une plaisanterie facile aurait sonné comme une grossièreté. Aucun mot ne convenait.

Aucun mot. Les appels stridents des oiseaux de mer. La rumeur incessante des vagues.

Elle se détourna, s'enveloppa plus étroitement dans son châle. La lune avait disparu derrière un énorme nuage, de sorte que la nuit semblait un peu plus sombre et froide. Elle frissonna en haletant légèrement. Il l'entendit qui tentait d'étouffer un reniflement, il la vit essuyer son visage avec sa main.

– J'ai une poussière dans l'œil, dit-elle.

Sortant un mouchoir blanc de sa poche, il le lui tendit.

– Note qu'il est propre !

– J'ose l'espérer ! répliqua-t-elle en riant à travers ses larmes.

Il attendit, la laissa prendre son temps. Sa voix était plus calme quand elle lui demanda :

– As-tu annoncé la nouvelle à Annie ?

Une nouvelle fois, il sentit son cœur se serrer.

– Pas encore, répondit-il. Je vais le faire.

– Quand ?

– Quand j'aurai pris ma décision.

– Je pensais que c'était chose faite ?

Au ton sur lequel elle lui posa cette question, il comprit qu'elle n'avait pas perdu tout espoir qu'il reste, même maintenant.

– C'est presque décidé, dit-il. Mais il y a toujours des doutes, des incertitudes.

– Oui, fit-elle d'une voix douce, de nouveau résignée.

Elle le fixa de ses grands yeux noirs et lança :

– Cette petite tient à toi.

L'espace d'un instant, il crut qu'elle allait se remettre à pleurer, mais elle se contint.

– Sois gentil avec elle, Tom. C'est tout.

Elle lui rendit le mouchoir, prit un moment la main de son frère dans les siennes.

– Je vais rentrer, maintenant. À demain matin.

Il la regarda s'éloigner, en serrant dans son poing le mouchoir encore humide. À présent, c'était à lui de vaincre le tumulte de ses émotions. La lumière d'un navire tremblait au loin sur la mer. Le bord du nuage se teinta d'argent et la lune émergea de nouveau pour resplendir d'un éclat pur, limpide et glacé.

De retour dans la maison, il découvrit que Martha avait laissé la lampe allumée en veilleuse pour lui. Le salon sentait à plein nez la dernière pipe que son père avait fumée ce jour-là, le tabac noir qu'il aimait fumer. La Bible familiale avait été posée bien en évidence sur la table de chêne impeccablement cirée occupant le centre de la pièce. Glover sourit. Il reconnaissait bien là son père. Demandons au Seigneur de nous guider…

Le livre était vieux et usé, sa couverture gondolée, ses pages moisies par l'humidité. La tranche était dorée, même si elle commençait à se ternir après des années de lecture assidue. Dans son enfance, cet or le fascinait. Lorsqu'on tenait une page unique entre le pouce et l'index, son éclat était presque imperceptible. Mais dès qu'on les tournait toutes ensemble, elles miroitaient comme une cascade étincelante. Une fois refermé, le volume apparaissait comme un bloc massif d'or enchâssé.

Debout devant celui-ci, le jeune homme murmura :

– Mon Dieu, guide ma main.

Il ferma les yeux et ouvrit le livre ou plutôt le laissa s'ouvrir où il voulait. Et il lut : Deutéronome, chapitre 26.

« Et lorsque tu seras entré dans le pays que le Seigneur ton Dieu te donna comme domaine, que tu en auras pris possession et y seras établi… »

Seigneur, il connaissait ce passage. Il continua plus bas sur la page : « Et il nous a conduits dans ce lieu et nous a donné ce pays, un pays ruisselant de lait et de miel. »

Malgré lui, il fut troublé. Ces mots lui apparurent comme un signe.

❧

– Un pays de lait et de miel ? s'exclama Robertson le lendemain en levant les yeux de son bureau.

Excité par tant d'événements, Glover arpentait la pièce en tous sens.

– Disons de thé et de soie ! lança-t-il.

Un globe terrestre était posé sur une bibliothèque dans un coin. Il le fit tourner, trouva le Japon.

– Il y a une fortune à gagner là-bas ! Tout un monde s'ouvre à nous !

Robertson secoua la tête.

– Il y a des moments où tu m'inquiètes, Tom. Chercher des signes et des prodiges !

– Tu ne crois pas que nous sommes guidés, parfois, qu'on nous conduit là où nous devons aller ?

– Peut-être. Mais nous pouvons tout aussi aisément être conduits à notre perte, nous fourvoyer.

– Et parce que nous avons peur d'être mal inspirés, nous devrions rester inactifs ? Bon Dieu, Andrew, par moments c'est toi qui m'inquiètes ! Franchement, tu as envie d'avoir encore ton cul sur cette chaise quand tu auras trente ans ? Ou quarante ans ?

– Il y a pire comme emploi, rétorqua Robertson d'un ton sec, les lèvres pincées.

– Il me semble qu'il faut quelquefois saisir sa chance, prendre sa vie à bras-le-corps, envoyer tout au diable !

Glover fit tournoyer le globe, où continents et océans se confondirent en une masse indistincte. Robertson lui sourit tristement, très loin de lui.

Il pleuvait. Une bruine fine, qui comme le haar noyait le monde dans la grisaille. Elle mouillait les pavés, faisait miroiter mornement les rues. Fracas de charrettes, bruits de sabots, voix humaines ou cris de mouettes : tous les sons étaient assourdis. Glover rentrait chez lui après sa journée de travail, tête nue. Il avait remonté le col de sa veste. Son esprit était vide, ou si plein qu'il en était comme engourdi.

Tel qu'il était, cet été tirait à sa fin. Bientôt son père, un de ses collègues âgés ou une vieille bigote de l'église allait déclarer d'un ton lugubre que les soirées raccourcissaient sérieusement, non sans en tirer une pitoyable satisfaction.

En longeant les docks et l'entrepôt, il s'arrêta un instant pour observer les débardeurs en train de décharger un cargo dans la pluie. Ils soulevaient de lourdes caisses qu'ils empilaient sur le quai. Un contremaître, râblé comme un terrier, les épaules nimbées de vapeur, l'apostropha en lui criant qu'il ferait mieux d'enlever sa veste et de se mettre au travail au lieu de bayer aux corneilles. Quelques débardeurs éclatèrent d'un rire sans gaieté.

Glover ne dit rien, se détourna. Il s'engagea dans le labyrinthe de ruelles, dans les venelles où pubs et tavernes ouvraient tout juste et où les prostituées comme celle qu'il avait rencontrée sortiraient pour leur labeur nocturne sous les porches et dans les passages non éclairés.

Il marcha en baissant la tête vers le Vieil Aberdeen, passa devant l'université pour rejoindre Bridge of Don. Les cloches de Saint-Machar sonnèrent six heures et il se sentit soudain envahi d'une mélancolie sans motif. Se retournant, il contempla la ville. Il venait de parcourir d'un bout à l'autre ce qui était pour lui le monde connu. Il se mit à pleuvoir plus fort. Dans le cimetière glacé, une tombe ouverte l'attendait. Son nom était gravé sur la plaque de granit.

Il décida d'en finir définitivement avec l'incertitude. L'affaire était entendue : il allait partir pour l'Orient et faire son chemin dans le monde. Le fait même de prendre une décision le libéra. Il s'avançait enfin dans sa propre vie.

Son père se contenta de dire en hochant la tête :

– C'est bon.

Puis il bourra sa pipe et ajouta :

– On n'échappe pas à sa destinée.

Sa mère dut reprendre son souffle et écarquilla un instant les yeux dans son affolement, puis son visage se figea en un consentement morose. Advienne que pourra.

Martha le contempla avec une tristesse calme et résignée. Il n'oublierait jamais ses yeux semblables à des lacs noirs et profonds.

Le regard de Robertson hésita entre une sorte d'envie et une joie sournoise, non exempte de soulagement. Sa bouche se tordit en un sourire nerveux. Il lui dit qu'il était complètement toqué et lui souhaita bonne chance, en ajoutant qu'il en aurait besoin.

George le scruta par-dessus ses lunettes et lui serra énergiquement la main dans ses doigts décharnés en déclarant qu'il était sûr qu'il irait loin et ferait honneur à la firme. Puis il regarda par la fenêtre et dit que les soirées allaient bientôt raccourcir.

Annie l'attendait sur le Brig o'Balgownie, leur lieu de rendez-vous, là où ils s'étaient retrouvés un soir et avaient vu le héron avant de marcher le long du fleuve, étroitement enlacés, pour se rejoindre un endroit tranquille qu'il connaissait. Se pouvait-il que quelques semaines seulement aient passé depuis ? Un ou deux mois ? C'était si peu de temps, finalement, et cependant... Il était surpris lui-même de son propre embarras, de son inexpérience.

Elle savait déjà tout. Son père lui avait appris la nouvelle et elle se demandait quand Glover aurait le courage de lui parler lui-même.

Il lui dit qu'il n'avait pris sa décision que le jour même et n'avait pas voulu l'ennuyer avant d'être sûr de lui.

Elle répliqua qu'il s'était vraiment montré plein d'égards. Elle était heureuse de savoir qu'il était si attentif aux sentiments d'autrui.

Après quoi elle lui tourna le dos et il vit ses épaules secouées par les sanglots qu'elle avait si longtemps réprimés.

– Bon Dieu ! s'exclama-t-il. Annie !

Il la rejoignit et la serra contre lui en embrassant sa nuque, ses cheveux, sa bouche. Elle répondit à ses baisers avec un désir violent qui lui donna envie de mourir dans la douce chaleur de son corps. Ils se rendirent à l'endroit tranquille, au milieu des hautes herbes couvrant les dunes, et s'allongèrent en haletant. Il souleva ses jupes, elle déboutonna son pantalon. Puis il poussa maladroitement et soudain, après un bref choc, il se retrouva en elle. Elle se cabra, le souffle coupé, et il poussa de plus belle, sentit le flot jaillir de lui avant de retomber, épuisé.

Il l'avait déjà fait en cet endroit même avec une jeune fille du port, et avec une autre de Fittie. Ç'avait été des étreintes brèves, brutales, sous l'emprise de l'alcool. Un petit tour, histoire de rire. Mais cette fois il s'agissait d'Annie, quelqu'un qu'il connaissait et à qui il tenait. C'était entièrement différent.

Ils restèrent longtemps étendus, collés l'un à l'autre, bouleversés par ce qui venait de se passer. Il savait que c'était la première fois pour elle. Tout en caressant ses cheveux, il tenta de parler, mais il ne trouvait pas ses mots. Au-dessus de leur tête, le ciel commençait à s'assombrir. Un vanneau poussa son cri clair et perçant dans le vide.

– Je suis désolé, ma petite, dit-il.

– Je t'ai laissé faire, répliqua-t-elle. J'en avais envie. Puisque tu t'en vas, cela n'arrivera peut-être plus jamais.

Elle semblait se parler à elle-même, en essayant de justifier objectivement son attitude, d'énumérer des raisons sur une liste. Cependant, quand elle se releva et rajusta ses vêtements, elle se remit à pleurer et il se sentit impuissant. Fouillant dans sa poche, il en sortit un mouchoir qu'il lui tendit comme il l'avait fait avec Martha. Le même geste, mais tellement plus chargé d'intensité. Annie s'en saisit et tamponna ses yeux. Puis elle souleva sa robe et s'essuya entre les jambes. Il sentait qu'il n'aurait pas dû regarder, mais il ne put s'en empêcher.

Le fixant droit dans les yeux, elle lui tendit le mouchoir souillé de sang et de semence.

– Veux-tu le récupérer ? demanda-t-elle. À moins que je ne le garde en souvenir de toi ?

Elle jeta le mouchoir sur le sable, se détourna et s'éloigna à travers l'herbe épaisse. Il la rattrapa et ils marchèrent en silence jusqu'au bout de la rue, où l'on venait d'allumer les becs de gaz. Elle lui dit qu'elle préférait faire seule le reste du chemin.

Il avait terminé ses préparatifs. Il devait se rendre en bateau à Southampton, d'où il partirait pour Calcutta et Hong Kong via

Le Cap. Il passerait quelque temps à Shanghai, puis rejoindrait enfin Nagasaki. Ces noms étaient en eux-mêmes un charme, une incantation magique, et le remplissaient d'une excitation mêlée de crainte. Southampton, Le Cap, Calcutta. Jardine's paierait son voyage, qu'il ferait en paquebot, en schooner et en clipper. Le périple durerait des mois et lui ferait voir plus de pays que la plupart des gens n'en connaissaient dans toute leur vie. Hong Kong, Shanghai, Nagasaki.

À l'église, le dimanche précédant son départ, le pasteur récita une prière spéciale pour sa sûreté, en demandant au Tout-Puissant de le protéger durant son voyage long et périlleux. Puis il invita l'assemblée à se lever et à chanter *Pourras-tu jeter l'ancre au milieu des tempêtes de la vie ?* Le père de Glover s'éclaircit la gorge avant d'entonner le cantique. Sa mère se moucha et essuya ses yeux. Martha chanta d'une voix claire, avec simplement un léger tremblement dans les notes aiguës.

Glover jeta un coup d'œil à la ronde. Comme il l'avait prévu, Annie n'était pas là. Le banc près de son père était vide. Le vieux George regardait fixement devant lui en marmonnant chœurs et versets.

À l'extérieur, ils marchèrent côte à côte sur le sentier traversant le cimetière. Glover respira à fond puis demanda avec un calme affecté comment se portait Annie. George répondit qu'elle allait bien, elle avait juste attrapé un refroidissement mais serait sur pied dans quelques jours.

Il s'arrêta et regarda Glover droit dans les yeux.

– Je sais que vous êtes sortis ensemble. Et franchement, j'aurais préféré que vous jugiez bon de me demander la permission.

Glover garda le silence. Il ne pouvait s'empêcher de penser à Annie étendue dans les dunes tandis qu'il se penchait sur elle, la pénétrait.

– Quoi qu'il en soit, poursuivit George, il ne s'est rien passé de grave. Peut-être vaut-il mieux que vous ayez obtenu ce poste au loin. Je ne crois pas que vous ayez l'intention de vous marier et de vous fixer.

– Non, monsieur, pas dans l'immédiat.

– Et elle est bien jeune. Cette histoire s'achèvera donc avant même d'avoir commencé.

Annie se cabrant sous lui, haletante.

– Oui.

– Bien entendu, dit George, quand vous reviendrez d'Asie, dans un an ou deux, les choses pourront être différentes.

Annie poussant un cri. La semence de son amant répandue sur le sable.

– Oui, monsieur. Je m'en souviendrai.

L'appel d'un vanneau. La grisaille du Nord. Et cette tombe vide qui l'attendait.

Il se rendit une dernière fois sur le Brig o'Balgownie, regarda couler les eaux du fleuve. Comme il se retournait pour s'en aller, il découvrit le regard d'Annie fixé sur lui.

– J'avais pensé te rencontrer ici, dit-elle. Non, en fait j'en étais sûre. Je le savais, ne me demande pas comment.

– Et j'étais bien là. Je suis venu en me disant que le hasard me favoriserait peut-être.

– Le hasard ? s'exclama-t-elle comme si elle élevait le mot vers la lumière pour l'examiner. C'est tout ? Il n'y avait rien de plus ?

– Je voulais te voir avant mon départ.

– Eh bien, me voici.

– Je voulais te dire adieu.

– Quelle formule affreusement définitive !

– Je n'ai pas le choix, Annie. Il faut que je parte.

Il approcha la main de son visage, caressa sa joue. Puis il embrassa son front, ses lèvres si douces. Ces baisers n'étaient plus ardents, comme l'autre fois, mais tendres et tristes.

– Il le faut.

– Alors pars, lança-t-elle.

Ils s'embrassèrent encore, puis elle le repoussa et il s'éloigna sur le pont. En se retournant, il vit qu'elle le regardait toujours, immobile. Il lui fit signe de la main mais elle ne réagit pas. Quand il se retourna de nouveau, elle avait disparu.

Annie ne vint pas sur le quai lors de son départ, pas plus que son père, Robertson ou aucun autre des collègues du bureau. C'était un jour ouvrable, au milieu de la semaine, et personne n'avait le temps de s'absenter. Ne pouvant supporter la séparation, la mère de Glover lui avait fait ses adieux et était restée à la maison. Son père et Martha l'avaient accompagné. Ils restèrent figés, gauches et silencieux jusqu'au dernier instant. Son père lui serra alors la main avec force, et Martha se jeta sur lui et le serra dans ses bras comme elle le faisait dans leur enfance.

Puis il se retrouva sur le pont. Les marins relevèrent la passerelle, dénouèrent les aussières, hissèrent les voiles, et le bateau s'éloigna du port. Son père leva sa casquette pour le saluer. Martha agita un mouchoir blanc. Il vit leurs silhouettes diminuer, si vite, jusqu'au moment où elles furent trop loin pour les distinguer. Et le port lui-même, le front de mer, la ville entière, tout son univers s'amenuisa et disparut. Comme il se retournait vers le sillage, il aperçut deux formes sombres émergeant des eaux en ondulant : des dauphins. Il se sentit lui-même soulevé d'enthousiasme, porté par un immense élan, des possibilités infinies, tandis que les créatures luisantes bondissaient dans les vagues et suivaient le bateau gagnant la haute mer.

3

Guraba-san

Nagasaki, 1859

Les yeux rivés sur ses pieds, il réussit à descendre sans encombre la passerelle branlante. Le sol cessa enfin de bouger. Il hasarda un pas, puis un autre. Respirant à fond, il s'imprégna des multiples senteurs. Certains parfums lui étaient inconnus et leurs suaves effluves lui montaient à la tête : la fumée épicée d'un feu de bois, une odeur de fermentation, une autre encore, amère et mystérieuse. Et derrière ce concert odorant flottaient des relents de poisson qui lui rappelèrent sa patrie et le firent rire. Il se sentait grisé. L'air était chaud, les couleurs resplendissaient. La colline en face de lui semblait avoir été peinte en rouge. Tout semblait irréel, comme un rêve.

Autour de lui, on s'occupait de décharger marchandises et bagages. Il vit des coffres exotiques, des ballots de soie, un oiseau multicolore dans une cage. Vêtus en tout et pour tout d'un pagne, les débardeurs étaient trapus et robustes. Leurs gestes semblaient aussi rapides qu'efficaces. Il trouva son propre bagage – une vieille malle cabossée – et il se remit à rire en la découvrant. Elle était si familière, si fidèle à elle-même, et pourtant elle paraissait incongrue dans cette ville lointaine et étrange.

Il aperçut du coin de l'œil un minuscule objet blanc et voltigeant. En regardant mieux, il constata qu'il s'agissait d'un papillon qui voletait çà et là dans l'air mais dont les ailes ne battaient pas. Il était en papier et ne s'élevait que grâce à un éventail manié par une jeune fille. Il sembla à Glover qu'il n'avait jamais vu tant de grâce et de dextérité. Fasciné, il l'observa attentivement. Elle leva les yeux et fut si déconcertée par son apparition qu'elle s'interrompit et cacha son visage derrière son éventail, non sans risquer quelques coups d'œil par-dessus. Le papillon tomba à terre.

Il se pencha pour le ramasser et le tint entre le pouce et l'index, stupéfait par sa simplicité subtile, son papier presque translucide.

Une voix forte et virile retentit dans son dos et lança avec un accent écossais :

– Monsieur Glover ?

Se retournant, il aperçut un homme d'âge moyen qui s'avançait vers lui à grands pas.

– Oui.

– Votre silhouette m'a semblé la seule susceptible d'appartenir à un natif d'Aberdeen !

L'homme lui tendit la main, mais Glover se sentit soudain embarrassé par le papillon qu'il n'avait pas lâché. Il se retourna dans l'idée de le rendre à la jeune fille, mais elle s'était volatilisée dans la foule. Transférant le papillon dans sa main gauche, il tendit à son tour sa main droite.

– Ken Mackenzie, de Jardine Mathieson.

Il serra la main de Glover avec énergie, en pressant légèrement son pouce à la façon des francs-maçons.

– Enchanté, dit Glover.

Les traits de sa nouvelle connaissance étaient durs, austères. Ses lèvres pincées évoquaient la morosité des hommes du Nord. Dans son visage buriné, ses yeux apparaissaient pleins de vivacité. Son regard ne laissait rien passer, mais ne semblait pas dénué d'un humour caustique. S'étant rendu compte de l'embarras de Glover, il baissa les yeux sur le papillon. Glover le cacha dans sa main et le glissa dans la poche de sa veste.

– Bien ! dit Mackenzie, laconique.

Un fonctionnaire au visage sévère s'approcha, accompagné de deux gardes armés. Il désigna Glover d'un geste et se mit à lui parler à toute allure en japonais, d'une voix brusque mais légèrement chantante.

– Je suis désolé, dit Glover. Je ne…

– Il pourrait vous parler en hollandais, observa Mackenzie. Mais je doute que cela vous facilite beaucoup la tâche !

Il s'adressa au fonctionnaire en japonais, avec une rapidité pleine d'assurance. Ils semblèrent se disputer, marchander. Glover observait la scène comme de très loin, en se laissant bercer par le rythme de leurs voix, la rumeur de la foule autour d'eux. Il ne comprenait rien mais nota qu'un mot revenait sans cesse : Dejima. Les deux hommes finirent par parvenir à un accord. Le Japonais s'inclina avec raideur devant Mackenzie, en émettant un grognement. Mackenzie s'inclina à son tour, mais moins profondément. Glover n'eut droit qu'à un bref signe de tête du fonctionnaire, auquel il répondit de la même manière en ajoutant :

– Parfait !

Les gardes reculèrent pour les laisser passer et Mackenzie s'exclama :

– Bienvenue à Nagasaki !

Glover fit mine de prendre sa malle, mais Mackenzie déclara qu'on allait la transporter à Dejima.

– Où est-ce ?

– Je crains que ce ne soit provisoirement votre résidence. Mais ne vous en faites pas. Pour une prison, ce n'est pas trop mal.

– Une prison ?

– Ce n'est qu'une façon de parler. Et votre séjour là-bas ne devrait pas être long.

Il s'avança à grands pas dans la foule et Glover le suivit.

À côté des docks s'étendait une place de marché bordée d'éventaires de fortune fabriqués à l'aide de nattes de paille et de perches en bambou. Des poissons vivants tressautaient dans des baquets en bois. Des créatures qu'il n'avait jamais vues se contorsionnaient en agitant leurs tentacules. Des tortues minuscules paraissaient flotter en l'air – en fait elles étaient suspendues à un fil au bout duquel elles se démenaient. Un peintre faisait des croquis au pinceau. Dans une autre échoppe, on vendait des laques et des sculptures. Les espaces libres étaient occupés par des jongleurs et des acrobates. Un vieil homme, au visage pareil à un masque souriant, tenait en équilibre une assiette dressée sur la lame d'un sabre. La jeune fille au papillon devait avoir quitté cet endroit pour flâner du côté des docks. Glover regarda à la ronde, dans l'espoir de la retrouver, mais elle était invisible. Mackenzie se retourna pour vérifier qu'il le suivait. En longeant le front de mer, ils furent la cible de regards aussi curieux que stupéfaits.

– Les barbares sont encore une nouveauté, dit Mackenzie. Surtout lorsqu'ils sont aussi grands et blonds que vous.

Une équipe d'ouvriers interrompit sa tâche pour le contempler. Leurs visages étaient fermés. Glover leur fit un signe de tête, mais ils ne répondirent pas et continuèrent de le fixer. Des jeunes femmes le regardèrent au passage en chuchotant et en riant derrière leurs mains. Glover leur sourit et s'inclina poliment, ce qui les fit rire de plus belle. Une troupe d'enfants le suivait en poussant des cris et en imitant ses yeux ronds avec leurs doigts arrondis autour de leurs propres yeux. Il s'arrêta, se retourna et rugit d'un air faussement féroce. Les garnements détalèrent avec des hurlements, en se bousculant pour se cacher au plus vite. Comme il riait, ils réapparurent timidement et recommencèrent à l'escorter.

Il joua le jeu de nouveau et se retourna en rugissant, ce qui provoqua derechef une débandade. Cette fois ils se montrèrent plus hardis pour revenir gambader dans son sillage.

Quand il se retourna pour la troisième fois, cependant, ils parurent terrifiés avant même qu'il ait ouvert la bouche et coururent se cacher derrière des tonneaux ou des ballots d'étoffe. Certains se jetèrent à plat ventre, le front dans la poussière. Glover était déconcerté. Puis il remarqua que plusieurs adultes se comportaient de la même façon. Ils reculaient en s'inclinant profondément, s'agenouillaient et se prosternaient d'un air aussi effrayé que respectueux. Glover resta perplexe, jusqu'au moment où il se rendit compte qu'ils regardaient en fait quelque chose derrière lui.

Jetant un coup d'œil par-dessus son épaule, il aperçut une silhouette sombre qui se dirigeait vers lui. Il protégea ses yeux du soleil pour mieux voir. Petit mais robuste, l'homme marchait lentement, avec une assurance ostentatoire, arrogante. Sa robe grise était nouée à la taille par une ceinture où étaient glissés deux sabres, l'un court, l'autre long. Ses cheveux étaient coiffés en chignon. L'expression de son visage était vraiment féroce, et son hostilité visait directement Glover. Ce n'était pas une simple impression due à l'étrangeté de son aspect : son regard était plein de haine.

L'homme continua d'avancer droit sur lui. D'une voix rude et gutturale, il aboya quelques mots qui semblaient être un ordre. Glover ne bougea pas. Soudain il sentit une main vigoureuse qui l'attrapait par le col de son manteau et le tirait en arrière.

– Soyez gentil, dit Mackenzie en agrippant sa nuque. Faites comme moi, s'il vous plaît.

Il s'inclina respectueusement devant l'homme et appuya sur la tête de Glover pour le forcer à l'imiter.

L'homme sembla s'apaiser à contrecœur. Il jeta un regard mauvais à Glover, grommela quelque chose et continua son chemin.

Mackenzie poussa un soupir de soulagement.

– Pas la peine de perdre la tête pour ça, mon garçon. Et quand je dis perdre la tête, c'est littéral.

Il fit le geste de trancher une gorge.

– Ce spadassin s'appelle Takashi. C'est un rônin, c'est-à-dire un samouraï mécontent. Ces gens constituent la classe des guerriers. Ils sont habitués à être obéis, et ils n'apprécient pas notre présence ici.

Mackenzie se remit à marcher.

– Souvenez-vous de trois choses et tout ira bien pour vous.

Il les compta sur ses doigts.

– Ne contrariez pas les samouraïs. Ne vous mêlez pas de politique. Et faites attention de ne pas laisser traîner votre petit oiseau n'importe où !

Ils s'arrêtèrent un peu plus loin sur un pont de pierre menant à une petite île au milieu du port. Deux gardes japonais, armés de piques, barraient le passage.

– Bien, dit Mackenzie. Nous sommes arrivés.

– Où ? demanda Glover en regardant les gardes.

– À Dejima. Votre demeure pour quelques jours.

Il désigna d'un geste la rangée de bâtisses à deux étages s'élevant derrière une digue.

– Tout ça est l'œuvre de l'homme, vous savez. Les Japs sont des types astucieux. Ils ont édifié cet endroit afin de tenir à l'œil les Hollandais.

Glover contemplait l'île d'un air hébété. Il se sentait soudain épuisé. C'était donc là l'impasse où aboutissait son voyage.

Mackenzie devait avait compris son état d'esprit.

– Ne prenez pas cet air abattu, mon vieux. Moi aussi j'ai logé ici à mon arrivée. Ce n'est pas désagréable. Quant aux gardes, ils sont surtout là pour vous protéger.

– De quoi ?

– Oh, des assassins, des bandits, des rônins du genre de notre ami Takashi.

Il s'adressa aux gardes dans son japonais fluide. Les deux hommes s'inclinèrent négligemment et les laissèrent franchir la grille de fer s'ouvrant sur l'île. Une unique rue d'une centaine de mètres, poussiéreuse et défoncée, la traversait d'un bout à l'autre. Elle était bordée d'un côté par les bâtisses à deux étages qu'on voyait depuis le rivage. C'étaient des constructions en bois de style européen, avec des fenêtres aux volets verts dont la peinture s'écaillait. De l'autre côté se trouvaient divers entrepôts et une boutique. Mackenzie accompagna Glover dans son logis, une chambre spartiate au second étage. L'étroite fenêtre donnait sur le pont qu'ils venaient de traverser et qui rejoignait la terre.

Mackenzie déclara qu'il allait prendre congé. Glover avait sûrement besoin de repos. Il passerait le prendre le lendemain matin afin de l'emmener à son lieu de travail et de le mettre dans le bain.

– Je serai prêt, assura Glover.

– Il y a un club en face, dit Mackenzie. Ce n'est qu'un vulgaire bar servant de la bière hollandaise tiède. On peut aussi prendre des repas, ou à peu près. Nous ferons en sorte demain que vous ayez une avance sur votre salaire. En attendant, contentez-vous de signer des reçus.

– Merci.

Mackenzie s'immobilisa sur le seuil.

– Au fait, il y aussi habituellement des dames de la ville toutes prêtes à vous distraire. Donc soyez prudent, ne faites pas de bêtise et pensez à ce que je vous ai dit.

– J'y veillerai, monsieur. C'est entendu.

Il écouta les pas de Mackenzie descendant lourdement l'escalier de bois. Soudain, il fut repris par son sentiment d'oppression. Il était seul dans cette chambre morne et exiguë, où flottait une odeur de moisi, de tabac et d'humidité. Il embrassa d'un regard son domaine : le lit étroit contre le mur, au-dessus duquel pendait tout de travers un tableau encadré représentant un navire marchand ; une petite table et une chaise de cuisine ; sur la table, une cuvette en faïence et une aiguière remplie d'eau.

Ouvrant les volets, il regarda par la fenêtre et aperçut Mackenzie qui traversait le pont, saluait les gardes d'un signe de tête et disparaissait dans la foule sans se retourner. Vaincu par la fatigue, Glover envoya promener ses bottes et se jeta sur le lit. Le sommier grinça, le matelas bourré de paille était dur. Il décida de se reposer quelques instants.

Des coups violents à la porte le tirèrent de son sommeil. En proie à un vague sentiment d'urgence, il bondit sur ses pieds. Il eut du mal à reconnaître la chambre étrangère, aussi irréelle qu'un rêve. Puis il se rappela. Le voyage. Son arrivée au bout du monde.

Les coups redoublèrent et il se roidit sans bien savoir pourquoi, prêt à un affrontement. Mais ce n'était qu'un jeune Japonais, un porteur venant lui apporter son bagage.

L'homme s'inclina.

– *Guraba-san* ?

– Je suis désolé, dit Glover. Je ne comprends pas. Mais il s'agit bien de mon bagage, si c'est ce que vous me demandez.

Il hocha la tête en souriant et désigna du doigt sa vieille malle.

– *Hai*, dit le porteur en s'inclinant.

Il traîna la malle dans la chambre, s'inclina de nouveau.

Glover fit mine de fouiller dans ses poches et les retourna pour montrer qu'elles étaient vides. Il haussa comiquement les épaules en faisant une grimace de clown d'un air plein de regret. Le jeune homme éclata de rire, agita la main, s'inclina encore et disparut dans l'escalier qu'il descendit d'un pas léger, pieds nus.

Glover se recoucha. Rien qu'une minute ou deux. Il sombra instantanément dans un sommeil profond. Quand il se réveilla, la chambre était sombre. Plongé dans une sorte d'hébétude, il essaya péniblement de refaire surface. Au prix d'un énorme effort de volonté, il se redressa. Ses rêves, aussi animés qu'incohérents, commençaient déjà à se dissiper. Des fragments lui revinrent en mémoire. Il lui semblait avoir erré dans une maison immense, à travers des pièces vides, tandis qu'un petit objet blanc voletait devant lui, juste hors de sa portée, et que derrière chaque porte était tapie une menace obscure.

Il versa de l'eau froide dans la cuvette, s'aspergea le visage. Il attendrait le matin pour se laver convenablement, se raser et mettre des vêtements propres. Pour l'instant, il voulait simplement se réveiller pour de bon, chasser la fatigue de ses yeux. Il lui fallait se mettre debout, sortir et voir ce que sa prison avait à lui offrir.

La nuit était tiède, l'air chargé de ces parfums capiteux, à la fois étranges et familiers, se détachant sur un fond immuable d'odeur de mer. De l'autre côté de la rue se dressait l'établissement dont Mackenzie avait parlé. Une faible lumière brillait aux fenêtres, un concert assourdi de voix masculines s'élevait du bar. Glover poussa la porte et entra. L'aménagement des lieux était réduit à l'essentiel : un comptoir de bois sombre devant le mur du fond, quelques tables éparpillées dans la pièce, un vieux piano droit dans un coin. Les conversations s'interrompirent un instant à son entrée. Quelques hommes se tournèrent pour le regarder, mais personne ne le salua et le brouhaha reprit aussitôt. Il alla demander une bière au serveur revêche qu'il supposa être hollandais. L'homme prit une bouteille sur l'étagère derrière lui et la posa sur le comptoir, à côté d'une chope qu'il avait essuyée avec son tablier.

– C'est sur votre note ? s'enquit le serveur.

– Pardon ?

– Vous travaillez pour Jardine's ?

– Effectivement.

L'homme poussa une feuille de papier vers lui et lui tendit une plume, un encrier.

– Signez ici.

– D'accord.

Glover écrivit son nom en toutes lettres, avec un paraphe. Thomas Blake Glover. S'asseyant près du mur, il leva son verre en direction des deux clients assis à la table voisine.

– À votre santé, messieurs !

– Un nouveau venu ! s'exclama son plus proche voisin, un homme brun au visage émacié et à l'accent typiquement anglais.

– Encore un Anglais ? demanda l'autre client.

Son visage blême, aux cheveux clairsemés, s'ornait d'une fine moustache. D'après sa prononciation, ce devait être un Européen. Un Français, très probablement.

– Je suis écossais, dit Glover.

– Eh bien ! répliqua l'Anglais. Après nous, c'est encore ce qu'il y a de mieux !

– Je m'appelle Tom Glover.

– Charles Richardson.

– Montblanc, dit le Français.

– Cheers !

– Cul sec !

– *À la vôtre** !

Peut-être était-ce l'effet de sa fatigue, de l'étrangeté de cet endroit, mais il ne se sentait pas à l'aise avec ces hommes. Ils affichaient un détachement amusé, comme s'ils le toisaient, le

* Les mots en italique suivis d'un astérisque sont en français dans le texte. (N.d.T.)

jaugeaient avec condescendance, prêts à le trouver inférieur. L'épuisement le rendait également plus sensible que de coutume à la bière, même aussi insipide que celle qu'il était en train de boire. Au bout de trois bouteilles, il était dans un état second. Les visages de ses compagnons lui semblèrent prendre un aspect démoniaque. Il fallait qu'il prenne congé et retourne dans sa chambre afin de dormir. Mais quand il se leva pour partir, le sol se déroba, la salle se mit à tournoyer. Les regards de l'assemblée se firent alors attentifs tandis qu'une mélodie sautillante s'élevait du piano désaccordé. La pianiste était une énorme Japonaise – non, un homme déguisé en femme, un robuste Hollandais vêtu d'une robe de soie et coiffé d'une perruque noire, le visage fardé de blanc et les lèvres peintes en une moue d'un rouge éclatant.

L'effet était d'un comique grotesque, on aurait dit un personnage de pantomime.

– Ah ! s'exclama Richardson. C'est l'heure du divertissement !

En proie à une excitation soudaine, Montblanc éclata d'un rire strident et fit signe de la main au pianiste, lequel répondit en souriant de toutes ses dents jaunes dans son visage maquillé.

Glover se rassit et se calma suffisamment pour que la salle reprenne son équilibre. Le piano continua de cliqueter tandis que trois jeunes Japonaises surgissaient d'une arrière-boutique. C'étaient vraiment des femmes, cette fois. Elles s'avancèrent sans bruit, à tout petits pas, et furent accueillies par des applaudissements mêlés de quelques cris d'approbation ironique. Ouvrant d'un seul coup leurs éventails, elles commencèrent à danser en s'inclinant vers leur public ricaneur.

Il sembla à Glover que leur danse était une parodie, rendue grossière par l'accompagnement de music-hall. Mais même ainsi, les mouvements de ces femmes étaient pleins d'une grâce intrinsèque, d'une légèreté qui le toucha malgré son état.

Une des danseuses s'approcha de leur table. Il ne put s'empêcher d'être fasciné par sa façon de pencher la tête pour lui jeter un regard aussi timide qu'avisé par-dessus l'éventail voltigeant devant son visage. Quand la musique cessa, elle s'inclina dans leur direction sans quitter Glover des yeux.

Richardson éclata de rire.

– Je n'ai aucune intention de miser sur une indigène ! Quant à Montblanc, je crois qu'il a d'autres préférences.

D'un geste emphatique de la main, il désigna Glover.

– Il ne reste donc que vous.

La fille le regardait toujours en jouant de l'éventail. Elle poussa un gloussement et lança :

– Je viens vous ?

– Voilà qui s'appelle une offre ! s'exclama Richardson en tapant sur la table.

Ce jour pouvait-il finir autrement ? Et se pouvait-il qu'un jour seulement se soit écoulé ? Glover avait plus que jamais l'impression de vivre un rêve. Son épuisement avait cédé la place à un état entièrement différent, une sorte d'étrange détachement lucide où il s'observait lui-même, corps et esprit séparés, et regardait les événements se dérouler autour de lui. Il était sorti du bar en titubant, suivi de la jeune Japonaise. Comme il était étourdi par l'air du dehors, elle l'avait pris par le bras pour le soutenir. En sentant la chaleur de son corps à travers sa fine robe de coton, en respirant son parfum, il avait été envahi par une excitation soudaine. Il lui avait indiqué la porte de son logis et l'avait laissée le guider dans l'escalier menant à cette chambre qui n'était la sienne que depuis quelques heures.

S'asseyant au bord du lit – son lit –, il avait entrepris de faire glisser la robe de sa compagne sur ses épaules maigres. Il se rappela une harpie rousse et criarde qui s'était moquée de lui dans une ruelle obscure du port d'Aberdeen. La jeune fille qu'il avait maintenant devant lui était si différente. Ses cheveux de jais coiffés en hauteur laissaient à découvert sa nuque délicate, dont l'aspect vulnérable le remplit d'une sorte de tendresse, lui donna envie de l'embrasser à cet endroit précis. Il pensa à Annie.

– *Atsuka*, dit la fille en hochant légèrement la tête.

– Pardon ?

– *Atsuka*, répéta-t-elle en faisant mine de s'éventer et d'essuyer son front avec sa main.

– Chaud ? demanda-t-il.

Il tira sur son col en soufflant avec une énergie parodique.

– *Hai* ! approuva-t-elle. Oui. *Shô* !

Prenant une voix grave et rude, il grogna :

– *Atsuka* !

Elle éclata d'un rire aigu qui se transforma en cri lorsqu'une pierre fracassa brusquement la vitre de la fenêtre.

Dès qu'il eut compris ce qui s'était passé, son premier réflexe fut de protéger sa compagne, de passer un bras rassurant autour de ses épaules nues. Elle était effrayée, tremblante et se cramponna à lui tandis qu'il caressait ses cheveux en murmurant des mots apaisants. On entendait du bruit dehors, des cris de colère. Il se dégagea doucement. Saisissant sa robe, elle la revêtit et la serra autour de son corps. Il se leva, s'approcha prudemment de la fenêtre et jeta un coup d'œil. Un groupe de Japonais s'étaient rassemblés sur la terre ferme, à l'autre bout du pont. À la lueur incertaine des torches et des lanternes, il distingua certains d'entre eux qui scandaient des phrases, brandissaient des bâtons et jetaient des pierres en direction des bâtisses de l'île.

Comment ce jour aurait-il pu finir autrement ? Glover enfila son pantalon, sa veste, ses bottes. Après avoir assuré à sa compagne que tout allait bien et qu'il n'y avait pas à s'inquiéter, il descendit l'escalier quatre à quatre et se précipita dans la rue. Une poignée d'autres Européens s'étaient rassemblés près du pont et regardaient la foule hurlante à l'autre bout. Deux gardes étaient encore en faction, prêts à intervenir avec leurs piques. Cependant ils tournaient le dos à la terre ferme et faisaient face à l'île.

– Bon Dieu ! s'exclama Glover. Ils nous parquent dans cet endroit au lieu de chasser ces excités !

Richardson répliqua d'une voix molle, comme si tout cela ne le concernait pas :

– Je pense qu'ils essaient d'empêcher un incident. Si quelqu'un s'aventurait là-bas, il serait mis en pièces.

– Alors nous devons nous contenter de jouer les spectateurs ?

– Ces Japs veulent juste créer des problèmes en nous provoquant. S'ils avaient vraiment envie de traverser le pont, il faudrait davantage que deux malheureux gardes pour les arrêter.

Une pierre atterrit aux pieds de Glover. Il la ramassa et la lança en direction de l'attroupement. Les gardes firent un pas en avant d'un air menaçant. De l'autre côté du pont, une silhouette imposante semblait prête à entraîner la populace à l'assaut de l'île. Glover reconnut à la lumière flamboyante d'une torche le samouraï Takashi, qu'il avait rencontré ce jour même. Ses traits aussi distincts que s'il avait été sur une scène illuminée révélaient un rictus de haine sans mélange, de fureur contenue. Sa main droite cherchait déjà la poignée de son sabre, mais un homme à côté de lui posa une main sur son bras pour le calmer. Ils échangèrent quelques mots, l'homme s'inclina et Takashi tourna les talons. La foule s'écarta sur son passage tandis qu'il s'éloignait du pont. Son compagnon sembla donner un ordre et l'attroupement se dispersa. Les gardes cessèrent de brandir leurs piques et firent signe aux étrangers de repartir.

Richardson alluma un cigare, exhala sa fumée odorante dans l'air de la nuit.

– Et maintenant ? demanda-t-il.

Oui. Quoi d'autre ?

La fille attendait Glover dans sa chambre. Leurs corps en sueur s'affalèrent sur son lit étroit et il se perdit en elle, sombra enfin dans l'oubli.

Quand il se réveilla, il était seul. Il crut un instant qu'il se trouvait à Bridge of Don, que son voyage n'était qu'un rêve. Mais non, il était ici, à Dejima. La fille s'était éclipsée pendant la nuit et la lumière du matin entrait à flots par la fenêtre brisée. Des morceaux de verre étaient entassés dans un coin. Elle devait avoir pris ce soin avant de partir. Il espérait qu'elle n'avait pas blessé ses mains si fines et blanches. N'ayant pas d'argent sur lui et ne pouvant lui signer un reçu, il n'avait pu la payer. Il se souvenait de lui avoir dit :

– La prochaine fois !

Et elle avait répliqué en riant :

– Je viens vous de nouveau !

Il était encore grisé par son odeur, sa saveur. Bienvenue à Nagasaki.

Bon Dieu ! Il devait commencer à travailler ce matin même. Mackenzie allait venir le chercher.

Se mettant péniblement debout, il s'habilla. Même lui percevait maintenant le parfum peu raffiné qu'il exhalait. À force de voyager et de porter depuis des semaines le même complet taché de sueur, il sentait terriblement le renfermé. Il ouvrit sa vieille malle, en sortit une serviette de coton rêche, un savon de crésol tout crevassé et fleurant bon la maison natale. Puis il déploya son unique costume de rechange. Dans la salle de bains du rez-de-chaussée se trouvait un baquet qu'on pouvait remplir grâce à une pompe. Il s'échina sur le manche jusqu'à ce que sa baignoire fût à moitié pleine. L'eau était froide, mais il n'avait pas le choix. Il se dévêtit, entra dans le baquet et tressaillit en s'y asseyant. Une fois plongé complètement dans ce bain glacé, il se sentit réveillé.

De retour dans sa chambre, il se rasa en se regardant dans un petit miroir de poche posé sur le rebord de la fenêtre. Par la vitre brisée, il aperçut Mackenzie qui traversait le pont menant à l'île. Il essuya le reste de mousse sur son visage et descendit précipitamment l'escalier pour l'accueillir.

– Vous êtes plein de zèle, constata Mackenzie en le saluant d'un signe de tête. Et fort présentable. C'est un bon début. À présent, venons-en aux faits, monsieur Glover. Jardine Mathieson a dépensé près de trois cents livres pour vous amener ici. J'imagine que cela doit correspondre à environ trois fois le salaire annuel de votre père. Les directeurs de la firme vous considèrent comme un élément d'avenir. Essayons donc de ne pas les décevoir, d'accord ?

Glover hocha la tête avec enthousiasme.

– Oui, monsieur.

– Je sais que vous êtes impatient de vous mettre au travail.

Une nouvelle fois, le regard de Mackenzie révélait une pointe d'humour à froid.

– Mais commençons par le commencement. Un grand gaillard comme vous doit avoir besoin d'un petit déjeuner.

Glover avait préféré ne pas en parler, mais il avait l'estomac dans les talons.

– Ce serait magnifique, dit-il.

– Allons-y, dans ce cas. Nous parlerons en marchant. J'ai cru comprendre que la nuit avait été agitée ici.

– Je pensais que c'était peut-être toujours comme ça…

– Pas du tout. Parfois cela peut devenir dangereux !

Il traversa le pont à grands pas et Glover se dépêcha pour ne pas être distancé.

– Pour dire les choses sérieusement, poursuivit Mackenzie, la situation est instable et il arrive qu'un dérapage violent se produise. Rien que la semaine dernière, dans cette rue même…

Il désigna de la tête une ruelle étroite sur sa droite.

– Deux marins américains ont été transpercés à coups de sabre puis décapités.

– Seigneur !

– Sans doute étaient-ils rendus agressifs par l'ivresse. Ils devaient faire du tapage et tituber en direction du quartier des plaisirs. Ils seront tombés sur un rônin qui se sentait encore plus mécontent que de coutume.

– Et ça a suffi ?

– Ces gens sont du genre susceptible !

Glover se rappela le visage aperçu à la lueur des torches, de l'autre côté du pont.

– Je suis sûr d'avoir vu notre ami Takashi cette nuit, il commandait la populace.

– Cela ne me surprend pas.

Mackenzie s'arrêta devant une entrée basse et souleva la portière en tissu bleu foncé portant une inscription japonaise.

– Suivez-moi, dit-il en se penchant pour entrer.

Glover pénétra à sa suite dans une pièce sombre où flottaient des odeurs de cuisine. Quelques Japonais assis sur les talons vidaient des bols remplis de nourriture. Il sembla à Glover qu'ils mangeaient avec des bâtonnets en bois qu'ils tenaient entre le pouce et l'index. Après un échange de politesses, Mackenzie commanda une collation au patron de l'échoppe et s'assit sur un tabouret bas près de l'unique table rangée dans un coin. Le patron s'inclina et apporta un second tabouret pour Glover.

– Je crains que les œufs et le bacon ne manquent à l'appel, déclara Mackenzie. Les flocons d'avoine aussi, du reste. J'espère que vous n'aurez rien contre du poisson à cette heure du jour.

– Il se trouve que j'ai un faible pour le hareng fumé au petit déjeuner.

– Spécialité d'Aberdeen ! gloussa Mackenzie. Mais ce qu'ils ont ici est assez différent.

– Je serais capable de manger un cheval galeux ! Y compris la gale !

– Eh bien, voyons ce que vous allez dire de la cuisine locale.

Le patron leur apporta à chacun un bol, une paire de bâtonnets et une cuiller en os.

– *Arigato*, lui dit Mackenzie.

Il ajouta à l'adresse de Glover :

– Cela signifie : merci.

– *Arigato* ? répéta Glover.

L'homme s'inclina en riant.

– Excellent ! déclara Mackenzie.

Il prit les bâtonnets et expliqua :

– On les appelle *hashi*. En Chine, nous disions simplement : des baguettes.

– *Hashi*.

– Mais je ne vous conseille pas de les utiliser pour manger votre soupe ! dit Mackenzie en prenant une cuiller. *Bon appétit**. Ou *itadakimasu*, comme on dit dans ce pays.

– *Itadakimasu*.

Le bol était rempli à ras bord d'un bouillon fumant. En plongeant sa cuiller sous la surface, Glover mit au jour une masse de légumes visqueux, ressemblant à des anguilles minuscules, ainsi qu'un morceau évoquant un tentacule coupé avec ses ventouses.

– Ça sent comme la plage de Torry à marée basse.

– Vous avez parlé d'un cheval et de sa gale, observa Mackenzie.

– J'ai déjà mangé des tripes. Et de la terrine de jarret.

Il respira à fond, avala une gorgée de l'étrange soupe et la trouva à la fois liquide et difficile à mâcher. Le goût était épicé mais pas désagréable.

– C'est bon, proclama-t-il en prenant une autre cuillerée.

Il fit un signe de main au patron et se frotta l'estomac. L'homme éclata de rire, imité par Mackenzie. Glover eut l'impression d'avoir passé un test, une épreuve initiatique. Après avoir mangé, ils burent un thé vert passablement amer dans des bols grossiers dépourvus de vernis.

– C'est l'heure du cours d'histoire, déclara Mackenzie. Les Japonais ont vécu pendant des siècles dans un splendide isolement. Ils se définissaient eux-mêmes comme le *sakoku*, le pays fermé. Quant à nous ouvrir leurs portes, ils n'en avaient aucune envie. Mais on s'est chargé de les convaincre.

– On, c'est-à-dire les canonnières américaines.

– Les fameux bateaux noirs du commodore Perry, pour être exact. Ils ont jeté l'ancre dans la baie d'Edo. Cette menace fut suffisante pour que le shogun consente à un commerce limité avec l'Occident. Nous avions un pied dans la place. Notez que ces événements datent de cinq ans et qu'il a fallu attendre cet été pour que le traité devienne vraiment effectif. Vous allez vous apercevoir vous-même que tout va lentement dans ce pays. Le shogun et son administration, le bakufu, y veillent avec zèle.

– Le shogun détient le pouvoir ?

– L'empereur, le mikado, est en fait exilé à Kyoto. Son rôle est purement décoratif. Le shogun gouverne à sa place. Il était mécontent de signer le traité, mais Perry ne lui a pas laissé le choix. Tout ce que peut faire le shogun pour ne pas perdre la face et apaiser les traditionalistes, c'est de nous rendre la tâche aussi difficile que possible. Par exemple...

Mackenzie tendit à Glover un petit morceau de bambou, sur lequel était peint un symbole japonais.

– Voici la monnaie en vigueur dans ces parages. Et, bien entendu, il faut suer sang et eau pour s'en procurer.

– N'est-il pas possible simplement d'en acheter ?

Glover sentit lui-même en posant cette question qu'elle devait être naïve.

– Non, même avec des dollars mexicains en argent comme celui-ci...

Il sortit une pièce étincelante et la lança à Glover, qui l'attrapa au vol.

– Essayez, dit Mackenzie en désignant de la tête le patron de l'échoppe. Vous allez voir s'il veut bien vous en vendre.

Encore un test. Glover présenta à l'homme le morceau de bambou dans sa main gauche, le dollar en argent dans la droite, et tenta de lui faire comprendre qu'il voulait échanger une quantité de l'un avec l'autre.

– Vous êtes vendeur ?

Quand il comprit ce qu'il demandait, le patron parut soudain terrifié. Il jeta un coup d'œil vers la porte et fit mine de trancher sa propre gorge.

– Il n'exagère pas, intervint Mackenzie. Une opération de ce genre pourrait lui coûter la vie.

– Comment vous en tirez-vous ?

– À force d'obstination ! Il faut dénicher les fonctionnaires qu'on peut acheter.

Glover lui tendit le dollar et le bambou, mais Mackenzie lui fit signe de les garder.

– Prenez-les comme acompte.

– Merci, dit Glover.

En les glissant dans la poche de sa veste, il sentit sous ses doigts le papillon en papier. En vidant les poches de son autre veston, il l'avait gardé comme porte-bonheur. Il savait que c'était une sottise, une superstition. Mais quand même…

Dehors, il longea le front de mer avec Mackenzie.

– Voici le Bund, dit son compagnon. C'est la rue principale. Tous ces entrepôts appartiennent à des sociétés occidentales. Anglais, Américains, Hollandais et Français investissent à tour de bras, et il y a de quoi faire pour tout le monde.

– Puis-je vous poser une question ?

– Bien sûr.

– Vous avez dit que le traité venait seulement d'entrer en vigueur.

– C'est exact. Il y a quelques mois.

– Mais cela fait plus d'un an que vous faites du commerce ici.

Mackenzie sourit.

– Il faut savoir trouver les moyens adéquats, mon garçon. Comme je le disais tout à l'heure, c'est une pure question d'obstination. Il faut aussi être prêt à prendre des risques.

Il s'arrêta devant un bâtiment à deux étages construit en retrait du port.

– Nous voici arrivés à l'avant-poste le plus reculé de l'empire Jardine Mathieson !

Situé au rez-de-chaussée, le bureau était spartiate, meublé chichement de tables et de chaises en bois ainsi que de bibliothèques bourrées de registres. Mackenzie était logé à l'étage. L'entrepôt se trouvait à l'arrière du bâtiment. Ballots et boîtes, caisses et sacs y étaient empilés. Deux jeunes Japonais en bras de chemise vérifiaient une livraison de soie. Ils interrompirent leur tâche pour s'incliner profondément devant Mackenzie, un peu moins devant Glover.

– Voici messieurs Shibata et Nakajimo, dit Mackenzie. Je vous présente monsieur Glover. Guraba-san.

Glover salua de la tête les deux employés.

– Guraba-san ? fit-il observer à Mackenzie. C'est ce qu'a dit hier soir le garçon qui m'a apporté mon bagage.

– Tel est votre nom en japonais. Ils ont du mal à prononcer certaines de nos consonnes. Vous vous y ferez.

– Guraban-san, dirent d'une seule voix les jeunes hommes.

Il faisait chaud dans l'entrepôt, dont l'espace confiné était chargé d'effluves d'épices et de thé. Glover s'éventa avec la main et s'écria :

– *Atsuka* !

Alors qu'il était fier d'avoir retenu ce mot, les deux Japonais ne purent s'empêcher d'éclater de rire. L'un d'eux dit quelque chose à Mackenzie avant de s'esclaffer de plus belle.

– Ils sont très impressionnés de vous voir déjà apprendre leur langue, déclara Mackenzie d'une voix où perçait de nouveau une ironie amusée. Toutefois ils vous signalent que les gens polis emploient le mot *atsui*. Le terme que vous avez utilisé est en général l'apanage de jeunes dames d'un certain genre, et ils seraient curieux de savoir où vous l'avez entendu.

– Hem, je comprends ! dit Glover avec embarras.

– Si je puis me permettre de paraphraser, continua Mackenzie en exagérant son accent écossais, il vous a suffi de cinq minutes à Nagasaki pour apprendre à causer comme les vauriens et les putains !

À présent Glover était rouge jusqu'au front. Il se fichait de dire *atsuka* ou *atsui*. On étouffait dans cette pièce.

– Peu importe, conclut Mackenzie. Du moment que vous ne rapportez rien de pire de vos visites chez ces créatures !

Désignant les deux Japonais qui tentaient de rester calmes et de réprimer leur hilarité, il observa :

– Ils vont raconter cette histoire pendant un mois.

De retour dans le bureau, Mackenzie conduisit Glover à une table installée dans un coin. C'était là qu'il travaillerait. Avant de sortir pour le reste de la matinée, Mackenzie lui demanda de commencer à classer une pile de papiers. En regardant la feuille du haut, Glover reconnut la disposition familière, le tracé caractéristique des mots et des chiffres sur les connaissements. Après le départ de Mackenzie, il s'attela à la tâche, non sans avoir d'abord sorti de la poche de sa veste trois objets – le morceau de bambou, le dollar d'argent et le papillon en papier – qu'il plaça sur sa table comme un petit autel à la fortune.

4

De thé et de soie

Nagasaki, 1859-1860

Un pays ruisselant de lait et de miel. Ou du moins, avait-il dit, de thé et de soie. Il avait fait tourner le globe sur son axe et immobilisé le monde avec son doigt posé sur le Japon. Le pays des dragons – et de sa future richesse. Il voulait tout à la fois.

Il s'était mis au travail avec frénésie, de toutes ses forces. Avide d'apprendre tout ce que Mackenzie pouvait lui enseigner, il n'avait pas moins envie de découvrir du nouveau.

En quelques mois, il s'était rendu indispensable. Il se chargea des documents et des tâches administratives, une corvée morne, monotone et essentielle. Puis il délégua peu à peu la plus grande partie de ce travail à Shibata et Nakajimo. Ainsi libéré de l'obligation de rester à son bureau, il put sortir et observer Mackenzie en action, tandis qu'il marchandait âprement avec des commerçants en se battant pour obtenir les conditions les plus avantageuses. Ils arpentèrent ensemble les ruelles boueuses de la ville, visitèrent magasins et entrepôts, arrière-boutiques et hangars branlants, en vérifiant des marchandises et en examinant des échantillons.

– Il faut être vigilant, disait Mackenzie tout en fouillant dans une caisse de thé dont il tirait des feuilles qu'il frottait entre ses doigts et reniflait de près. Il y a des salauds qui sont prêts à faire n'importe quoi pour vous avoir. Ils sont capables de vous vendre des feuilles de la meilleure qualité puis d'en remplacer la moitié par des rebuts dès que vous avez le dos tourné. Ou bien ils vous vendent de la soie grège magnifique et la frelatent ensuite avec du sable.

Glover observait et apprenait. Bientôt il signa lui-même des documents au nom de Jardine's. Après l'avoir qualifié de jeune assistant très capable dans ses lettres au bureau central de la firme, Mackenzie s'était mis à l'appeler le chef – et il ne plaisantait qu'à moitié. Sa réputation dans leur petite communauté commença à grandir.

Mackenzie le présenta à un Chinois nommé Wang-Li, en affirmant que cet homme faisait commerce de tout ce qui existait sous le soleil. Surpris, Glover déclara qu'il croyait que la loi interdisait aux Chinois de se livrer à des opérations commerciales.

– C'est vrai, répliqua Mackenzie. Mais là encore, il suffit de trouver les moyens adéquats. Beaucoup d'Européens ou d'Américains ne peuvent se faire à un régime se réduisant à du poisson, du riz et des nouilles. Ils ont été autorisés à engager des cuisiniers chinois. Mr Wang-Li est capable de fournir un ragoût de bœuf tout à fait honorable. À côté de la cuisine chinoise, il possède même un répertoire de plats français.

Wang-Li s'inclina avec un large sourire.

– Officiellement, poursuivit Mackenzie, il est employé comme cuisinier et valet de chambre par un négociant américain nommé Jack Walsh. Vous ne serez pas long à faire la connaissance de ce personnage. Mais les talents de Wang-Li sont loin de se borner à l'art culinaire. Il a plusieurs cordes à son arc. Quand il s'agit de vous dénicher tout ce dont vous pouvez avoir besoin, c'est un véritable magicien.

Le Chinois sourit de nouveau et déclara :

– Vous demandez, je trouve.

– Il ne plaisante pas, dit Mackenzie. La semaine dernière, il m'a procuré tout une caisse de Lea & Perrins Worcester Sauce !

– Impressionnant.

– N'oubliez pas, dit Wang-Li.

– Entendu.

Mackenzie avait connu Wang-Li à Shanghai, où il avait été en poste avant de se rendre à Nagasaki.

– Je n'ai jamais été aussi ravi de quitter un endroit, assura-t-il. Estimez-vous heureux de ne pas avoir été envoyé là-bas.

– J'ai pu m'en faire idée rien qu'en y faisant escale.

En parcourant les rues du front de mer de Shanghai, il avait été atterré par la cohue des passants, la chaleur, le bruit, l'impression de menace latente accentuée par la présence des gardes armés veillant sur les murs entourant le quartier des étrangers.

– Cette ville est une fosse à fumier, dit Mackenzie. Un égout. Je crois qu'il m'a fallu un mois ici pour cesser de sentir son odeur. Elle pue incroyablement. On l'appelle la Putain de l'Orient. Dans une rue baptisée la Ruelle sanglante, le prix d'une bière comprend une fille de douze ans derrière un rideau crasseux.

– Vous demandez, je trouve ! intervint Wang-Li en riant.

– Je pense qu'il plaisante, dit Mackenzie à Glover. Encore que je n'en sois jamais absolument certain.

– Shanghai est ma ville natale, déclara Wang-Li.

– Voilà qui expliquerait bien des choses, observa Mackenzie.

Mackenzie continua l'éducation de Glover en lui indiquant quels fonctionnaires étaient sensibles aux pots-de-vin, quels commerçants avaient tendance à rompre un contrat avant même que l'encre de leur signature eût séché. Il l'avertit que certains négociants étrangers n'étaient pas moins impitoyables et dénués de scrupules, et considéraient tous les Japonais comme irrémédiablement corrompus. Les mêmes négociants voyaient dans les diplomates de leurs propres pays des poltrons laxistes et raisonnables à l'excès, tandis que lesdits diplomates décrivaient de leur côté les négociants comme le rebut de l'Europe.

– En somme, conclut-il, un environnement tout à fait propice aux affaires !

Le commerce reposait pour l'essentiel sur une simple activité d'import-export. Les clippers de Jardine's partaient pour la côte chinoise, à six jours de là, chargés de soie et aussi d'algues, une friandise locale. Pour que la traversée soit rentable, les bateaux devaient revenir avec d'autres marchandises, susceptibles d'être vendues au Japon : sucre, coton, médicaments chinois. Le travail de Mackenzie, qui était maintenant également celui de Glover, consistait à trouver des débouchés pour ces produits.

Il était crucial d'apprendre la langue japonaise, au moins superficiellement. Mackenzie en maîtrisait les rudiments et Glover s'était attaqué à la tâche sans se laisser démonter par les résultats embarrassants de ses premiers efforts. Encore maintenant, Mackenzie n'avait qu'à grogner : « *Atsuka* ! » pour que Shibata et Nakajimo éclatent de rire.

Au Club des Étrangers, Glover avait déniché un manuel de conversation à bon marché prétendant enseigner à un nouveau venu au Japon quelques expressions de base et des astuces pour entretenir la conversation.

On y apprenait que *je* se disait *waterkoosh*.

– *Watakashi*, corrigea Mackenzie.

Vous se disait *omy*.

– *Omai*.

Tea se disait *otcher*.

– *Hocha*.

Soie se disait *kinoo*.

– *Kinu*.

– L'auteur risque même des phrases complètes, déclara Glover. Des ordres, pour la plupart.

– C'est la première chose que votre étranger a besoin d'apprendre, répliqua Mackenzie.

– Et voici un conseil judicieux. Si vous voulez dire à un indigène de faire moins de bruit en enfonçant des clous dans un mur sans quoi vous serez contraint de le punir, vous devez crier : *Omy pompom bobbery waterkoosh pumguts* !

– Voilà ce que j'appelle un remarquable baragouin. C'est du pidgin, un langage bâtard. Ils comprennent mal ce qu'ils entendent et ajoutent quelques bribes de français estropié dans cette bouillie, avec des débris de hollandais, de chinois et même de malais – c'est de là que vient *piggy*.

– J'ai entendu ce mot dans le port.

– On pourrait le traduire grossièrement par « Grouille-toi ! » ou peut-être par « Fous le camp ! ».

– Ça me sera utile quand je rencontrerai l'auteur de ce livre, dit Glover.

Il se mit à crier :

– *Piggy* ! *Bobbery waterkoosh pumguts* !

Mackenzie poussa un gloussement.

– Au fait, encore un conseil pour votre apprentissage de la langue. Vous feriez mieux d'imiter la façon dont parlent les messieurs, plutôt que de suivre l'exemple de vos charmantes amies. La différence est sensible. Les hommes ont une élocution beaucoup plus rude. Si vous parlez comme les femmes, les marchands japonais risquent de se méprendre fâcheusement sur votre compte, si vous voyez ce que je veux dire.

– Il ne manquerait plus que ça.

– Un grand Écossais velu comme vous ! Ils seraient vraiment déconcertés !

– Merci pour le conseil. Je demanderai à Shibata et Nakajimo de me corriger.

Les deux jeunes employés l'avaient déjà aidé dans son éducation. Un samedi soir, une fois le travail de la semaine achevé, ils l'avaient emmené sur le Bund pour le conduire au quartier des plaisirs, le monde flottant.

– Maruyama, dit Shibata. Le quartier des fleurs.

L'air était tiède et doux. Ils arrivèrent à une passerelle en bois traversant une rivière.

– On l'appelle Shian Bashi, expliqua Shibata. Le pont de l'hésitation. Il est encore temps de rebrousser chemin.

Glover sourit et traversa à leur suite.

Plus loin ils atteignirent un autre pont, plus petit et étroit.

– Celui-ci s'appelle Omoikiri Bashi, dit Nakajimo. Le pont de l'esprit résolu. Il n'est plus question de revenir en arrière.

– Allez-y, je vous suis ! s'exclama Glover en riant.

Le temps était compté. Il fallait décharger la cargaison avant le changement de marée, or les eaux étaient hautes et le reflux allait bientôt commencer. Des caisses remplies de balles de coton étaient empilées en un équilibre précaire sur les barques dont la flottille s'éloignait du bateau mouillé dans la baie. Mackenzie supervisait l'opération et hurlait des instructions tandis que les barques se pressaient contre le quai.

– Vite ! brailla-t-il. Nous n'avons pas une minute à perdre !

Un jeune Anglais au visage rubicond, travaillant comme contremaître à l'entrepôt, l'imita en se mettant à crier après les coolies.

– Remuez-vous, bande de fainéants ! Grouillez-vous ! *Piggy* ! *Piggy* ! Du nerf, nom de Dieu !

Il gifla un coolie, en bouscula un autre.

– Qui est-ce qui m'a foutu des incapables pareils !

Glover leur donnait un coup de main. Saisissant une corde lancée par l'occupant d'une barque, il s'arc-bouta pour la maintenir fermement, les mains brûlantes, les bras et les épaules douloureusement tendus par l'effort. Une autre barque s'approcha. Surchargée, elle commença à s'incliner tandis que les caisses bougeaient dangereusement. Elle finit par chavirer, entraînant dans les eaux du port hommes et colis.

L'espace d'un instant, le chaos régna. L'eau bouillonnait, les hommes hurlaient en essayant de garder la tête hors de l'eau, de redresser l'embarcation et de sauver la cargaison. L'un d'eux se débattait comme s'il ne savait pas nager. Dans sa panique, il avalait de l'eau, commençait à suffoquer.

Sans hésitation, Glover écarta le contremaître et plongea. Il attrapa l'homme se démenant comme un beau diable, parvint à grand-peine à passer un bras autour de son cou et le remorqua jusqu'au quai, où d'autres coolies le hissèrent sur la terre ferme.

S'élançant de nouveau, Glover aida les débardeurs à traîner des caisses sur le quai. Quand ce fut fini, il s'effondra, épuisé. Ses vêtements trempés dégoulinaient et lui collaient au corps.

Le Japonais qu'il avait sorti de l'eau s'approcha, s'inclina profondément puis se prosterna en pressant le front sur le sol. Après quoi il se releva et s'éloigna avec toute la dignité dont il était capable.

– Du beau travail, Tom, dit Mackenzie. Et un geste avisé.

Derrière lui, un autre Occidental tirait sur son cigare en souriant d'un air ironique.

– Impressionnant, déclara l'inconnu avec un accent américain. On m'avait bien dit que vous ne reculiez pas devant la tâche !

Mackenzie fit les présentations.

– Tom, voici Jack Walsh. Jack, voici Tom Glover.

Walsh tendit la main mais Glover n'osa la serrer tant il était ruisselant.

– Heureux de vous connaître, Tom, dit Jack en saisissant néanmoins sa main et en la serrant avec vigueur. Quand vous serez sec, je serai ravi de vous emmener prendre un verre.

Ils traversèrent successivement le pont de l'hésitation et celui de l'esprit résolu, pénétrèrent dans l'autre monde qu'était Maruyama. Walsh se montrait expansif, désireux de l'initier aux mystères de ce jardin des délices terrestres.

– Les Russes ont leur propre bordel, dit-il. À Inasa, de l'autre côté de la baie. Ils l'appellent une maison de repos, mais on ne s'y repose guère ! L'endroit est du même niveau que ceux que vous avez dû voir à Shanghai. Une rangée de cabines où les filles sont exposées comme de la marchandise, des marins qui font la queue pour tirer un coup… C'est parfaitement brutal. Évidemment, si on aime ce genre-là…

Il s'interrompit en riant devant l'expression de Glover.

– Les autorités russes ont pris la peine d'engager un médecin pour examiner les filles. Une précaution judicieuse.

De nouveau, il éclata de rire.

– Ne prenez pas cet air alarmé ! L'endroit où nous allons est à l'autre extrême.

– C'est juste que je…

– Je vois que vous avez gardé quelque chose de votre éducation presbytérienne, finalement !

– Peut-être.

Glover était habitué à une atmosphère de clandestinité. Il trouvait déconcertant de voir ces choses traitées avec tant de franchise et de prosaïsme.

– Peu importe, déclara Walsh. Maruyama va remettre tout ça en ordre !

Il désigna d'un geste la partie de la colline qu'ils venaient de gravir.

– Même au niveau le plus bas, au pied de cette colline, ce qu'on trouve ici est bien supérieur à ce qui se fait ailleurs. C'est le domaine des *nami-joro*, de simples petites ouvrières. Plus on s'élève sur le versant, plus on monte également sur l'échelle des valeurs. On arrive dans le secteur des *mise-joro*, qui sont un peu plus cultivées et raffinées. Je suppose que c'est là que vous ont emmené Shibata-san et Nakajimo-san.

Absurdement irrité, Glover ne put s'empêcher de rougir.

– Bon Dieu ! s'exclama-t-il. On ne peut pas avoir un secret dans ce pays ?

– Nous formons une petite communauté, répliqua Walsh. Les bruits courent vite.

– Manifestement.

Walsh l'entraîna et ils continuèrent leur ascension. Au sommet de la colline, ils se retrouvèrent devant un portail de bambou.

– Nous sommes maintenant au plus haut niveau, lança Walsh. Le ciel lui-même s'ouvre à nous ! Les femmes officiant en ces lieux appartiennent à une espèce absolument différente. On les appelle *tayu*, elles sont la quintessence du raffinement.

– *Tayu*, répéta Glover en savourant ce mot.

– Elles sont également connues sous le nom de *keisei*, ce qui signifie : celles qui renversent les châteaux. Elles ont mené plus d'un homme riche à sa ruine.

– C'est la même chose dans le monde entier !

– Bien entendu, seuls les riches peuvent se permettre de jouir de leur compagnie. Leur qualité se paie, pour ainsi dire.

Glover s'arrêta.

– Je ne suis pas sûr de pouvoir déjà me le permettre. Quand vous m'avez invité à prendre un verre…

– C'est exactement ça. Je vous invite, donc c'est ma tournée. À propos, j'aime votre façon de dire déjà. Voilà qui révèle une attitude constructive. Vous ne serez pas long à me rendre la pareille.

– Merci. Je suis sensible à votre confiance.

– Disons simplement que je sais reconnaître un homme d'avenir quand j'en rencontre un.

Il franchit le portail en lançant à Glover :

– Bienvenue au Sakura !

– La floraison des cerisiers.

– Bravo !

Le jardin était délicieux. Un cerisier se dressait effectivement à côté d'un étang artificiel. Il y avait des lanternes de pierre, une statue de déesse levant la main en un geste de bénédiction. Un petit ruisseau se jetant dans l'étang s'ornait d'un nouveau pont, qui menait au porche de la maison et à ses *shoji*, ces écrans coulissant discrètement. Ils traversèrent le pont et franchirent les derniers mètres en faisant crisser sous leurs pas le gravier blanc soigneusement ratissé. La porte s'ouvrit. De l'intérieur s'échappaient la fumée odorante de l'encens ainsi qu'une mélodie presque discordante jouée par un instrument à cordes. Glover reconnut le son doux-amer du *samisen*.

– Commençons par le commencement, déclara Walsh. Il faut que nous prenions un bain.

Pour la seconde fois ce jour-là, Glover s'immergea dans l'eau. Mais au lieu de se débattre dans l'abîme glacé du port, il plongea dans la baignoire brûlante de la maison du thé. Une jeune fille s'occupait spécialement de lui, une autre de Walsh. Elles les avaient savonnés et frottés, non sans pouffer en voyant les poils parsemant leur poitrine et leurs jambes, puis elles les avaient rincés à l'aide de seaux d'eau chaude. Ce n'est qu'alors qu'ils avaient pu prendre place dans le baquet. Sa chaleur était si intense qu'elle était montée à la tête de Glover, au point qu'il avait presque le vertige. Une fois le premier choc passé, cependant, il s'était renversé en arrière avec volupté.

– L'astuce, c'est de ne pas bouger, dit Walsh. Autrement l'eau paraît encore plus chaude.

– Je l'avais remarqué ! répliqua Glover.

Leurs voix semblaient tonitruantes. Walsh avait allumé un nouveau cigare, dont la fumée mêlait ses volutes odorantes à la vapeur du baquet.

– Mackenzie dit que vous faites du bon travail, Tom.

– Vraiment ?

– Bien sûr, il serait incapable de vous le dire en face.

– Ça va de soi !

– Avez-vous songé à traiter des affaires pour votre propre compte ?

– Oui, je pense m'y mettre quand je serai prêt.

– Pourquoi attendre ? Je crois que vous êtes doué. Vous êtes intelligent, travailleur. À ce qu'on dit, vous avez aussi du bagout. Ajoutez à tout cela votre carrure impressionnante, et vous êtes sûr de réussir. Vous allez faire succomber les femmes et trembler les hommes !

Il éclata de rire.

– Je serais heureux de vous donner un coup de pouce. Mackenzie pourrait vous obtenir un prêt de Jardine's. Vous pourriez continuer de travailler pour eux tout en faisant du commerce de votre côté. Ken suit déjà cette voie. Ne nous voilons pas la face, les occasions ne manquent pas !

Ils sortirent du baquet. Les deux filles se remirent à pouffer et leur apportèrent des serviettes, qu'elles drapèrent autour de leurs corps ruisselants en les aidant à se sécher. Celle qui s'occupait de Glover le mena dans une petite pièce où un futon était déployé sur les tatamis du sol. Il fit mine de se frapper la poitrine en rugissant. Elle rit et lui fit signe de se mettre à plat ventre. Retirant la serviette, elle s'assit à cheval sur lui et entreprit de masser son dos. Les mains de la jeune fille glissèrent le long de son épine dorsale, en un mouvement ferme et régulier. Quand elle le retourna sur le dos, il était prêt à s'abandonner tout entier à ses soins.

Il était agenouillé sur le sol, les yeux bandés. Il savait que la pièce était plongée dans la pénombre, où tremblait la lueur d'une unique bougie qu'il devinait plus qu'il ne la voyait à travers le foulard de coton recouvrant ses yeux et attaché dans sa nuque. Il sentait la fumée, la cire fondue évoquant l'odeur glacée d'une vieille chapelle, à quoi se mêlaient les relents moisis de la pièce humide et les effluves typiquement masculins s'échappant de vestes usées jusqu'à la corde et imprégnées de tabac. Sa chemise était ouverte sur le devant, ses manches remontées. Sa poitrine se pressait contre un objet dur et tranchant, dont il savait que c'était la pointe de la lame d'un sabre.

Une voix surgit des ténèbres :

– Sentez-vous quelque chose ?

Il répondit comme il convenait :

– Oui.

Trois coups retentirent sur le parquet, puis on le prit par le bras pour l'aider à se mettre debout et le guider sur un petit escalier.

À présent il reconnaissait l'odeur de l'encens, et de la paraffine.

La voix s'éleva de nouveau :

– Après avoir connu l'obscurité, quel est le plus grand désir de votre cœur ?

Une nouvelle fois, il donna la réponse qu'on lui avait indiquée :

– La lumière.

Son bandeau tomba et il cligna des yeux, ébloui par la clarté des lampes illuminant maintenant la pièce.

– Jurez-vous d'être inébranlable et de ne jamais révéler les secrets de votre initiation à ce mystère ?

– Je promets le silence et la discrétion.

– Si jamais vous rompez ce serment, votre gorge sera tranchée, votre langue arrachée et vous serez chassé, marqué du sceau de l'indignité morale.

Pour la première fois, il eut envie de rire et se sentit tenté de répondre : « C'est tout ? » Mais il se réfréna et déclara avec toute la solennité désirée :

– Je comprends.

L'homme qui avait parlé, un barbu entre deux âges, lui tendit une Bible reliée en cuir et gaufrée d'or.

– Embrassez le Livre de la Loi sacrée.

Glover pressa ses lèvres sur le volume.

L'homme reprit la parole.

– Que le candidat soit admis comme apprenti du premier degré.

Derrière lui, Glover entendit la voix de Mackenzie :

– Ainsi soit-il.

L'homme lui tendit un tablier plié, d'un blanc immaculé.

– Cet emblème est un insigne plus antique que l'Aigle romain ou la Toison d'or. Il symbolise la pureté et le lien d'amitié. Je vous exhorte à ne jamais le couvrir de honte.

– Je l'honorerai, dit Glover.

Sa propre voix lui parut étrange en prononçant ces mots et il fut envahi l'espace d'un instant par une émotion absurde à la pensée de son père, de la vieille Bible sur la table de la cuisine.

En regardant l'assemblée, la pièce illuminée, la scène lui parut à la fois comme un rêve et comme une expérience personnelle d'une réalité intense. Il s'agissait de sa vie, et il était en train de la vivre.

Puis le barbu lui serra la main en pressant son pouce comme le faisaient les francs-maçons en signe de secrète complicité. Mackenzie fit de même, suivi par tous les autres membres lui souhaitant la bienvenue dans leur confrérie.

Quand la cérémonie fut terminée, ils se rendirent au Club des Étrangers où Glover paya une tournée générale.

Le barbu faisant office de maître de la Loge était un capitaine de la Royal Navy nommé Barstow. Trois jeunes Anglais, qui devaient avoir un an ou deux de moins que Glover, se présentèrent : Frederick Ringer, Edward Harrison, Francis Groom. Comme lui, ils étaient venus au Japon pour s'imposer, trouver leur propre Graal, poursuivre la fortune et l'aventure loin de chez eux.

Harrison spéculait dans l'immobilier. Groom misait sur les fluctuations des devises étrangères. Ringer était dans le commerce du thé, dont il connaissait toutes les ficelles. Glover pourrait tirer grand profit de leurs diverses expériences.

– À l'amitié et à la fraternité ! proclama-t-il.

Tous les assistants trinquèrent. Walsh venait d'entrer dans le club. Installé au comptoir, il salua de la main Glover, lequel l'invita à se joindre à eux.

– C'est d'accord, déclara Walsh. Mais je ne compte pas rejoindre vos rangs, si vous voyez ce que je veux dire.

Il toucha l'aile de son nez en faisant un clin d'œil.

– Vous pourriez faire pire, Jack, dit Mackenzie.

– Je suis partisan de tout ce qui peut favoriser le commerce, répliqua Walsh. Mais je n'irai pas jusqu'à remonter ma jambe de pantalon et distribuer des poignées de main bizarres.

– Ce n'est là qu'un aspect superficiel, observa Barstow. Vous le savez parfaitement.

– Je n'en reviens pas, reprit Walsh. La colonie étrangère est à peine installée ici que vous fondez déjà une Loge. Vous mettez autant de zèle que l'Église catholique à étendre votre influence.

– Ça n'a rien de comparable, monsieur, lança Barstow avec irritation.

– Tant mieux, rétorqua Walsh. Je serais navré que vous connaissiez le même sort que les premiers missionnaires et finissiez éventrés, écorchés vifs ou plongés dans de l'huile bouillante !

Il leva son verre.

– À votre santé !

Le soir même où Glover était initié aux mystères de la Loge, leur petite communauté subit une nouvelle fois un choc sévère. Hunt, le jeune contremaître anglais de l'entrepôt de Jardine's, était parti seul pour Maruyama après avoir bu un verre ou deux. Un marin américain l'avait vu traverser le premier puis le second pont. On l'avait entendu brailler d'une voix éméchée qu'il voulait acheter une Japonaise, qu'il avait quelques shillings en poche et qu'elles ne valaient pas davantage.

La suite fut aussi soudaine que violente. Deux silhouettes vêtues de robes noires surgirent de l'obscurité. L'une se trouvait devant lui et portait une lanterne, l'autre s'approchait de lui par-derrière. Le premier assaillant jeta la lanterne à la figure de Hunt. Comme il reculait, le second le transperça avec son sabre, retira la lame en le poussant en avant et lui porta encore deux coups rapides tandis qu'il s'effondrait. Les deux hommes éteignirent la lampe et disparurent dans la nuit.

Instantanément dégrisé, le marin américain s'était précipité auprès du cadavre. Le premier coup de sabre l'avait ouvert comme un poisson, les suivants avaient tranché sa tête. L'Américain n'avait pu s'empêcher de vomir.

– Il peut s'estimer heureux de son instant de faiblesse, déclara Walsh. S'il avait poursuivi les agresseurs, il aurait été lui aussi mis en pièces. En deux morceaux, pour être précis !

– Hunt était plutôt brutal avec les indigènes, observa Glover. Peut-être s'agissait-il d'une vengeance.

Des plaisanteries peu aimables circulaient sur son compte dans une autre firme. Glover avait l'intention de les répéter à Walsh, mais plus tard.

– J'imagine qu'il s'est trouvé au mauvais endroit au mauvais moment, dit Walsh. Apparemment, il aurait mieux fait d'aller à la maison de repos des Russes plutôt qu'à Maruyama !

– Sale affaire, intervint Mackenzie d'un ton excluant toute plaisanterie. C'est probablement l'œuvre de Takashi et de sa clique.

– Ce salaud ! s'exclama Glover. Je suis certain de l'avoir vu il y a une semaine, près de l'entrepôt. Il me regardait d'un air furieux dans l'obscurité. J'ai jeté un second coup d'œil, mais il avait disparu.

Mackenzie reprit d'une voix encore plus grave, les yeux fixés sur Glover :

– Il faut vous méfier de ce type, Tom, soyez sur vos gardes. C'est un fanatique. S'il en a après vous, ça pourrait mal tourner.

– Je ne comprends pas, dit Glover. Que peut-il avoir contre moi personnellement ?

– Je suis sûr qu'il a suffi qu'il vous voie, affirma Mackenzie. Je l'ai senti dès le jour de votre arrivée.

– Un coup de foudre à l'envers ! s'exclama Walsh.

– En quelque sorte, dit Mackenzie. Il appartient à un groupe appelé *sonno-joi*. Ce sont des traditionalistes intransigeants, résolument opposés à tout contact avec l'Occident.

– Ils ont juré de débarrasser le Japon de toute la racaille étrangère, ajouta Walsh.

– Ou de mourir pour cet idéal, reprit Mackenzie. Ils se livrent à un cérémonial sanguinaire où ils font le serment de se tuer si jamais ils revenaient sur cet engagement.

– Voilà qui rappelle vos francs-maçons ! observa Walsh en riant.

– Avec une différence de taille, dit Mackenzie d'un air pincé. Pour ces hommes, il ne s'agit pas de symboles. Ils sont vraiment prêts à tuer et à mourir pour leurs convictions.

– Pas les francs-maçons ? dit Walsh. Vous me décevez.

Sans prêter attention au ton badin de l'Américain, Mackenzie s'adressa de nouveau directement à Glover.

– C'est sérieux, Tom. N'en doutez pas. Il arrive fréquemment qu'ils prennent pour cible quelqu'un en particulier. Il s'agit d'un phénomène analogue à la vendetta italienne. Leur honneur est en jeu.

– N'est-ce pas toujours le cas ? demanda Walsh.

– Donc je suis visé personnellement ? dit Glover.

– C'est un peu une question de hasard, répliqua Mackenzie. Comme je vous l'ai dit, il a dû se sentir offensé dès qu'il vous a vu, comme si vous étiez une menace vivante pour tout ce en quoi il croit.

– Avec votre stature, observa Walsh, on vous remarque dans la foule. Surtout dans ce pays.

– Vous réduire à une taille plus ordinaire serait certainement une satisfaction d'amour-propre pour Takashi, approuva Mackenzie.

– En deux coups de sabre, dit Walsh.

– Par tous les diables ! s'écria Glover.

– Il y a des gens qui diraient qu'en quittant Bridge of Don vous ne pouviez qu'aller au diable ! déclara Mackenzie. Pour ma part, je ne vous demande pas de trembler à tout instant du jour et de la nuit.

– Contentez-vous d'être vigilant, renchérit Walsh.

– Savez-vous vous servir d'un pistolet ? interrogea Mackenzie.

– Oui, mon père m'a appris quand j'étais enfant. Au cas où.

– Eh bien, nous en gardons quelques-uns dans nos locaux, pour des raisons de sécurité. Peut-être serait-il judicieux que vous en ayez un.

– Au cas où ! s'exclama Walsh.

❧

L'ascension de Glover fut d'une rapidité stupéfiante. Il semblait avoir trouvé très tôt son rythme et prendre de l'assurance de jour en jour. Malgré sa jeunesse, ou peut-être grâce à elle, il irradiait une autorité presque insolente. Alliée à sa simple présence physique, cette qualité le rendait redoutable, mais elle était tempérée par une affabilité et une bienveillance innées, un charme décontracté.

Mackenzie lui confia de nouvelles responsabilités, jusqu'au moment où il dirigea en fait l'agence de Nagasaki, permettant ainsi à son supérieur de se rendre à des réunions à Shanghai, la plaque tournante de l'empire de Jardine's.

Avec l'aide de Mackenzie et sur sa recommandation, Glover obtint son premier prêt de la firme. Suivant les conseils de Harrison, il l'investit immédiatement dans un entrepôt à Oura, juste en front de mer. Le local comprenait un logement à l'arrière, où il s'installa. Il travaillait encore cinq ou six heures par jour pour Jardine's, mais le reste du temps il bâtissait sa propre affaire et arpentait rues et venelles pour acheter les produits qu'il exporterait lui-même : soie, thé, algues, poisson séché, n'importe quoi susceptible de rapporter un profit. Dans son entrepôt, il stockait les marchandises qu'il importait pour les vendre à Nagasaki et dans sa région : herbes, médicaments, coton en grandes quantités. Il profita des compétences financières de Groom pour faire des bénéfices rapides en exploitant les variations de change dues au temps nécessaire au transfert de fonds depuis Yokohama ou Shanghai. Il gagnait de l'argent, mais pas autant qu'il le désirait. Il voulait frapper un grand coup.

Il s'adressa à Ringer pour avoir son avis sur le commerce du thé.

– C'est vraiment une affaire qui peut rapporter gros, assura Ringer. Le Japon exporte quatre mille tonnes de thé en une saison, dont la moitié transite par Nagasaki. Oui, on pourrait gagner une fortune dans ce secteur.

– Y aurait-il moyen de gagner de vitesse la concurrence ? demanda Glover. Peut-être en améliorant la rentabilité ?

Ringer parut songeur.

– Le thé est récolté dans l'intérieur, dit-il, sur les versants de collines où le riz ne donne pas. C'est une tâche saisonnière pour les paysannes. Il faut faire sécher les feuilles avant de les transporter par bateau, autrement elles pourrissent dans les cales durant leur long voyage vers l'Europe ou l'Amérique. Les paysannes procèdent au séchage après la récolte. Elles se contentent de chauffer les feuilles au-dessus de feux en plein air.

– J'imagine que ça prend du temps, observa Glover.

– Et ce n'est pas d'une efficacité absolue. J'ai souvent pensé qu'en créant une manufacture où le thé pourrait être séché parfaitement et en grandes quantités, nous changerions la donne.

– Eh bien, dit Glover, c'est exactement ce que nous allons faire.

Il fit enregistrer la société sous son propre nom. *Glover & Co*, annonçait le panneau qu'il avait fait peindre et fixer sur la façade de son entrepôt. Groom et Harrison seraient ses deux associés, Ringer son conseiller en matière de thé. Shibata et Nakajimo travailleraient pour lui à temps partiel tout en gardant leur emploi chez Jardine's. Mackenzie serait toujours là pour le tirer des mauvais pas, et Walsh continuerait de le mettre en danger en le poussant sans cesse à prendre des risques.

Rassemblés devant les nouveaux locaux, ils burent tous en l'honneur de la société tandis qu'on dévoilait le panneau. Walsh avait apporté du champagne, offert par Wang-Li. Leurs verres étaient remplis à ras bords du nectar moussant et pétillant.

– À Glover & Co ! s'écria Walsh.

– À Glover & Co !

Une semaine plus tard, Glover fut réveillé au milieu de la nuit par des sonneries d'alarme et des cris dans la rue. Quand on frappa violemment à sa porte, il saisit son pistolet. Mais ce n'était que Nakajimo venant l'avertir qu'un incendie s'était déclaré et s'étendait si rapidement qu'il ferait mieux de sortir sans tarder. Il sentit l'odeur de brûlé, son goût âcre au fond de la gorge. S'habillant en hâte, il courut à l'entrepôt, fourra le contenu de son bureau dans un sac de toile et se rua dans la rue.

Mackenzie s'avançait précipitamment vers lui, l'air affolé, les cheveux gris en bataille.

– Dieu soit loué, Tom ! s'exclama-t-il. Je craignais que vous n'ayez été réduit en cendres !

Ils reculèrent pour regarder les flammes lécher le toit de l'entrepôt en envoyant danser des étincelles dans la nuit.

– Les salauds ! lança Mackenzie. Le feu a pris dans les bureaux d'Arnold's, dont vous êtes séparés par deux bâtiments.

Arnold's était une autre maison de commerce anglaise, d'implantation récente comme celle de Glover.

– Ces fumiers de pompiers restaient à distance en attendant de voir ce qui se passerait. Dès que des étincelles ont commencé à voler, ils ont été en état d'alerte. Les premières flammes menaçant une propriété japonaise ont été éteintes en un clin d'œil. Mais quand votre entrepôt a été touché, ils se sont écartés de nouveau et l'ont laissé brûler.

Il hurla aux pompiers contemplant la scène avec indolence :

– Salauds !

Après avoir rencontré son regard, ils firent vaguement mine d'intervenir, tirèrent un peu d'eau à l'aide d'une pompe et poussèrent légèrement les murs à moitié affaissés avec des crochets fixés à de longues perches de bambou. Le bâtiment s'effondra sous leurs yeux dans un nuage de fumée et un embrasement flamboyant.

– Le cheval qui danse, dit Nakajimo en regardant l'incendie. C'est ainsi que nous appelons le feu.

Ils l'observèrent tandis qu'il bondissait et anéantissait l'édifice en dansant.

Le lendemain matin, ils se retrouvèrent dans l'espace vide où se dressait naguère l'entrepôt. De la fumée s'élevait encore des décombres noircis. Il ne restait plus que des poutres carbonisées, de la cendre.

– C'est la faute de ce maudit shogun, déclara Mackenzie. Lui et ses satanés conseillers du bakufu !

– J'ai peine à croire qu'ils se soient déplacés en personne, répliqua Glover. Vous les imaginez venir en bande, et mettre le feu à cet endroit en pleine nuit ?

– Pourquoi pas ? s'exclama Mackenzie. Le résultat aurait été le même. Dieu sait que j'aime ce sacré pays, mais il faut qu'il se réveille. Les Japonais ne peuvent rien contre notre présence ici. Ils feraient donc mieux d'ouvrir toutes grandes les portes et d'autoriser la liberté sans restriction du commerce, au lieu de tergiverser sans cesse, de nous accueillir puis d'essayer de nous chasser, de nous laisser faire des affaires puis de les rendre impossibles.

– Nous n'en sommes qu'au commencement, répliqua Glover. Tout viendra à son heure.

Il regarda autour de lui.

– Vous savez, dans le cas présent, je crois qu'ils m'ont rendu service. Cet entrepôt était complètement délabré. En fait, je rêvais de le démolir pour le remplacer par un bâtiment plus solide. Grâce à eux, je suis au pied du mur.

Mackenzie secoua la tête et éclata de rire.

– Vous êtes vraiment unique, Tom ! Je ne suis pas sûr que ce pays soit tout à fait prêt pour vous !

❧

Il y avait des périodes de calme, de longues journées oisives entre deux livraisons, où le rythme de la vie ralentissait et les événements se faisaient rares. Ces accalmies impatientaient Glover. Il partait se promener sur le front de mer, enregistrait tout ce qu'il voyait, contrôlait lui-même les travaux de son nouvel entrepôt. Il regardait, ébahi, les ouvriers pieds nus escalader de fragiles échafaudages en bambou et circuler dessus avec une agilité confondante. Il leur faisait des signes de main en criant :

– Bon travail ! *Ganbatte* !

Quelques-uns croisaient son regard, le saluaient de la tête, mais sans jamais s'interrompre ni chanceler.

Il avait acheté un autre entrepôt, toujours sur les conseils de Harrison, dans la rue s'étendant derrière le Bund. Destiné à remplacer le bâtiment détruit par le feu, il se présentait lui aussi comme une simple construction en planches pourvue d'un modeste logement à l'arrière. Glover y emménagea et installa de nouveau son petit autel. Il avait sauvé le papillon en papier et ses autres porte-bonheur avec le reste du contenu de son bureau alors que les flammes se rapprochaient. Non qu'il fût superstitieux, mais il n'y avait pas de mal à se concilier les dieux de la fortune.

Pendant une période de calme, où les jours semblaient interminables et le temps immobile, il fit des préparatifs pour se rendre à cheval dans l'intérieur et visiter quelques villages des collines où le thé était récolté, séché et empaqueté pour le transport en bateau.

Mackenzie se montra réticent.

– Vous serez en danger, dit-il. On vous remarquera encore plus hors de la ville.

Mais Glover était décidé à partir et déclara qu'il était assez grand pour se débrouiller. Il emporterait son pistolet et serait accompagné de Nakajimo, qui lui servirait de traducteur car il comprenait le dialecte guttural des paysans.

– Sans lui, observa Mackenzie, vous seriez comme un Anglais qui essaierait de parler à un habitant de Glasgow ou d'Aberdeen !

– Oui, j'imagine !

Mackenzie insista également pour qu'il emmène comme garde du corps un jeune samouraï appelé Matsuo. Appartenant au clan des Choshu, il ne parlait pas anglais et faisait preuve d'une réserve sans faille. Il n'ouvrait la bouche que si l'on s'adressait directement à lui. Toutefois Mackenzie assura qu'il était vigilant, conscient de son devoir et expert dans le maniement des deux sabres dont il ne se séparait jamais.

– N'est-ce pas une atteinte à sa dignité que de frayer avec des gens comme nous ? s'enquit Glover.

– Probablement, répliqua Mackenzie. Mais il a déjà eu affaire à Nakajimo et semble avoir été impressionné par ce qu'il a vu. Nakajimo a demandé si nous ne pourrions pas l'employer parfois dans des occasions où son comportement de samouraï pourrait constituer un avantage évident.

– Comme facteur de dissuasion ?

– Exactement.

– Et il a accepté ?

– Après avoir consulté les chefs de son clan. Je crois qu'ils ont trouvé profitable qu'un des leurs puisse nous observer de près.

– Voilà qui m'intrigue.

Glover, Nakajimo et Matsuo sellèrent leurs montures, auxquelles se joignit un cheval de bât chargé de provisions.

– Leurs fers sont parfaits, dit Mackenzie. Vous savez, il y a encore peu, les Japonais chaussaient leurs chevaux avec de la paille. Puis les Occidentaux sont arrivés, et leurs chevaux étaient chaussés de fers. Un forgeron japonais audacieux demanda s'il pourrait emprunter un de ces fers pour l'examiner. Il le copia, enseigna à d'autres ce qu'il avait appris, et en quelques mois l'usage du fer à cheval se répandit dans tout le pays.

– Impressionnant.

– C'est là que réside leur génie. Ils ont le don d'apprendre vite, de copier, d'adapter.

– Nous pouvons en tirer profit.

Walsh était venu souhaiter bonne chance à Glover pour son voyage dans l'intérieur du pays.

– J'ai entendu dire que c'est un autre monde, déclara-t-il. Mais un détail devrait vous plaire. Il paraît que les femmes travaillent à peu près nues !

Il dessina dans l'air des seins imposants et éclata de rire.

– J'en ai déjà vu des tas à Nagasaki, répliqua Glover.

– L'*Advertiser* a publié une lettre aujourd'hui, intervint Mackenzie. Pour déplorer ce phénomène. L'auteur se demande si le coton de Manchester pourra trouver le moindre débouché dans ce pays. En évoquant les bains publics, il dit n'avoir jamais vu d'endroit où la propreté du beau sexe éclate aux yeux de façon aussi irréfutable.

– Quel style prétentieux ! s'exclama Walsh.

– Importé tout droit de Manchester, je parie ! renchérit Glover.

– Eh bien, vive les évidences irréfutables !

❧

Il n'avait jamais vu une campagne pareille. Les paysages de sa patrie avaient une beauté rude, une sauvagerie singulière, une grandeur abrupte. Mais cette contrée étendait à perte de vue la splendeur luxuriante, verdoyante et parfumée de ses rizières derrière lesquelles s'élevaient de douces collines couvertes de végétation jusqu'au sommet. Cachés dans les replis des collines, des châteaux datant peut-être du Moyen Âge dressaient çà et là leurs murailles fortifiées dominant le domaine de quelque daimyo, ainsi qu'on appelait les seigneurs féodaux des provinces.

Matsuo chevauchait en tête, aux aguets, suivi de Glover et de Nakajimo. Le cheval de bât fermait la marche. La chaleur était accablante. Glover était en bras de chemise et suait abondamment sous le large chapeau de paille censé le protéger du soleil.

De temps en temps, ils traversaient un village de chaumières basses. Hommes, femmes, enfants, chiens, chats, poulets, tous les habitants s'arrêtaient pour le regarder bouche bée. Les vieillards aux visages parcheminés d'épouvantails semblaient plongés dans des abîmes de perplexité à sa vue. Les jeunes et les adultes avaient l'air inquiets et inclinaient la tête – peut-être aussi étaient-ils effrayés par les deux sabres de Matsuo révélant sa qualité de samouraï. Quant aux enfants, aux quadrupèdes et aux volailles, ils poussaient des glapissements et s'enfuyaient à toutes jambes. Les enfants se réfugiaient derrière un mur, de l'autre côté d'un fossé, pour épier de loin l'étranger. Glover ôtait son chapeau et les saluait avec de grands gestes en riant avant de poursuivre son chemin.

Le soir tombait quand ils arrivèrent à destination. Ringer avait dit que le thé produit dans le secteur était de première qualité. Il était venu en personne contrôler la récolte, de sorte que les villageois avaient déjà vu des *ketojin*, des barbares. Néanmoins ils ne cessaient de dévisager Glover.

– Je pense que c'est parce que vous êtes tellement différent, dit Nakajimo. Le contraire de ce qu'ils sont.

Le chef du village les accueillit et les mena à un *ryokan*, une minuscule auberge au bord de la route, où ils pourraient passer la nuit. Après quoi il les invita à dîner chez lui. Le repas était très simple – de la bouillie de riz, du potage de poisson et quelques légumes –, mais Glover y fit honneur, en se léchant les lèvres et en exprimant bruyamment son approbation comme l'exigeait l'étiquette. Le vieillard souriait et son épouse était radieuse.

Glover expliqua par l'intermédiaire de Nakajimo ce qu'il avait en tête, les quantités de thé dont il aurait besoin, le fait que le séchage ne s'effectuerait plus sur place mais dans les fourneaux géants de la manufacture en construction à Nagasaki. En fait, une partie des villageois accepteraient peut-être de venir travailler pour lui en ville, où ils gagneraient davantage en une saison qu'à présent en deux ou trois années.

Le vieillard écouta en hochant la tête et en esquissant parfois un sourire. Il discuta le prix et Glover s'arrangea pour le baisser un peu afin que l'honneur soit sauf. Ils s'inclinèrent, Glover tendit la main et le vieillard la serra avant de rejeter la tête en arrière et d'éclater de rire. Il sortit un flacon de saké et servit généreusement tous les membres de l'assistance.

Glover se réveilla dans la nuit. Il se sentait courbatu et s'étira sur le tatami étendu à même le sol dur. Un bruit rauque et régulier mettait ses nerfs à vif. La journée de voyage, le soleil sur sa tête, le saké trop abondant l'avaient plongé dans une hébétude endolorie. La pièce sentait le renfermé. Il fallait qu'il étanche sa soif dévorante. Il se leva péniblement et ses yeux s'accoutumèrent à l'obscurité. Cette forme blottie dans un coin était Nakajimo et le bruit qu'il entendait n'était autre que ses ronflements. Matsuo avait dit qu'il se reposerait dans le couloir, devant la porte, car il n'avait guère besoin de sommeil. Faisant coulisser le shoji, Glover vit le jeune samouraï assis en tailleur, dodelinant de la tête. Cependant le bruissement de l'écran le réveilla. Saisissant le sabre posé à ses pieds, il le dégaina presque instantanément et pressa la lame contre la gorge de Glover.

– Matsuo-san ! hurla ce dernier. C'est moi ! Guraba-san *desu* !

Matsuo se leva, abaissa le sabre et s'inclina profondément en s'excusant.

Le matin, ils ne firent allusion ni l'un ni l'autre à l'incident. Matsuo continua de se montrer réservé, vigilant et impassible.

Dans la maison du chef, l'épouse du vieillard leur servit du riz et du potage. Elle donna à Glover un morceau d'un fruit appelé kaki.

– *Itadakimasu* ! lança-t-il en mordant dans la pulpe.

Le jus remplit sa bouche, coula sur son menton.

– *Oishi desu* ! s'exclama-t-il en riant. Délicieux !

La vieille femme gloussa et lui tendit un chiffon pour s'essuyer le visage.

Dehors, on avait allumé de petits feux de bois dont les flammes se confondaient dans l'éclat déjà éblouissant du soleil. Les femmes apportèrent des corbeilles de feuilles de thé, les déployèrent sur des plateaux et les secouèrent au-dessus des feux. Elles se mirent à bavarder et plaisanter en travaillant. Comme

Walsh l'avait dit, certaines avaient les seins nus, ce qui ne semblait nullement les gêner. Nakajimo rencontra les yeux de Glover et esquissa un sourire sournois. Matsuo regardait droit devant lui d'un air concentré. Une des femmes dit quelque chose que Glover ne comprit pas et les autres éclatèrent de rire.

– Qu'a-t-elle dit ? demanda-t-il à Nakajimo.

Mais même lui l'ignorait.

– Elles ont un accent terrible, expliqua-t-il. C'est de l'*argot**... c'est bien le mot ?

– Je parie que ce n'était pas très raffiné ! dit Glover.

– Oui, répliqua Nakajimo. Vous pouvez en être certain !

Glover ôta son chapeau et salua les femmes, ce qui les fit rire de plus belle.

Il emporta des échantillons de thé à montrer à Ringer, afin de s'assurer que leur qualité était aussi excellente qu'il l'espérait. En partant, il remercia le chef et son épouse, leur offrit des cadeaux, une pièce de coton, un sac de sucre. Ils l'escortèrent avec ses compagnons jusqu'à l'entrée du village et leur firent des signes d'adieu tandis que leurs chevaux s'éloignaient pour le long voyage de retour vers Nagasaki.

Tout au long de la route, aux carrefours d'où partaient les sentiers menant au château du daimyo local, la bannière du clan avait été déployée en travers de la chaussée de manière à leur en interdire l'accès et même la vue.

– Le bruit s'est répandu que vous voyagiez sur cette route, expliqua Nakajimo. Le daimyo veut vous tenir à l'écart, vous faire comprendre que les Occidentaux ne sont pas bienvenus.

Glover se sentit aussi inquiet qu'irrité. Tandis qu'il se rapprochait de la ville, il eut l'impression très nette qu'ils étaient suivis, épiés. Il remarqua que Matsuo regardait par-dessus son épaule, plus tendu et vigilant que jamais.

❧

Mackenzie s'était rendu de nouveau à Shanghai, d'où il avait rapporté une lettre pour Glover. Non content d'investir les fonds de Jardine's, celui-ci avait dépensé plus que le montant de son prêt et détourné temporairement de l'argent de leur compte sur le sien afin de couvrir les frais de son affaire de commerce du thé.

« Nous avons reçu et honoré votre traite de 2 000 dollars. Toutefois, nous vous prions de noter que nous souhaitons être préalablement informés quand vous avez besoin de fonds, car nous avons pour règle de ne pas accepter de traites à moins d'avoir accordé nous-mêmes la permission de retirer de l'argent sur notre compte. »

– Qu'importe qu'ils vous tapent sur les doigts, commenta Walsh. L'essentiel, c'est que vous vous en tirez à bon compte.

Mackenzie s'était montré brusque et l'avait exhorté à se montrer prudent à l'avenir. Cependant Glover avait senti derrière sa mise en garde comme une admiration involontaire.

L'ampleur de son projet faisait l'objet de toutes les discussions à Nagasaki. On n'avait encore jamais rien vu de pareil. Des chariots acheminaient le thé en provenance du village où il s'était rendu et d'autres du même genre, tandis que des bateaux assuraient les livraisons des localités plus lointaines de la côte. Dans l'entrepôt, les feuilles de thé étaient triées, pressées puis chauffées sur d'énormes poêles de cuivre. L'entreprise employait plus de cent personnes. Les femmes se chargeaient du tri minutieux mais aussi du séchage du thé. Les hommes enfermaient le thé séché dans de grandes caisses en bois qu'ils chargeaient ensuite directement dans des barges pour le transport. Une chaleur étouffante régnait dans la manufacture. Le bruit était assourdissant : des poêles s'entrechoquaient, des caisses étaient traînées sur le sol, des voix criaient, chantaient.

Tout cela était l'œuvre de Glover. Et ce n'était qu'un début. L'odeur du thé brûlé flottait dans l'air comme un encens grisant. Il respirait à pleins poumons ce parfum délicieux.

5

Alchimie

Nagasaki, 1860

Des volutes de fumée se déployaient autour de lui en dessinant des silhouettes fantastiques. L'arrière-plan chatoyait, se disloquait pour former des motifs compliqués en filigrane, rehaussés d'ornements dorés. Se perdant dans ce monde étrange, il se renversa en arrière et se laissa dériver à travers des paysages fabuleux, temples et pagodes, montagnes surgissant au-dessus des nuages, dragons volant dans des tourbillons de brume.

Après avoir flotté dans l'oubli, il se réveilla dans la morne réalité, vautré sur un divan crasseux dans une pièce sordide. Les rideaux des fenêtres étaient tirés, l'atmosphère confinée et nauséabonde.

Sur un autre divan, Walsh gisait dans le même état que lui, en train de reprendre conscience – ou de la quitter ? – pour revenir dans la grisaille de ce monde amoindri.

Un troisième personnage était accroupi sur le sol, adossé au mur : Wang-Li les observait, attendant qu'ils émergent.

Glover se redressa, gémit en sentant l'étau oppressant son crâne, la douleur sourde.

– Dieu tout-puissant !

Walsh le regarda en souriant, les yeux gonflés.

– Nous voilà de retour chez les vivants !

– C'était fort, dit Glover.

– Une sacrée affaire, renchérit Walsh.

Wang-Li leur apporta leurs manteaux et les accompagna dans un entrepôt rempli de caisses en bois. Il en ouvrit une, d'où il sortit une boulette brunâtre évoquant un petit boulet de canon rouillé qu'il tendit à Walsh.

– C'est ce que nous venons de goûter ?

Wang-Li acquiesça de la tête.

– Du Patna de la meilleure qualité.

– J'ai plutôt l'habitude de l'opium turc, dit Walsh en tendant la boulette à Glover. Mais le marché est saturé par celui-ci. Jardine's gagne des fortunes en l'important en Chine. Notre ami ici présent s'est contenté d'en détourner une petite quantité. Si vous avez envie de vous lancer vous-même dans ce commerce, c'est l'homme qu'il vous faut.

Glover soupesa la boulette dans sa main et la rendit au Chinois qui déclara en hochant la tête :

– Une bonne affaire !

À l'extérieur, Glover prit congé de Walsh et se dirigea vers les docks. Il se sentait crispé, sa peau le démangeait. L'euphorie de la nuit n'était plus qu'un rêve. Effrayé par un bruit furtif dans l'ombre, il se retourna. Ce n'était qu'un rat détalant vers l'entrepôt, décidé à survivre, comme Glover lui-même et n'importe quelle autre créature. Il frissonna, bien qu'il ne fît pas froid, et rentra chez lui à pied dans la lueur grise de l'aube.

Plus tard, il demanda son avis à Mackenzie.

– Jardine's ne s'en cache pas, Tom. Il est tout à fait légitime d'employer ce produit pour des usages médicaux. Que deviendraient nos propres médecins sans lui ? J'en ai pris moi-même, sous forme de teinture. Je ne connais pas de meilleur remède pour la diarrhée, la fièvre, les douleurs de toutes sortes.

La voix de Mackenzie trahissait un certain trouble. Il était hésitant, sur la défensive.

– Mais ce que j'ai pris était différent, Ken, insista Glover. C'était diablement fort !

– C'est ce qui en fait une denrée si précieuse.

Mackenzie s'interrompit, manifestant de nouveau une incertitude rare chez lui.

– Et c'est aussi pourquoi tant de sang a été versé pour lui en Chine.

– Et vous trouvez ça légitime ?

– Il fallait forcer la porte de la Chine, dans l'intérêt du libre-échange.

– Mais vous-même, vous n'avez jamais fait dans le commerce de l'opium ?

– J'ai passé des années à Shanghai, Tom. J'ai vu ce dont cette substance est capable. Je suppose que je n'avais pas envie de me salir les mains.

Il scruta ses grandes mains noueuses, comme pour s'assurer qu'elles étaient propres.

– J'ai fait mon travail chez Jardine's. Rien de plus.

Il se leva de son bureau et regarda par la fenêtre, le visage résolu.

– Vous savez, la famille Jardine possède un domaine à Dumfries. Je m'y suis rendu une fois, avant de m'embarquer pour Shanghai. Un détail m'est toujours resté en mémoire. Savez-vous ce qu'ils ont fait sculpter sur les montants du portail ?

– Quoi donc ?

– Des pavots. Un aveu tacite de la façon dont ils ont fait fortune.

– « Les plaisirs sont comme des coquelicots épanouis. »

– Burns, n'est-ce pas ?

– « Si tu saisis la fleur, elle perd tous ses pétales. »

– C'est ça.

Glover décida d'importer l'opium en quantité relativement limitée, par l'intermédiaire de Wang-Li, en l'ajoutant simplement à ses livraisons de médicaments. Il sentait que pratiquer le commerce de la drogue trop ouvertement et à trop grande échelle serait délicat. De toute façon, Jardine's régnait déjà sur ce secteur particulier et il n'était pas encore prêt à les défier.

Il décida également de ne pas s'accorder trop souvent de goûter à la drogue, car il imaginait sans peine où une telle habitude le mènerait. Si l'envie l'en prenait, il pourrait se rendre de temps en temps dans l'antre de Wang-Li avec Walsh, histoire de fumer une pipe et d'avoir un autre petit avant-goût du paradis.

En revanche, il lui arrivait nettement plus régulièrement de traverser les deux ponts et de retourner à la maison de thé, le Sakura.

Une nouvelle fois, il se retrouva plongé dans un bain brûlant, tandis que Walsh se prélassait dans le baquet voisin. Tous deux fumaient des cigares en sirotant du whisky. Walsh célébrait un investissement particulièrement astucieux qu'il venait de faire.

Se refusant d'entrer dans les détails, il dit simplement :

– Aux dollars vite gagnés !

– Le plus vite est le mieux ! renchérit Glover.

Walsh rit en plissant les yeux dans les volutes de fumée flottant entre eux, ce qui lui donna l'air encore plus rusé.

– Il existe un autre moyen de gagner gros, déclara-t-il. Les risques sont aussi grands que les bénéfices sont rapides.

– Et de quoi est-il question ? s'enquit Glover.

– D'armement.

Glover le regarda fixement.

– Vous feriez du trafic d'armes ?

– Quelle expression romantique ! Et puis, on croirait que vous parlez d'un crime ! Je préfère n'y voir qu'une simple proposition.

– Une proposition qui n'est pas tout à fait légale.

– Tout dépend de la loi que vous désirez respecter. Personnellement, je crois en la loi du marché. L'offre et la demande.

– Dites-moi donc quelle est l'offre ?

– Croyez-moi, elle ne manque pas. À la suite du petit bain de sang orchestré par votre pays en Crimée, toute l'Europe a été inondée d'armes. Comme en outre les habitants de ma propre patrie – Douce terre de la Liberté, nous Te chantons ! – sont sur le point de s'entre-déchirer, les usines d'armement du monde entier sont en ébullition. L'heure n'est pas à la pénurie. Il s'agit juste de détourner une partie de la production vers ces rivages *via* la Chine.

Glover était légèrement étourdi par la chaleur, la vapeur et la fumée flottant autour d'eux, mais il n'en fut pas moins frappé par le réalisme de la suggestion de Walsh.

– Et la demande ? dit-il enfin.

– Il existe ici des factions qui aspirent à un changement. Notamment les clans du Sud, les Choshu et les Satsuma.

– Ils veulent se débarrasser du shogun.

– Lequel n'a aucune intention d'abandonner la place.

– Naturellement !

– La situation est dans une impasse. Du coup, les deux partis sont prêts à s'armer jusqu'aux dents.

– Lequel des deux partis choisissez-vous ? Qui fournissez-vous ?

– Je n'ai qu'un seul critère, déclara Walsh en souriant. Peuvent-ils payer ? Dans ce cas, je veux bien armer les deux factions à la fois ! Ils n'ont qu'à s'étriper !

– Bon Dieu ! s'exclama Glover.

Il devait vraiment avoir l'air aussi sérieux qu'abasourdi, car Walsh éclata de rire.

– Bienvenue dans cette vallée des armes, Tom ! À propos, il y a une autre loi que nous observons. Ne pas se faire prendre !

Walsh avait arrangé pour lui une entrevue avec un agent du shogun. Ils prirent place autour d'une table dans l'arrière-salle enfumée d'une auberge du port. L'agent avait amené son propre interprète, ainsi que deux soldats armés de sabres et de piques qui tournaient le dos à la porte.

Walsh parla à voix basse avec l'interprète et expliqua à Glover :

– Il dit que le shogun veut des fusils et des munitions, que les fournisseurs risquent de n'être guère disposés à lui vendre directement. D'après lui, nous sommes en mesure de remédier à ce problème et nous aurions tout intérêt à accéder à la requête du shogun.

– Serait-ce une menace ? demanda Glover.

Il prit soudain conscience que les soldats, sous prétexte de garder la porte, bloquaient la sortie.

– Vous faites des progrès, répliqua Walsh.

Il se leva et s'éloigna de la table en faisant signe à Glover de le suivre à l'autre bout de la pièce, afin qu'ils puissent discuter.

– Je suis partagé sur cette affaire, murmura Glover. C'est quand même ce satané shogun qui nous rend la vie si difficile.

– Nous avons une occasion en or d'entrer dans ses bonnes grâces. C'est ce que nous dit ce type. Nous devrions obtenir quelques concessions.

– Et dans le cas contraire ?

– Eh bien, nous pourrons faire en sorte que ses ennemis soient mieux armés que lui !

Ils scellèrent leur accord par une poignée de main. Retournant à la table, ils informèrent l'agent qu'ils étaient disposés à conclure l'affaire.

Walsh recevrait une part des profits pour avoir négocié l'opération. Le rôle de Glover consistait à se rendre à Shanghai pour remettre le paiement et prendre la marchandise. Wang-Li l'accompagnerait, ferait office d'interprète et engagerait des gardes du corps.

Shanghai parut à Glover encore pire que dans son souvenir, peut-être parce qu'il était habitué à Nagasaki. Les gardes armés autour du quartier des étrangers étaient encore plus nombreux que naguère. Les rumeurs de soulèvement allaient bon train. D'après Walsh, la menace la plus récente venait d'un seigneur de la guerre qui se considérait comme une réincarnation de Jésus-Christ et était décidé cette fois à instaurer le royaume des cieux par la force. Cette histoire avait fait rire Glover mais à présent, en marchant dans les venelles obscures, il était assailli par la réalité cauchemardesque de cette ville. La Ruelle sanglante. La Putain de l'Orient. L'incroyable puanteur.

Ils avaient rendez-vous non loin du front de mer, et Wang-Li le guida à travers un labyrinthe de ruelles surpeuplées et de boyaux étroits. Leurs deux gardes du corps chinois les suivaient de près, l'air circonspect, aux aguets. En approchant de l'entrée d'un bar louche, Wang-Li leva la main et ils s'arrêtèrent net, juste avant que deux marins ivres ne sortent brutalement dans la rue en se battant avec acharnement. S'accrochant l'un à l'autre en une mêlée sauvage, ils finirent par s'écrouler par terre sans cesser de se ruer mutuellement de coups. À en juger par leurs vociférations, l'un était irlandais, l'autre russe. Ils luttaient comme deux bêtes féroces, en poussant des grognements furieux. Wang-Li les contourna et conduisit ses compagnons dans une ruelle encore plus sombre et étroite. Il regarda Glover d'un air salace tandis qu'ils passaient devant des portes s'ouvrant sur des visions monstrueuses et de sinistres accouplements : un marin poussant violemment une maigre jeune femme contre un mur moisi, un autre agrippant par les cheveux la malheureuse agenouillée devant lui, son sexe dans la bouche.

– Bon sang ! s'écria Glover épouvanté par ces scènes.

Wang-Li se mit à rire et continua son chemin jusqu'à un porche voûté donnant sur une cour. Deux gardes armés étaient postés devant un entrepôt. Wang-Li leur parla puis conduisit ses compagnons à travers l'entrepôt bourré de boîtes et de caisses. Ils arrivèrent dans une arrière-salle mal éclairée où un gros négociant chinois assis à une table leur souhaita la bienvenue en souriant et les invita à s'asseoir. Son nom était Chan. Il glapit un ordre et une jeune femme apporta un plateau laqué sur lequel se trouvaient une bouilloire, une théière et de petits bols en céramique non vernissés. Wang-Li et Chan entamèrent sur-le-champ une discussion dans leur langue maternelle. Ne comprenant pas un mot, Glover ne pouvait que se fier à eux. Son oreille s'était accoutumée aux sons et aux rythmes du japonais, mais cela n'avait rien à voir avec cette étrange mélodie, nasale et chantante, ponctuée de voyelles insolites, parfois à moitié avalées mais toujours prononcées à toute allure. Il observa la jeune femme qui servait le thé, non sans procéder à tout un rituel rapide : verser l'eau chaude dans la théière et dans chaque bol, remuer le liquide en en renversant dans le plateau évasé d'où il s'écoulait par en dessous, puis mettre une poignée de feuilles vertes dans la théière et rajouter de l'eau pour les ébouillanter. Levant les yeux, elle rencontra le regard de Glover qu'elle soutint en esquissant un sourire. Au même instant, Chan et Wang-Li semblèrent s'être enfin mis d'accord et émirent un gloussement rauque.

Un des gardes de Chan sortit une caisse de l'entrepôt, l'ouvrit et montra qu'elle était remplie de fusils enveloppés dans de la ouate. La lumière de la lampe fit scintiller un canon métallique, une crosse en bois verni. Chan souleva un fusil et le tendit à Glover, qui le soupesa et prit sa mire avant de le rendre au Chinois.

– Nous convenus du prix, dit Wang-Li. Nous payons et nous emportons.

– Pas de marchandage ?

– Mah-chan-dah ?

– On ne discute pas le prix ? Pour essayer de le baisser ?

– Pas cette fois, déclara Wang-Li en lui lançant un regard rusé. Peut-être la prochaine fois, quand nous venons acheter davantage, faire commande plus importante.

– D'accord, dit Glover. La prochaine fois.

Il leva son bol de thé parfumé à l'adresse de Chan, but une gorgée.

– La prochaine fois ! s'exclama Chan d'un air ravi en prononçant avec soin les mots étrangers.

Puis il appela de nouveau la jeune fille, qui apporta trois pipes.

– Patna ? demanda Glover.

– Turc, dit Wang-Li.

Glover sourit à Chan.

– Faire des affaires avec vous est un plaisir !

Il lui fallut une bonne journée de voyage pour retrouver toute sa lucidité. D'un coup, il se rendit compte qu'il n'avait peut-être pas été absolument prudent de partager une pipe avec Chan, qu'il aurait pu se retrouver en position de faiblesse. Mais il s'était fié à Wang-Li et avait suivi son exemple. Du reste, ç'avait été manifestement comme un message adressé à Chan, une manière de sceller l'accord.

Le clipper entra dans le port de Nagasaki vers le soir, après six jours de mer. Les marées avaient été favorables et ils avaient fait vite. L'agent du shogun les attendait sur le quai, accompagné cette fois de toute une troupe de soldats armés.

Avec la même brusquerie presque hostile qu'il avait manifestée lors de l ur précédente entrevue, l'agent monta à bord. Il contrôla chaque caisse de marchandise, chaque fusil, pistolet et boîte de munitions. Contraint de se déclarer satisfait, il fit un signe de tête à Glover et surveilla le transfert des caisses sur l'un des navires du shogun, une jonque à l'aspect suranné qui se rendrait directement à Osaka en traversant la mer Intérieure.

Par l'intermédiaire de l'interprète de l'agent, Glover déclara qu'il avait des contacts en Écosse et pourrait fournir au shogun, si ce dernier le désirait, des bateaux modernes pour remplacer sa flotte défraîchie. La seule réaction de l'agent fut de s'offenser de cet affront implicite au Japon. Il affirma que le shogun prendrait lui-même l'initiative de telles négociations le jour où il l'estimerait utile.

Le paiement fut versé sur le compte de Glover à la Hong Kong & Shanghai Bank. Après avoir vérifié que l'opération avait bien été effectuée, il entra dans son bureau d'un air plus fanfaron que de coutume. Mais à peine fut-il assis à sa place que Mackenzie fit irruption dans la pièce. Il avait entendu des rumeurs à propos de cette affaire. Maintenant qu'elles étaient confirmées, il était furieux.

– C'est de la folie, Tom ! s'écria-t-il en tapant du poing sur la table.

– Je sais ce que je fais, répliqua Glover en gardant son calme bien qu'il fût pris de court par cette attaque.

– Vous enfreignez les règles de Jardine's. Vous défiez le gouvernement britannique. Vous vous immiscez dans la politique d'un pays étranger. Voilà ce que vous faites !

– Croyez-vous que je veuille rester le cul sur ma chaise à vendre de la soie et du thé toute ma vie ? Il y a une fortune à gagner, Ken, et vous le savez.

– Je sais aussi qu'il vaut mieux avoir une grande cuiller quand on soupe avec le diable.

– Ce qui veut dire ?

– Le shogun est un homme puissant, Tom.

– C'est pour cette raison que je fais des affaires avec lui.

– Il a des ennemis.

– Bon sang, je ferai du commerce aussi avec eux !

– Vous avez affaire à des forces qui vous dépassent !

Glover resta inébranlable.

– Je sais parfaitement à qui j'ai affaire et je n'ai pas peur de prendre des risques.

– Tom, Tom ! dit Mackenzie en secouant la tête.

Sans se laisser décourager, Glover reçut une nouvelle commande de l'agent du shogun et repartit pour Shanghai, euphorique. Une fois encore, la livraison eut lieu la nuit et la cargaison fut transférée directement sur les navires du shogun. Glover se montra de nouveau peu flatteur pour l'état des vaisseaux, et cette fois l'agent déclara qu'il se pourrait après tout que le shogun soit intéressé par l'achat de bateaux construits en Écosse. Il interrogea également Glover sur des armements plus importants et efficaces, notamment des canons. Glover resta impassible et assura qu'il se renseignerait discrètement, mais il avait le cœur battant.

Les profits conjugués de ses deux précédentes opérations s'élevaient à 10 000 dollars. La commande projetée lui rapporterait dix fois plus. Il en discuta avec Walsh, qui siffla entre ses dents.

– C'est une grosse somme, Tom !

Il faudrait du temps, car une commande aussi importante exigerait probablement de passer par l'Europe. Glover n'attendit pas pour agir. Il contacta Armstrong & Co, les fabricants de munitions de Newcastle, et évalua les coûts. Lors d'une nouvelle rencontre avec l'agent du shogun, il mit au point les conditions et rédigea un contrat détaillé prévoyant une livraison « au gouvernement japonais ». Il s'agissait rien moins que de quinze canons de soixante-dix avec affûts et glissières, vingt armes se chargeant par la culasse et, au total, soixante-dix tonnes de balles et d'obus.

Walsh était impressionné.

– Bon Dieu, Tom, vous apprenez vraiment vite !

Une avance de 40 000 dollars fut versée sur le compte de Glover.

Il vivait toujours dans la maison en bois derrière l'entrepôt. À présent, il aspirait à un logement plus en rapport avec ses ambitions. Il jouissait d'un excellent crédit. Après s'être renseigné, il avait engagé un maître artisan, l'architecte Hidenoshin Koyama, pour concevoir et bâtir un bungalow. Pas de demi-mesure, il voulait ce qu'il y avait de mieux.

L'emplacement était spectaculaire, sur Minami Yamate, la colline du sud. Koyama l'avait choisi pour la vue sur le bord de mer, avec Dejima au nord et les collines se dressant de l'autre côté de la baie. L'architecte ne parlait pas anglais et n'avait pas l'intention de l'apprendre. Bien qu'en progrès, le japonais de Glover était encore rudimentaire, limité aux flatteries en usage dans la maison de thé et aux formules évasives des négociations d'affaires. Ils communiquaient à l'aide de signes et de gestes, en recourant à un interprète en cas de nécessité. Koyama dessina des esquisses et des schémas. Il montra les plans bien avancés à Glover, en arpentant le terrain pour évaluer la disposition et les dimensions du projet. Glover se prit de sympathie pour cet homme irradiant l'énergie, la franchise et le professionnalisme. Il donnait l'impression d'une force contenue, disciplinée et contrôlée de manière à éviter tout gaspillage.

Un point n'était pas négociable. Koyama y tenait absolument. Au centre de l'espace vide qui deviendrait le jardin se trouvait un pin. L'architecte exigea qu'on le conserve. Les explications qu'il donna n'étaient pas aisées à traduire. Un mot en particulier semblait revenir sans cesse : *wabi*. L'interprète essaya de le rendre par « vacuité ».

– *Wabi*, répéta Koyama en désigna l'arbre. *Ipponmatsu.*

– Le pin solitaire, traduisit l'interprète.

– D'accord, dit Glover. Va pour *Ipponmatsu.*

Lors de la rencontre suivante, toutefois, il voulut en avoir le cœur net sur ce *wabi*, cette vacuité.

– Voyez-vous, je n'ai pas envie de tatamis et de coussins, déclara-t-il. Je veux de la place à l'intérieur, de vraies tables et de vraies chaises.

Après que l'interprète eut transmis le message, Koyama rit d'un air malicieux.

– *Hai. So desu* !

Glover n'aurait pas dû s'inquiéter. Rien qu'en voyant les plans définitifs, il comprit que le résultat serait exceptionnel.

❧

Le bâtiment avait une physionomie bien particulière, avec ses trois parties emboîtées en nid-d'abeilles. Il célébrait l'union de l'Orient et de l'Occident : des fondations solides, des pièces claires et spacieuses, un souci méticuleux des détails dans l'exécution, qu'il s'agît des tuiles en céramique du toit, du porche en bois ou des châssis des fenêtres ornés d'un soleil levant. Quand la construction fut achevée, Glover donna une réception pour ses collègues et ses amis – Mackenzie et Walsh, Groom et Harrison, Shibata et Nakajimo, Ringer et quelques autres.

Ils burent sur le gazon en regardant la lumière du soir caresser les collines de l'autre côté de la baie.

– Vous vous êtes bien débrouillé, Tom, dit Mackenzie.

– À votre réussite ! lança Walsh en levant son verre.

– À nous tous ! s'exclama Glover.

Quand Koyama arriva, Glover se hâta à sa rencontre et s'inclina avec respect. L'architecte s'inclina à son tour, à peine moins profondément.

– Koyama-san, dit Glover. Merci encore. La maison est splendide.

– *Do-itashimashite*, répliqua Koyama.

Ce n'était rien – il acceptait le compliment tout en réduisant sa portée.

Son assistant, l'interprète, portait un objet paraissant fort lourd et enveloppé dans du papier de riz épais.

– *Dozo*, dit Koyama en prenant le paquet et en le tendant cérémonieusement à Glover.

Celui-ci fit mine de ployer sous son poids, hors d'haleine. Koyama sourit et lui fit signe de l'ouvrir.

C'était un morceau de pierre où étaient gravés deux idéogrammes aux traits fluides et élégants.

– Il s'agit de la calligraphie de Koyama-sensei en personne, expliqua l'interprète en désignant du doigt les caractères. *Ippon. Matsu.*

– *Arigato gozaimasu*, dit Glover en s'inclinant devant Koyama encore plus profondément que la première fois.

L'architecte hocha de nouveau la tête en acceptant le remerciement comme son dû, mais il n'en était pas moins heureux de la réaction de Glover. Il veilla à ce qu'on place la pierre juste à l'entrée de la demeure.

– Je parie que votre maison a trouvé son nom, dit Walsh.

– Il me plaît beaucoup, répliqua Glover.

Avant de partir, Koyama s'immobilisa devant l'arbre et le regarda, concentré et silencieux. Puis il s'inclina posa un instant les mains sur son tronc, fit un ultime signe de tête à Glover et disparut.

Walsh s'attarda après le départ des autres invités pour savourer un dernier verre, encore un cigare.

– C'est une maison merveilleuse, dit-il. Mais savez-vous ce qu'il lui faut, maintenant ? Une présence féminine.

– Je peux engager une femme de ménage, observa Glover. Elle s'occupera de l'entretien.

– Vous avez besoin de plus, affirma Walsh. Vous devriez prendre une *musume*, une petite maîtresse à demeure.

– Je n'en suis pas sûr.

– Elle satisfera commodément à tous vos besoins. Et vous resterez libre. Il s'agit d'un simple arrangement économique. Rares sont les Occidentaux vivant ici qui n'ont pas en douce leur petite musume. Moi qui vous parle, j'en ai eu trois !

– Oui, je sais.

– Comment faire autrement ? Il n'y a pas d'Occidentales, en dehors d'une épouse de négociant çà et là ou de sa grande jument de fille. Et comme nous ne sommes pas précisément les bienvenus dans les sphères supérieures de la société japonaise, toute liaison romantique dans ce domaine est exclue. Bon Dieu, ne nous voilons pas la face ! De toute façon, le mariage n'est qu'une prostitution légale, avec cette différence qu'on doit payer à vie. Alors, qu'en dites-vous ?

Il se sentait énorme et déplacé dans cette pièce exiguë. Il avait mal aux jambes à force de rester agenouillé sur le sol. L'encens commençait à l'écœurer, le son du koto devenait irritant. C'était une sottise. Il n'aurait jamais dû écouter Walsh.

La tenancière de la maison de thé, l'*okami* – elle-même une courtisane vieillissante –, était assise devant le shoji dont l'écran s'ornait de la peinture d'un jardin peuplé de fleurs et d'oiseaux, d'un pont menant à un pavillon, d'un rendez-vous amoureux. Chaque fois que l'écran s'écartait, Glover découvrait une nouvelle jeune fille à genoux qui s'inclinait, rencontrait son regard puis détournait les yeux d'un air timide.

Venir ici pour voir les filles et payer pour leurs services était une chose. Mais en emmener une chez lui – s'acheter une épouse, en fait – lui paraissait contre nature. Il allait arrêter ce manège sur-le-champ, remercier l'okami et rentrer. Ses articulations craquèrent tandis qu'il se levait péniblement. À cet instant, l'écran s'écarta de nouveau et il se figea, bouche bée. La tenancière fit mine de refermer l'écran, mais il lui dit d'attendre.

C'était elle. Incroyablement belle, dotée de la même grâce aisée que toutes les autres, mais avec quelque chose de plus – une étincelle dans le regard, une innocence au-delà de son attitude mondaine.

Il s'avança et tendit la main. Elle la prit dans la sienne, si douce et légère, et pénétra dans la pièce.

– Comment vous appelez-vous ? demanda-t-il. *O namae wa* ?

Elle s'inclina.

– Sono *desu.*

– Sono, répéta-t-il avec volupté.

Souriant, il se désigna lui-même du doigt :

– Thomas Blake Glover.

Elle sembla déconcertée, cacha sa bouche derrière sa main.

– Thomas, dit-il en prononçant avec soin.

– Tomasu, répéta-t-elle.

– Blake.

– Bureku.

– Glover.

– Guraba. *Hai.* Guraba-san.

– Tom.

– Tomu.

Elle hocha la tête avec un grand sérieux. Il éclata de rire et elle l'imita, en mettant de nouveau sa main devant la bouche. Ses cheveux de jais étaient maintenus par un fermoir en forme de papillon. La courbe du col de son kimono révélait la ligne exquise de son cou. La soie de ses vêtements bruissait à chacun de ses mouvements. En sentant son parfum, il sut qu'il était perdu.

Plus tard, de retour chez lui, il la conduisit dans la chambre à coucher. Elle regarda autour d'elle et pouffa d'un air ravi à la vue du mobilier européen, des fauteuils sculptés, du lourd lit en fer. Elle rit aussi de l'ardeur de Glover qui se déshabilla précipitamment, avec des gestes maladroits, et l'attira sur le lit sans même attendre qu'elle ôte ses propres habits, en cherchant à tâtons dans les replis d'étoffe la chaleur moite de sa peau. Elle leva une main et libéra ses cheveux, dont les flots d'un noir brillant ruisselèrent sur Glover tandis qu'elle montait sur lui, le guidait dans sa propre chair. Il s'arc-bouta avec frénésie et la jouissance ne fut pas longue à venir.

Sono emménagea le lendemain, en apportant un petit baluchon contenant ses affaires peu nombreuses. Glover devait travailler, mais quand il rentra à la fin du jour elle était déjà installée et paraissait chez elle. Elle avait préparé du thé, qu'elle lui servit elle-même.

Sur la table se trouvait une petite poupée arrondie par le bas.

– C'est à toi ? demanda-t-il.

L'espace d'un instant, elle sembla inquiète.

– Ça va bien ?

– Bien sûr, déclara-t-il.

Il fit basculer la poupée qui se redressa aussitôt.

– *Hai*, dit-elle en l'imitant. Lui Daruma. Bodhidharma.

Le visage peint de la poupée était celui d'un patriarche à l'air farouche, aux yeux fixes, aux moustaches hérissées.

– Lui porte bonheur, dit-elle en trouvant ses mots avec peine.

Elle renversa de nouveau la poupée :

– En bas !

Puis la lâcha :

– En haut !

– Il rebondit à chaque fois, dit-il. Ça me plaît !

Elle battit des mains en riant. Se penchant sur elle, il embrassa ses lèvres si douces.

Confortablement installé dans son fauteuil de cuir favori, dans le salon du Club des Étrangers, près d'une fenêtre ouverte donnant sur le Bund, il tournait les pages du *Nagasaki Advertiser* en jetant un coup d'œil aux nouvelles glissées entre les listes de navires.

Walsh entra et donna une chiquenaude au journal pour attirer son attention.

– Bonsoir, Guraba-san ! dit-il en s'inclinant avec un respect ironique.

– Foutez le camp ! répliqua Glover. J'essaie de lire.

– Toujours à l'écoute du monde, à ce que je vois.

– Cette éminente feuille de chou m'informe de source sûre que Sa Majesté la reine souffre d'une dépression nerveuse. Elle traverse une période de la vie difficile pour les dames, sans compter l'excessive sensibilité propre à la famille royale, ce qui suscite une grande inquiétude pour la santé de Sa Majesté.

– Il est vrai que vous avez l'air inquiet ! dit Walsh.

– Les événements ne manquent pas non plus dans votre coin. Le président Lincoln a lancé un appel pour le recrutement de soixante-quinze mille soldats.

– On est mieux à Nagasaki, observa Walsh.

– La plaque tournante de l'univers, approuva Glover. Il y a un compte rendu des représentations données la semaine dernière en cette bonne ville par le baron von Hohenlohe et le signor Spectacolini. Ils ont chanté des duos puis sont apparus dans un opéra comique intitulé *Les Bambins*.

– J'ai été au désespoir de ne pouvoir assister à ce spectacle.

– Et moi donc ! Après avoir fait l'éloge de leur prestation, l'article continue en ces termes : « Les deux hommes ont été excellents. Mais que dire de Miss Belle Chimer dans le rôle de Mrs Whiffleton ? »

– Que dire, en effet ? Mais si je puis vous distraire un instant d'informations aussi fascinantes, j'ai quelque chose pour vous.

Il sortit de la poche de son gilet une petite pièce en argent qu'il fit scintiller dans la lumière puis lança à Glover, qui l'attrapa au vol.

– Ceci s'appelle *itzibu.*

– Joli, dit Glover en retournant la pièce dont chaque face arborait un caractère japonais.

– Bien sûr.

– On peut leur faire confiance pour préférer l'argent à l'or.

– C'est plus subtil, pas vrai ? Mais il y a un problème.

– Bizarrement, ça ne m'étonne pas !

– Ces pièces ont été mises en circulation à Yokohama. Les négociants américains ont jeté leurs dollars sur la balance de la douane et voilà ce qu'ils ont reçu en échange.

– Mais ce n'était pas assez à leur goût ?

– Exactement. Le taux était nettement défavorable. La scène a pratiquement tourné à l'émeute !

– Bon Dieu ! Il va falloir qu'ils règlent cette question.

– Oh, ils le feront. Dès qu'ils le jugeront bon.

Glover fit tourner la pièce entre le pouce et l'index, la lança en l'air, la rattrapa et la fourra dans sa poche.

Assis en face de Sono à la table de la salle à manger, il sortit de sa poche avec ostentation la pièce en argent.

– *Itzibu,* déclara-t-il en la posant sur la table à côté de trois bols à saké renversés. Argent.

– *Hai* ! approuva-t-elle en souriant. *Arujin.*

– Maintenant, regarde.

Il cacha la pièce sous un des bols et entreprit de leur faire changer de place à toute allure sur la table. Il avait appris ce vieux truc de prestidigitateur dans son enfance, il y avait si longtemps, dans une brochure en lambeaux achetée à la foire d'Inverurie. Secrets magiques et tours de passe-passe. Sono le regardait d'un air perplexe. Il l'invita d'un geste à deviner où se trouvait la pièce. Elle se concentra en fronçant légèrement ses sourcils à la courbe parfaite. Après un instant d'agitation nerveuse, elle désigna avec décision le bol du milieu.

– *Kore wa* ! dit-elle.

Celui-ci.

Il souleva le bol.

Pas de pièce.

Elle poussa un cri aigu en levant les mains. Glover pouffa, redressa ses manchettes et recommença le truc. Elle désigna le bol de droite.

– *Kore wa* !

Cette fois, elle était catégorique.

Il souleva de nouveau le bol : pas de pièce.

Elle en avait le souffle coupé. Il souleva le bol de gauche, révélant la pièce scintillante.

– *Voilà** !

Elle poussa une exclamation stupéfaite qui le fit éclater de rire.

– C'est magique ! dit-il.

Furieux, Mackenzie déversa un sac rempli de pièces sur son bureau qui se couvrit d'un flot d'itzibu en argent.

– Ce maudit shogun ! Au diable le bakufu et tout ce pays ! Pourquoi ne peuvent-ils pas s'en tenir à l'or, comme tout le monde ?

– Justement, dit Glover. C'est qu'ils ne sont pas comme tout le monde. Ils ne ressemblent à personne.

– C'est de l'obstruction volontaire !

– C'est… japonais !

Glover fit ruisseler les pièces brillantes entre ses doigts, en un geste délectable de grippe-sou contemplant son magot. L'or et l'argent.

Il s'interrompit brusquement, saisi d'une pensée si absurde qu'il n'osait y croire.

– Bon sang ! s'exclama-t-il.

– Qu'y a-t-il ? demanda Mackenzie toujours maussade.

– Une idée loufoque m'est venue.

– Encore une ?

Glover vérifia dans l'*Advertiser*, parmi les prix des matières premières, le taux actuel du lingot d'or.

– Dieu tout-puissant !

Il laissa tomber le journal et se précipita dehors tandis que Mackenzie secouait la tête.

Il se fraya un chemin dans le Bureau des douanes, en entraînant Shibata et Nakajimo dans son sillage. L'endroit était bondé de négociants américains, européens et chinois, tous occupés à marchander avec colère dans un tumulte indescriptible. Il aperçut Montblanc, qui manifestait son dépit comme seul un Français pouvait le faire. Derrière le comptoir, un fonctionnaire au visage terne et inexpressif pesait des pièces sur une balance. Ses mouvements étaient paisibles, expérimentés, comme s'il accomplissait quelque antique rituel religieux et refusait d'être contrarié ou énervé par le tohu-bohu où il officiait.

Shibata s'inclina profondément devant le douanier. Glover lui avait dit ce qu'il devait demander. Le fonctionnaire grogna une réponse. Shibata fit un signe de tête approbateur à Glover, lequel joua à nouveau des coudes pour sortir, suivi par les deux employés se hâtant pour ne pas se laisser distancer.

Une demi-heure plus tard, il était de retour. Avec l'aide de ses deux compagnons, il avait vidé son coffre-fort de ses pièces d'argent, dont il avait rempli six sacs qu'il avait chargés sur une charrette. Il avait également pris la précaution d'emporter son pistolet. Traînant les sacs jusqu'au fonctionnaire, les trois hommes les avaient posés bruyamment sur le comptoir. Après quoi ils attendirent avec patience que le grand prêtre du commerce prenne le temps de peser leurs offrandes et inscrive avec un pinceau de bambou, d'une écriture rapide et élégante, une série de chiffres sur un rouleau de papier. Glover vérifia avec Nakajimo que le chiffre obtenu était bien ce qu'il espérait.

Une nouvelle fois, il les entraîna à sa suite dans la rue. Arrivé devant le bâtiment fortement gardé de la Hong Kong & Shanghai Bank, il s'arrêta. À l'intérieur, il présenta le document de la douane et reçut un grand nombre de lingots d'or en provenance de la salle des coffres. Nakajimo et Shibata les chargèrent sur la charrette, les recouvrirent d'un drap et rapportèrent la précieuse cargaison au bureau de Glover. Ce dernier précédait le convoi, vigilant, une main sur le pistolet qu'il portait à sa ceinture.

Quand l'or fut en sécurité dans son coffre, il sortit de nouveau précipitamment et se mit en quête de Mackenzie et Walsh, qu'il trouva au Club.

– Vous n'allez pas me croire ! s'écria-t-il.

Il essayait de ne pas parler trop fort mais ne pouvait cacher l'excitation dont vibrait sa voix. Il brandit un itzibu.

– Ces pièces valent leur poids en or. En fait, elles valent trois fois leur poids !

– Je suis tout ouïe, dit Walsh.

– Expliquez-vous, le pressa Mackenzie.

– C'est simple, dit Glover. Pour quatre de ces pièces, qui valent environ six shillings au taux actuel, vous obtenez un cobang d'or. Mais si vous faites sortir cet or du pays, un cobang vaut dix-huit shillings. Soit un bénéfice de deux cents pour cent !

– Bonté divine ! s'exclama Mackenzie.

Walsh avait déjà bondi sur ses pieds et se dirigeait vers la porte.

– Nous devons faire vite, lança-t-il. Avant que tous les pirates de Nagasaki aient la même idée.

– Tous les autres pirates ! dit Mackenzie.

❧

Pendant des semaines, le chaos régna. Le bruit se répandit comme une traînée de poudre et les négociants se lancèrent dans une véritable ruée vers l'or. Des navires chargés d'or japonais ne cessaient de partir pour la Chine. Des fortunes s'édifièrent ainsi avant que les fonctionnaires des douanes imposent des restrictions au nombre d'itzibu que pouvait toucher chaque négociant. Toutefois ils se contentèrent d'en acheter sous des noms d'emprunt. Glover, Mackenzie et Walsh devinrent respectivement MM. Histoire, Adormir et Debout. Le gouvernement du shogun finit par intervenir en revenant à contrecœur à l'étalon-or, ce qui mit fin à la course aux bénéfices.

Les trois pirates se retrouvèrent au Club des Étrangers et burent en l'honneur de leur triomphe.

– À l'alchimie ! s'exclama Mackenzie.

– À la magie ! ajouta Glover.

– Aux dollars vite gagnés ! compléta Walsh.

– Monsieur Histoire !

– Monsieur Adormir !

– Monsieur Debout !

Ils vidèrent leurs verres.

– Évidemment, le shogun n'est pas enchanté de cette affaire, dit Mackenzie. Toute leur économie aurait pu être déstabilisée.

– Ils ne peuvent s'en prendre qu'à eux-mêmes, répliqua Walsh. C'est eux qui ont essayé de tricher en sous-évaluant le dollar. Leur astuce s'est retournée contre eux, voilà tout.

– Qu'ils aillent au diable ! lança Glover. Et si tout ça peut saper l'autorité du shogun, tant mieux.

Il était de nouveau assis à la table, en face de Sono, avec entre eux les petits bols à saké. Une nouvelle fois, il plaça une pièce d'argent sous un bol et procéda à son rituel magique. Elle choisit le bol du milieu. En le soulevant, il révéla une pièce d'or resplendissante. Puis il souleva le bol de droite sur une seconde pièce d'or, et celui de gauche sur une troisième. Elle ramassa les trois pièces et les fit tinter en riant d'un air ravi.

Sono attendait un enfant. Elle lui avait appris la nouvelle d'une voix hésitante, timide, ne sachant comment il réagirait.

Bouleversé, il se sentit envahi par un mélange d'excitation, de joie et de terreur. Un enfant ! Il allait être père ! Il se mit à rire, tapa du poing sur la table et déclara qu'ils allaient se marier sans attendre.

– Rien ne vous y oblige, observa Walsh quand il lui annonça sa décision. Il existe bien des moyens de régler ce genre d'affaires. Vous pouvez vous débarrasser de la fille en la payant. L'enfant peut être adopté.

Glover fut piqué au vif.

– Bon Dieu ! s'exclama-t-il. Je savais que vous étiez dur, mais pas impitoyable à ce point. Je n'en reviens pas !

– Désolé, dit Walsh en comprenant qu'il s'était fourvoyé. J'avais oublié que vous étiez amoureux !

Ce mot décontenança Glover.

– Oui, bon… balbutia-t-il.

Mais quand il se retrouva avec Sono dans le temple sur la colline derrière Ipponmatsu, il fut pris d'une tendresse infinie pour elle.

Elle était sa femme. Sa femme.

Et elle attendait son enfant. Un fils, peut-être, qui continuerait la lignée et porterait le nom de la famille. Et si c'était une fille, ce serait tout aussi magnifique. Tout était magnifique et un fils suivrait plus tard.

La cérémonie fut très simple. Le moine bouddhiste du temple psalmodia un mantra et les bénit. Un pasteur chrétien lut les vœux, que Glover répéta à mesure tandis que Sono acquiesçait de la tête.

Jusqu'à ce que la mort nous sépare.

– *Hai, so desu.*

Mackenzie et Walsh firent office de témoins, et la tenancière de la maison de thé leur accorda en souriant sa propre bénédiction.

De retour à Ipponmatsu, Glover et Sono restèrent debout sur la pelouse à regarder la lumière du soir sur les collines lointaines, les bateaux mouillés dans la baie. Ils avaient parlé de se rendre à Kagoshima pour rendre visite au père de Sono. À présent, ce voyage semblait indispensable.

– Il va être grand-père, dit Glover. *Oji-san.*

Elle battit des mains en riant.

– *Oji-san* !

– Tu crois qu'il sera content ?

– J'espère, répondit-elle. Lui un homme très fort. Comme vous.

Elle avait déjà évoqué son père, un samouraï du clan des Satsuma. Kagoshima, une ville située plus au sud, était leur bastion. Sono déclara que son père et le clan voudraient peut-être faire des affaires avec lui, à l'avenir.

– Eh bien, dit-il. Maintenant qu'il fait partie de la famille…

Elle sourit.

– N'est-ce pas la vérité, miss Glover ? *Guraba-fujin.*

Elle rit en cachant sa bouche derrière sa main. Il la serra si fort qu'elle poussa un cri. Puis il souleva son épouse si légère et la porta dans la maison.

Sono était partie quelques jours avant lui pour Kagoshima, afin de préparer son père, Shimada-san, à cette rencontre. Quand le navire de Glover arriva, elle l'attendait sur le quai pour l'accueillir. En le voyant, elle battit des mains avec un enthousiasme enfantin. Se reprenant bien vite, elle s'inclina devant lui d'un air cérémonieux. Glover éclata de rire, s'inclina ridiculement bas puis saisit sa main et la baisa.

Kagoshima ne faisait pas partie des ports concernés par le traité. Hostiles au changement, les Satsuma désapprouvaient l'invasion occidentale et le shogun qui l'avait autorisée. En remontant avec Sono la rue étroite qui menait au ryokan, l'auberge où ils logeraient, Glover sentit cette atmosphère pesante. Les gens ne le fixaient pas avec curiosité mais avec une aversion non déguisée, où la haine le disputait à la peur. Les femmes se détournaient, les hommes poussaient des jurons, les enfants couraient se cacher.

Glover avait entendu parler du Far West américain par des négociants qui s'étaient aventurés dans des villages indiens. Il imaginait qu'il devait y régner la même ambiance menaçante, où il lui semblait être une proie. Certains hommes étaient armés de sabres glissés dans leur ceinture. En voyant plus d'une fois une main posée sur une poignée, prête à dégainer, il fut heureux d'avoir emporté son pistolet. Il se sentit également reconnaissant à Sono de sa présence. Puis son malaise et sa nervosité grandirent au point que même elle devint l'objet de ses soupçons. Peut-être était-elle sous la coupe de son père, peut-être l'entraînait-elle dans un traquenard. Cela faisait seulement quelques mois qu'ils étaient ensemble. Tout ce qu'il savait des Japonais, c'était qu'il ne savait rien d'eux. Son appréhension ne connut plus de bornes. Cette femme, sa femme, était une étrangère pour lui. Mais quand ils s'arrêtèrent à l'entrée de l'auberge, elle se retourna et le regarda avec tant de franchise qu'il eut honte de ses pensées.

L'entrevue avec Shimada-san devait avoir lieu plus tard dans la journée. Glover laissa Sono lui faire découvrir sa ville.

– Kagoshima très beau, dit-elle.

– C'est ce que je vois.

Elle rit et répéta d'une voix chantante :

– C'est ce que je vois !

Sur une île surgissant au loin se dressait un volcan aux versants abrupts et verdoyants, dont le sommet était surmonté d'un panache de fumée.

Sono suivit son regard et lui donna le nom de l'île :

– Sakurajima.

Elle lui montra des jardins et des temples, une poterie où étaient exposés avec goût des bols et des vases admirables, tantôt noirs tantôt blancs. Un ruisseau coulait devant l'atelier. Au milieu de l'eau se trouvait un long morceau de bambou ouvert à un bout et attaché par le milieu à une traverse formant pivot. Comme l'ouverture était située à contre-courant, le bambou se remplissait d'eau peu à peu jusqu'au moment où il basculait et heurtait un rocher avec un bruit agréable. Après quoi il se vidait et tout recommençait. Fasciné, Glover le regarda se remplir et se vider sans relâche.

Ce choc mélodieux contre le rocher…

– *Shishi-odoshi*, dit Sono.

– C'est comme ça qu'on l'appelle ?

– *Hai*.

– Mais à quoi ça sert ?

Elle haussa les épaules, ne comprit pas la question.

Shishi-odoshi.

Ils s'arrêtèrent dans un sanctuaire et elle s'inclina devant une statue en pierre représentant un de leurs dieux, au visage doux et compatissant, une main levée en un geste de bénédiction. Un petit morceau de soie était drapé autour de ses épaules comme un châle. À ses pieds, quelqu'un avait déposé des offrandes – un unique chrysanthème, un gâteau de riz, un flacon de saké.

– Jizo, dit-elle en caressant son ventre. Nous le prions pour les bébés.

Se retournant vers la statue, elle sembla réciter une prière. Puis elle joignit les mains, s'inclina de nouveau. Il sourit et suivit son exemple.

Shimada était assis en tailleur devant une table basse. Glover avait ôté ses chaussures pour s'agenouiller sur le tatami, face au vieil homme. Sono se tenait entre eux, encore plus déférente et effacée que de coutume, comme un vivant exemple de l'humilité d'une fille dévouée. Elle présenta Glover d'un ton cérémonieux à son père, qui répondit par un grognement.

– Shimada-san, dit Glover en s'inclina assez bas pour montrer son respect mais en préservant sa propre dignité. *Hajimemashite. Yoroshiku onegai shimasu.*

Shimada parut satisfait d'être salué dans sa propre langue par le gaijin. Cette fois, son grognement fut plus bienveillant. Il inclina presque imperceptiblement la tête, fit signe à Sono de leur servir du saké dans de petits bols de céramique noire.

– *Kanpai* ! dit Glover.

Ils vidèrent leurs bols, Sono les remplit de nouveau. Glover leva encore le sien et se lança dans son morceau de bravoure, un toast qu'il avait conçu et répété avec Sono.

Regardant son beau-père droit dans les yeux, il lança :

– *Shogun* !

Le vieil homme se figea, le bol devant les lèvres, et Glover continua :

– *Nanka kuso kurae* !

Shimada sembla pris de court et mit un certain temps à assimiler ce que Glover venait de dire. Le shogun ! Qu'il aille au diable !

Puis son visage parut se crisper, sa gorge émit un son étouffé, avant qu'il n'éclate d'une rire tonitruant en tapant du poing sur la table.

– *Nanka kuso kurae* !

C'était excellent ! Quelle bonne histoire à raconter : le gaijin, son gendre, avait envoyé au diable le shogun !

À présent, ils pouvaient parler affaires.

La conversation fut lente et laborieuse, semée d'embûches linguistiques, mais avec l'aide de Sono et du saké coulant à flots ils parvinrent à s'entendre. À un moment, Shimada remarqua le pistolet à la ceinture de Glover, sous sa veste, et le désigna du doigt. Croyant qu'il lui reprochait d'avoir emporté une arme dans sa maison, Glover commença à s'excuser. En fait, le vieil homme voulait simplement examiner de plus près le pistolet.

Après s'être assuré que le cran de sûreté était en place, Glover lui tendit le pistolet en le tenant par le canon. Shimada le soupesa longuement dans sa main, en se récriant sur son poids.

Puis le temps s'arrêta.

Le vieil homme braqua l'arme sur Glover, le visa, arma. Instantanément dégrisé, Glover regarda successivement le canon et le visage impassible de Shimada. Soudain celui-ci se mit à rire, lui rendit le pistolet et l'assura de sa satisfaction. C'était exactement ce qu'il désirait acheter. Et il voulait plus – il fit mine de tirer avec un fusil. Glover porta la main à son cœur, comme s'il venait d'être abattu d'un coup de feu. Le rire tonitruant du vieux samouraï retentit de nouveau.

Ils parlèrent jusque tard dans la nuit, en continuant de boire et en discutant des prix, des quantités et des délais de livraison. Le jour se levait lorsqu'il sembla enfin à Glover, pour autant qu'il eût compris, qu'ils étaient parvenus à un accord. L'affaire était conclue.

Shimada les accompagna dehors, dans l'air frais du petit matin, et prit congé avec bonne humeur. Glover et Sono regagnèrent à pied le ryokan tout proche. Dans le lointain, le sommet du volcan brillait d'un éclat rougeoyant dans l'obscurité.

❧

Ils se rendirent au port le matin même, en compagnie de Shimada. Alors qu'ils remontaient la rue principale, ils entendirent des roulements de tambour et virent un cortège s'avancer dans leur direction. Les bannières claquant au vent arboraient l'emblème du clan : une croix à l'intérieur d'un cercle. Une demi-douzaine de samouraïs armés de pied en cap, avec casque et cuirasse, précédaient un *norimon*, un palanquin porté par quatre hommes. Une colonne de vingt gardes armés fermait la marche. Les passants s'égaillèrent et la rue resta déserte.

– Daimyo ! dit Shimada en jetant un regard anxieux à Glover.

Celui-ci était maintenant assez raisonnable pour reculer à une distance respectueuse et incliner la tête. Shimada fit de même, Sono s'agenouilla dans la poussière.

Le daimyo était le chef du clan, le seigneur de la région. Glover jugea prudent de ne pas lever les yeux. La tête baissée, il sentit sa nuque se raidir. Toutefois, lorsque le palanquin arriva à sa hauteur, une voix aboya un ordre derrière le rideau et le véhicule s'immobilisa juste en face de lui. Shimada ploya un genou et répondit en hâte à un feu roulant de questions. L'échange parut à Glover aussi peu amène qu'inintelligible, mais il reconnut son nom ainsi que des allusions au shogun et à des tractations commerciales. Le rideau s'entrouvrit un instant et Glover leva les yeux, la nuque toujours raidie, pour découvrir le regard furieux du daimyo fixé sur lui, la bouche sévère tordue en une grimace de dégoût qui lui était maintenant familière. Il se sentit presque désolé de n'être qu'un banal être humain. S'il avait craché des flammes ou dardé une seconde tête, peut-être aurait-il été moins décevant. En tout cas, il semblait avoir passé l'examen. Le daimyo émit un ultime grognement guttural, comme pour dégager sa gorge obstruée par un objet désagréable. Le rideau se referma. Le cortège s'ébranla de nouveau.

❧

Mackenzie expliqua la situation à Glover. Les daimyo étaient des hommes puissants, dont un grand nombre s'opposaient au shogun du fait de leur traditionalisme intransigeant. Cependant leur adversaire disposait de plusieurs moyens de pression efficaces.

– Par exemple ?

– Pour commencer, il exige que leurs épouses et leurs enfants vivent à Edo, dans son entourage immédiat. Les daimyo ne sont autorisés à leur rendre visite que sur l'invitation expresse du shogun. S'ils s'écartent du droit chemin, leur famille est menacée.

– En somme, ce sont des otages.

– Exactement.

– C'est brutal ! s'exclama Glover.

– Certes, dit Mackenzie. Raison de plus pour vous montrer prudent.

Une semaine plus tard, cependant, Glover était de nouveau à Shanghai pour acheter des caisses de fusils, destinées cette fois aux Satsuma. Pendant le voyage de retour, il s'aperçut qu'un navire semblait les suivre. En regardant avec une longue-vue, il constata qu'il s'agissait d'un bâtiment de la flotte du shogun, dont le mât arborait la bannière des Tokugawa.

– C'est une des vieilles jonques pourries du shogun ! cria-t-il au pilote. Ils ne nous rattraperont jamais !

Il ne se trompait pas. La jonque ne pouvait rivaliser avec le clipper de Jardine's qu'il avait réquisitionné pour la traversée. Ils virèrent de bord et prirent de la vitesse, en laissant le vaisseau du shogun loin derrière eux.

Quand ils arrivèrent à Nagasaki, Shimada les attendait sur le quai. Une nouvelle fois, la cargaison fut déchargée dans la nuit, mais cette fois dans un navire marchand des Satsuma qui la transporterait à Kagoshima. Glover insinua à son beau-père que les Satsuma devraient aussi songer à acheter de meilleurs bateaux, qu'il pourrait lui-même contacter ses relations en Écosse et leur obtenir un bon prix. Un steamer de seconde main, une fois remis à neuf, coûtait environ 30 000 dollars. Grâce aux bons offices de Glover, le prix pourrait être réduit à 25 000 dollars. Shimada déclara en riant qu'il était utile d'avoir un homme d'affaires dans la famille et qu'il en parlerait au daimyo. En attendant, il allait veiller au paiement de la livraison des fusils, partie en or, partie en dollars mexicains en argent. Encore une somme importante, qui avoisinerait les 3 000 dollars.

Shimada et Glover s'inclinèrent de concert. Affaire conclue.

Il marchait seul, perdu dans ses pensées. Alors qu'il s'engageait dans une ruelle étroite, sans intention particulière, il sursauta en voyant une silhouette sombre surgir d'une venelle et se planter devant lui en lui bloquant le passage. L'homme était un jeune samouraï, qui ne devait guère être plus âgé que lui. Pris au dépourvu, Glover se repentit amèrement de sa distraction stupide. Il se roidit, prêt à fuir ou à se battre.

L'homme le regarda droit dans les yeux, d'un air résolu.

– Guraba-san ?

– *Hai*, répondit-il. *So desu*.

Il parlait avec une sorte d'agressivité circonspecte. Il aurait pu ajouter : « Qui êtes-vous ? Que voulez-vous savoir ? »

– Je suis Ito Hirobumi, dit le samouraï en s'inclinant. J'appartiens le clan des Choshu.

– Vous parlez anglais ? s'étonna Glover.

Une nouvelle fois, il était pris par surprise, déconcerté.

– J'ai besoin comprendre mon ennemi, répliqua l'homme en esquissant un sourire.

– Voilà une façon intéressante d'entrer en conversation, dit Glover.

– Peut-être nous pouvons la poursuivre ailleurs ? proposa le samouraï.

Glover hésita. Ito désigna de la tête une autre silhouette postée dans la ruelle, aux aguets.

– Vous connaissez Matsuo-san ?

Glover reconnut le jeune homme qui l'avait accompagné lors de son expédition dans l'intérieur. Il le salua de la main. Matsuo répondit en s'inclinant avec raideur.

Rassuré par cette présence familière, Glover eut l'impression qu'il pouvait se fier à Ito. Il le suivit jusqu'à l'entrée d'une taverne enfumée. La porte était si basse qu'il dut baisser la tête pour franchir le seuil. En se redressant, il découvrit devant lui trois autres samouraïs, dont Takashi.

Pour la seconde fois, Glover maudit sa propre stupidité. Il était tombé dans un guet-apens et sa courte vie allait prendre fin dans cet antre sordide, où il serait mis en pièces avant d'être jeté comme une charogne. Les trois samouraïs s'étaient déjà levés, mais Ito s'avança d'un air de défi vers Takashi. Ils s'apostrophèrent mutuellement d'une voix gutturale et rugissante, aussi furieux l'un que l'autre. Finalement Takashi tapa du poing sur la table et cria :

– *Ie* !

Il se dirigea vers la sortie en bousculant Glover au passage. Voyant Matsuo apparaître sur le seuil, il lui lança quelques mots avec violence, d'un ton méprisant. Puis il jeta un dernier regard haineux à Glover et s'éloigna à grands pas, suivi de ses deux compagnons.

– J'espère qu'il n'est pas allé chercher des renforts, dit Glover.

– Vous en sécurité, assura Ito. Pour l'instant.

Matsuo monta la garde près de la porte. Le serveur s'était caché derrière le comptoir, paralysé par la peur. Ito lui cria d'apporter des boissons. L'homme courut les chercher. Les autres clients, peu nombreux, semblèrent respirer de nouveau et reprirent le fil de leurs occupations. Attablé dans un coin, un vieil homme les observait. Il avait devant lui quelques feuilles de papier roulées, des pinceaux et une pierre à encre. Deux autres vieillards marmonnèrent quelques mots en riant et continuèrent une conversation qu'ils semblaient poursuivre depuis des siècles.

Le serveur apporta un plateau chargé d'un flacon de saké et de deux bols.

– Je vous en prie, dit Ito en invitant Glover à s'asseoir.

– Vous n'avez rien contre boire avec votre ennemi ?

– J'espère vous ne ferez pas partie de mes ennemis. D'après ce qu'on m'a dit, peut-être vous différent des autres gaijin. Je pense même nous pouvons conclure des affaires ensemble.

– Je suis flatté.

– Ito pas un flatteur.

– Alors je suis honoré.

Glover leva son bol.

– *Kanpai* !

– Santé ! dit Ito.

Tandis qu'ils buvaient, le vieillard assis dans un coin déroula une de ses feuilles et commença à dessiner rapidement avec son pinceau. Les deux autres vieux se mirent à glousser.

– Bien, dit Glover en regardant Ito d'un air attentif. Qu'attendez-vous de moi ?

– Vous avez vendu des armes au shogun.

– Je vois que vos espions ne chôment pas.

– Moi-même garde les yeux ouverts. Vous avez aussi vendu aux Satsuma, le clan de votre épouse.

– Je suis impressionné !

– Tout cela affaiblit le clan des Choshu. Vous devriez vendre aussi à nous. Tous les ennemis du shogun devraient être forts.

– Voilà qui est clair ! Mais comment puis-je être sûr que vous ne retournerez pas vos armes contre les étrangers ?

– Vous avez la parole d'honneur d'Ito.

Le visage du samouraï se figea en un rictus digne d'un personnage de bunraku, la bouche sévère, l'air exagérément intègre et résolu. Il aurait pu sembler ridicule, mais ce n'était pas le cas.

Sa conviction était totale, il pensait vraiment que sa parole était une garantie suffisante. N'écoutant que son sentiment profond, Glover le crut.

Ils continuèrent de discuter en buvant du saké, sondèrent prudemment leurs opinions mutuelles et marchandèrent avec énergie.

– Il faut que je réfléchisse un peu à cette affaire, déclara Glover. Je dois me renseigner. Peut-être pourrions-nous nous revoir pour en reparler.

Ils se levèrent enfin. Glover s'inclina. Ito lui serra la main. Le vieil artiste assis dans un coin rencontra le regard du samouraï et lui fit signe de venir voir ce qu'il avait fait. Ito regarda la feuille de papier en riant. Après avoir donné quelques pièces au vieillard, il emporta la feuille et la montra à Glover. C'était un dessin de l'Écossais, assez ressemblant mais cruellement caricaturé. Tel apparaissait l'Occidental aux yeux des Japonais. Les yeux globuleux avaient une expression démoniaque et le visage était grotesquement hérissé de poils.

– Voilà comment les Japonais vous voient ! s'exclama Ito. Les barbares !

– On dirait plutôt un diable, observa Glover en riant.

Il roula la feuille, la glissa dans la poche de sa veste puis salua de la tête le vieillard, lequel renversa en arrière son visage ridé et éclata de rire.

Mackenzie exprima à Glover son inquiétude de le voir traiter avec Ito.

– Il n'y a pas si longtemps que cet homme était d'accord avec Takashi pour débarrasser le pays de la racaille étrangère. Vous vous rappelez votre première nuit à Dejima ?

– Comment pourrais-je l'oublier ?

– C'était il y a tout juste deux ans, Tom. Et le bruit court qu'Ito avait orchestré l'attaque.

Glover se remémora cette nuit lointaine, la silhouette imposante de l'homme qui avait retenu Takashi et ordonné à la populace de se retirer. Peut-être l'inconnu n'était-il autre qu'Ito. Plus il y réfléchissait et tentait de se représenter la scène, plus Glover en était persuadé.

– Se peut-il vraiment que deux années seulement aient passé ? demanda-t-il. Il me semble que cela fait plus longtemps.

– Non, ce n'est pas vieux du tout.

– Assez vieux quand même pour qu'un homme change dans l'intervalle.

– Il ne s'agissait pas juste de fomenter des émeutes, Tom. Ito a été impliqué dans nettement pire. J'en ai la certitude.

– Et moi, j'ai la certitude que c'est un homme de parole, Ken. J'ai confiance en lui.

– D'accord. C'est possible. Mais soyez sur vos gardes.

❧

Il organisa une autre entrevue avec Ito, à Ipponmatsu, la nuit. Armé de ses deux sabres, Matsuo montait la garde devant la porte.

– On ne peut trop prudent, déclara Ito. Peut-être nous observés par *omettsuke*, les hommes du shogun. Ou Takashi pourrait s'intéresser. Même votre gouvernement a des espions.

– La maison doit être cernée ! s'exclama Glover.

Cependant il comprenait la prudence d'Ito, d'autant qu'il savait que ses propres faits et gestes étaient surveillés.

Une nouvelle fois, il fut impressionné par la force de caractère d'Ito, par son réalisme résolu qui n'excluait pas une ironie narquoise, que Glover devinait dans ses yeux rieurs. Les deux hommes avaient à peu près le même âge et se sentirent d'emblée à l'aise l'un avec l'autre, unis par un respect mutuel.

Ito parla avec passion de la nécessité du changement. Le clan des Tokugawa était au pouvoir depuis deux siècles et aurait aimé que tout reste identique pendant encore deux siècles.

– Le Japon, comment vous dites… stagne ? Mais il ne devrait pas. Lui une grande nation, avec une longue histoire. Mais doit aussi être une nation moderne. Pourrait être puissant, comme votre pays.

– Je suis d'accord, dit Glover. C'est aussi mon sentiment.

– Nous allons réaliser cela. Première étape, le shogun doit partir.

Ils portèrent un toast à leur commune espérance, en buvant d'abord du saké puis une bouteille de whisky pur malt que Glover ouvrit spécialement pour l'occasion.

Glover accepta de se charger d'une première livraison de fusils en passant par sa filière habituelle de Shanghai. Cette fois, il ne s'y rendit pas en personne et l'affaire fut négociée par Wang-Li. Encore un chargement nocturne, encore une grosse somme versée sur le compte de Glover par le clan des Choshu et leur représentant, le prince Ito Hirobumi.

– Un prince parmi les hommes ! s'exclama Glover. Faire des affaires avec vous est un honneur !

– L'honneur, c'est bien, répliqua Ito.

La livraison suivante était plus importante et Glover décida d'aller lui-même à Shanghai. Ito lui demanda s'il pouvait l'accompagner.

– Vous voulez rencontrer mon contact ? lança Glover. Histoire de vous passer d'intermédiaire la prochaine fois !

Quand Ito comprit le sens de ces propos, il prit un air offensé.

– Pas du tout. Je veux juste…

Il peina à trouver le mot.

– L'aventure.

Glover se mit à rire.

– Entendu !

6

RÔNIN

Nagasaki-Edo, 1861

L'ENFANT ÉTAIT NÉ PRÉMATURÉMENT, pendant que Glover était de nouveau en route pour Shanghai. Il apprit la nouvelle en débarquant et gravit en hâte la colline jusqu'à sa maison. Sans un bruit, il entra dans la chambre. On avait ouvert les fenêtres pour aérer mais l'atmosphère restait imprégnée de l'odeur lourde et écœurante du sang et de la lutte. Assise dans le lit, pâle et épuisée, Sono donnait le sein à l'enfant. Levant les yeux, elle regarda Glover d'un air lointain, en plissant le front dans son effort pour se concentrer. Puis, comme si elle le reconnaissait soudain, se souvenait de lui, elle esquissa tristement un sourire fatigué et lui tendit le bébé. Ce petit lambeau de vie était son fils. Avec son visage rouge, ridé et furibond, ses yeux hermétiquement clos, ses minuscules poings serrés, il s'accrochait à l'existence. Son fils. Glover sentit l'émotion l'envahir et tenta de la réprimer, mais un sanglot s'échappa de sa gorge. Aussi doucement qu'il le put, il prit l'enfant à Sono. Il fut bouleversé par la légèreté de cette petite créature si fragile, si peu de ce monde, se débattant convulsivement dans cet élément nouveau, comme un poisson hors de l'eau. Il sourit à Sono et lut tout dans ses yeux : l'épuisement, la souffrance, l'espoir éperdu, impossible.

Le cercueil était tellement petit et léger, une simple boîte en bois de pin blanc. Glover le berça dans ses bras. Il ne pesait rien, aurait aussi bien pu être vide. Mais combien il était lourd, ce rien, ce vide. Précédant Sono, Glover porta le cercueil jusqu'à la tombe minuscule. Ils avaient donné un nom à l'enfant : Umekichi. Né avec des semaines d'avance, il n'avait survécu que quelques jours.

La journée était tiède, l'air sentait le printemps et le renouveau, l'argile humide et la terre retournée. L'assemblée était peu nombreuse. Mackenzie se tenait là, grave et solennel. Ito était figé dans sa dignité de samouraï.

Même Walsh paraissait sombre et abattu. Il salua Glover d'un signe de tête, posa sur son bras une main consolatrice.

Le pasteur lut une prière. Le moine du temple brûla de l'encens, psalmodia un mantra en invoquant le Bouddha de la Terre pure.

Poussière tu retourneras à la poussière.

Namu Amida Butsu.

Glover s'avança, s'agenouilla au bord de la fosse et y descendit la boîte avec douceur. Il dut se roidir tandis qu'il se penchait, les bras tremblants. Malgré sa légèreté, il peinait à tenir fermement ce presque rien, à le déposer dans sa dernière demeure, si délicatement que le choc fut presque imperceptible quand il toucha la terre.

Presque rien. Poussière. La Terre pure. Avec l'espérance inébranlable.

Namu Amida Butsu.

Glover se releva, prit une poignée de terre sur le petit monticule près de la fosse et la jeta sur le couvercle du cercueil. Même ce bruit sembla étouffé, sans épaisseur. Il fit un signe de la tête à Sono et elle l'imita, jeta une poignée de glaise sale, la regarda s'éparpiller. Puis elle se détourna pour aller s'agenouiller devant une statue de Jizo. Elle s'inclina et posa une unique fleur blanche aux pieds de la statue, drapa un châle d'enfant autour des épaules de pierre. Après avoir disposé en ligne sur le sol quelques cailloux, elle s'inclina derechef et tapa une fois dans ses mains devant son propre visage.

– C'est pour aider le passage de notre bébé, dit-elle. Pour qu'il traverse *Sai no Kawara*. La rivière de l'Enfer.

Il passa son bras autour des frêles épaules de sa femme, et ce n'est qu'alors qu'elle s'effondra et se mit à pleurer, secouée de sanglots.

Elle partit le lendemain, en déclarant qu'elle était désolée mais qu'il fallait qu'elle retourne dans sa famille à Kagoshima. Elle ajouta qu'elle était certaine qu'il comprendrait. Son visage était impassible tandis qu'elle lui parlait, comme un masque d'où toute émotion était bannie. Il ne pouvait rien dire. Même s'il avait maîtrisé le japonais, il n'aurait pas trouvé de mots pour cette épreuve. Il l'accompagna au port, en portant le misérable baluchon contenant ses maigres effets. Sur le quai, il tendit les bras pour la serrer contre lui mais elle se détourna. Il pensait comprendre : si elle cédait à l'émotion, celle-ci la submergerait entièrement, de sorte qu'elle devait garder son calme et refuser toute faiblesse. Il pensait comprendre, mais il n'en souffrit pas moins en la voyant se détourner ainsi, s'éloigner dans son kimono bruissant, en laissant un sillage parfumé. Elle s'immobilisa sur la passerelle, se retourna vers lui. Il lui fit un signe de la main et elle courba la tête, s'inclina une dernière fois dans sa direction et disparut.

Il rentra lentement en longeant le front de mer, passa devant Shian Bashi, le pont de l'hésitation, gravit la colline jusqu'à sa maison déserte. Après s'être servi un whisky, il resta longtemps assis dans son fauteuil à regarder sans le voir le pin du jardin. Il n'alluma pas les lampes. La pièce s'obscurcit à mesure que le soir s'écoulait. Son esprit était engourdi, vide.

Quand il se leva enfin pour aller se coucher, tout avait sombré dans les ténèbres. Il était resté si longtemps assis sans bouger qu'il se sentait glacé et courbatu. Il chercha à tâtons le buffet, alluma une bougie et aperçut soudain dans la vitre de la fenêtre son reflet incertain. Dans sa ville natale, voir son reflet à la lueur d'une bougie était censé porter malheur. Dans sa ville natale, dans une autre vie.

En s'avançant avec la bougie, il vit luire un objet sur le sol de la chambre. Il se pencha pour le ramasser. Le fermoir incrusté d'argent des cheveux de Sono. Il le porta à ses lèvres et l'embrassa.

❧

Mackenzie avait déclaré à Glover que ses liens avec Ito et les clans rebelles suscitaient une inquiétude croissante au plus haut niveau. Des directives officielles émanant du consul de Grande-Bretagne, installé dans la légation d'Edo, mettaient en garde, sans mentionner expressément Glover, contre toute action susceptible de saper l'autorité du shogun et du gouvernement japonais en place.

La mort du bébé et le départ de Sono avaient laissé un vide en Glover. Il se sentait morne, hébété. Il fallait qu'il se réveille, qu'il aille de l'avant. Il décida de se rendre à Edo, afin de faire une visite à la légation.

– Il faut que je parle à ces gens, dit-il à Ito. Je veux leur faire entendre raison.

Ils se trouvaient dans le jardin d'Ipponmatsu et contemplaient le port, les navires de commerce mouillés dans la baie, les collines bleues à l'horizon.

Ito hocha la tête.

– C'est bon. Mais le voyage dangereux. Matsuo ira avec vous.

Matsuo se tenait discrètement en retrait. Il se mit au garde-à-vous, s'inclina.

– Vous pensez toujours que j'ai besoin d'être protégé ? demanda Glover.

– La région toujours hostile, déclara Ito. Il y a beaucoup de rônin comme Takashi qui attacheraient grand prix à la tête d'un barbare.

Glover éclata de rire mais cette idée lui faisait froid dans le dos et il savait qu'Ito avait raison.

– Et puis, continua le samouraï, nous avons besoin vous pour accomplir notre œuvre. Je ne peux pas réussir tout seul.

– Votre sollicitude à mon égard est donc tout à fait intéressée ?

– Bien sûr !

Cette fois, ils rirent de concert. Mais c'était entendu : Matsuo l'accompagnerait pour lui servir de guide et de garde du corps. Ils se rendraient en bateau à Yokohama puis continueraient à cheval jusqu'à Edo.

Yokohama était plus animée que Nagasaki, plus chaotique, vouée tout entière à l'essor du commerce avec l'étranger. Sa croissance avait été aussi rapide qu'imprévue. C'était un entassement de bâtiments s'étendant sur plus d'une lieue entre une crique et un marécage, entre un estuaire et l'immensité du Pacifique. D'après Mackenzie, l'idée initiale avait été de combattre l'invasion étrangère en limitant son expansion grâce au caractère inhospitalier du site.

– Il s'agissait d'une sorte de prison, dit-il. Un Dejima à grande échelle.

Mais certains mouvements étaient irrésistibles. La ratification du traité avait réglé la question.

Glover et Matsuo débarquèrent sur le quai en granit, hissèrent leur bagage sur leurs épaules et se mirent en marche. Ils passèrent devant le Bureau des douanes, un solide édifice en pierre, puis remontèrent la rue principale et traversèrent un fouillis inextricable de hangars délabrés et de bungalows plus robustes, de magasins et d'entrepôts se mêlant à de fragiles demeures en bois. Dans un espace récemment dégagé par un incendie, une famille était assise par terre devant un pique-nique de riz, de poisson et de saké, tandis que des charpentiers commençaient à rebâtir la maison autour d'eux.

Mackenzie avait conseillé à Glover de se diriger vers le Promontoire, à l'autre bout de la ville. La plupart des nouveaux venus s'étaient installés dans ce quartier dominant le front de mer surpeuplé. Au pied du Promontoire, à l'entrée d'une chaussée surveillée par des gardes, un Anglais vêtu d'une redingote crasseuse et arborant un col de pasteur était juché sur une caisse en bois. Une Bible à la main, il apostrophait les passants. En rencontrant le regard de Glover, il se tourna vers lui pour le haranguer.

– Soyez sur vos gardes, mon jeune monsieur, de peur de tomber dans un abîme d'iniquité ! Cet endroit est un cloaque, un lieu de perdition qui grouille d'une vermine à forme humaine. Tous les rebuts de la terre convergent ici, depuis les aventuriers californiens débauchés jusqu'à la tourbe des bandits portugais. J'ai entrepris de compter les tavernes et croyez-moi, monsieur, leur nombre est vraiment excessif. Et là-bas, au bout du marécage…

Il désigna d'une main tremblant de rage un point au-dessus de la tête de Glover.

– … se trouve un établissement infâme, appelé la maison de thé Gankiro, où deux cents femmes sont mises au service du libertinage et du vice.

– Vous êtes-vous également chargé de les compter ? demanda Glover.

– J'ai entendu des récits, répliqua l'homme en le regardant encore plus fixement, et je n'ai aucune raison de douter de leur véracité. Il est devenu courant pour un jeune homme de s'acheter une femme pour vivre avec elle dans le péché, en formant des liens qui sont tout sauf sacrés.

Glover pensa à Sono. Il revit son visage avec une clarté intense, se remémora ce qu'ils avaient eu et ce qu'il en était advenu. En songeant que cet homme serait à jamais incapable de comprendre, il fut envahi d'une colère soudaine et serra les poings, comme s'il s'apprêtait à l'envoyer rouler dans la poussière. Cependant il se contenta de lancer :

– Pourriez-vous m'indiquer l'adresse de cette maison de thé... Gankiro, c'est bien ça ? Il se pourrait que j'aie envie d'y faire un tour.

Il continua son chemin, suivi de Matsuo, tandis que l'homme lui criait en s'étranglant d'indignation :

– Le salaire du péché est la mort !

❧

Ils passèrent la nuit dans un ryokan coincé entre un entrepôt et un temple. La chambre de Glover était exiguë, ne couvrant guère que l'étendue de six tatamis, et le futon une fois déroulé remplissait presque tout l'espace. Matsuo arpenta le couloir et s'installa devant la porte coulissante, en faisant signe qu'il allait se reposer mais ne dormirait que d'une oreille afin d'être prêt en cas d'intrusion. Glover trouvait cette précaution exagérée, mais il avait appris à ne pas s'opposer au redoutable sens du devoir de Matsuo, qu'il comprenait et respectait.

Il s'allongea et se laissa bercer par la rumeur du quartier – des appels et des rires, la mélodie douce-amère d'un koto. Il finit par s'endormir en respirant l'air imprégné de poisson et d'encens.

❧

Le très révérend Robert James, prédicateur épiscopalien, avait assez vociféré pour la journée. Il descendit de la caisse à poissons lui servant de chaire et la poussa du pied au bord de la route avec irritation. Ce jeune Écossais l'avait assombri et mis de mauvaise humeur. Avec quelle arrogance avait-il refusé de l'écouter ! Enfin, qu'il aille donc rôtir en enfer.

Le prédicateur était si absorbé par sa colère qu'il ne remarqua pas tout de suite les silhouettes s'avançant vers lui. Les quatre hommes marchaient avec l'air conquérant des samouraïs, ces seigneurs du tas de fumier, ces rois de la vermine. Le temps qu'il s'en aperçoive, ils étaient déjà presque à sa hauteur. Loin de ralentir le pas, ils s'attendaient à le voir s'écarter précipitamment.

Encore rempli d'une juste fureur, il leva la main droite et brandit la Bible sous leur nez. Pour la seconde fois de la journée, il commença à déclamer :

– Le salaire du péché est…

Mais le verset fut interrompu net par un coup de sabre qui lui ouvrit le ventre. Il sentit ses entrailles s'échapper, parvint à compléter la citation :

– … la mort !

Puis un second coup lui trancha la tête.

Takashi regarda le corps effondré, essuya son sabre sur la veste de l'homme et le rangea dans son fourreau. Après avoir poussé du pied le cadavre dans le caniveau, il reprit son chemin avec ses trois compagnons.

Glover dormit profondément et se réveilla à l'aube. Matsuo était déjà sorti pour louer deux chevaux dûment ferrés et acheter des provisions pour le voyage : du riz cuit, des légumes marinés, du poisson. Ils chevauchèrent dans les rues déjà bruissantes d'activité commerciale, où marchandage et marché noir de toutes sortes florissaient. Puis ils se dirigèrent vers le Tokkaido, la route d'Edo.

Matsuo désigna un point lointain dans l'espace vide séparant deux bâtiments. Les nuages bas s'étaient dissipés et Glover aperçut soudain une montagne comme il n'en avait encore jamais vu. Une partie de sa singularité venait de sa symétrie. Ses versants se rejoignaient pour former un cône parfait, mais tronqué au sommet. Il s'agissait d'un volcan, à la silhouette d'un bleu limpide et profond.

– *Fuji-san*, dit Matsuo en inclinant la tête.

Glover n'avait aucune idée de sa distance ou de sa hauteur, mais il semblait imposant. Matsuo en parlait avec vénération, comme si c'était un être vivant. Fuji-san. Ils continuèrent leur chemin et Glover se retourna pour jeter un dernier coup d'œil, mais le mont avait disparu, noyé de nouveau dans les nuages et les bancs de brume.

Tout au long du jour, ils le virent par intermittence, toujours différent. Tantôt il surgissait une nouvelle fois au-dessus des nuages, tantôt il apparaissait à travers un bouquet d'arbres. Il se dressait encadré par les échafaudages en bambou d'un chantier ou par des planches en bois découpées par des bûcherons. Ils l'aperçurent par la fenêtre d'une maison de thé où ils s'étaient arrêtés en chemin, puis à travers le portail massif et rouge d'un temple, puis reflété dans une flaque au bord de la route.

À un moment, alors qu'en débouchant d'un virage ils se retrouvaient en rase campagne, il surgit soudain à l'horizon, immense et dominateur. Matsuo fit arrêter son cheval, mit pied à terre et se prosterna. Après quoi il se remit en selle sans un mot et pressa les flancs de sa monture pour avancer.

Glover avait l'impression qu'ils avaient changé de direction et ne suivaient pas la bonne route. Il en fit part à Matsuo, qui se contenta de grommeler :

– *Kamakura. Daibutsu.*

Ces mots semblant constituer une explication suffisante, Glover décida de se fier à son compagnon. Il s'agissait sans doute d'un détour nécessaire.

Une heure plus tard, ils arrivèrent dans une petite ville entourée de collines et faisant face à une baie.

– *Kamakura*, dit Matsuo.

Cette fois, ce fut Glover qui grommela.

À Yokohama, les étrangers étaient si nombreux que personne n'avait fait attention à lui. Il en allait différemment ici. Tout le monde le dévorait des yeux, comme ç'avait été le cas à son arrivée à Nagasaki ou lors de son séjour à Kagoshima. Et la curiosité se mêlait dans les regards à une hostilité ouverte et une excitation apeurée devant les barbares. Une nouvelle fois, il fut suivi par une nuée d'enfants ébahis. Il s'attendait presque à voir Takashi s'avancer à grands pas dans la rue étroite.

Ils sortirent de la ville, se dirigèrent vers les collines et firent halte à l'entrée d'un temple. Une fois les chevaux attachés, Matsuo entraîna Glover. Ils passèrent devant des dépendances, franchirent une arche. Matsuo s'arrêta net et inclina la tête. Devant eux, dans une cour, se dressait une énorme statue du Bouddha. Coulée en bronze, elle mesurait pas moins de quarante pieds de haut.

– *Daibutsu*, dit Matsuo. *Bouddha Amida.*

Pour la seconde fois ce jour-là, Glover se sentit pénétré de respect. Comme la montagne, cette statue impressionnait par ses simples dimensions, mais il y avait là encore quelque chose de plus, une présence.

Ils s'approchèrent et Matsuo se prosterna de nouveau avant de se relever, de s'incliner et de taper trois fois dans ses mains. Près de la statue se trouvait un encensoir somptueux, en bronze lui aussi, dont la forme imitait les feuilles et les pétales d'un lotus. Matsuo attira sur lui la fumée odorante, afin de se purifier, puis tapa derechef dans ses mains et fit le tour de la statue dans le sens des aiguilles d'une montre, en psalmodiant des prières.

Namu Amida Butsu

Glover leva les yeux sur l'immense effigie le dominant de toute sa hauteur et tenta de l'embrasser du regard. Une partie de lui la considérait avec détachement, l'analysait. La maîtrise technique nécessaire à une telle réalisation était impressionnante. Comme Matsuo, il fit le tour de la statue, mais en observateur indolent, non en dévot zélé. Il constata que le bronze avait été coulé en d'énormes sections réunies ensuite par fusion ou avec des boulons.

– C'est une vraie merveille technique ! dit-il à Matsuo.

Il savait que le jeune samouraï ne le comprendrait pas, mais il espérait que son ton respectueux ne lui échapperait pas.

À peine eut-il prononcé ces mots, cependant, qu'ils lui parurent aussi vides qu'insignifiants, comme si quelqu'un d'autre avait parlé à sa place. Il avait conscience que son admiration ne se bornait pas aux détails de la construction, qu'il s'agissait ici d'art plus que de technique. Bien plus, l'œuvre tout entière était imprégnée d'une puissance irrésistible, dont il subissait malgré lui l'emprise. Sa fatigue après le voyage, la tranquillité des collines couvertes d'arbres en toile de fond, le parfum de l'encens flottant dans l'air, le bourdonnement des prières de Matsuo, tout s'unissait pour créer une atmosphère pleine de détachement mais aussi d'intensité. Les objets se tenaient à distance, chacun nettement dessiné et résolument lui-même, comme l'était plus que tout cette statue gigantesque. Le sculpteur avait capté une autre dimension et lui avait donné la vie. La surface exposée aux intempéries était revêtue d'une patine inégale, vert pâle, qui semblait presque briller.

« Tu n'adoreras aucune image sculptée. »

Et pourtant.

Le visage qui baissait les yeux sur lui était à la fois austère et bienveillant. Ses paupières étaient mi-closes, sa bouche esquissait un léger sourire. Glover eut l'impression que limites et distinctions s'abolissaient, comme s'il se perdait lui-même, se dissolvait dans cette présence.

Matsuo tapa une fois encore dans ses mains. Une cloche métallique sonna. Glover redevint lui-même, un visiteur incongru, étranger à ce lieu lointain. Il secoua la tête, se frotta le visage avec les mains.

Matsuo se dirigea vers l'arrière de la statue en lui faisant signe de le suivre.

– Quoi encore ? dit Glover.

Il se sentait soudain agité, impatient de reprendre la route et d'arriver à Edo.

– Dedans ! dit Matsuo en indiquant une petite porte à la base de la statue. Vers le haut !

Après avoir gravi quelques marches, ils se retrouvèrent à l'intérieur de la statue, dans une grotte mal éclairée épousant la forme du corps du Bouddha. Matsuo entreprit de monter un escalier de bois branlant menant au sommet, et Glover le suivit de nouveau pour arriver sur une plate-forme peu solide. À travers les yeux du Bouddha, il regarda le domaine du temple, la ville s'étendant au-delà.

Le rire de Matsuo résonna sous la voûte puis il invita son compagnon à redescendre. Quand ils enfourchèrent leurs chevaux pour continuer leur voyage, Glover se sentait étrangement troublé.

Le soir tombait lorsqu'ils entrèrent dans Edo et se dirigèrent vers la résidence abritant la légation de Grande-Bretagne. Le consulat se trouvait dans l'enceinte d'un temple isolé, le Tozenji, formant un ensemble agréable de cours et de bâtiments reliés entre eux par des allées tortueuses. Des ponts en bois enjambaient des étangs somnolents et couverts de lotus, un lac rêvait paisiblement. Le périmètre était gardé par une foule de soldats japonais, mais Glover nota qu'ils se montraient passablement indolents tandis que Matsuo et lui chevauchaient sans être dérangés à travers un portail moussu et le long d'une avenue ombragée de pins et de bambous.

Ils parvinrent à un édifice bas, à la charpente de bois, dont les pièces étaient séparées par des portes coulissantes en pin et en papier. Il paraissait trop fragile pour le lourd mobilier occidental qu'on y avait transporté – les tables et les chaises de salle à manger en chêne massif, les fauteuils en cuir, les bibliothèques et les bureaux. Sans doute y avait-il également des armoires et des placards, des coiffeuses et des lits de fer. L'effet était oppressant, surchargé, surtout par la chaleur de cette fin d'été.

Dans l'entrée, le cadre doré d'un portrait de la reine Victoria était accroché en équilibre instable à l'une des minces parois. Sous le tableau, Glover reconnut une figure familière se prélassant dans un fauteuil : Richardson, cet Anglais dont il avait fait la connaissance le jour même de son arrivée à Nagasaki. Il lui semblait qu'une éternité avait passé depuis.

– Glover ! s'exclama Richardson en se levant pour lui tendre la main. Charles Richardson. Nous nous sommes rencontrés à Dejima.

Glover serra sa main sèche et osseuse en déclarant :

– Oui, je me souviens parfaitement de vous. Voici Matsuo-san.

– *Hai*, dit Matsuo en s'inclinant.

Richardson le salua de la tête puis s'adressa de nouveau à Glover.

– Je suppose que c'est votre garde du corps. Sage précaution, par les temps qui courent. Nous ne saurions être trop prudents. Des nouvelles de Yokohama nous sont parvenues cet après-midi. Il semble qu'un prédicateur itinérant anglais se soit fait éventrer par hasard dans la rue.

– Nous arrivons de là-bas, dit Glover.

Il se rappela sa rencontre avec cet ecclésiastique coléreux, n'ayant à la bouche que les flammes de l'enfer et la damnation. Le salaire du péché.

– Enfin, c'est la vie, déclara Richardson. Nous aurions pu connaître le même sort.

– C'est vrai.

– Mais qu'est-ce qui vous amène à Edo ? Comptez-vous quitter Nagasaki pour vous installer ici ?

– Je suis très bien à Nagasaki, assura Glover. Je suis venu parler au consul.

– Je suis certain que sir Rutherford sera enchanté de vous voir. Nous avons été informés de toutes vos… activités !

À cet instant, un robuste Anglais aux cheveux gris s'avança dans le couloir, s'arrêta et scruta Glover. Malgré son expression de lassitude patiente, son regard était encore vif et railleur.

– Thomas Glover, dit Richardson en se chargeant des présentations. Sir Rutherford Alcock.

– Je suis heureux de faire enfin votre connaissance, dit le consul. Nous avons beaucoup entendu parler de vous.

– C'est ce que je viens d'apprendre.

– Mais pas uniquement en mal ! En tout cas, je ne doute pas que vous mettiez un peu de sel dans notre dîner. Avec Richardson et vous-même, sans compter le jeune Mr Oliphant qui sera aussi des nôtres, je vais passer de la pénurie à l'excès ! Dans cette contrée sauvage, l'étranger est un paria avec qui les indigènes refusent absolument d'entrer en relation. Je me réjouis à l'avance de votre compagnie, monsieur. Nous dînons à huit heures.

Matsuo donna à boire et à manger aux chevaux, les installa dans l'écurie de la résidence et partagea lui-même le logement des gardes japonais. Quant à Glover, il occupa une chambre exiguë mais commode donnant sur le couloir principal. Après s'être lavé et rasé, et avoir fait de son mieux pour ôter de ses vêtements la poussière du voyage, il se présenta au dîner.

Ils étaient quatre à table : Glover, Richardson, Alcock et le jeune homme auquel le consul avait fait allusion, Laurence Oliphant. Glover avait entendu parler de lui. Il s'était rendu au Japon comme secrétaire de lord Elgin et avait fait partie de la première délégation britannique sur ces lointains rivages. Comme Glover lui demandait ce qui l'avait amené à solliciter ce poste, il répondit avec exubérance :

– Je suis constamment en proie au besoin de partir pour un endroit perdu, de faire ce que personne d'autre n'a fait.

– Je comprends ça ! approuva Glover avec feu.

– J'ai déjà été à Katmandou, j'ai traversé la Crimée dans une charrette de paysan et j'ai visité le Caucase occidental dans la région d'Ubouch. J'ai voyagé en canoë d'écorce du lac Supérieur aux sources du Mississippi. J'étais en Inde lors de la révolte des Cipayes et j'ai contemplé le bombardement de Canton depuis le pont du HMS *Furious.*

Manifestement cette litanie très au point devait déjà avoir servi lors d'innombrables dîners, mais Glover trouva le jeune homme sympathique et son enthousiasme lui parut revigorant.

– Vous ne devez plus avoir beaucoup de contrées à explorer, observa Richardson.

– Il était logique que le Japon soit ma prochaine étape, admit Oliphant.

– Ce bout du monde déplaisant au possible ! s'exclama Alcock.

– Ah ! dit Richardson. Sir Rutherford enfourche son cheval de bataille !

– Oh, je ne suis pas mal ici, déclara le consul. J'ai ma bibliothèque, mon travail…

Richardson intervint de nouveau.

– Sir Rutherford prépare une grammaire japonaise.

– Et Dieu sait que c'est une tâche ingrate, commenta Alcock. Un vrai travail d'Hercule. Cette langue ne possède ni genres nominaux ni articles définis, mais est dotée en revanche de formes innombrables permettant de s'adresser aux gens selon leur rang, ainsi que d'une surabondance déconcertante de verbes. Je désespère presque de mener à bien cette entreprise, de même que je désespère de parvenir à instaurer une véritable amitié avec les Japonais. Bref, je ne puis m'empêcher de me sentir exilé loin de l'univers familier de la civilisation.

– Il y a encore beaucoup à explorer dans ces parages, déclara Oliphant. C'est un pays magnifique. Monsieur Glover, avez-vous remarqué le Fuji-Yama en venant ici ?

– Oui, c'est une vision vraiment imposante.

Oliphant approuva de la tête en lançant :

– Cette montagne est l'incarnation même de la grandeur et du mystère.

– Quand on la regarde de loin, dit Alcock.

– Sir Rutherford a eu la brillante idée de faire l'ascension de ce malheureux volcan peu après son arrivée, expliqua Richardson.

– Cette promenade n'avait rien de pittoresque, reprit le consul. L'ascension a été aussi pénible qu'ennuyeuse, tout cela pour se retrouver sur un terrain encore plus abrupt et rocailleux, au milieu d'une végétation encore plus clairsemée, jusqu'au moment où nous n'avons plus fait qu'escalader des éboulis glissants et trébucher sur des rochers en respirant avec peine dans l'atmosphère raréfiée.

Le diplomate s'animait en faisant ce récit qu'il avait certainement considérablement amélioré à force de le répéter.

– Nous avons fini par arriver aux abris rudimentaires où nous pourrions nous reposer pendant la nuit. Il s'agissait de frêles cabanes en bois dans lesquelles nous nous sommes pelotonnés par un froid glacial, non sans subir les assauts acharnés des puces. Nous nous sommes hissés sur nos jambes à l'aube, perclus de douleurs, pour nous escrimer encore trois heures sur des rocs dénudés avant de parvenir au bord du cratère.

– Voilà qui est impressionnant, dit Glover.

– Et qu'ai-je découvert au bout de mes peines ? demanda Alcock. Un panorama splendide sur ce merveilleux pays ? Un brusque changement de perspective ? Non. En scrutant les profondeurs du cratère, je n'ai aperçu qu'un abîme sinistre. Levant les yeux, je n'ai rien vu devant moi. Tout disparaissait une fois encore sous les nuages et le brouillard que nos regards étaient impuissants à percer.

– C'est typique de ce satané archipel ! s'exclama Richardson. On croirait qu'il veut à toute force rester caché !

– Ce n'est pas un pays facile à comprendre, concéda Oliphant. Mais il mérite qu'on fasse cet effort.

– Parlez donc de vos propres efforts à Glover, dit Richardson en riant. Votre collection de bestioles !

– Je prépare une collection entomologique pour le British Museum, expliqua Oliphant avec patience. J'ai déjà trouvé un certain nombre de coléoptères fort rares.

– Voilà qui est prodigieusement excitant ! s'esclaffa Richardson.

– Quelle est votre opinion, monsieur Glover ? demanda Alcock.

– Sur les collections d'insectes ?

Glover sourit mais il était sur ses gardes, alerté par le ton peu amène de la question.

– Sur la possibilité de comprendre ce pays. Ou plutôt sur l'opportunité d'une coopération avec les Japonais.

– Je crois que monsieur Glover a déjà beaucoup coopéré avec eux, déclara Richardson en tirant sur son cigare.

– Que voulez-vous dire, monsieur ? demanda Glover.

– Nous avons entendu dire que vous fréquentiez les indigènes, au point d'avoir une femme et un enfant japonais.

– C'était vrai jusqu'à la semaine dernière, répliqua Glover. Mon fils est mort. Mon épouse m'a quitté.

Il y eut un silence embarrassé.

– Pas de chance, hasarda Oliphant.

– Peut-être est-ce une source d'ennuis en moins à long terme, dit Richardson.

Glover ne parvenait pas à croire que cet homme ait pu dire cela. Une nouvelle fois, il serra les poings face à une ignorance arrogante et dut se contenir pour ne pas frapper son vis-à-vis.

– Monsieur Richardson est extrêmement pragmatique, intervint Oliphant. Ce qui ne va pas sans une certaine dureté.

Richardson ne répliqua pas et se contenta de plisser les yeux dans la fumée de son cigare tandis que Glover soutenait son regard.

– La coopération que j'évoquais est de tout autre nature, déclara Alcock.

– Il se pourrait que ce soit justement ce dont je voudrais vous parler.

– J'ai cru comprendre que vous aviez collaboré étroitement avec un membre du clan des Choshu, Mr Ito Hirobumi ?

– Ito est un associé et un ami.

Richardson éclata de rire et glapit :

– Seigneur, quelle *naïveté** !

– De tels hommes sont dangereux, lança Alcock.

– Il se pourrait malheureusement que sir Rutherford ait raison, dit Oliphant d'un ton tranquille.

– Vos affaires ne concernent que vous, reprit Alcock. Du moins, tant qu'elles ne deviennent pas illégales ou politiquement inopportunes. Et je crains que vous ne jouiez avec le feu, monsieur Glover.

– Vous n'avez donc pas envie de vous débarrasser du shogun ? demanda Glover.

– Son sort m'indiffère complètement, répondit Alcock. Seul compte le fait que le gouvernement de Sa Majesté ne veut pas s'en débarrasser. Le shogun est reconnu officiellement comme le souverain *de facto* de ce pays. Nous devons respecter son autorité.

– Ito et ses pareils exercent aussi une autorité, dit Glover. Nous avons le devoir de la reconnaître et de convaincre notre gouvernement de faire de même.

– Nous ne saurions prendre parti, déclara Alcock

– Mais en soutenant le shogun, nous prenons parti !

– Il n'en reste pas moins qu'en adoptant une autre attitude vous enfreignez les lois de ce pays...

– Les lois du shogun !

– Les lois de ce pays ! Et vous défiez également la politique officielle de votre propre gouvernement. Ça ne peut plus durer !

Un silence pesant s'abattit sur la table. Oliphant le rompit enfin en s'adressant à Glover :

– Bien entendu, sir Rutherford n'a aucune sympathie particulière pour le shogun. Pas plus que pour l'empereur, d'ailleurs. Il ne fait aucune différence entre eux, encore qu'à mon avis la différence existe et pourrait se révéler importante.

– Qu'ils aillent tous deux au diable ! s'exclama Alcock.

– D'après lui, continua Oliphant, la meilleure politique serait de faire revenir les navires du commodore Perry, avec quelques-unes de nos canonnières en renfort, et d'obtenir la soumission des Japonais en les bombardant.

– Monsieur Oliphant sait combien je déplore la violence, dit Alcock. Mais j'avoue qu'il m'arrive d'aspirer à la simplicité d'une telle solution !

❧

La nuit était tiède et limpide. On avait annoncé que le passage d'une comète serait clairement visible dans le ciel vers minuit. Oliphant désirait se rendre sur la pelouse pour l'observer, et il avait convaincu Glover de l'accompagner. Peu intéressés par ce spectacle, Richardson et sir Rutherford s'étaient retirés tôt dans leurs chambres.

Une odeur de pin flottait dans l'air. Oliphant la respira profondément puis se tourna vers Glover.

– Quand le consul disait qu'il déplorait la violence, il était en dessous de la vérité. En réalité, il a une peur pathologique de la violence, à un point presque hystérique. Il vit dans la terreur constante d'être égorgé par un samouraï.

– Vu le climat régnant actuellement, répliqua Glover, on peut le comprendre.

Oliphant pointa le doigt vers une lueur rougeoyant au loin à la périphérie de la ville.

– Un incendie, dit-il. On les appelle la Fleur d'Edo, qui s'épanouit toute l'année. Ces bâtisses de bois s'embrasent comme rien et le feu se propage rapidement. Je ne serais pas étonné de voir un jour la ville entière en proie aux flammes.

Quelque chose bougea dans les buissons et les deux hommes se figèrent. Puis ils virent un petit chien courir vers eux dans l'herbe et se frotter contre les chevilles d'Oliphant.

– Ce maudit corniaud ! s'exclama le jeune homme en riant et en ébouriffant la fourrure du chien.

Il déclara ensuite à l'animal d'un ton cérémonieux :

– Je te présente monsieur Thomas Glover. Monsieur Glover, je vous présente Inu-san. Je crains que ce nom ne manque d'imagination. Il signifie tout simplement Monsieur Chien !

– Enchanté, dit Glover.

– Lors de mon premier séjour ici, dit Oliphant, tous les membres de la délégation semblaient acheter des créatures de ce genre. J'ai résisté obstinément, en me souvenant qu'elles mettaient en pièces leurs niches en papier, passaient les nuits à gémir et hurler lugubrement, et finissaient invariablement par tomber malade et mourir. Mais ce cabot miteux est apparu un beau jour, m'a mendié quelques miettes de mon déjeuner et s'est installé ici comme chez lui. Il est maintenant officiellement chargé de protéger ma collection de coléoptères en montant la garde devant ma porte !

Ce récit fit rire Glover mais quelque chose bougea de nouveau dans l'ombre, et cette fois il s'agissait sans nul doute d'une silhouette humaine. Oliphant se raidit, le chien se hérissa et gronda, mais l'homme s'avançant vers eux n'était autre que Matsuo, qui fit taire l'animal en lançant un ordre bref.

À cet instant, Oliphant leva les yeux et pointa le doigt vers le haut. L'éclat flamboyant de la comète illumina brièvement le ciel nocturne.

Incapable de trouver le sommeil, Glover donna un grand coup en direction du moustique vrombissant non loin de son oreille. Il se leva, furieux, alluma la lampe de la chambre et guetta le moment où l'insecte s'immobiliserait. Le moustique finit par se poser en frémissant sur le shoji au-dessus du lit. Glover s'approcha, le frappa avec son foulard et l'écrasa sur la paroi de papier. En regardant le résultat, il se rendit compte qu'il avait sous les yeux une tache de son propre sang.

Il se recoucha, s'endormit, mais se réveilla au petit matin, le cœur battant, la gorge serrée par la sensation d'une menace. Il rassembla ses idées. Edo. La légation. Cette chambre. Matsuo montait la garde devant sa porte, ne dormait que d'une oreille, prêt à bondir au moindre danger. Cette idée aurait dû suffire à le rassurer, mais une source d'irritation s'était immiscée dans son sommeil, l'avait réveillé.

Il entendit un grattement suivi d'un gémissement aigu et sourit en comprenant qu'il s'agissait du chien d'Oliphant. Cette créature allait donc se montrer aussi plaintive et gênante que les autres. Pourvu seulement qu'elle s'abstienne de déchirer l'écran de papier avec ses griffes et ses dents !

Il s'allongea de nouveau, mais le chien s'agita de plus belle et se mit à aboyer.

– Maudite bête ! grogna-t-il tout haut.

Agacé et fatigué, il se leva, s'habilla. Son pied buta dans la table installée près de son lit, il poussa un juron et mit ses bottes. Les aboiements du chien se faisaient plus insistants. Il semblait y avoir du tapage à l'extérieur de la résidence. Puis Glover entendit Matsuo crier, un bruit de lutte, et l'écran de papier se déchira sous le poids de deux hommes atterrissant violemment dans la chambre.

L'espace d'un instant, Glover se demanda s'il n'était pas endormi, en train de rêver. La scène semblait aussi irréelle qu'un cauchemar. Il vit Matsuo jeté au sol par son assaillant, un assassin entièrement vêtu de noir, le visage caché par une écharpe. L'homme se tourna vers Glover, leva son sabre, prêt à l'abattre pour porter un coup fatal. Soudain, le temps sembla ralentir et Glover observa la suite avec un étrange détachement, comme s'il jouait dans quelque mélodrame exotique. Il recula machinalement en levant les bras pour se protéger. Mais le coup n'arriva pas, le sabre resta suspendu à mi-chemin.

Une nouvelle fois, l'assassin brandit son arme et Glover se crispa à l'idée de la lame qui allait fendre son crâne. Mais là encore, le sabre s'immobilisa sans porter de coup. Une troisième tentative aboutit au même résultat. Puis Matsuo se releva, se jeta sur l'assaillant et le fit tomber. Le plaquant au sol, il l'égorgea prestement avec un poignard. L'homme suffoqua, se contracta, s'immobilisa définitivement. Ce fut alors que Matsuo s'effondra. Glover accourut pour l'aider mais le jeune samouraï lui fit signe de s'en aller, en lui faisant comprendre que lui-même n'avait rien. Glover prit son pistolet, vérifia qu'il était armé et chargé puis sortit dans le couloir.

La résidence retentissait maintenant du fracas d'une véritable bataille rangée, où les détonations des fusils se mêlaient au cliquetis des sabres. L'édifice tout entier tremblait sous la violence de l'assaut. Des lanternes s'embrasaient puis s'éteignaient, des coups de feu éclairaient brièvement ce théâtre d'ombres digne de l'enfer. Une lueur soudaine illumina le chien d'Oliphant montrant les dents et tournant en rond en geignant. Puis un vacarme épouvantable de bois et de verre fracassés s'éleva de la chambre du jeune Anglais, suivi d'un cri de douleur qui n'était que trop humain. Glover fit coulisser la porte et s'élança à l'intérieur, l'arme au poing. Il distingua dans l'obscurité Oliphant le dos au mur et une autre silhouette vêtue de noir titubant au milieu de la pièce en gémissant à chaque pas. Au bout d'un instant, l'assassin se remit d'aplomb, brandit son sabre en poussant un cri de guerre. Glover braqua son pistolet sur l'assaillant et tira, mais l'homme eut le temps d'abattre son arme sur Oliphant.

Une lumière brilla brusquement sur le seuil. Armé comme Glover d'un pistolet, Alcock éclairait la chambre avec une lanterne.

– Grand Dieu ! s'exclama-t-il en découvrant le carnage.

Manifestement, le rônin s'était élancé dans la pièce en passant par la fenêtre, mais il avait atterri sur la vitrine abritant les coléoptères d'Oliphant, l'avait fracassée et s'était coupé les pieds sur les débris. Ce hasard avait donné à Glover le temps d'intervenir, mais était-il arrivé trop tard ? Étendu sur le sol, Oliphant baignait dans son propre sang s'échappant d'une plaie béante à son bras.

Alcock posa par terre la lanterne et son pistolet. Pendant que Glover montait la garde, il examina la blessure. Le bras du jeune homme était entaillé jusqu'à l'os, aussi sanguinolent qu'une tranche de viande sur un étal de boucher. Les mains tremblantes, le consul déchira un mouchoir et l'attacha autour du bras blessé en guise de garrot.

À l'extérieur, le combat redoublait d'intensité. Une salve de coups de feu déchira l'air, des hommes se mirent à hurler. Glover et Alcock se barricadèrent tant bien que mal dans un coin de la pièce. Ils retournèrent une table et s'accroupirent derrière, en glissant un traversin sous le dos d'Oliphant pour le soutenir. Il tressaillit quand ils le bougèrent et son visage apparut étrangement pâle à la lumière de la lampe, vidé de toute couleur. Glover éteignit la lampe et ils attendirent.

Dieu seul sait combien de temps dura leur attente. Le vacarme se calmait puis reprenait par vagues. Une paix étrange finit par régner. Oliphant gémissait, perdait conscience par intermittence. Alcock dit à Glover d'une voix presque inaudible :

– Je me demande si ces salauds nous tortureront avant de nous tuer.

– Pour l'amour du ciel, mon vieux ! répliqua Glover. Nous allons nous en sortir !

Mais son cœur battait la chamade et il sentait une sueur glacée ruisseler sur son dos lorsqu'il se leva, s'approcha du seuil avec circonspection sur le verre brisé crissant sous ses pas. Il enjamba le corps inerte de l'homme qu'il avait abattu.

Dans le couloir, l'ombre était plus épaisse. Il entendit une voix sur sa gauche et reconnut Matsuo.

– Guraba-san ?

– *Hai*, Matsuo, *so desu.*

Le jeune samouraï alluma une lanterne, la leva à bout de bras. La lueur tremblante éclaira soudain sur la droite, à deux mètres à peine, le visage de Takashi qui se tenait immobile, le sabre à la main, prêt à frapper. Une nouvelle fois, Glover éprouva une sensation d'irréalité, de rêve éveillé, tandis qu'il braquait son pistolet qui lui paraissait brusquement affreusement lourd. Takashi et Glover se firent face, puis ce fut le chaos, des silhouettes en noir surgirent de tous côtés, sans qu'il fût possible de distinguer les rônin des gardes de la résidence, et la lanterne tomba brusquement par terre et s'éteignit. Glover se roidit une fois encore dans l'attente d'un coup mortel, qui de nouveau n'arriva jamais. Une autre lumière apparut dans l'embrasure de la porte et Takashi bondit à travers la fenêtre ouverte et s'enfuit. Les gardes affluaient dans le couloir, inspectaient les pièces, terrifiés à l'idée de ce qu'ils pourraient y découvrir.

Le spectacle était horrible, un vrai carnage, comme si les pires craintes d'Alcock étaient devenues réalité. Les couloirs et les cours étaient jonchés de cadavres dont certains étaient démembrés, décapités, éventrés. Une tête coupée, au visage figé dans un rictus stupéfait, gisait dans l'entrée du bâtiment où elle avait roulé à plusieurs mètres de son corps boursouflé, grotesque.

Le premier souci du consul fut de s'occuper de ses hôtes. Il savait que Glover allait bien. Oliphant avait un besoin urgent de soins médicaux. Quant à Richardson, personne ne l'avait vu.

Une frégate britannique, la HSM Ringdove, était mouillée dans la baie d'Edo. On transporterait Oliphant à bord pour que le chirurgien du bateau le soigne de son mieux.

Richardson apparut dans la matinée, vêtu d'une robe japonaise et couvert de boue. Il avait d'abord été attiré dehors par les premiers bruits de lutte et avait été horrifié de découvrir un corps à corps brutal, digne du Moyen Âge. Un des gardes, inquiet pour sa sécurité, lui avait jeté la robe afin qu'il se déguise pour éviter d'être attaqué.

– Ce n'était pas un déguisement très convaincant, dit-il en montrant ses bras dépassant des manches courtes. Je me suis donc mis à plat ventre et j'ai rampé sous le bâtiment, dans l'interstice s'ouvrant sous les fondations. Je suis resté là jusqu'au moment où il m'a semblé que je pouvais sortir sans danger de ma cachette.

Glover l'observa et comprit que son bavardage surexcité était l'effet de son soulagement à l'idée d'être vivant, de ne pas avoir été transpercé ou taillé en pièces. Sa propre réaction était plutôt de se retirer dans le silence, de trouver au cœur de son être une réserve de force. Mais lui aussi avait été secoué, lui aussi savait qu'ils avaient tous échappé de justesse à une mort brutale et sanglante.

Les circonstances de l'événement commencèrent à s'éclaircir. Une quinzaine de rônin s'étaient groupés pour monter cette attaque. Leur détermination sans faille, alliée à l'indolence et l'incompétence des gardes, leur avait permis de semer la terreur avant de succomber sous le nombre. Il y avait des dizaines de morts et le bâtiment lui-même était ravagé – portes et fenêtres, écrans et murs, planchers et meubles avaient été mis en pièces avec un acharnement féroce.

Alcock se tourna vers Glover.

– Et ce sont ces rebelles que vous aimeriez nous voir armer jusqu'aux dents ?

– Au contraire, répliqua Glover. Cette attaque est l'œuvre de ceux qui veulent maintenir le Japon dans les ténèbres du Moyen Âge. Les progressistes veulent en sortir. Ils souhaitent collaborer avec nous.

– Aussi longtemps que cela sert leurs desseins. Autrement, c'est le couteau sur la gorge. Ils sont tous pareils, y compris votre ami Ito.

– Ito est un homme d'honneur.

– Bien sûr ! Ils sont tous très honorables !

– C'est un idéaliste, un réformateur.

– C'est un fanatique. Nous ne pouvons pas le soutenir.

– Il est l'avenir du Japon. Nous devons le soutenir.

Glover s'inclina avec une brusquerie agressive, prit congé et regagna sa chambre dévastée. Matsuo montait de nouveau la garde dans le couloir. La moitié de son visage était tuméfiée, ses mouvements étaient raides, comme s'il avait mal au cou et aux épaules, mais pour le reste il était indemne.

Le shoji servant de mur était démoli. On avait traîné dehors le cadavre du rônin qui avait attaqué Glover. Sur le tatami, les taches de sang avaient noirci et exhalaient une odeur rance, écœurante.

Juste à l'endroit de la chambre où le rônin avait brandi son sabre se trouvait une poutre guère plus haute qu'un homme. Elle était entaillée en tous sens par des coups de sabre. Le rônin ne l'avait pas vue dans l'obscurité, ce qui avait empêché le coup meurtrier et sauvé la vie de Glover. Voilà donc comment s'était joué son sort.

Bagages et chevaux étaient prêts, Glover pouvait repartir. Il alla faire ses adieux à Alcock. L'air abattu, le consul n'était plus que l'ombre de lui-même.

– Le ministre des Affaires étrangères a envoyé un panier de canards et un bocal de sucre en signe d'amitié ! Vous comprenez maintenant ce que je vous disais de ce pays ? C'est un asile de fous !

– Comme signe d'amitié, admit Glover, cela paraît un peu... insuffisant.

Alcock le regarda et réussit à esquisser un sourire ironique.

– Bon voyage, monsieur Glover ! Je mettrais bien à votre disposition un contingent de gardes de la légation pour vous escorter au moins jusqu'à Yokohama, mais vous avez pu juger vous-même de leur efficacité. Je vous souhaite bonne chance dans vos entreprises et je forme des vœux pour que vous vous échappiez promptement de cet enfer.

En sortant de la résidence, Glover entendit la voix du consul criant à un malheureux messager :

– C'est une juste réparation que je veux, pas des canards et du sucre !

Quand ils s'engagèrent sur le Tokkaido, Glover était sombre, Matsuo encore plus vigilant qu'auparavant. Ils revirent le mont

Fuji surgissant au-dessus des pins et des nuages. Puis le brouillard le recouvrit et le dissimula de nouveau au regard.

L'incident fit l'objet d'un long article dans le *Nagasaki Shipping List and Advertiser*. Apparemment, un des rônin morts avait sur lui un rouleau de papier contenant un manifeste signé par les quinze assaillants. Ils se qualifiaient eux-mêmes de *shishi*, c'est-à-dire d'hommes aux principes élevés. Une traduction de ce document était jointe à l'article : « Nous ne pouvons endurer d'assister sans rien faire à la profanation de l'Empire sacré par les étrangers. Avec la foi et la force des guerriers, nous allons chasser les barbares de nos rivages. »

L'espace d'un instant, Glover fut transporté de nouveau à la légation, dans l'obscurité où il attendait le coup fatal. Il montra l'article à Ito en lui expliquant ce qu'il disait.

Depuis le retour de Glover, Ito se montrait lugubre. Il était très affecté par cette attaque, et surtout par la part que Takashi y avait prise.

– Edo pourtant loin, dit-il.

– Je commence à me sentir personnellement visé ! s'exclama Glover.

– Sans aucun doute. Il veut vous tuer. Il a juré.

Ils étaient assis dans le salon d'Ipponmatsu. Matsuo montait la garde sur la pelouse. La voix de Glover se fit soudain sérieuse.

– Ito-san, je voudrais vous poser une question.

– *Hai.*

Ito hocha la tête, se raidit.

– Après l'attaque contre la légation, j'ai pris votre défense. Il était question d'autres opérations du même genre.

Embarrassé, il regarda Ito avec insistance.

– On a dit que vous y aviez pris part.

Ito posa le journal et soutint le regard de Glover.

– Autrefois, j'étais comme Takashi-san. Je haïssais tous les étrangers. Mais vous devez savoir c'était une question d'honneur. J'aime mon pays. Je ne veux pas le Japon colonisé comme l'Inde ou la Chine.

– *So desu*, dit Glover.

– Quand j'étais très jeune, j'ai connu un grand professeur appelé Yoshida Shoin. Il enseignait au lycée où j'étudiais. Lui pas seulement un grand professeur, mais un grand homme, un héros. Il enseignait importance des traditions, amour du Japon, loyauté envers l'empereur.

– Haïssait-il les étrangers, lui aussi ? demanda Glover.

– Il les considérait une menace.

– Et qu'est-il devenu ?

– Le bakufu l'a fait arrêter. Il a été exécuté.

– Je comprends.

– Maintenant le passé est révolu. J'aime toujours l'empereur, le Japon. Je veux être débarrassé du bakufu et du shogun. Mais je veux le Japon devient fort comme votre pays, comme l'Amérique. Nous devons nous ouvrir à l'Occident. Apprendre ce dont nous avons besoin.

Glover acquiesça de la tête.

– *Hai.*

Quelques semaines plus tard, Glover reçut une lettre d'Oliphant.

« Cher Glover,

« J'ai été heureux de faire votre connaissance à Edo, même dans des circonstances qui se sont révélées finalement tragiques. J'ai entendu dire que vous étiez sorti indemne de cette abomination, et je m'en réjouis. Vous avez droit à toute ma reconnaissance pour le coup de pistolet que vous avez tiré. Sans vous mon sort aurait été encore pire, j'en ai bien peur. Tel qu'il est, ces dernières semaines ont été pour moi un long supplice.

« À bord de la Ringdove, j'ai été logé dans la propre cabine du capitaine, mais en fait de réconfort j'y ai souffert mille morts. Mes blessures étaient sérieuses et le médecin de bord a dû m'attacher les bras le long du corps, de sorte qu'il fallait me nourrir comme un bébé. J'ai perdu une telle quantité de sang que je me suis couvert de furoncles. Comme j'étais affaibli, j'ai contracté une infection oculaire – une ophtalmie – qui sévissait dans l'équipage. Le médecin m'a bandé les yeux après y avoir versé du nitrate d'argent aussi douloureux que des coups de poignard. Il m'a fallu endurer tout cela par une chaleur de quarante-cinq degrés dans une cabine infestée de mouches et de moustiques, avec mon corps enflé et souffrant sans relâche.

« C'est pour de telles circonstances critiques que la bienfaisante providence nous a tout spécialement prodigué la consolation du tabac ! Par je ne sais quel miracle, j'ai survécu. J'ai même été capable hier, avec un peu d'aide, de me hisser sur le pont pour respirer l'air frais du soir. Néanmoins j'ai encore besoin de soins médicaux, que devra suivre une longue convalescence. Sir Rutherford m'a annoncé que, dès que j'irai assez bien, je retournerai en Angleterre.

« J'espère que cette lettre vous trouvera en bonne santé et je vous souhaite de réussir dans vos efforts pour arriver à un accord avec ce pays aussi splendide qu'exaspérant.

« Avec mes meilleurs sentiments,

« Laurence Oliphant. »

Une nouvelle fois, Glover se revit dans la légation, tapi dans l'ombre en attendant le coup mortel. Il se secoua, mit de côté la lettre. Les rônin avaient réalisé une petite partie de leur projet. L'un des envahisseurs barbares avait été chassé. Mais Glover n'avait pas l'intention de se laisser repousser et sa résolution était plus forte que jamais.

7

VOYAGE DANS LA NUIT

Nagasaki, 1862

PENDANT DES MOIS APRÈS L'ATTAQUE de la légation, le quartier des étrangers de Nagasaki, comme l'enclave de Yokohama, vécut en état d'alerte, dans la hantise d'un soulèvement. Le shogun annonça que les auteurs de l'attaque seraient capturés et punis, mais cette déclaration resta sans suite. Il n'y eut pas d'autres incidents. Le commerce et les affaires continuèrent comme auparavant.

Glover et Ito devaient aller chercher une nouvelle livraison à Shanghai. Une fois encore, Wang-Li viendrait avec eux. Walsh les accompagna sur le quai pour leur souhaiter *bon voyage**.

Glover l'interpella du haut du navire :

– Vous êtes sûr que vous ne voulez pas vous joindre à nous ?

– Ce n'est pas mon style, Tom. Vous me connaissez. Je préfère déléguer.

– Vous ne voulez pas vous salir les mains !

– Exactement ! Wang-Li doit aussi me ramener quelques bricoles. J'espère que cela ne vous ennuie pas.

– Du moment que ça ne pue pas et ne nous explose pas en pleine figure !

Walsh éclata de rire.

– C'est à vos risques et périls, cher associé !

Il agita la main en criant :

– *Adios* !

Glover répondit à ses signes tandis qu'Ito fixait l'Américain d'un air impassible. Le bateau s'éloigna du quai, se dirigea vers la sortie du port.

Tout semblait se dérouler comme prévu. La procédure était exactement la même que lors des voyages précédents. En débarquant du clipper, ils se rendirent directement à l'entrepôt. Wang-Li les guida au milieu des mêmes bouges où les mêmes jeunes filles exerçaient leur métier derrière des rideaux en lambeaux. Comme les autres fois, ils contournèrent une bagarre semblant ne jamais s'interrompre, suivirent Wang-Li dans la même ruelle étroite, la même cour, le même entrepôt. Ce ne fut qu'en arrivant dans l'arrière-salle familière qu'ils sentirent qu'il y avait du changement dans l'air. Glover trouva l'atmosphère pesante, et un coup d'œil à Ito lui apprit que celui-ci était du même avis. Wang-Li semblait particulièrement inquiet. Il s'éventait nerveusement, essuyait son front en sueur.

Au lieu de Chan, le négociant affable qui avait présidé à leurs précédentes transactions, un homme plus jeune et nettement moins aimable était assis au bureau et les regardait d'un air hostile. Derrière lui se tenaient deux gardes paraissant aussi implacables qu'imposants.

Wang-Li expliqua que Chan avait cédé la place à ce nouveau chef.

Ce dernier ne leur offrit pas de thé, ne les invita pas à partager une pipe. Les affaires furent menées rondement. La marchandise était déjà en train d'être chargée sur les chariots. Ils entendaient le bruit des caisses qu'on empilait à un rythme accéléré. Ito hissa sur le bureau une vieille sacoche de cuir bourrée d'or. Elle contenait exactement la somme convenue, sous forme de dollars et de lingots.

Le nouveau chef ne perdit pas de temps. Glover sortit la liste de ce qu'ils avaient commandé : dix caisses de fusils et autant de munitions. L'homme jeta un coup d'œil sur la liste en hochant la tête puis tendit à son tour une liste. Wang-Li la lut et parut encore plus inquiet.

– Un problème ? demanda Glover.

Wang-Li se racla la gorge.

– Il dit pas assez d'argent. Prix plus élevé.

– De combien ?

– Deux fois. Il veut double.

Glover éclata de rire mais fixa sur le négociant un regard dur et froid.

– Impossible.

Il tapa du doigt sur sa propre liste.

– C'est ce dont nous étions convenus. Maintenant, bonsoir.

Ayant ainsi conclu la conversation, il se leva.

Le négociant donna un coup de poing sur la table et apostropha violemment Wang-Li, qui se mit à balbutier.

– Il dit vous payez plus.

– Plus ! cria le négociant.

– J'ai apporté le montant convenu, répliqua Glover.

Wang-Li traduit de nouveau et l'autre se mit à hurler.

– Il dit si vous payez ce montant, vous prenez seulement la moitié des armes.

– Nous avons fait un marché, dit Glover. Il doit le respecter.

Il fit un signe de tête à Ito, se dirigea vers la porte.

– Non ! cria le négociant en se levant.

La suite des événements se déroula avec la précision d'un ballet. Un des gardes bloqua l'entrée, sortit un pistolet et le braqua sur Glover, qui leva les mains en l'air. Le second garde attrapa Wang-Li au collet et le plaqua brutalement contre le mur. D'un pas léger, Ito traversa rapidement la pièce, contourna le négociant. En un éclair, il pressa la lame de son sabre sur la gorge du Chinois. Le second garde sortit à son tour un pistolet et mit le samouraï en joue. Tous se figèrent en un tableau vivant – l'impasse était totale.

Glover haussa les épaules en désignant de la tête à Ito le garde lui faisant face. À cet instant, le garde s'avança pour lui prendre le pistolet qu'il portait à sa ceinture. Quand il se pencha, Glover lui assena un coup de tête en plein visage. L'autre garde se détourna et reçut de plein fouet le négociant qu'Ito poussait violemment dans sa direction. L'adversaire de Glover baissa son pistolet, et l'Écossais en profita pour lui porter cette fois un classique direct du gauche qui l'étendit raide sur le sol. Ito traversa de nouveau la pièce à toute allure pour saisir le garde encore valide et presser son sabre sur sa gorge.

L'espace d'un instant, on n'entendit dans le silence que leur respiration précipitée, la rumeur lointaine de la cour.

– Bien, dit Glover. Nous y allons.

Comme pris d'une inspiration subite, il plongea la main dans la sacoche de cuir et en sortit deux lingots qu'il fourra dans les poches de sa veste.

– Pour le dérangement, déclara-t-il en levant son chapeau.

Le négociant avait peine à maîtriser sa rage et ressemblait à une caricature, avec ses yeux exorbités et son cou gonflé.

Tremblant, Wang-Li sortit devant Glover tandis qu'Ito couvrait leur retraite. Comme le samouraï détournait un instant la tête, le second garde se jeta sur lui dans un effort ultime pour les arrêter. Sans se décontenancer, Ito l'abattit d'un coup de sabre, enjamba son corps et descendit rapidement les marches.

Arrivés dans la cour, ils ne perdirent pas une minute. Après avoir terminé eux-mêmes le chargement des caisses, ils prirent chacun les rênes d'un des trois chariots et firent partir les chevaux au trot.

Sur le quai, ils ne se montrèrent pas moins diligents. Wang-Li marchanda avec un Chinois au sujet de la caisse qu'il devait rapporter à Walsh. Glover s'occupa de faire charger à bord les caisses d'armes par l'équipage. Le sabre au poing, Ito monta la garde.

Quand le négociant accourut à la tête d'une troupe d'hommes armés, le clipper gagnait déjà la haute mer.

Sur le pont, Ito était assis en tailleur avec devant lui son sabre glissé dans son fourreau.

– Vous nous avez donné un sacré coup de main, dit Glover.

– Pardon ? demanda le samouraï, qui n'avait pas compris.

– Votre sabre. Excellent !

Glover fit mine de fendre l'air avec l'arme, de l'abattre sur un adversaire.

– Ah ! dit Ito avec un sourire, en hochant la tête.

– Vous pourriez m'apprendre, insista Glover en recommençant ses mimiques.

Ito se mit à rire.

– Vous voulez être samouraï ?

– Un samouraï écossais ! s'exclama Glover.

Une nouvelle fois, le sens de l'humour japonais le prit au dépourvu. Ito renversa la tête en arrière en éclatant d'un rire tonitruant. Quand il fut à peu près remis, Glover poursuivit :

– Je pourrais vous apprendre à jouer des poings.

Ito parut déconcerté.

– Des points ?

Il désigna du doigt un point imaginaire.

– La boxe ! expliqua Glover en donnant des coups de poing dans le vide.

Ito comprit et se remit à rire.

– Et ça !

Il fit mine de donner un coup de tête.

– Ah ! dit Glover. C'est une vieille tactique écossaise !

Ito continua de l'imiter si bien qu'il rit à son tour à gorge déployée.

Alors qu'ils approchaient du port de Nagasaki, Wang-Li poussa un cri, tendit une longue-vue à Glover. Ce dernier aperçut un navire et s'exclama :

– Bon sang ! Ce n'est pas une des jonques du shogun, cette fois. C'est cette satanée Royal Navy. Pas moyen de les semer.

– Dans ce cas, dit Ito en ramassant son sabre, combattons-les !

– Espérons que nous n'aurons pas à en venir là, répliqua Glover en pointant de nouveau la longue-vue.

La frégate n'eut aucun mal à les rattraper. Une section d'abordage se hissa sur le pont en tenant en joue Glover et Ito.

– C'est un scandale ! s'écria Glover. Je suis un négociant respectable dont les affaires n'ont rien de répréhensible !

Des marins allèrent chercher la cargaison dans la cale. Un officier ouvrit une caisse avec une pince, en sortit un fusil et une boîte de munitions.

– Respectable, n'est-ce pas ?

Il brandit le fusil.

– Rien de répréhensible ?

Glover resta calme mais haussa le ton.

– J'exige de parler à votre capitaine !

Une voix autoritaire s'éleva dans son dos.

– Monsieur Glover.

Glover se retourna, reconnut l'homme. Dieu soit loué. C'était Barstow, l'ami de Mackenzie qui avait présidé à son initiation au premier degré. « Je promets le silence et la discrétion. »

– Capitaine Barstow, lança Glover. Vous me connaissez. Vous savez que mes intentions sont honorables.

– Vraiment ? dit le capitaine en haussant légèrement les sourcils et en esquissant un sourire derrière sa barbe hérissée.

– Cette cargaison de fusils est destinée à la protection de la colonie étrangère de Nagasaki. Vous n'ignorez pas que la situation est instable, imprévisible. Le pays est une poudrière, surtout depuis l'attaque contre la légation d'Edo l'année dernière.

– Je crois que vous avez assisté de près à l'événement, dit le capitaine.

– J'ai eu de la chance d'en sortir vivant, monsieur.

Le capitaine hocha la tête.

– C'est certain.

– Il est essentiel que nous assurions notre sécurité. Nous devons être prêts à nous défendre.

– Et le danger vient de ces clans rebelles, les Satsuma et les Choshu ?

Il regarda fixement Ito, qui soutint son regard sans broncher.

– Certains membres de ces clans constituent une sérieuse menace pour notre présence ici, déclara Glover.

Le capitaine fit un signe de tête à la section d'abordage, dont les fusils se baissèrent aussitôt.

– Très bien, monsieur Glover. J'accepte vos explications. Je ferai un rapport dans le journal de bord et nous en resterons là pour cette fois. Mais prenez garde. Certains de mes collègues officiers pourraient se montrer moins accommodants.

Il se détourna et s'apprêta à descendre l'échelle de corde pour regagner son propre navire.

– Nous allons vous escorter jusqu'au port. Je pense que vous êtes conscient que ces eaux sont infestées de pirates. Il serait regrettable que votre cargaison tombe en de mauvaises mains.

Il fit un salut militaire.

– Au revoir.

Une fois à bon port, dans leur taverne favorite, Glover proposa de porter un toast.

– Au fair-play britannique !

Ito resta maussade et grogna :

– Il a insulté le clan des Choshu et vous l'avez approuvé.

– J'ai dit que certains membres des deux clans étaient dangereux. Rappelez-moi donc à quel clan appartient notre ami Takashi. Ah, oui, les Choshu !

– Il dit nous sommes comme les Satsuma. Mais les Satsuma bien pires. Tous ces problèmes leur faute.

– Quelle patience il faut, mon Dieu !

– Et les Satsuma ont acheté un bateau de votre pays.

– Une excellente affaire, que j'ai été ravi de négocier.

– Le bateau s'appelle l'*Angleterre*.

– Eh bien, le Japon est en train d'acheter l'Angleterre !

Ito réfléchit un instant, comprit la plaisanterie et éclata de son rire guttural.

– Un jour ! s'exclama-t-il.

– Au Japon ! lança Glover en levant de nouveau son bol.

– Nippon !

Les deux hommes crièrent de concert :

– Kanpai !

Ils burent d'une traite, reposèrent bruyamment leurs bols sur la table et commandèrent une autre tournée.

❧

Ils se rendirent sur la pelouse d'Ipponmatsu, Glover en bras de chemise, Ito vêtu comme toujours de ses amples vêtements japonais. Matsuo les suivait avec deux sabres en bois grandeur nature. Il s'inclina et les tendit tous deux à Ito, qui en donna un à Glover.

– *Hai* !

Il montra à Glover comment se tenir bien en équilibre, les jambes souples, puis lui indiqua la façon de tenir le sabre d'une main ferme mais légère.

Glover tenta de l'imiter, mais il se sentait lourd et maladroit.

Ito recommença sa démonstration en insistant sur l'importance d'avoir une bonne posture, d'être prêt à frapper. Il lui dit de respirer profondément et de sentir sa propre force comme un feu intérieur, une énergie dans son ventre où il pouvait puiser.

– Comme ça.

Il effectua avec son sabre quelques mouvements à la fois gracieux et dynamiques, violents mais maîtrisés.

– À vous, maintenant.

Glover essaya de nouveau de l'imiter, avec beaucoup d'enthousiasme mais sans grande finesse.

– C'est plus dur que ça n'en a l'air, dit-il en riant. Malgré tout, avec un peu de travail, je devrais attraper le tour de main.

– Beaucoup de travail, observa Ito avec sérieux. Recommencez.

Glover se remit à donner de grands coups dans l'air. La soirée était chaude et il fut bientôt en nage.

– Encore.

Prendre une position ferme mais détendue, tenir bien en main la poignée, lever le sabre. Frapper et avancer. Encore. Encore.

– Encore.

– Bon Dieu !

– Encore.

– Tyran !

– Encore !

Glover était prêt à abattre le sabre de bois sur le crâne d'Ito. Il haletait, la sueur piquait son front et sa nuque, sa chemise collait à son corps.

– À présent, dit Ito, vous reprenez votre souffle et vous attaquez. Frappez-moi.

– Avec plaisir !

– N'oubliez pas de respirer profondément.

Il tapota son estomac.

– Il faut sentir le souffle ici.

Glover essaya de se calmer, de se concentrer.

– Bien, dit Ito. Allez-y.

Il se tint en équilibre, le sabre tendu à bout de bras, et fit signe à Glover de l'attaquer.

Glover leva son propre sabre, s'élança et abattit la lame de toutes ses forces.

Désinvolte, presque méprisant, Ito détourna le coup avec une puissance qui fit chanceler Glover.

– Vous voyez ? dit-il. J'utilise votre propre force contre vous.

– D'accord, répliqua Glover qui sentait encore la violence du choc dans ses bras et ses poignets. Je vois !

– Maintenant, recommencez.

L'après-midi tirait sur sa fin, la brise devenait plus fraîche. Matsuo les avait aidés à lacer leurs gants. Glover les avait achetés sur un coup de tête au marché du port. Les deux paires faisaient partie d'un lot comprenant une batte de cricket et un ballon de football, probablement apportés par quelque missionnaire brûlant de convertir les indigènes au sport.

À présent, c'était au tour d'Ito d'être mal à l'aise.

– Un combat pour ma revanche ! s'exclama Glover. Le noble art !

Ito regarda d'un air désemparé l'étrange rembourrage recouvrant ses mains.

– Le noble art, répéta-t-il.

– Les coups de poing ! Les règles de Queensberry !

Ito sembla encore plus déconcerté.

– Soigneurs hors du ring ! brailla Glover en se mettant en position, le pied gauche en avant, les mains devant le visage.

Ito l'imita mais avança le pied droit.

– Un gaucher ! s'exclama Glover. Voilà qui rend les choses intéressantes.

Renonçant même à essayer de comprendre, Ito s'efforça de reproduire les mouvements de Glover, en se baissant et en esquivant, bien équilibré sur la plante de ses pieds. Glover lui montra comment tenir sa garde haute, envoya deux ou trois directs en visant les gants d'Ito.

– Direct du gauche, annonça Glover.

Il fit signe à Ito de riposter et para chacun de ses coups.

– Bien ! dit-il. Et maintenant…

Il feinta du gauche, déjoua la garde d'Ito et lui envoya un direct du droit en plein ventre qui lui coupa le souffle.

Ito se redressa, s'inclina, se remit en position en tenant la garde haute. Il s'arrangea pour parer le second uppercut et réussit même après une ou deux tentatives à riposter en atteignant Glover à la tête.

– Magnifique ! déclara Glover. Vous avez l'étoffe d'un boxeur ! Peut-être nous battrons-nous sans gants, à mains nues, un de ces jours.

Ito hocha la tête, conscient du défi.

– Peut-être nous combattrons un jour avec de vrais sabres, à l'arme blanche.

Glover vit soudain la froideur inflexible du regard d'Ito, et il comprit que si un tel combat avait jamais lieu le samouraï le taillerait en pièces. Malgré l'apparente profondeur de leur amitié et de leur confiance, la distance, l'altérité étaient toujours là. Ito vivait selon un code absolu, qui l'emportait sur tout le reste, et comme les autres barbares Glover devrait toujours veiller à ne pas baisser sa garde.

Il se trouva que l'incident avait pour principaux protagonistes deux connaissances de Glover. La brutalité de cet accès de barbarie assura au récit un large écho.

Glover en entendit parler d'abord par ouï-dire, puis dans un article de journal, enfin par la bouche d'un des témoins de la scène.

Charles Richardson, que Glover avait rencontré à son arrivée à Dejima puis lors de son séjour à la légation, était parti à cheval de Yokohama pour parcourir le Tokkaido en compagnie d'un jeune diplomate nommé Dawes et de la fiancée de celui-ci, miss Clemence, fraîchement débarquée d'Angleterre. D'après leurs dires, Richardson était plein d'exubérance, ravi de leur servir de guide dans ce pays de sauvages.

Malheureusement, le destin mit sur leur chemin le daimyo des Satsuma et son escorte, qui venaient de la direction opposée. Glover se rappelait parfaitement sa rencontre avec le daimyo, la puissance de cet homme, l'intensité féroce de son regard du fond du palanquin. Le daimyo revenait d'Edo, où il avait été convoqué pour être reçu en audience par le shogun. Glover n'imaginait que trop bien ce qui s'était passé. Vu les personnalités en présence, la drame s'était déroulé selon une sorte de nécessité implacable.

Richardson chevauchait devant ses compagnons, en pressant sa monture sur la route étroite. Les hommes de l'avant-garde du daimyo, deux redoutables guerriers armés de pied en cap, coururent en avant du palanquin pour ordonner à Richardson et ses compagnons de s'écarter.

Richardson eut l'imprudente témérité de leur hurler qu'il ne bougerait pas et qu'ils feraient mieux d'arrêter de baragouiner dans leur maudit patois. Il proclama qu'il était citoyen britannique et refusait de se prosterner.

Se rendant compte du danger, Dawes lui cria de reculer. Mais c'était trop tard. Quatre autres gardes se ruèrent en avant en tirant leurs sabres, suivis par quatre cavaliers. Un seul coup sectionna le bras de Richardson, qui fut arraché de son cheval tandis qu'il hurlait aux autres de sauver leur peau. Alors qu'il tentait de faire tourner son cheval, Dawes sentit un coup s'abattre sur son épaule. Miss Clemence poussa un cri en voyant un sabre tournoyer au-dessus de sa tête. Elle parvint à tourner bride par miracle, mais y laissa son chapeau et une partie de sa chevelure.

Le jeune couple réussit à s'enfuir, galopa jusqu'à Yokohama et donna l'alarme avant de s'effondrer, épuisé et maculé de sang.

La nouvelle se répandit rapidement et provoqua une immense indignation. Attaquer des Occidentaux était grave, mais s'en prendre de surcroît à une femme était impardonnable. Quinze hommes prirent leurs armes, montèrent en selle et s'élancèrent sur le Tokkaido – des marins britanniques, des soldats français, des négociants hollandais et américains, tous prêts à en découdre.

Il ne leur fut pas difficile de découvrir le lieu de l'attaque : la route était tachée de sang, des mouches bourdonnaient à l'entour, quelques chiens rôdaient en quête de charogne. Ils découvrirent un peu plus loin la dépouille de Richardson, qui avait été traîné sous un arbre et abandonné là sous des nattes de paille, éventré, égorgé, la tête couverte d'entailles profondes, la main droite tranchée net en essayant d'éviter un coup.

Glover apprit ces détails macabres de Dawes en personne, quelques mois plus tard. Le jeune Anglais était passé par Nagasaki pour se rendre à Shanghai et regagner l'Angleterre. Sa fiancée était déjà rentrée dans sa patrie, très choquée par ce qu'elle avait vécu. Dawes la suivrait et prendrait un poste à Londres. Il s'était remis de ses blessures, en dehors d'une douleur continuelle à l'épaule où il avait reçu un coup de sabre.

– Je crains qu'elle ne m'accompagne pour le restant de mes jours, dit-il assis dans un fauteuil du Club des Étrangers en scrutant son verre de whisky comme pour y lire son avenir. Sans compter les cicatrices plus profondes.

– Consolez-vous, lui dit Mackenzie. Ç'aurait pu tourner beaucoup plus mal pour vous et votre fiancée. Vous auriez pu connaître le même sort que Mr Richardson.

– C'est vrai, admit Dawes.

– Mais qu'est-ce qui lui a pris, au nom du ciel ? demanda Mackenzie.

– Il a agi par pure bravade, répondit Dawes.

– Il n'aurait pas pu choisir plus mal son moment, observa Glover. Cet homme était stupide.

– En tout cas, répliqua Dawes en se raidissant légèrement, il l'a payé cher.

– Je crains que bien d'autres n'aient encore à payer, reprit Glover. Les suites de cet événement risquent d'être considérables.

– Seule la voix de la raison a empêché que l'attaque n'ait des suites le soir même, dit Dawes. La troupe d'hommes armés qui avait quitté Yokohama était vite devenue une meute déchaînée.

– Le désir de vengeance est puissant, déclara Mackenzie.

– Certains voulaient poursuivre le daimyo et son escorte, régler l'affaire sur-le-champ.

– Ç'aurait été un bain de sang, dit Glover.

– Le consul a prêché la modération, continua Dawes. Il a soutenu qu'il s'agissait d'une affaire diplomatique et qu'elle devait être réglée en suivant la filière officielle.

– Voilà qui a dû plaire à la populace ! s'exclama Glover.

– Il y a eu effectivement des commentaires peu amènes sur cette politique de poltrons, mais le bons sens l'a emporté. On a renoncé à la poursuite, Dieu merci.

– Amen, conclut Mackenzie.
– Oui, dit Glover. Mais ce n'est pas terminé. Loin de là.

Dans le salon d'Ipponmatsu, l'atmosphère était solennelle et cérémonieuse. Cinq jeunes samouraïs – Ito et quatre compagnons – étaient assis très droits autour de la table. Matsuo entra dans la pièce, s'inclina devant Glover et Ito, sortit de son fourreau son sabre court, le wakizashi. Il se plaça derrière Ito qui se roidit, se redressa et respira profondément. Saisissant le chignon d'Ito, symbole de son statut de samouraï, Matsuo le tira dans sa main gauche, le trancha avec son sabre et laissa tomber par terre la touffe de cheveux. Ito s'inclina. Matsuo recommença l'opération avec les quatre autres jeunes gens, d'un air grave, comme s'il accomplissait un rite. Une fois son chignon coupé, chacun d'entre eux s'inclina.

Quand ce fut fini, Ito regarda ses compagnons aux chevelures rognées et légèrement hirsutes. Il ébouriffa ses propres cheveux, renversa la tête en arrière et éclata de rire, imité par les autres. Glover s'avança avec une paire de ciseaux.

– Bien, dit-il. Encore quelques retouches et ils pourront passer pour de parfaits gentlemen anglais !

Au départ, c'était une idée d'Ito. Glover l'avait d'abord écartée comme une chimère irréalisable et beaucoup trop dangereuse. À présent, il comprenait que c'était le seul moyen de progresser pour

Ito, pour eux tous, pour le Japon lui-même. Il fallait qu'Ito se rende en Occident.

Il emmènerait quatre compagnons, de jeunes samouraïs appartenant comme lui au clan des Choshu. Glover se chargerait de leur faire quitter clandestinement l'archipel.

Mackenzie avait été horrifié.

– C'est de la folie, Tom ! Pensez donc aux risques !

– Nous y avons pensé. Nous savons ce que nous faisons.

– Et si ça tourne mal ? Vous serez expulsé de ce pays. Vos biens seront confisqués. Vous serez ruiné.

– Tant pis pour moi. Ito et les autres encourent tellement plus grave.

– S'ils sont pris, ils seront exécutés sans autre forme de procès.

– Ils en ont conscience. Ils acceptent ce risque. Il serait lâche de ne pas les aider.

Mackenzie secoua la tête.

– Ceci passe la mesure, Tom. Même pour vous.

– Alors vous ne m'aiderez pas ?

– Je ne peux pas.

– D'accord, dit Glover en hochant la tête.

Il devait admettre que leur aspect avait quelque chose de comique, avec leurs cheveux encore hérissés et mal coupés. Renonçant à leurs robes de samouraïs, ils avaient revêtu les costumes occidentaux que Glover avait achetés à leur intention. Même en prenant les tailles les plus petites, manches de veste et jambes de pantalon paraissaient trop longues sur eux et leur donnaient presque l'air de clowns.

Ito finit par les mettre en rang pour une inspection générale de ses troupes. Ils s'immobilisèrent devant Glover en quêtant son approbation, aussi raides et embarrassés que les membres d'une famille posant chez un photographe pour un portrait officiel. Pourtant la simple dignité de leur maintien laissait transparaître une fierté naturelle qui frappa Glover. Ému, il s'inclina profondément devant eux.

Après avoir été chercher une bouteille de son meilleur whisky, il leur remplit à chacun un petit bol à saké et proposa de porter un toast.

– Aux cinq héros du clan des Choshu !

Ils levèrent leurs bols et les vidèrent d'un trait.

Ito s'éclaircit la voix.

– La tradition, quand nous partons pour un voyage de ce genre, c'est faire un haïku. Peut-être voici notre dernier voyage. Je vais le faire pour nous tous.

Il se redressa et récita un poème en japonais, avec une lenteur incantatoire. Les autres manifestèrent bruyamment leur approbation, s'inclinèrent.

Il se tourna ensuite vers Glover.

– Je fais la traduction.

Voyage dans la nuit –
À quelle distance
L'autre rivage ?

– Bien dit Glover.

Ils s'inclinèrent tous derechef.

– À présent, c'est l'heure.

La nuit était d'une chaleur étouffante. Glover les conduisit sur une ruelle étroite menant au port. Ils avaient relevé leur col, enfoncé très bas leur chapeau. Matsuo fermait la marche, prêt à bondir à la moindre alerte. Plus tôt dans la journée, leurs bagages avaient été chargés sur un clipper mouillé dans la baie. Une chaloupe les attendait pour les amener à bord. Glover espérait que, vus de loin dans l'obscurité, les cinq samouraïs pourraient passer pour un groupe de jeunes Européens. S'ils étaient pris à parti, ils devaient se taire et détourner le visage en laissant Glover parler à leur place.

Tout alla bien jusqu'au moment où ils atteignirent le quai. Une lanterne brilla soudain dans l'obscurité et une voix leur cria de s'arrêter immédiatement.

– Bon Dieu ! jura Glover tout bas.

L'homme faisait partie des gardes du shogun patrouillant sur les quais. Glover redoutait qu'ils n'arrivent en nombre, qu'ils n'aient été avertis et prêts à attaquer.

Il s'avança vers le garde et déclara que ces hommes étaient des négociants anglais.

– *Igirisu no shounin desu.*

Ils se préparaient à partir pour Shanghai.

– *Shanhai e iku tokoro desu.*

Le garde leva sa lanterne pour éclairer leurs visages. Lui-même apparaissait sévère dans cette lumière brutale, peu convaincu par ce qu'il entendait. D'un ton rude, il leur enjoignit d'attendre.

– *Koko de matte ore* !

Ito et ses compagnons se raidirent, prêts à s'élancer. Matsuo se plaça entre Glover et le garde, en posant négligemment la main sur la poignée de son sabre. Puis une autre voix retentit derrière eux et réprimanda le garde d'un ton autoritaire.

C'était Mackenzie qui déclarait que ces hommes étaient sous sa responsabilité et partaient en voyage d'affaires pour Jardine's.

– *Jardine to akinai o shite oru no desu.*

S'apaisant à contrecœur, le garde tourna les talons.

– Vous êtes arrivé juste à temps, Ken ! dit Glover.

– Oui, répliqua laconiquement Mackenzie en hochant la tête.

– À présent, nous allons en Angleterre ! lança Ito.

Tous se sentaient soulagés et l'un des samouraïs les plus jeunes se mit à rire en disant en anglais :

– Hello ! Bonjour, bonsoir ! Comment allez-vous ? Très bien, merci !

Un de ses compagnons lui donna une bourrade amicale, mais avec tant d'énergie que l'autre trébucha et tomba en envoyant rouler son chapeau un peu plus loin.

Le garde se figea, se retourna et éclaira avec sa lanterne le jeune samouraï étendu par terre, dont le visage était indubitablement japonais. Tirant son sabre, l'homme ouvrit la bouche pour donner l'alarme, mais Matsuo s'élançait déjà sur lui avec son propre sabre. Il trancha la gorge du garde, qui s'effondra en avant, mort.

– Seigneur ! s'exclama Mackenzie.

– Dépêchez-vous ! lança Glover en pressant Ito et ses compagnons de monter dans la chaloupe.

Matsuo traîna le cadavre au bord du quai et le poussa dans l'océan. Il tomba avec un bruit sourd puis l'eau se referma sur lui. Tandis que la chaloupe s'éloignait, des cris s'élevèrent au loin. Ils aperçurent plusieurs gardes accourant dans leur direction.

– *Hayaku* ! s'écria Matsuo. Vite !

Et il détala dans une rue transversale, suivi de Glover et de Mackenzie.

– Dieu tout-puissant ! gémit Mackenzie hors d'haleine. Je ne vais pas tenir longtemps à ce rythme !

Des gardes s'étaient lancés à leurs trousses et ils entendaient leurs pas se rapprocher. Ils obliquèrent dans une rue étroite, puis une venelle. Alors qu'ils passaient devant un portail, Matsuo s'arrêta net et poussa ses deux compagnons à l'intérieur. Il mit un doigt sur la bouche pour leur indiquer de rester silencieux puis reprit sa course.

Les nerfs tendus, l'oreille aux aguets, ils attendirent. Le bruit de leur propre respiration leur semblait étrangement fort. Ils entendirent des hommes courir dans la venelle, mais les poursuivants passèrent devant le portail sans s'arrêter et le silence régna de nouveau. Glover sentit les battements de son cœur s'apaiser peu à peu, revenir à la normale.

Malgré l'obscurité, il distingua qu'ils étaient dans la cour d'un petit sanctuaire comme il s'en trouvait au bord des chemins. L'encens répandait dans l'air son odeur de bois légèrement moisi. Mackenzie s'était effondré sur le sol. Assis le dos contre le mur, il tenait son visage dans ses mains.

– Que faisons-nous, au nom du ciel ?

Glover lui fit signe de se taire. Il avait entendu quelque chose, comme le bourdonnement d'une voix grave. Lentement, avec circonspection, il traversa la cour en essayant de ne pas faire de bruit – mais le gravier crissait sous chacun de ses pas. Il se figea en entendant retentir un gong, sonner une cloche métallique. Puis il comprit que la voix était celle d'un moine psalmodiant à l'intérieur du sanctuaire. Il s'avança encore et risqua un regard dans la salle. Près de la faible lueur d'une lampe presque éteinte, il aperçut la silhouette du moine, un vieil homme assis en tailleur et récitant ses prières de la nuit. Se retournant, il regarda en direction de Glover mais sembla voir à travers lui, au-delà de lui, un autre lieu, comme si son absence ou sa présence n'avaient absolument aucune importance. Avec une concentration sans faille, il reprit ses litanies. *Namu Amida Butsu.* Une nouvelle fois, il fit sonner la cloche, dont le son se propagea, résonna jusque dans le cerveau de Glover et abolit tout le reste.

❧

Le lendemain matin Mackenzie, encore sous le choc, faisait les cent pas devant le bureau de Glover.

– C'était une pure folie, Tom ! Nous aurions pu nous faire tuer !

Glover restait impassible en surface, cependant au fond de lui il bouillait d'une excitation irrépressible.

– Mais nous avons réussi, Ken. Nous les avons fait sortir du pays !

– Là n'est pas la question.

Glover frappa du poing sur la table.

– Bien sûr que si ! Vous rendez-vous compte de ce que nous avons fait pour ces hommes ?

– S'ils survivent à ce voyage.

– Bien sûr qu'ils survivront. Ce sont des samouraïs, nom de Dieu !

– Je m'en suis aperçu !

– Et les gens de Jardine's s'occuperont d'eux à leur arrivée à Londres, j'y veillerai.

– Ce voyage sera un enfer.

– Mais imaginez ce qu'il représentera pour eux ! Même Singapour va les stupéfier, quand ils passeront devant les navires de guerre britanniques. Et quand ils débarqueront à Southampton et monteront dans un train pour Londres, ils n'en reviendront pas ! La première chose qu'ils comprendront, c'est qu'ils ne peuvent pas combattre cette puissance. C'est impossible. Ito en a déjà le pressentiment. Je veux juste qu'il s'en rende pleinement compte et n'ait plus aucun doute à ce sujet.

– Et ensuite ?

– Il sera plus déterminé que jamais à collaborer avec nous, à tout reprendre de zéro et à faire du Japon à son tour une grande puissance.

Mackenzie le regarda, ne baissa pas les yeux.

– Et ensuite ?

8

La fleur de Kagoshima

Nagasaki-Kagoshima, 1863

La diplomatie avait suivi son cours avec une extrême lenteur à partir de Londres, le centre du monde connu. Mais quand la décision fut annoncée, elle était glaçante dans sa simplicité pragmatique exprimée dans le langage du commerce et de la loi, qui ne masquait pas tout à fait la menace redoutable qu'elle impliquait.

« Pour avoir permis l'assassinat d'un civil anglais, Charles Richardson, et pour avoir négligé d'arrêter ses meurtriers, le shogun devra payer au gouvernement de Sa Majesté la somme de cent mille livres en dollars d'argent mexicains. D'autre part, le daimyo des Satsuma devra verser vingt-cinq mille livres destinées à être distribuées aux parents de la victime. Les meurtriers devront être appréhendés et exécutés en présence de fonctionnaires britanniques. Si ces conditions ne sont pas remplies dans les vingt jours suivant cette proclamation, le clan des Satsuma fera l'objet de représailles militaires. »

C'était ce que Glover avait redouté par-dessus tout. Même si cela n'avait rien de certain, il était probable que le shogun paierait.

Après avoir hésité, tergiversé, fulminé, différé le plus possible, il finirait par céder. Il n'avait pas le choix, ne pouvant rien contre la puissance des canonnières britanniques dont le bruit courait qu'elles étaient déjà en route pour Kagoshima. En revanche, le daimyo ne reviendrait certainement pas sur sa position, quelles que soient les conséquences.

Alcock, le consul de Grande-Bretagne, avait finalement quitté son poste pour aller mener une vie tranquille en Chine, pays qu'il considérait comme infiniment plus civilisé que le Japon. Son successeur était un homme nettement plus énergique, sir Harry Parkes. Il avait été averti des relations de Glover avec les Satsuma, auxquels il était lié non seulement par ses affaires mais par son mariage. Il écrivit à Glover une lettre compassée pour lui demander s'il voudrait bien user de son influence afin d'intercéder auprès des chefs du clan et tenter de les faire revenir à la raison.

– La raison ? s'exclama Glover en lisant la lettre. Manifestement, cet homme n'est pas dans ce pays depuis longtemps !

– Ils entendront raison dès que les poules auront des dents, déclara Walsh.

Glover répondit à Parkes qu'il allait réfléchir à la question. Parkes répliqua que le temps était compté et que l'affaire était plutôt urgente.

Le vingtième jour de la proclamation, dernière limite avant l'expiration du délai, le shogun se résigna à payer les cent mille livres. Une escouade de serviteurs traîna de lourdes caisses en bois remplies de dollars mexicains en argent depuis le trésor jusqu'à la légation de Grande-Bretagne à Edo, qui avait été reconstruite et était maintenant une forteresse bien gardée. Les pièces furent comptées et pesées par une équipe de *shroffs* chinois, experts dans la détection de la fausse monnaie où un métal vil était substitué à l'argent. Avec un soin méticuleux, ils passaient les piles de pièces au crible, les posaient sur leurs balances et hochaient la tête en signe d'approbation.

Un dessin représentant cette scène parut dans le *Nagasaki Advertiser*. Cette impression d'artiste était l'œuvre d'un certain Charles Wirgman, qui avait assisté à l'opération. Au premier plan, on voyait les Chinois coiffés d'une natte se presser autour des piles de pièces comme des avares dans un mélodrame ou une pantomime. Derrière eux étaient assis trois dignitaires japonais représentant le shogun, raidis dans leur robe de cérémonie, le visage figé et sévère. Des deux côtés se trouvaient les délégués britanniques, qui tentaient de se poser en juges intègres mais ne pouvaient dissimuler leur satisfaction cupide à la vue de la fortune scintillant à leurs pieds.

– Ils ont vraiment remis le shogun à sa place, dit Walsh en rendant le journal à Glover. Maintenant il sait qui commande !

Cette illustration aurait dû ravir Glover, puisqu'elle montrait un instant de triomphe sur le shogun et toutes ses manigances. Pourtant il ne pouvait s'empêcher d'éprouver un malaise devant ces parasites avides faisant office de changeurs, ces observateurs britanniques irradiant une joie mauvaise et un pouvoir désinvolte, ces Japonais gardant une dignité stoïque face à l'ignominie et l'humiliation. Troublé, il plia le journal et le jeta.

Ce ne fut que plus tard, en recevant un message de Parkes le pressant avec une insistance renouvelée d'intercéder auprès des Satsuma, qu'il comprit pourquoi cette image l'avait si profondément affecté. Elle confirmait de façon éclatante le pouvoir exercé par l'Occident et illustrait l'attitude de défi habitant intérieurement les Japonais, que le daimyo des Satsuma allait maintenant pousser à l'extrême. Plus que jamais, il refuserait de revenir sur sa position, de perdre la face. En résistant, il apparaîtrait désormais comme plus brave et honorable que le shogun qui avait capitulé si lâchement. Le bombardement de Kagoshima était inévitable.

Ito était revenu de son séjour avec une foule d'histoires à raconter. Assis dans le salon d'Ipponmatsu, il fit le récit de ses aventures à Glover, qui n'en perdit pas un mot.

Le voyage semblait maintenant comme un rêve lointain. Au début, ils avaient redouté d'être capturés et exécutés.

– Mais l'*hagakure* nous dit avoir un courage sans faille, être préparés à mourir. Nous étions donc prêts, notre décision était inébranlable.

Quand ils atteignirent la haute mer, en route pour Shanghai, ils comprirent qu'ils étaient en sûreté. Mais le voyage qui les attendait était aussi interminable que périlleux et leur endurance de samouraï fut mise à rude épreuve.

La taille des navires occidentaux du port de Shanghai les stupéfia, même si Ito pour sa part en avait déjà vu de pareils lors de ses expéditions de contrebande d'armes avec Glover. Cependant embarquer à bord d'un de ces colosses, mettre le pied sur son pont fut une expérience salutaire. Le *Pegasus* était un bateau de trois cents tonnes appartenant à Jardine's. Leur logement sous le pont était étroit et humide à l'extrême. Ils durent travailler dur, car ils étaient censés aider les apprentis marins dans toutes leurs corvées. Les rations étaient maigres et la nourriture immangeable, à base de biscuits et de bœuf salé aussi coriaces les uns que les autres. Leur santé en souffrit. Diarrhées et nausées les torturaient si bien qu'ils devaient rester sur le pont même quand la mer était grosse. Un jour qu'Ito était ainsi en proie aux vomissements, il fallut l'attacher au bastingage pour éviter qu'une vague ne l'emporte.

Ito rit en racontant lui-même cette histoire. Non qu'il admît sa faiblesse, mais il était fier des épreuves qu'il avait endurées.

– Une résolution sans faille. Prêts à mourir.

Le voyage dura quatre mois et faillit effectivement leur coûter la vie. Lorsqu'ils arrivèrent enfin à Southampton, ils regardèrent avec révérence les énormes bateaux de guerre britanniques mouillés dans le port.

– Je voulais que vous voyiez les possibilités qu'il y a là-bas, dit Glover.

– Nous avons vu, répliqua Ito d'un ton lourd de sous-entendus.

Ils s'étaient rendus à Londres en train – encore une expérience salutaire. Lancés à une allure inimaginable à travers la campagne anglaise sur des lieues et des lieues de voie ferrée, ils avaient été ébranlés non seulement physiquement mais au plus profond de leur être. Ils en avaient retiré un respect émerveillé et la conscience que le Japon, en comparaison, sortait à peine du Moyen Âge.

À Londres, les voyageurs avaient été accueillis par des représentants de Jardine's. Après leur périple long et pénible, où ils avaient été transportés comme des marchandises dans des conditions pire que la troisième classe, ils se retrouvèrent soudain fêtés, traités en héros et en invités d'honneur. Leur itinéraire avait été soigneusement préparé et ils entreprirent une tournée de la Grande-Bretagne industrielle, en découvrant usines et chantiers navals, universités et musées. Ils séjournèrent à Glasgow, où ils constatèrent l'importance de la construction navale sur la Clyde. Ils poussèrent même plus au nord, jusqu'à Aberdeen.

Ito frissonna en soufflant sur ses mains, comme s'il était transi de froid.

– Maintenant je sais pourquoi vous si solide !

Glover éclata de rire. Il imaginait sans peine le désarroi d'Ito confronté à une bruine glacée de la mer du Nord.

– Je vous apporte ceci, dit Ito.

Avançant les deux mains, en un geste cérémonieux, il lui tendit une lettre.

Glover la prit et tressaillit d'émotion à la vue de l'écriture. C'était un envoi de Martha et un léger parfum de lys s'en échappait. Sans doute avait-elle parfumé le papier et l'enveloppe.

Il la posa sur son bureau pour la lire après le départ d'Ito.

Le retour des voyageurs avait été nettement moins difficile que l'aller. Jardine's leur avait payé des billets pour faire la traversée à bord d'un clipper de construction américaine, dans des cabines décentes. Ito et ses compagnons étaient arrivés épuisés mais indemnes à Yokohama, où ils débarquèrent sans incident. Ito s'était ensuite rendu directement à Nagasaki, afin de faire son rapport détaillé à Glover.

Celui-ci écouta avec une attention passionnée, en hochant la tête, puis déclara :

– La situation est encore plus instable maintenant qu'avant votre départ.

Ito répéta d'un ton interrogateur :

– Instable ?

– Plus dangereuse, expliqua Glover. Comme une poudrière.

Il fit mine d'allumer une mèche.

– Boum !

– *Hai,* dit Ito. *So desu.*

– Le daimyo des Satsuma crée des difficultés.

– Les Satsuma toujours difficiles, assura Ito. Aucun bon sens.

Glover lui parla de la lettre de Parkes lui demandant d'intervenir. Ito fut d'avis que Glover ne devait à aucun prix se rendre à Kagoshima.

– Le daimyo ne changera pas, dit-il. Lui comme Takashi, mais encore plus.

– Je comprends, répliqua Glover. Mais il me semble que je dois y aller.

– Question d'honneur ?

– En quelque sorte, oui.

Ito acquiesça de la tête mais parut inquiet.

– Ce ne serait pas bien pour moi aller avec vous. Moi pas bienvenu. Les Choshu et les Satsuma pas amis.

– Je m'en suis aperçu !

– Pour la même raison, Matsuo ne peut pas aller.

– J'irai donc seul, trancha Glover. Peut-être cela vaut-il mieux.

Ito sembla sur le point d'ajouter quelque chose puis se ravisa.

Après qu'il eut pris congé, Glover lut la lettre de Martha.

« Cher Tom,

« Je confie ce message à ton ami japonais, Mr Ito. Il était magnifique d'avoir de tes nouvelles grâce à lui. (Il semble te tenir en haute estime.)

« Mr Ito nous a paru charmant, en dépit de son apparence insolite. Malgré un accent prononcé, son anglais est remarquable. Je pense que tu imagines sans peine qu'il a fait sensation à Bridge of Don ! Bien entendu, Père n'avait à peu près rien à lui dire, et il a crié ce peu de mots comme si le pauvre garçon était sourd ! Pour sa part, Mr Ito sembla satisfait de rester assis en silence, avec une tasse de thé en équilibre sur ses genoux. Je ne sais pas lequel des deux était le plus taciturne. Mère en revanche, comme tu dois t'y attendre, était un vrai moulin à paroles ! Elle voulait savoir si tu allais bien, comment il avait fait ta connaissance, si tu reviendrais bientôt chez nous. Il s'est montré d'une politesse exquise. Il a dit que tu avais brillamment réussi, mais que tu n'avais pas oublié ta patrie et ta famille. Il a ajouté qu'il pensait toutefois que ton travail au Japon te retiendrait peut-être encore quelques années là-bas. Je prie le ciel que ce ne soit pas le cas.

« Je me rappelle cette vieille chanson : “Ne veux-tu pas revenir ?” Si je n'y prends garde, je vais me mettre à pleurer comme un bébé !

« Père et Mère se portent bien, même s'ils ne rajeunissent pas. En fait, Père va bientôt prendre sa retraite, ce qui entraînera un peu d'agitation car nous devrons trouver une nouvelle maison dans le voisinage, celle que nous occupons actuellement étant liée à l'emploi de Père. En somme, si tu ne te dépêches pas de nous faire une visite, nous aurons probablement quitté la maison de ton enfance quand tu reviendras !

« Je n'avais pas l'intention de t'écrire une longue lettre, Tom. Je t'en ai envoyé une il n'y a pas si longtemps, pleine de nouvelles et de commérages ! Mais je ne pouvais laisser passer cette occasion de te faire parvenir un message par courrier spécial, à remettre en main propre par Mr Ito – ou par le prince Ito, comme il s'intitule lui-même ! (Est-il vraiment prince ? Ce mot a-t-il une autre signification qu'ici dans son pays ? J'ai préféré ne pas l'interroger là-dessus, de peur de paraître impolie.) En fait, ce jeune seigneur s'en va demain. En cet instant même, il attend en bas que je lui confie cette missive.

« Je vais donc finir sur-le-champ.

« Ta sœur affectionnée,

« Martha. »

Il lut et relut la lettre, respira le faible parfum évocateur de la maison natale. Elle avait écrit en avril. Il l'imaginait assise à sa fenêtre donnant sur la mer. L'air devait être encore glacial, mais on devait sentir déjà comme une promesse de printemps.

Il sortit dans le jardin. La nuit était chaude et moite. Il se sentait accablé à l'avance par la tâche qui l'attendait. De retour dans la maison, il lut une nouvelle fois la lettre, la replia avec soin et la rangea dans le tiroir de son bureau.

En débarquant à Kagoshima, il fut envahi d'un seul coup par un violent sentiment de familiarité et d'étrangeté, comme s'il rêvait éveillé. Il vit Sakurajima, le volcan au panache de fumée déployant un voile gris pâle et répandant dans l'air une odeur faible et âcre de cendre. Il vit la rue traversant la ville et longeant des jardins, des temples, la poterie. Il était venu ici avec Sono – cela semblait si loin. Ils avaient marché le long d'un ruisseau, regardé un bambou se vidant et se remplissant dans l'eau. Shishi-odoshi. Sono s'était inclinée devant une statue de Jizo, avait prié pour leur enfant. Il avait bu du saké avec son beau-père, Shimada, et s'était retrouvé face à face avec Shimazu Saburo, le daimyo, dont il avait pu constater l'intransigeance féroce qui allait maintenant conduire à sa ruine la ville entière. Une lassitude profonde s'empara soudain de lui et il se sentit aussi inutile qu'impuissant devant les événements. Il avait écrit à Parkes en le suppliant d'intervenir pour annuler l'attaque ou du moins la retarder. Parkes avait répondu que c'était impossible, que les choses étaient allées trop loin et échappaient à son contrôle. Si le daimyo ne se laissait pas convaincre de changer d'avis, les représailles étaient inévitables.

Croyait-il vraiment qu'il pourrait dissuader un seigneur de la guerre de persister dans son défi héroïque ? Le daimyo ne consentirait sans doute même pas à le recevoir. Pire encore, il le ferait peut-être emprisonner et exécuter pour lui faire payer son insolence, le crime d'être un Occidental, un étranger, un envahisseur barbare pillant son pays. C'était de la folie. Et pourtant…

Glover se ressaisit, animé d'une détermination nouvelle. Comme un acteur dans un drame, il devait jouer son rôle, aller jusqu'au bout. Et il savait que même s'il échouait dans la mission impossible qu'il s'était fixée, il pourrait parler à Sono, essayer de la persuader de partir avec lui. Peut-être sauverait-il au moins une vie – et celle de Sono méritait tous ses efforts.

Conscient que Shimada-san risquait sa propre vie en l'emmenant dans la résidence du daimyo, il était rempli de reconnaissance pour le vieil homme. Il avait apporté en cadeau pour le daimyo une montre de gousset artistement empaquetée. Shimada avait pris le cadeau et l'avait remis à un serviteur du seigneur. Après lui avoir confisqué son pistolet, on invita Glover à se déchausser et à attendre dans une antichambre. L'attente dura une heure qui lui parut interminable. La pièce était d'un dénuement austère : ni chaises ni coussins, du bois noir, un parquet ciré. Il s'assit en tailleur sur le sol dur, jusqu'au moment où il eut des crampes aux chevilles, des douleurs au dos et aux jambes. Il se mit alors à genoux, mais cette posture devint elle aussi bientôt si insupportable qu'il s'accroupit puis finit par se lever et faire les cent pas.

Il passa de l'ennui à l'agitation, de l'agitation à une fureur contenue. Quand il n'éprouva plus qu'une sorte de résignation hébétée, l'écran des appartements privés coulissa et Shimada entra dans la pièce. Il portait le paquet de Glover, qui n'avait même pas été ouvert. Le vieil homme regarda son gendre et déclara que c'était sans espoir. Puis le serviteur apparut et dit à Glover que le daimyo n'avait pas le temps de lui parler et qu'il devait s'en aller.

Glover réussit à se maîtriser et à se rappeler miraculeusement les tournures indiquant une humilité, une révérence et un respect sans faille. Ce fut pourtant d'une voix ferme et autoritaire qu'il insinua que le daimyo ferait preuve de sagesse s'il décidait de payer le dédommagement demandé. En retardant sa réponse plus longtemps que le shogun, il avait d'ores et déjà prouvé qu'il était plus courageux que lui. En contraignant l'Occident à cette démonstration de force, il avait également montré sa propre puissance. Et il pouvait maintenant éviter un bain de sang par son habileté de tacticien en choisissant lui-même une retraite honorable.

Il y eut un silence. Shimada gardait la tête baissée. Puis le daimyo en personne sortit de ses appartements. En voyant son regard furieux, Glover comprit que jamais cet homme ne reviendrait sur sa position. Son visage était un masque farouche, les lèvres serrées, les sourcils froncés, les narines dilatées. Il grommela quelques mots à l'adresse du serviteur, qui s'inclina presque jusqu'au sol et transmit le message à Glover.

– Le daimyo n'accepte ni votre cadeau ni votre conseil. En revanche, il vous fait lui-même un cadeau en vous autorisant à conserver votre tête.

L'écran se referma.

Le serviteur fit un signe à Glover.

– Partez, maintenant.

Shimada sortit en se prosternant. Glover le suivit, remit ses chaussures. On lui rendit son pistolet. Shimada le conduisit hors de la résidence, sous l'œil vigilant de gardes armés.

Dans la maison de Shimada, l'atmosphère était tendue, oppressante. Glover avait offert la montre au vieil homme, qui l'avait refusée. Ils burent du saké, comme lors de leur rencontre si lointaine, et Glover répéta le toast qui avait fait rire son beau-père.

– *Shogun nanka kuso kurae* !

Que le diable emporte le shogun ! Mais cette fois, le vieillard ne sourit même pas.

Glover essaya de remplacer shogun par daimyo.

– *Daimyo nanka kuso kurae* !

Shimada tapa violemment sur le sol.

– *Ie* !

Non ! C'était un manquement au protocole, une déloyauté envers le clan qu'on ne pouvait tolérer.

Glover s'excusa avec humilité.

Un silence encore plus pesant s'abattit sur eux.

Un bout d'un moment, Glover tenta timidement d'aborder le sujet de Sono. Le vieil homme poussa un grognement, marmonna quelque chose qu'il ne comprit pas, se leva et quitta la pièce.

Glover mit sa tête entre ses mains. Que diable fabriquait-il ici ? Il ne faisait sans doute qu'empirer la situation par ses maladresses, comme un lourdaud d'Écossais dans un magasin de porcelaine japonaise. Il entendit coulisser le shoji et se leva pour s'excuser encore avant de partir. Cependant ce n'était pas Shimada qui lui faisait face, mais Sono.

Même s'il avait espéré la chercher, la rencontrer, sa brusque apparition le prit totalement au dépourvu.

Bouleversé, il ne put que crier son nom :

– Sono !

Elle entra dans la pièce, s'agenouilla et inclina sa tête jusqu'au sol.

– Guraba-san.

– Tom ! lança-t-il en la prenant par le bras pour la faire lever. Tom, au nom du ciel !

– *Hai*, dit-elle en esquissant brièvement un petit sourire triste. *Tomu*.

– Regarde de quoi tu as l'air ! s'exclama-t-il en caressant son visage, ses cheveux.

Dans sa tenue simple, presque négligée, elle paraissait plus maigre et plus abattue. La tristesse de son regard semblait maintenant régner sans partage. Malgré cet assombrissement, pourtant, elle était toujours belle.

Elle se détourna un instant pour prendre un plateau qu'elle avait posé sur le seuil. Elle l'installa sur une table basse, dans un coin de la pièce, et fit signe à Glover de s'asseoir.

– *Dozo.*

Je vous en prie.

Elle lui avait préparé une collation. Touché, il réprima son émotion et s'assit.

Ce ne fut qu'en commençant à manger qu'il se rendit compte qu'il était affamé. Il dévora tous les plats, avala bruyamment les nouilles, ne fit qu'une bouchée du ragoût de tortue, de la rascasse bouillie, aussi coriace que savoureuse, du radis mariné au goût amer. Tout était simple mais bon.

– *Oishi desu* ! déclara-t-il.

Il était sincère : c'était délicieux.

Une nouvelle fois il la vit esquisser ce sourire fugitif, comme un souvenir d'un temps plus heureux.

– *Arigato*, dit-elle en s'inclinant.

Cet instant partagé d'intimité domestique l'emplit de nouveau d'émotion. Cette femme avait été, était toujours son épouse. Il fallait qu'il lui fasse comprendre le danger qu'elle courait, la nécessité de quitter cet endroit. Mais il se sentit soudain incapable d'articuler un mot. Le langage lui faisait défaut. De son côté, Sono n'avait très certainement jamais parlé anglais depuis qu'elle l'avait quitté. De toute façon, ses connaissances avaient toujours été rudimentaires et devaient maintenant se réduire à presque rien. Ils n'avaient aucun moyen de communiquer.

Il passa la nuit dans le même ryokan que lors de son premier séjour, mais cette fois il était seul. Le vieil aubergiste se montra bourru et fit des difficultés pour lui donner une chambre. Glover paya d'avance, en ajoutant un petit supplément, et jeta l'argent sur le comptoir. L'homme se radoucit, le laissa entrer. Il enleva ses bottes d'un coup de pied et monta l'escalier de bois en les portant.

Il se sentait las. Il déploya le futon au centre de la pièce et s'effondra dessus tout habillé, en dehors de sa veste qu'il arracha et lança dans un coin. Malgré son épuisement, il peina à s'endormir. La nuit était chaude, son esprit agité. Il était accablé par la sensation d'un désastre imminent. Quand il trouva enfin le sommeil, des cauchemars l'assaillirent sans répit. Des visages indistincts surgissaient devant lui. Shimada paraissait lugubre, Sono mélancolique, le daimyo féroce. Ils étaient avec lui dans la pièce qui soudain s'embrasait. L'incendie faisait rage et il ne pouvait l'arrêter car il était paralysé, incapable de se lever.

Fou de terreur, il se réveilla. Il était trempé de sueur. Il se redressa, haletant. Le rêve se dissipa mais lui laissa une impression de menace, comme si le moindre bruit annonçait un danger. Il saisit son pistolet, tous ses sens en alerte, mais il n'entendit que le vent dans les pins, la rumeur rauque des cigales. Il s'allongea de nouveau et rêva qu'il était à Bridge of Don. Il tentait de regagner la maison afin de mettre en garde sa famille contre un danger obscur et de les mener en lieu sûr, mais il n'arrivait pas à courir et s'enfonçait jusqu'au genou dans la boue.

Une nouvelle fois il se réveilla, retrouva ses repères, se redressa. La garde de nuit, le petit matin, propice aux démons. Flottant entre la veille et le sommeil, il se sentait comme attaché à un mécanisme immense. S'il bougeait ne serait-ce qu'un doigt, il déclencherait un cataclysme qui engloutirait tout ce qui l'entourait. Mais pour empêcher ce désastre, il fallait qu'il bouge. Il ne le pouvait pas. Il le devait. Alors qu'il implorait Dieu de l'aider, il réussit soudain à se redresser, à s'asseoir. Il attendit, mais rien ne se produisit. Ce n'était pas la fin du monde. Il était vivant, seul dans cette auberge miteuse d'un petite ville à l'extrême sud du Japon, dans une vie beaucoup plus étrange que n'importe quel rêve. Mais c'était la réalité. C'était lui, ici et maintenant.

Cette fois, il résolut de rester éveillé. Il s'assit, adossé à un oreiller en bois. Sa tête dodelina une fois, deux fois. La grise lumière de l'aube s'insinuait dans la chambre.

❧

Il descendit au port, en sentant plus que jamais l'hostilité sur son passage, la menace dans chaque regard qui le suivait, chaque malédiction qu'un passant marmonnait. Il était venu tôt afin de s'informer des horaires des bateaux pour Nagasaki, mais la confusion était générale. Aucun navire n'entrait ni ne quittait le port, car la flotte des envahisseurs était mouillée dans la baie.

Le cours des événements finissait donc par s'accélérer, après les longs mois d'attente. Avant son départ pour Kagoshima, il avait lu une dépêche donnant la liste des bateaux devant composer l'escadre : le vaisseau amiral HMS *Euryalus* ; deux corvettes, le *Perseus* et le *Pearl* ; un sloop à aubes, l'*Argus* ; un navire estafette et deux canonnières, le *Racehorse* et le *Havoc* – ce dernier nom étant à bon droit synonyme de ravages. Glover apercevait du quai leurs silhouettes sinistres dans la brume commençant tout juste à se dissiper. S'il avait eu une longue-vue, il aurait pu distinguer sur le pont les prédateurs se préparant à l'attaque.

Il se hâta de retourner chez Shimada. Le vieil homme le reçut en tenue de combat, ses sabres et un pistolet à sa ceinture, son casque de samouraï sous le bras. Glover demanda s'il pouvait voir Sono une nouvelle fois. Shimada lui fit comprendre qu'elle était allée prier dans un temple.

Il se fraya un chemin dans les rues surpeuplées, passa devant le sanctuaire de Jizo, explora les jardins, franchit le torii d'un temple shintoïste, mais elle était introuvable. Plus loin se dressait un autre temple, bouddhiste celui-là. Il pensa qu'elle s'y était peut-être rendue afin de prier n'importe quelle divinité susceptible de l'écouter, cependant il ne l'aperçut nulle part. Il lui semblait qu'il la manquait de peu à chaque tournant, qu'elle marchait à quelques pas devant lui, juste assez loin pour être hors de portée.

Il s'abrita les yeux pour regarder en direction du port et constata qu'une chaloupe en provenance du navire amiral s'approchait du rivage. Il accourut en jouant de nouveau des coudes pour fendre la foule aux abords du quai. Une délégation était en train de débarquer : un capitaine de vaisseau, un civil paraissant anglais et quatre marins armés. Ils furent accueillis par Shimada, que le civil salua dans un japonais meilleur que celui de Glover. Il traduisit à Shimada les exigences du capitaine et insista pour être conduit auprès du daimyo afin de lui adresser un dernier ultimatum. Shimada refusa fermement en expliquant que le daimyo ne daignait pas les recevoir mais qu'on lui transmettrait le message, auquel il répondrait – peut-être.

– C'est tout ce que vous obtiendrez comme réponse, lança Glover.

– Comme je le craignais, répliqua l'Anglais. Mais vous devez être Thomas Glover ?

– Oui, dit Glover surpris.

– Sir Harry nous a dit que vous viendriez peut-être ici faire une ultime tentative diplomatique. Je me présente, Ernest Satow. Et voici le capitaine Josling.

Glover hocha la tête. Il avait entendu parler de Satow, un linguiste installé dans la légation, où il s'était rendu indispensable comme interprète.

– Quelle situation loufoque ! s'exclama Satow.

C'était un homme maigre, que Glover trouva mou, sans vigueur, avec ses fins cheveux noirs et sa moustache clairsemée.

– C'est une façon de dire les choses, rétorqua Glover.

– Ce n'est pas exactement ainsi que je me les représentais en arrivant ici, reprit Satow. J'imaginais un pays où le soleil était toujours brillant et le ciel toujours bleu, où l'homme n'avait d'autre obligation que de s'allonger sur des nattes en regardant par une fenêtre ouverte un délicieux jardin miniature, en compagnie de demoiselles attentionnées aux yeux noirs et aux lèvres rouges !

Glover le regarda avec étonnement. Le ton langoureux de cet homme semblait déplacé dans la présente situation.

– Bien entendu, continua le linguiste, ce pays a également des aspects charmants et même enchanteurs. Malheureusement, la réalité est complexe.

– Effectivement.

– Ces gens peuvent se montrer rigides au point de devenir violents.

– Pour ce qui est d'être violents, répliqua Glover, nous les valons. Nous semblons du reste brûler d'envie d'en faire la démonstration.

– Si je puis me permettre de vous citer, c'est une façon de dire les choses.

L'officier de marine prit la parole.

– Je pense que notre mission ici est terminée ?

– Oui, répondit Satow. Dans la mesure du possible.

– Alors retournons sans tarder au bateau.

Satow se tourna vers Glover.

– Voulez-vous dîner avec nous à bord de l'*Euryalus* ? Je suis sûr que l'amiral serait enchanté de vous avoir comme invité. Sans compter que, vu les circonstances, vous seriez sans doute plus en sécurité en mer.

– Vu les circonstances, déclara Glover, je ne puis accepter cette invitation. Le repas me resterait en travers de la gorge.

Satow le regarda avec une certaine admiration.

– Je comprends, assura-t-il. Je comprends tout à fait.

– Venez, monsieur ! s'exclama le capitaine qui était impatient de partir.

Satow s'inclina devant Shimada et prit congé non sans grâce, avec juste ce qu'il fallait de cérémonie. Puis il déclara à Glover :

– Peut-être la raison l'emportera-t-elle ?

– Je crains qu'on n'ait perdu la raison dans les deux camps, répliqua Glover.

Satow hocha la tête, suivit le capitaine et les quatre gardes sur la passerelle de la chaloupe. Shimada grogna à Glover qu'il aurait dû partir avec eux, puis il se détourna et s'éloigna à grands pas avec ses propres gardes en direction de la résidence du daimyo.

Le lendemain de bon matin, fatigué par une nouvelle nuit hantée par des rêves de désolation, de terreur et de deuil, Glover se rendit chez Shimada. Cette fois il fut arrêté devant le portail par deux gardes armés de pique. Il expliqua ce qui l'amenait et l'un des gardes entra dans la maison tandis que l'autre tenait Glover à distance en le menaçant de son arme. Au bout d'un moment, Shimada sortit et Glover demanda une nouvelle fois à voir Sono.

Au début, il crut que le vieil homme lui parlait en japonais, en employant des mots qu'il ne comprenait pas. *Edi wo patte*. Puis il comprit que Shimada faisait l'effort de s'adresser à lui dans sa langue.

– Elle dit vous partez.

– La situation est dangereuse, dit Glover en cherchant péniblement ses mots. *Anzen de wa nai.*

– Elle dit sa place ici, vous partez.

Le vieil homme s'inclina. Son regard exprimait à la fois le regret et la fermeté. Il n'y avait rien à ajouter.

Une heure plus tard Glover était de retour au port, où la délégation britannique était revenue pour recevoir une réponse. Le capitaine Josling se contenta de regarder la scène d'un air méprisant tandis que Satow répétait les exigences du gouvernement anglais. Shimada lut la réponse du daimyo, qui non seulement refusait de payer le dédommagement mais insistait pour que les envahisseurs barbares quittent Kagoshima et le Japon sur-le-champ.

Satow exprima ses regrets et s'inclina. Se tournant vers Glover, il insinua que ce n'était pas le moment de rester sur ce rivage et qu'il devrait peut-être regagner le bateau avec eux.

– Venez donc avec moi sur le pont de l'*Argus*, dit-il. Ce sera un poste d'observation idéal pour suivre le déroulement des opérations.

– Les opérations ? répliqua Glover. Je me sens pour ma part incapable de contempler le bombardement d'une ville et la mort de tant de gens avec un détachement aussi serein.

Satow se rebiffa.

– Je vous faisais cette proposition en toute bonne foi, monsieur, et je ne pensais qu'à votre sûreté.

Le capitaine se hâtait déjà vers la passerelle et lança à Satow :

– Nous devons partir avant le changement de marée. Manifestement, la décision de Mr Glover est prise et il reste sourd à la raison. Tant pis pour lui.

Satow implora Glover une dernière fois.

– Si vous changez d'avis, je suis certain que vous pourrez vous arranger avec l'un de ces bateliers pour qu'il vous amène à bord de notre bateau.

– Je ne changerai pas d'avis, lança Glover.

– Je le vois bien, dit Satow en lui serrant la main.

La conversation était terminée.

Que ce fût bravade, intrépidité ou simple imprudence, il n'avait pas l'impression de courir lui-même un danger imminent malgré ce que lui avait dit Satow. Bien sûr, sa situation était précaire et il aurait sans doute été plus en sécurité si Matsuo l'avait accompagné. Cependant il s'abandonnait au destin, à l'histoire ou à toute autre force à l'œuvre en ces circonstances. S'il était inquiet, c'était pour Sono. À défaut de la convaincre de partir pour de bon, peut-être pourrait-il au moins faire en sorte qu'elle s'éloigne du port et gagne les hauteurs.

La maison de Shimada était maintenant barricadée. Shimada lui-même semblait absent, probablement occupé à organiser la défense et faire installer les canons. Sono était elle aussi invisible. Glover pria le ciel qu'elle ait quitté la ville pour se réfugier dans l'intérieur des terres. Ou du moins qu'elle soit à l'abri dans le temple bouddhiste, hors de portée des canons des bateaux.

Le quartier du port grouillait d'une foule se hâtant de se mettre à couvert en emportant ses biens. Un vieillard rangeait précipitamment son éventaire et s'efforçait péniblement de caser sa marchandise dans des caisses. Il s'agissait pour l'essentiel d'un bric-à-brac mêlant de vieux ustensiles de cuisine, un assortiment de balances, des poteries dépareillées. Glover aperçut pourtant au milieu de cet entassement un objet dont il avait besoin : une longue-vue.

Il demanda combien elle valait.

– *Ikura* ?

Dans sa panique, le vieillard lui indiqua un prix exagéré. Glover lui paya le double, glissa la longue-vue dans la poche de sa veste et se dirigea hors de la ville.

La chaleur de midi était écrasante. Il explora méthodiquement le temple, non sans déranger un vieux moine dans la salle de méditation et faire sursauter un groupe de jeunes nonnes ratissant un jardin de gravier, qui durent le prendre pour une apparition démoniaque. Tout en s'excusant, il s'assura que Sono n'était nulle part dans l'enceinte du sanctuaire.

Il trouva un endroit, à l'ombre d'un arbre, d'où il dominait le port. Assis sur un rocher, il se sentit soudain pris d'une sorte de vertige. L'intensité des événements des jours précédents, le manque de sommeil, le tumulte, toutes ces émotions le submergeaient maintenant qu'il avait enfin cessé de se démener. L'espace d'un instant, il se sentit profondément ébranlé. Il se reprit bientôt, mais il ne parvenait pas à se débarrasser d'une impression d'étrangeté, de distance. Tout lui semblait intensément réel et pourtant comme un rêve.

Un souvenir lui revint soudain du fond de son enfance. Il s'amusait sur la plage de Bridge of Don, courait à toutes jambes sur le sable en jouant à un jeu quelconque, quand il s'était arrêté net pour se retourner et regarder ses compagnons. Ils lui avaient paru très loin, leurs voix et les cris des mouettes si faibles et vains à côté du fracas des vagues. Ce fut comme si d'un coup il s'éveillait à la réalité absolue de son existence. Telle était sa vie, et il était en train de la vivre. Ici même, au centre de sa propre histoire. Et tout recommençait dans cette terre étrangère : la vie s'écoulait à travers lui et son histoire se déroulait comme elle le devait.

Il sentit son souffle entrant et sortant de soi-même, regarda devant lui l'espace où s'étendaient la ville à ses pieds, le port et la baie plus loin, et le volcan sans âge se dressant au-dessus des îles, couronné de brumes et de nuages. Des insectes bourdonnaient dans l'air. Quelque part derrière lui s'éleva la sonnerie éclatante de la cloche du temple.

Tandis qu'il contemplait les navires dans la baie, il prit soudain conscience de la situation au cœur du présent, elle aussi réelle, actuelle. Les bateaux se mirent à bouger – les canonnières se mettaient en position.

Après avoir coulé au ralenti, le temps sembla soudain s'accélérer. Le ciel changea brusquement d'aspect, se chargea de nuages poussés par des vents violents. Trois vapeurs japonais se dirigeant vers le port furent cernés par les navires de guerre britanniques. Glover porta la longue-vue à ses yeux et réussit à la régler de façon à voir l'un des vapeurs. Une section d'abordage s'en était rendue maîtresse et des marins anglais s'activaient sur le pont. En regardant les deux autres vapeurs, il constata qu'eux aussi s'étaient fait aborder. Leurs équipages avaient été forcés d'abandonner leur bateau et de gagner le rivage en chaloupe de sauvetage. À présent, les Anglais paraissaient piller les vapeurs et ramener leur butin dans leurs propres bâtiments. Puis une flamme jaillit dans le gréement du premier vapeur, les deux autres s'embrasèrent à leur tour et bientôt les trois bateaux japonais étaient sabordés et sombraient.

Le vent redoubla de violence, le ciel s'assombrit encore. Une tempête menaçait. Glover se roidit contre les rafales. Maintenant les Satsuma ripostaient et les batteries du rivage entraient en action. Glover regarda avec stupeur la fumée s'élevant à chaque détonation, les obus explosant au-dessus des navires en illuminant soudain l'horizon gris. Les bateaux tanguaient dans la bourrasque, les vagues se déchaînaient. Une nouvelle fois, il eut l'impression de vivre un rêve. Il était en train d'assister au commencement d'une bataille et les occupants de cette escadre là-bas étaient ses compatriotes, les canons qui ripostaient étaient ceux qu'il avait vendus aux Satsuma, le clan de son épouse. Pris entre deux mondes, il ne pouvait que regarder les événements se produire sous ses yeux.

Les batteries tirèrent de nouveau et cette fois le vaisseau amiral fut touché. Glover tenta de braquer la longue-vue dans la bonne direction, vit un chaos d'eau et de ciel puis découvrit enfin l'*Euryalus* où l'équipage s'occupait frénétiquement d'éteindre l'incendie faisant rage sur le pont et d'emporter les corps des victimes. Ce n'était pas un rêve. Le canon se remit à tirer et atteignit l'une des canonnières tandis que l'autre semblait lutter contre le vent l'entraînant vers le rivage.

Puis l'inévitable, l'inexorable se produisit. Les navires de guerre se remirent d'aplomb, se regroupèrent et ouvrirent le feu. Sur le rivage bombardé, les explosions se succédaient autour de l'emplacement des batteries qu'enveloppait une fumée noire. Des maisons s'embrasèrent, le vent propagea l'incendie et bientôt le port entier fut en flammes. Sans hésiter, sans réfléchir, Glover se précipita vers le lieu du sinistre.

Les quais étaient devenus un enfer. Les gens se bousculaient en essayant de s'enfuir, les maisons s'enflammaient les unes après les autres. Il se rappela les mots d'Oliphant sur le feu, « la fleur d'Edo, qui s'épanouit toute l'année ». À présent c'était la fleur de Kagoshima et sa floraison brillait d'un éclat rougeoyant.

Une escouade de pompiers entra en action dans la rue principale. Ridicules et courageux, précédés d'un porte-bannière, ils apportaient une échelle et une pompe à main. Une famille sortit de sa maison ses objets précieux enveloppés dans des couvertures, juste avant qu'elle ne s'effondre. Les pompiers les éloignèrent du sinistre et abattirent avec des perches ce qui restait du bâtiment avant d'installer la pompe et de faire couler un filet d'eau sur le brasier.

Glover essaya d'aider la famille, mais ils s'en prirent à lui et le père le menaça avec un bâton de bambou. Ils ne pouvaient voir en lui qu'un barbare. Sans doute pensaient-ils qu'il faisait partie d'un débarquement d'envahisseurs. Il battit en retraite et se fraya un chemin dans la foule, le visage roussi par l'incendie.

Les batteries avaient subi un déluge de tirs. Des cratères s'ouvraient à l'endroit où se trouvaient auparavant des hommes et des canons. À travers la fumée, il aperçut la silhouette de Shimada rassemblant les derniers servants de pièce. Une des batteries avait pour servants des jeunes garçons qui ne devaient pas avoir plus de douze ou treize ans. Un obus siffla dans l'air et explosa au-dessus de leurs têtes. Ils se baissèrent pour se mettre à l'abri, puis se relevèrent et recommencèrent à tirer. Glover rencontra le regard de Shimada, lui adressa une sorte de salut militaire. Le vieil homme hocha la tête et continua d'aboyer des ordres.

En trébuchant sur les décombres, il parvint jusqu'à la maison de Shimada, ou plutôt ce qui en restait. Le toit avait été arraché, deux murs soufflés par l'explosion, le reste brûlait. Bon Dieu, Sono. Éperdu, il abrita son visage avec son bras, regarda les ruines en flammes, ne vit personne. Elle devait s'être échappée, c'était sûr. Il s'éloigna en chancelant, parcourut la ville dans l'espoir qu'il la trouverait par miracle au milieu du chaos.

Il n'avait jamais vu une destruction d'une telle ampleur. Il n'aurait jamais cru que c'était possible. Le bombardement avait duré pendant des heures, beaucoup plus longtemps qu'il n'était nécessaire pour venir à bout des défenses de la ville. C'était devenu un acte de vengeance, un geste de fureur, une façon de démontrer que la force l'emporterait toujours. Il y avait eu des centaines de tués et tout le secteur était dévasté. Le bruit courait que Josling, le capitaine du vaisseau amiral, avait été mortellement blessé par le premier obus ayant atteint sa cible. Les représailles avaient été féroces et la cité avait été réduite en cendres. Tout avait été ravagé sans discrimination, avec un acharnement aveugle. Quand les dégâts furent jugés suffisants, l'escadre avait levé l'ancre et fait voile vers Yokohama, avec la certitude que justice avait été faite.

Glover arpenta les ruines de ce qui avait été une ville magnifique en cherchant des points de repères afin de ne pas se perdre. La poterie avait littéralement volé en éclats. Les jardins n'étaient plus que des bourbiers parsemés de cratères. Le petit sanctuaire de Jizo s'était volatilisé.

Attisés par les vents violents de la traîne d'un typhon, les feux avaient brûlé longtemps. Puis les pluies étaient arrivées et avaient éteint les flammes en ne laissant que quelques foyers isolés. Glover marchait tout éveillé dans un paysage de cauchemar trempé par le déluge. Il passait devant des familles retournant dans leurs maisons incendiées, devant les blessés, les morts, les mourants. Il parvint enfin à l'endroit où se dressait naguère la maison de Shimada. Le vieil homme regardait fixement les décombres ou peut-être, à travers eux, au-delà, le néant.

Glover attendit que Shimada perçoive sa présence, se retourne vers lui.

– Mauvais, dit Glover auquel seul ce mot semblait adéquat.

Le vieil homme hocha la tête.

– Beaucoup de morts.

Glover attendit encore, laissa le silence s'installer entre eux, jusqu'au moment où il ne fut plus capable de retenir la question qui le hantait.

– Sono ?

Le vieil homme acquiesça de la tête, dit d'une voix étranglée :

– *Hai.*

Il n'y avait plus rien à dire, plus un seul mot.

Épuisé, Glover retraversa péniblement la ville dévastée, se rendit une dernière fois au ryokan.

Machinalement, sans ordre, comme très loin de lui-même, il boucla son sac, s'assit en fixant des yeux les murs de la chambre.

Le lendemain, il réussit à s'embarquer sur le premier bateau en partance, un clipper hollandais se rendant à Nagasaki. On commençait déjà à réparer les docks. Lorsque le bateau s'ébranla, il regarda en arrière et crut un instant apercevoir Sono debout sur le quai, vêtue de blanc, mais il ne vit plus ensuite qu'un panache de fumée emporté par le vent.

Plus rien n'avait d'importance. Il se replia sur lui-même, garda ses pensées pour lui, évita les autres. Dans son travail, il se reposait désormais sur ses employés. Quand Walsh et Mackensie exprimèrent leur inquiétude, il leur dit d'aller au diable. Il dit la même chose en japonais à Ito. Des jours, des semaines passèrent. Il reçut une lettre de Satow, qui était de retour à Edo :

« Cher Glover,

« J'ai appris que vous étiez revenu sain et sauf à Nagasaki. J'en suis soulagé et je me permets de vous écrire ces lignes. L'incident de Kagoshima m'obsède. Je crois l'avoir qualifié devant vous à l'époque de "loufoque". En y repensant, cet adjectif me paraît terriblement inadéquat.

« Lors des premières escarmouches, quand nous avons abordé et coulé les vapeurs japonais qui nous barraient la route, j'avoue que je fus pris par l'excitation du moment. Je fus autorisé à me rendre sur l'un des navires et je m'emparai en guise de trophées d'un fusil à mèche japonais et d'un chapeau conique de soldat que je rapportai triomphalement à bord de l'*Euryalus*. Toute cette affaire m'apparaissait comme une aventure et je fus passablement grisé par le spectacle des bateaux incendiés et coulés. Même lorsque les batteries du rivage commencèrent à nous tirer dessus, je trouvai exaltante la vision des obus jaillissant au-dessus de nos têtes et explosant sur la toile de fond des nuages qui s'amoncelaient.

« Si nous avons tardé à riposter, c'est uniquement du fait d'une circonstance assez singulière, dont je suis certain que vous sentirez l'ironie. Quand le shogun se décida enfin à payer le dédommagement exigé de lui à la suite de l'affaire Richardson, qui fut à l'origine de toute cette lamentable histoire, la somme de cent mille livres en pièces d'argent mexicaines fut remise à la légation d'Edo. De là, elle fut transférée dans d'énormes caisses sur le pont de l'*Euryalus*. En fait, les caisses furent empilées devant la porte du dépôt de munitions. Il était permis de penser que les officiers du bateau avaient commis là une erreur de jugement, comme la suite le prouva effectivement. Il fallut près d'une heure pour accéder aux munitions. Dans l'intervalle, le temps s'était gâté tandis que les tirs ennemis gagnaient en précision. À notre grande consternation, deux obus de deux pouces atteignirent le vaisseau amiral. L'un d'eux atterrit sur le pont principal, l'autre toucha la passerelle de commandement et tua le capitaine Josling ainsi qu'un autre officier, le capitaine de frégate Wilmot.

« Lorsque nous avons ouvert le feu, ce fut dans un esprit de vengeance. Nous avons fini par l'emporter, mais non sans dommage puisque soixante-trois militaires britanniques ont été tués ou gravement blessés. L'amiral Kuyper, le chef de l'expédition, la considéra néanmoins comme un grand succès dans la mesure où le clan des Satsuma avait reçu une leçon salutaire et où Kagoshima avait subi des destructions d'un coût équivalent à cent mille livres.

« Je sais que votre vision des événements sera plus réservée, et je ne puis que vous approuver. Nous nous sommes rencontrés dans des circonstances pour le moins tendues et j'espère qu'aucune rancune ne subsiste entre nous. Comme vous, je suis convaincu que nous pouvons parvenir à collaborer plus étroitement avec les Japonais à l'avenir. Je souhaite vivement que ce regrettable incident soit bientôt oublié. Ici à Edo, de même qu'à Yokohama, la communauté étrangère n'est plus sur le pied de guerre. La vie a repris son cours, le calme règne de nouveau et le commerce continue comme par le passé. J'espère qu'il en va de même à Nagasaki et que vos propres affaires sont florissantes.

« Avec mes sentiments les plus distingués,

« Ernest Satow. »

Glover relut la lettre, en fit une boule et la jeta à l'autre bout de la pièce. Il se servit un verre, le but d'une traite, attrapa sa veste et sortit de la maison. Il fallait qu'il décharge sur quelque chose la rage qui bouillait en lui. Le soir cédait rapidement la place à la nuit lorsqu'il franchit Shian Bashi et Omoikiri Bashi.

Il avait trop bu, ou pas assez. La tenancière avait insisté pour lui présenter une nouvelle courtisane, Maki Kaga. Il s'était montré brusque avec la jeune fille, s'était satisfait machinalement avant de se remettre à boire. À un moment, il l'avait injuriée, lui avait crié de décamper. Puis il avait encore bu et avait fini par tomber ivre mort. Quand il émergea de son hébétude, il était seul dans une chambre minuscule et faiblement éclairée. Il se leva péniblement, complètement nu. Il se sentait pris au piège. Alors qu'il avait un besoin urgent de sortir, il constata que les parois étaient des shoji soigneusement refermés. Il était prisonnier, sa tête lui faisait mal et sa vessie allait exploser. Merde ! Il se soulagea sur le sol, en éclaboussant le tatami. Il resta debout, vacillant et désemparé. Lors de sa première rencontre avec Sono, le shoji avait coulissé et il l'avait découverte assise devant lui, elle s'était inclinée. Il poussa un rugissement angoissé et entreprit de fracasser le shoji. Tandis qu'il le déchirait et le rouait de coups, il s'effondra avec lui de l'autre côté. Il entendit des voix féminines pousser des cris, sentit des mains sur lui qui le retournaient et tentaient de l'aider à se relever. L'espace d'un instant, il vit le visage inquiet de Maki. Puis elle disparut et cette fois les voix furent masculines, familières. Walsh et Ito étaient sortis d'autres chambres et accouraient, enveloppés dans des *yukata*.

En voyant les dégâts, Walsh fit la grimace.

– Bon Dieu, Tom, vous avez pissé sur leur tatami !

– Je m'en fous ! brailla Glover.

– Nous le ramenons chez lui, dit Ito.

– D'accord, approuva Walsh.

Tout se brouilla de nouveau autour de Glover, mais il sentit que Maki l'aidait à remettre ses vêtements. Puis Walsh et Ito, qui s'étaient eux aussi rhabillés, le prirent d'autorité chacun par un bras et l'entraînèrent à l'extérieur en le portant à moitié. L'air froid de la nuit le saisit et il eut un haut-le-cœur. Pendant qu'il vomissait, ses compagnons le lâchèrent. Du fond de son brouillard, il les apostropha :

– Salauds ! À quoi ça sert ? Rien ne sert à rien ! Ce foutu monde tourne complètement à l'envers !

Il pointa un index accusateur sur Walsh.

– Et vous ! Ces satanés Américains peuvent aller au diable, avec leurs dollars vite gagnés !

Ce fut ensuite le tour d'Ito.

– Et vous, sale Japonais ! Toujours prêt à me trancher la gorge, pas vrai ?

Il fit quelques pas chancelants, vomit encore, essuya son visage souillé.

– Allez au diable, tous tant que vous êtes !

Ses jambes se dérobèrent et il s'effondra en avant, sombra dans l'inconscience.

Il émergea douloureusement d'un étrange séjour infernal, où la lumière blessait ses yeux et où respirer était un supplice. Une pluie de bombes et de fusées s'était abattue sur Ipponmatsu. Le pin solitaire était un arbre de feu, la maison elle-même était en flammes, mais il savait qu'en faisant vite et en se frayant un chemin dans le brasier il pourrait encore sauver Sono. La chaleur était intense, son gosier était à vif, la fumée noire le suffoquait.

Il se redressa et se retrouva sur son lit, tout habillé, puant l'urine, en proie à la nausée. Il eut un haut-le-cœur. Son gosier était toujours en feu, rempli d'un goût âcre. Il n'était encore sorti qu'à moitié du rêve, se demandait comment il se pouvait que l'incendie ait été éteint et que la chambre fût intacte. Puis il revint à la réalité, se rappela. Les événements de la nuit étaient flous, mais il en avait un vague souvenir. Il gémit. À l'arrière-plan de toute cette détresse, il y avait les ténèbres de Kagoshima, et ce n'était pas un rêve, c'était vraiment arrivé, il avait vraiment été là-bas. Et Sono était vraiment morte.

Il se leva péniblement, une douleur sourde martelait encore son crâne. La soif, le besoin d'eau était une priorité absolue. Bon Dieu, il fallait qu'il boive. Il arriva en chancelant dans le salon et elle était là, agenouillée, vêtue d'un kimono blanc, lui tournant le dos. Shimada s'était trompé, elle avait réussi à s'en tirer et était venue le retrouver.

– Sono !

Elle se retourna, effrayée. Non, ce n'était pas Sono mais une autre jeune femme. Elle porta la main à sa gorge, s'inclina.

– *Ie*. Non.

Elle se désigna elle-même du doigt.

– Tsuru *desu*.

– D'accord, dit-il. Tsuru. Enchanté de faire votre connaissance. *Yoroshiku onegai shimasu.* Mais que diable fabriquez-vous ici ?

Elle s'inclina de nouveau, plus profondément.

– Ito-san m'a dit venir ici, vous aider.

– Vraiment ?

Son mal de tête reprit de plus belle, la nausée le submergea.

La jeune fille se leva vivement, attentive et efficace.

– Je vous fais *hocha*, du thé. Je cherche l'eau chaude pour laver.

– Très bien, dit-il en s'asseyant. Mais je voudrais d'abord de l'eau, pour boire.

Il fit mine de vider un bol.

– *Hai*, dit-elle, *so desu.*

Après s'être encore inclinée, elle disparut dans la cuisine.

Il se prit la tête dans les mains. Il sentait si mauvais qu'il en eut un nouveau haut-le-cœur. Sa bouche était desséchée, fétide.

La jeune fille revint avec une cruche d'eau et un bol. Elle remplit le bol, le lui tendit. Il but l'eau d'une traite, en redemanda, but de nouveau avidement. Quand la cruche fut vide, il tendit le bol à Tsuru en lançant :

– Encore !

Elle revint avec la cruche remplie à ras bord. Cette fois, il refusa le bol et but à même la cruche, avec tant d'avidité qu'il en renversa sur lui. Une fois la dernière goutte avalée, il déclara :

– Merci. Ça suffit. *Arigato.*

Elle sourit et sortit sans bruit. Ses petits pieds sans chaussures glissaient sur le parquet. Il s'affaissa sur sa chaise. Il aurait voulu disparaître, cesser d'exister.

Réveillé en sursaut, il vit la jeune fille qui lui faisait signe d'aller dans la salle de bains. Le baquet était plein. Il se débarrassa de ses vêtements puants pour se plonger dans l'eau d'une chaleur presque insupportable. Le bain brûlant apaisa son corps, la vapeur lui vida la tête.

Ensuite il se sécha, s'enveloppa dans un yukata. La jeune fille avait retourné son matelas, remplacé la literie souillée par des draps propres, un oreiller frais. Il s'effondra dessus et s'endormit de nouveau. Quand il se réveilla, il n'était toujours pas certain de savoir qui il était, où il se trouvait.

Il découvrit près de son lit de quoi se changer. Ses vêtements sales avaient disparu comme par magie. En s'habillant, il se sentit encore fragile. La jeune fille était dans la cuisine, occupée à préparer un bouillon parfumé au gingembre. L'odeur lui donna un nouveau haut-le-cœur. Elle retira la marmite du fourneau, la couvrit d'un couvercle, s'inclina et s'éloigna à reculons.

– Merci, dit-il en peinant à se rappeler son nom. Tsuru-san ?

– *Hai, so desu.*

– Bien. Vous pouvez partir, maintenant.

Elle parut incertaine.

– *Sagare*, dit-il en retrouvant le mot japonais.

Elle comprit et sortit aussitôt en fermant doucement la porte, le laissant à sa solitude.

Il avait besoin d'un verre et se rendit au Club des Étrangers, où il s'assit dans un coin sombre, le plus loin possible du bar.

Mackenzie le rejoignit et lui demanda comment il allait.

– Oh, je vais magnifiquement bien, répondit-il. J'ai vu notre flotte démolir une ville entière en tuant des femmes, des enfants, des vieillards innocents. Sans oublier ma propre épouse, bon Dieu ! Et tout ça pour quoi ? Pour venger la mort d'un imbécile d'Anglais ! C'est de la pure folie !

Mackenzie contempla son verre d'un air morose.

– Je sais, Tom. Je sais. C'est la politique de la canonnière dans toute son horreur.

– Et je viens de recevoir une lettre de ce crétin de Satow qui parle comme si toute cette affaire n'était qu'une aimable farce. On croirait que la seule victime a été ce salaud de capitaine qui s'est fait déchiqueter par un obus. Après quoi, il a le toupet de me dire qu'il est temps d'oublier l'incident et de se remettre au commerce comme si de rien n'était !

– Évidemment.

– Bon sang, Ken, je voudrais quand même savoir ce que nous fichons ici ?

– Nous gagnons notre vie, Tom. Rien de plus.

– Nous ne sommes pas à notre place dans ce pays. Nous ferions mieux de foutre le camp !

Les yeux baissés, Mackenzie faisait tournoyer son whisky.

– Tout s'arrangera avec le temps, Tom.

– Mais à quel prix ? Combien d'autres villes allons-nous détruire ? Combien de gens allons-nous tuer ? Tout ça uniquement pour que leurs satanés gouvernants comprennent enfin ?

Il s'était mis à crier. Les conversations s'interrompirent au bar, les têtes se tournèrent dans sa direction.

Il se leva pour partir.

– Maintenant, si vous voulez bien m'excuser…

Walsh venait d'arriver et commença à lui parler.

– Tom…

Glover réagit avec une hostilité venimeuse.

– Que voulez-vous, bon Dieu ? Encore une idée pour gagner de l'argent vite fait ? Plus c'est rapide, mieux c'est. Une seule loi : l'offre et la demande. Un seul critère : peuvent-ils payer ?

Il écarta Walsh sans ménagement, se précipita vers la sortie et disparut dans la nuit.

De retour à Ipponmatsu, il continua de boire jusqu'au moment où il sombra dans une torpeur hébétée et s'endormit de nouveau d'un sommeil agité.

La journée du lendemain se passa dans le même état de prostration. En fin d'après-midi, il se rendit à son entrepôt. Sans accorder un regard aux papiers s'accumulant sur son bureau, il se promena négligemment sur les quais et ne se soucia même pas de surveiller le déchargement d'une cargaison. Puis son attention fut soudain éveillée par un contremaître qui dirigeait l'opération. Quelque chose d'indéfinissable dans l'attitude de cet homme lui parut bizarre. Manifestement, il n'avait pas vu Glover, qui était à moitié caché par une pile de caisses. Il chargea furtivement une caisse sur une charrette menée par un autre débardeur, qui la dissimula sous une toile et s'éloigna prestement.

Glover comprit ce qui se passait. Ce genre de chapardage était une plaie pour ses affaires. Le phénomène se développait et commençait à écorner ses bénéfices. Fou de rage, il cria aux deux hommes :

– Sales voleurs !

Ramassant un bâton de bambou, il se précipita vers eux et se mit à les rouer de coups. L'homme à la charrette réussit à s'enfuir à toutes jambes dans les ruelles du port. L'autre trébucha et tomba. Glover s'acharna sur lui avec son bâton, déversant le trop-plein de fureur irrationnelle qui venait brusquement de déborder.

Alors qu'il levait une nouvelle fois son bâton, une main s'en saisit et le retint fermement. Il tenta d'arracher le bâton à l'importun, puis se rendit compte qu'il s'agissait de Matsuo.

– Vous êtes leur complice ? s'exclama-t-il.

– Vous allez le tuer, répliqua Matsuo. Pas bien, alors je vous arrête.

Et il s'inclina.

Glover le fusilla du regard, mais il savait que le jeune samouraï avait raison.

– Fichez-moi le camp ! s'écria-t-il. Laissez-moi tranquille !

Matsuo recula mais ne s'éloigna pas.

– Va-t'en ! hurla Glover. *Ike* !

Il jeta le bâton par terre et se détourna.

Le voleur s'était remis péniblement sur ses jambes. Matsuo lui cria quelque chose puis se mit à suivre Glover à distance respectueuse.

Il se sentait incapable de rentrer chez lui. Il n'avait pas non plus envie de parler avec Walsh ou Mackenzie au Club, et ne pouvait retourner à la maison de thé après les dégâts qu'il avait faits. Assis à son bureau, il avait conscience que le soir s'assombrissait. Levant le bras, il fit tomber par terre d'un seul geste la pile de papiers. Puis il contempla la petite collection de porte-bonheur qu'il avait rassemblée : le papillon en papier, le morceau de bambou, la pièce d'argent. Une coupe à saké renversée... Il la retourna, regarda la pièce d'or cachée dessous.

Un bruit soudain à la porte le fit se retourner. Émergeant de l'obscurité, une silhouette entra dans la pièce. Il se prépara à affronter l'intrus, mais ce n'était qu'Ito. Son inquiétude se transforma en irritation.

– Qu'est-ce que vous voulez ?

– Ceci pas bien, dit Ito.

C'était un défi. Par ceci, il entendait l'humeur de Glover, son comportement.

– Vraiment ? répliqua Glover d'un ton agressif.

– Vous devez surmonter ceci.

Ceci.

– Vous croyez ?

– L'existence est souffrance, déclara Ito. Il faut continuer. L'important, c'est ce que vous faites maintenant.

– Pour commencer, grogna Glover, je vais quitter ce satané pays. J'en ai assez.

Cette fois, ce fut Ito qui se fâcha.

– Vous avez assez, bien sûr ! Vous pillez notre pays puis vous partez. Vous pas mieux que les autres.

– Dites donc ! s'exclama Glover en se levant brusquement de sa chaise.

Mais Ito était lancé.

– Vous vendez votre opium, vous vendez vos armes, vous prenez notre or. Peu vous importe qui souffre, du moment vous gagnez de l'argent !

Indigné, Glover lui cria :

– Ça suffit !

– Je pensais vous êtes un homme. Un guerrier, comme les samouraïs. Mais vous êtes un lâche.

C'était une insulte de trop. Glover décocha à Ito un coup de poing à la tête qui le fit chanceler. Mais le Japonais était coriace. Il se remit d'aplomb et riposta avec un direct à l'estomac qui coupa le souffle à Glover. Ils se mirent en garde et commencèrent à se bourrer de coups de poing. Fatigué par ces escarmouches, Glover saisit Ito et l'emprisonna dans ses bras. Le Japonais réussit à se dégager, le repoussa et enchaîna avec un impeccable crochet du gauche à la mâchoire qui envoya Glover rouler sur le sol.

Sonné, Glover s'assit, sentit le sang sur sa langue. Ito l'aida à se relever et s'inclina.

– Bon Dieu ! s'écria Glover en se tenant la mâchoire. À défaut d'autre chose, je vous aurai au moins appris à envoyer un crochet du gauche !

L'expression d'Ito était toujours aussi sérieuse.

– Vous devez quelque chose à ce pays.

– D'accord, dit Glover en crachant du sang.

9

Toi qui flamboies

Nagasaki, 1864

Kagoshima avait changé Glover. En bien ou en mal, seul le temps le dirait. Comme Ito, il se sentait prêt à mourir, il éprouvait un peu de cette résolution sans faille qui était au cœur du code des samouraïs. À Kagoshima, il avait vu de près la mort à l'œuvre, au point qu'il savait maintenant que tout être humain, y compris lui, était déjà mort. L'imminence de sa propre disparition n'était plus une simple idée mais une certitude ancrée au plus profond de sa chair. Et puisqu'il était déjà mort, il ne lui restait plus qu'à vivre.

Ses actions avaient des conséquences, dont il était responsable. Cela aussi, il le savait irrévocablement.

Il embrassa complètement la cause d'Ito et des autres rebelles. Au diable le shogun ! Au diable le gouvernement britannique ! Qu'ils aillent tous se faire voir !

Il se mit au travail avec un acharnement, une énergie inlassable qui venaient à bout de tout.

Il donna un nouvel essor à ses opérations habituelles dans le commerce du thé, de la soie et de l'opium, cette « sainte trinité » de Walsh. Il acheta et vendit des biens immobiliers dont l'hypothèque appartenait à Jardine's. Toute affaire rapportant un bénéfice rapide lui était bonne. Il exporta de la cire végétale et de l'huile de camphre, importa des cotonnades et des lainages de sa patrie. Il entendit parler d'un stock de bois de sappan qu'un négociant avait acheté en Malaisie et ne parvenait pas à écouler, même au prix ridicule d'un dollar pour un picul. Glover acheta huit mille piculs, fit transporter le bois par bateau et le vendit à Yokohama au prix de trente-cinq dollars pour un picul. Il investit les bénéfices dans le transport maritime, acheta d'occasion un vapeur, le SS *Sarah*, qu'il vendit aux Satsuma pour soixante-dix mille dollars. Il prétendait qu'à long terme le Japon devrait construire ses bateaux dans ses propres chantiers navals, extraire son propre charbon et forger lui-même son fer et son acier. Ce rêve l'enivrait.

Il était retourné dans le monde flottant et fréquentait de nouveau la maison de thé. Il avait fait le nécessaire pour que soient réparés les dégâts de sa nuit de détresse. Ayant dédommagé généreusement la tenancière, il était redevenu un hôte apprécié.

Tsuru venait chaque jour à Ipponmatsu. Elle faisait le ménage et la cuisine pour lui, flirtait un peu, pleine d'une grâce légère. Cependant elle n'emménagea pas dans la maison. Il n'était pas prêt pour cela. Du reste, quand il se rendait à la maison de thé, il jouissait des faveurs de Maki Kaga, la jeune fille qu'il avait rencontrée en cette nuit où il avait fait tant de dégâts. Son image l'avait poursuivi à travers les excès brutaux de son ivresse, et dès son retour il avait voulu la voir. Il était séduit par son caractère, son aisance naturelle, dénuée de tout formalisme. Un rien la faisait rire. Derrière son masque de courtisane, elle était vivante, sans inhibition, et cette joie de vivre convenait à l'humeur de Glover. Quand elle lui servait du thé, tournait le bol pour le lui offrir, désinvolte, arrangeait dans un vase un rameau fleuri ou jouait une mélodie obsédante sur le samisen, il sentait son cœur s'apaiser.

Ito avait un faible pour une chanson, qu'il chantait toujours lorsqu'il était ivre. Au début, Glover ne réussit pas à comprendre les paroles chantées dans un argot guttural. Au bout de quelques coupes, Glover oubliait tout son japonais et l'anglais d'Ito devenait aussi inventif qu'improvisé. Ils finirent pourtant par mettre au point une traduction approximative :

Dans mon ivresse, je repose ma tête sur les genoux d'une belle.
À mon réveil, je prendrai le pouvoir et gouvernerai la nation.

Une nuit qu'il reposait dans les bras de Maki, il entendit Ito brailler la chanson dans une autre chambre. Il essaya de se joindre à lui et estropia si bien les mots qu'Ito s'esclaffa et se mit à imiter les hurlements d'un chien. Maki rit jusqu'aux larmes et Glover l'attira de nouveau vers lui.

Chacun à sa manière, Ito et Maki firent connaître le zen à Glover à travers des récits et des poèmes, des paraboles et des énigmes. Certains étaient mystérieux et déconcertants, d'autres choquants et totalement illogiques. Ces aperçus étaient aussi souvent très drôles et paraissaient à Glover fondés sur une sorte de bon sens éclairé.

En entendant une observation directe, pleine de clairvoyance, il s'exclamait :

– Oui, c'est tout à fait ça !

Maki devait son savoir à l'un de ses premiers clients, un jeune moine qui échappait de temps en temps aux rigueurs de la vie monastique en se rendant au Sakura. Il lui racontait des histoires qui la faisaient sourire, qu'elle eût compris ou non leur sens. Elle les considérait comme un règlement partiel pour ses services et leur attachait une grande valeur. À présent, elle les faisait connaître à Glover.

Dans l'une d'elles, deux moines arrivaient à un fleuve près duquel une belle jeune femme attendait qu'on l'aide à traverser. Le premier moine l'ignora car son maître lui avait recommandé de ne même pas regarder les femmes. Le second en revanche porta la femme sur ses épaules, traversa le fleuve, la déposa sur l'autre rive, s'inclina et reprit son chemin. Manifestement troublé, le premier moine marcha à son côté. Alors qu'ils avaient fait une lieue, il s'arrêta et reprocha amèrement sa conduite à son compagnon. Celui-ci sembla déconcerté et répliqua : « La femme ? Je l'ai laissée au bord du fleuve. Pourquoi la portes-tu encore ? »

Cette histoire fit rire Glover.

Maki avait également retenu par cœur des poèmes qu'elle avait lus et aimés, surtout des haïkus et des tankas, brèves méditations, aperçus bouleversants sur la beauté éphémère de l'instant.

La feuille tombée,
Retourne à la branche ?
C'était un papillon.

– C'est tout à fait ça, dit Glover.

Le zen d'Ito était nettement plus rude, ancré dans le *bushido*, la voie du guerrier. Il puisait des forces dans l'hagakure, le code des samouraïs.

« Affrontez les situations difficiles avec courage et joie. Plus l'eau est haute, plus le bateau est à flot. »

Il arrivait aussi à Ito de poser à Glover des questions insolubles, des énigmes qui dépassaient son entendement. Entre deux chansons d'ivrogne au Sakura, Ito lui lançait par exemple :

– Quel bruit fait une seule main qui applaudit ? Un chien possède-t-il la nature de Bouddha ? Quel était votre visage avant votre naissance ?

Glover demandait quelles étaient les réponses. Ito répliquait qu'il n'en savait rien.

– Il faut trouver la réponse en vous, disait Ito.

– En réfléchissant ?

– En cessant de réfléchir !

– D'accord, disait Glover. Parfait.

Pendant l'absence d'Ito, Takashi était devenu plus puissant. Il incitait les chefs du clan des Choshu à s'opposer plus énergiquement à l'Occident. Malgré l'épisode de Kagoshima, il croyait toujours qu'ils pourraient chasser les envahisseurs ou, à défaut, ce qui serait peut-être encore plus glorieux, mourir en les combattant.

Les Choshu disposaient de batteries dominant le détroit de Shimonoseki, au nord de Nagasaki. L'importance stratégique du détroit était essentielle, car il reliait les deux îles de Kyushu et Honshu et menait à la mer Intérieure, principale voie d'accès pour gagner Osaka et, plus loin, Yokohama et Edo. Il constituait la route la plus fréquemment empruntée par les navires occidentaux et il était vital qu'elle reste ouverte. Après avoir établi un blocus, les Choshu interdirent le passage aux vaisseaux étrangers, sur lesquels ils n'hésitaient pas à ouvrir le feu en cas de résistance.

Fait inquiétant, une flotte regroupant des navires britanniques, américains, français et hollandais s'était rassemblée dans le port de Yokohama. Ces quelque vingt vaisseaux de guerre avaient à bord deux mille soldats.

Comme lors de l'affaire Richardson, on adressa un ultimatum au shogun, en insistant pour qu'il prenne des mesures contre les Choshu sous peine de subir des représailles. Mettant à profit d'antiques inimitiés, le shogun ordonna aux Satsuma d'attaquer les Choshu sur terre afin de détourner leur attention du détroit.

Bien qu'encore hostiles au shogun et à l'Occident, les Satsuma n'avaient guère envie de faire les frais d'un nouveau bombardement. Au bout du compte, ils ne purent résister à cette occasion de nuire à leurs rivaux en toute légitimité. Ils envoyèrent un bataillon d'infanterie qui débarqua à Nagasaki, se dirigea vers le nord et prit position dans l'intérieur des terres, en coupant la retraite aux Choshu.

Fou de rage, Ito fit irruption dans le bureau de Glover.

– Je vous avais dit les Satsuma bons à rien ! Autrefois, ils étaient très stupides mais très braves, tenaient tête au shogun et combattaient l'Occident. Maintenant ils font ce que le shogun leur dit, ils aident l'Occident, attaquent les Choshu !

Glover déclara qu'il était désolé d'apprendre cette nouvelle mais que c'était l'histoire de la paille et de la poutre.

– Pourquoi vous parlez ainsi ? s'irrita Ito. Ces idioties anglaises !

– Il me semble que ce sont les Choshu qui font preuve d'une obstination absurde.

– Takashi est fou. C'est lui qui s'obstine !

– Il n'y a pas si longtemps, vous étiez d'accord avec lui, observa Glover.

– Plus maintenant, répliqua Ito d'un air offensé. J'ai changé.

– Je sais. À présent, c'est votre clan entier qui doit changer.

– Les Satsuma aussi.

– Oui, les Satsuma aussi !

Recourant une nouvelle fois à la diplomatie, Parkes avait confié à Glover une lettre pour l'Honorable Prince Ito Hirobumi du clan des Choshu. Le consul exposait avec vivacité l'actuelle situation, les actions agressives des chefs Choshu, la menace pesant sur le commerce pacifique. Puis il en appelait à Ito comme à un ami respecté de l'Occident, qui venait tout récemment de visiter la Grande-Bretagne grâce aux bons offices de Mr Glover et avec le soutien bienveillant du gouvernement de Sa Majesté. Il exprimait l'espoir qu'une amitié aussi constante serait précieuse dans les années à venir. Il exhortait enfin Ito à user de son influence en tant que prince du clan des Choshu pour convaincre le daimyo et ses conseillers de renoncer à leur politique agressive et de mettre fin immédiatement aux hostilités, sans quoi ils devraient affronter les conséquences de leurs actes.

Après avoir lu la lettre, Ito regarda Glover.

– Il veut je les fais cesser ?

– C'est effectivement le sens de son message.

– Pardon ?

– Oui, il veut que vous les fassiez cesser.

– Je ne crois pas cela possible, dit doucement Ito. Le daimyo écoute Takashi.

Glover se rappela ses propres efforts à Kagoshima, l'intransigeance inflexible du daimyo des Satsuma. L'espace d'un instant, il crut sentir l'odeur de la poudre et du feu, il vit le visage de Sono.

– Je sais, dit-il. C'est difficile.

– Mais je dois essayer, lança Ito.

– Oui.

Glover savait qu'Ito allait risquer sa vie, mais il avait aussi conscience qu'il n'avait pas le choix.

Ito se prépara à partir dès le lendemain, avec Matsuo et Inoue Kaoru, un autre membre récemment revenu de l'expédition des Choshu en Occident. Inoue était un jeune homme sérieux, moins impétueux qu'Ito mais tout aussi partisan du changement. Ce qu'il avait vu pendant son voyage l'avait fait réfléchir. Les trois samouraïs devaient se rendre à Yokohama, où ils embarqueraient sur un navire de guerre britannique qui assurerait leur sûreté et les déposerait dans l'île de Kasato, au large de Shimonoseki. Ils y rencontreraient des dirigeants de leur propre clan, auxquels ils remettraient un document exposant les exigences du gouvernement britannique et de ses alliés.

Au dernier moment, Glover décida de les accompagner. Ils montèrent à bord d'un clipper de Jardine's à la faveur de la nuit et traversèrent le détroit sans incident. À Yokohama, ils retrouvèrent une délégation anglaise comprenant Ernest Satow, qui tendit un rouleau à Ito.

– C'est l'ultimatum britannique, expliqua-t-il, traduit en japonais à l'usage du daimyo.

Il fit un signe de tête à Glover.

– Je crains que tout cela n'ait un air peu réjouissant de déjà-vu.

– Oui, dit Glover. Ça recommence comme à Kagoshima.

Ils embarquèrent sur un vaisseau de guerre, le HMS *Cormorant*, accompagné d'un autre navire, le HMS *Barrosa*. Cette démonstration de force était censée donner aux Choshu un avant-goût de ce qui les attendait s'ils s'obstinaient.

Le *Cormorant* était commandé par le capitaine Barstow, le maître de la Loge, qui avait un jour intercepté Glover et Ito alors qu'ils revenaient de Shanghai avec une cargaison clandestine d'armes. Une éternité semblait s'être écoulée depuis, tant les événements s'étaient succédé dans l'intervalle.

– Monsieur Glover, dit le capitaine. Je vois que vous défendez toujours les intérêts britanniques.

– Effectivement, répliqua Glover. Peut-être même plus que vous ne le croyez.

– Il me semble me rappeler que lors de notre dernière rencontre vous m'aviez mis en garde avec une rare clairvoyance contre le danger potentiel représenté par ces clans, notamment celui des Choshu.

– Si je me souviens bien, je vous ai dit également qu'il y avait des exceptions respectables.

– Monsieur Ito, dit le capitaine en le reconnaissant et en le saluant de la tête.

Ito le regarda sans rien dire, d'un air glacé.

Pendant tout le voyage, les trois Japonais restèrent assis sur le pont, très droits, en fixant l'horizon. Quand le navire jeta l'ancre à Kasato, ils se levèrent, échangèrent des courbettes cérémonieuses. Puis ils prirent congé de Glover, en s'inclinant chacun devant lui.

– Bonne chance, dit-il.

– La chance ne suffira pas, répliqua Ito avec un sourire lugubre.

Avant de prendre place sur le canot devant les amener au rivage, Matsuo s'immobilisa devant Glover et s'inclina une nouvelle fois, avec une extrême humilité. Après quoi il lui tendit la main, ce qu'il n'avait encore jamais fait. Tout en serrant rapidement et fermement la main de l'Écossais, il lui dit :

– *Arigato gozaimasu*. Merci, Guraba-san.

Tandis qu'ils regardaient le canot s'éloigner vers l'île, Glover lança :

– Que Dieu les assiste !

À côté de lui, Satow déclara :

– Espérons qu'Il le fera.

– Quelles sont leurs chances, à votre avis ?

– Je dirais qu'ils ont sept chances sur dix d'y laisser leur tête.

– Doux Jésus !

– Vous feriez mieux d'invoquer leur propre Dieu, observa Satow. Leur Bouddha.

Glover se rappela l'énorme statue en bronze de Kamakura, sa présence intense, son détachement bienveillant. Des mots lui revinrent soudain : *Namu Amida Butsu.* Il les avait entendus psalmodiés lors des funérailles de son fils, dans le sanctuaire où il s'était caché avec Mackenzie, au temple de Kagoshima. Ils s'imposèrent d'eux-mêmes et il les récita en silence, pour lui-même.

Il était convenu qu'ils attendraient toute la journée dans le bateau. Si nécessaire, les trois hommes passeraient la nuit sur l'île, continueraient les pourparlers le matin et remonteraient à bord à midi.

Incapable de dormir, Glover passa la nuit à arpenter le pont, en contemplant l'étendue sombre de la mer jusqu'au rivage. Même avec sa longue-vue, il ne distinguait que quelques lueurs tremblantes. Puis le ciel s'éclaircit imperceptiblement, l'île apparut peu à peu. À quatre heures, Satow le rejoignit sur le pont.

– Aucun signe de vie ?

– Pas le moindre, répondit Glover.

– Il me semble que plus cela dure longtemps, plus l'espoir est permis.

Vers midi, une activité soudaine régna sur la passerelle de commandement : on avait aperçu la chaloupe s'éloignant du rivage. Elle s'immobilisa près du navire en dansant sur les vagues, Ito et Inoue grimpèrent l'échelle de corde et montèrent à bord. Le visage d'Ito était sombre.

– Rien de bon. Takashi trop puissant. Ils n'écoutent pas.

Glover s'y attendait. Mais au moins Ito et Inoue étaient vivants, en sûreté. Soudain, il se rendit compte qu'il manquait quelqu'un. Baissant les yeux vers la chaloupe, il ne vit que les deux hommes d'équipage.

– Où est Matsuo ? demanda-t-il.

Ito poussa un profond soupir.

– Il est resté. C'est une longue histoire.

Deux sabres étaient glissés dans sa ceinture. Il prit le plus petit, le wakizashi, et le tendit avec révérence à Glover.

– Il m'a donné ceci pour vous. Il veut vous l'avez.

Glover prit le sabre, s'inclina.

– Que s'est-il passé ?

– Il a gardé l'autre sabre. Demain, il fait seppuku.

– Au nom du ciel, pourquoi ?

Cette fois, Ito soupira d'un air affligé.

– Je vous dis, c'est une longue histoire. Très… compliquée.

Le fond de l'affaire était que tous leurs discours avaient été vains. Les chefs du clan avaient déjà pris leur décision – Takashi y avait veillé. Malgré tout, ils avaient essayé, ils avaient parlementé toute la nuit en ressassant inlassablement les mêmes problèmes.

Les Britanniques exigeaient la cessation immédiate des tirs sur les navires étrangers, le démantèlement des batteries et le versement d'un dédommagement pour les dégâts déjà commis. En des termes aussi recherchés qu'évasifs, les Choshu avaient refusé sur toute la ligne, en alléguant la nécessité de défendre leur territoire et en faisant référence à des « envahisseurs ».

En écoutant ce récit, Glover sentit son cœur se serrer.

– Et Matsuo, que lui est-il arrivé ?

Ito chercha ses mots.

– Je vous ai dit, dans ma jeunesse j'étais membre des *sonnojoi*. Nous voulions combattre l'Occident, chasser tous les envahisseurs.

– C'est du passé, dit Glover en jetant un coup d'œil au capitaine Barstow qui avait sursauté en entendant parler Ito.

– Je faisais aussi partie de ce groupe, intervint Inoue. De même que Takashi.

– Et Matsuo, reprit Ito. Takashi a fait prêter serment à tout le groupe, pour toujours défendre le clan, expulser les barbares. Nous devions même signer avec notre sang. Matsuo l'a fait.

– Et vous ? s'enquit le capitaine.

– J'étais à Edo pour affaires, répondit Ito. Inoue-san aussi. Nous n'avons pas signé.

– Voilà qui tombait bien, commenta le capitaine.

– Peut-être Ito et Inoue commençaient-ils déjà à avoir une vision plus claire des choses, l'apostropha Glover.

– Peut-être, concéda Barstow.

Ito ignora le capitaine et continua :

– Hier soir, Takashi a dit à Matsuo il est un traître, il a manqué à son serment. Comme il a signé avec son sang, il doit mettre fin à ses jours.

– Et il a été d'accord ? s'écria Glover.

Ito hocha la tête.

– Ce qui a aggravé tout, le père de Matsuo était là. Il a dit à Matsuo il est le déshonneur de sa famille et de son clan.

– Bon Dieu ! s'exclama Glover.

– Maintenant Matsuo se prépare pour seppuku.

– Non ! lança Glover. C'est de la folie ! Nous ne pouvons pas le laisser faire une chose pareille !

– C'est très triste, dit Ito. Mais c'est une mort noble. Il mourra bien.

Glover regarda le sabre dans ses mains, l'île au loin. Il n'y avait rien à faire.

– Bien, dit le capitaine. Notre effectif est au complet ? Nous pouvons donc retourner à Yokohama ?

– *Hai*, déclara Ito. Nous partons.

Pendant la traversée, Ito se lança dans une violente diatribe contre le shogun.

– Il limite le commerce avec l'Occident pour pouvoir contrôler. Il reste dans son palais, devient gras et riche, et personne d'autre n'a sa part. Les Anglais devraient se débarrasser de lui, jeter par-dessus bord. Ils devraient aller à Osaka et faire traité avec le jeune empereur, lui rendre le pouvoir. C'est ce que veut le peuple japonais. Créer l'unité. Tous les clans respectent l'empereur. Ils se réconcilieront, rendront le Japon fort. Ce sera bon aussi pour l'Occident.

Avec le cynisme fatigué qui lui était coutumier, le capitaine ne vit dans Ito qu'un agitateur égoïste et indigne de toute confiance. En revanche, Satow fut impressionné par l'énergie du Japonais, par sa détermination lucide. Tandis que le *Cormorant* entrait dans le port de Yokohama, il en parla à Glover.

– Vous croyez vraiment qu'Ito et les autres permettent d'espérer en l'avenir ?

– J'en suis convaincu. L'avenir, c'est eux.

– Si on laissait faire Ito, le *Cormorant* voguerait sans attendre vers Osaka avec à son bord une délégation pour rencontrer l'empereur !

– Malheureusement, il est nettement plus probable qu'il retourne à Shimonoseki avec le reste de la flotte afin de contraindre les Choshu à se soumettre.

– Oui, je crains que le consul, après avoir réuni une telle armada, ne ressente le besoin de s'en servir.

Satow avait raison. Les événements firent grand bruit et un article du *Nagasaki Advertiser* en rendit compte dès la semaine suivante. Forte de dix-sept bâtiments, la flotte entra dans le détroit et se déploya en formation de combat. Le bombardement des batteries des Choshu fut aussi implacable qu'efficace. Un détachement débarqua sur le rivage. Après avoir pataugé dans les rizières, les soldats gravirent la colline herbeuse abritant les fortifications et les canons ennemis. Une dernière escarmouche, un bref corps à corps, et les Choshu se rendirent. Les batteries furent démantelées, les affûts démolis, la poudre brûlée, balles et obus jetés à la mer. Le village fut incendié et les habitants prirent la fuite. Puis les soldats enterrèrent leurs morts sur la colline, la flotte leva l'ancre et rentra à Yokohama. Le détroit fut rouvert à la navigation sans attendre et les Choshu furent contraints de payer une indemnité, en finançant partiellement l'expédition qui les avait écrasés – ironie qui ne pourrait échapper au clan et à ses chefs.

Glover lut l'article avec ce sentiment de consternation qui lui était maintenant familier. Toute cette affaire était un tel gâchis.

Satow lui avait écrit que Parkes avait reçu une lettre du Foreign Office, qui était arrivée quelques jours après le bombardement. On recommandait au consul de ne pas continuer les actions militaires, car telle n'était pas la politique du gouvernement de Sa Majesté dans ce genre de cas. Parkes avait rédigé une réponse où il expliquait que cette dépêche lui était malheureusement parvenue avec retard de sorte que l'intervention avait déjà eu lieu. Toutefois, avant même qu'il pût envoyer sa réponse, un autre message de Londres l'avisa qu'à la lumière de nouvelles informations il apparaissait que le recours à la force était finalement justifié.

Satow observait également qu'en constituant un front commun des Occidentaux, comprenant notamment un contingent français, on avait réussi à la fois à donner un sérieux avertissement au shogun et à étouffer dans l'œuf une possible alliance franco-japonaise qui aurait pu se révéler gênante.

Parfait.

Glover relut la lettre de Satow, la déchira en deux puis en quatre.

Tant que le gouvernement de Sa Majesté était satisfait de la tournure favorable des événements, tant que leurs navires pouvaient circuler à leur gré, tout était pour le mieux dans le meilleur des mondes.

Après avoir jeté loin de son bureau la lettre déchirée, il prit le sabre de Matsuo qu'il avait placé à côté de ses autres souvenirs. Il sortit légèrement l'arme de son fourreau et la lame étincela à la lumière de la lampe. Il n'imaginait que trop bien le visage convulsé du jeune samouraï se penchant sur son autre sabre et l'enfonçant dans ses propres entrailles.

Quel gâchis.

Glover ne comprendrait jamais complètement ce pays, ce peuple. Mais il était maintenant tenu de travailler, pour le meilleur et pour le pire, de se consacrer de toutes ses forces à son devoir.

Il effleura la lame du bout de son petit doigt, juste assez pour le faire saigner, conformément à la tradition des samouraïs. Une minuscule goutte rouge apparut, comme un joyau. Il la lécha puis rangea le sabre dans le fourreau, le porta à son front avant de le reposer sur le bureau.

Le marché ne cessait d'évoluer au gré de la demande. Glover était à l'affût de ses caprices, guettait les moindres signes de changement. Du jour au lendemain, comme par une étrange lubie de la mode, le thé fut soudain très demandé en Amérique. S'adaptant instantanément à l'air du temps, Glover donna une ampleur nouvelle à son entreprise. Son atelier de séchage des feuilles fut démoli et remplacé par deux énormes entrepôts qui constituèrent en fait de véritables manufactures de thé. Le commerce du thé devint soudain une industrie employant quatre cents ouvriers et ouvrières.

On était au début de la saison. Arrivant en grande quantité de la campagne, la récolte devait être chauffée et séchée aussi rapidement que possible avant d'être expédiée directement dans des caisses à bord de clippers bourrés à craquer d'une cargaison consistant exclusivement en thé. Grâce à des roulements, le travail se poursuivait jour et nuit. Glover en personne venait parfois insuffler son enthousiasme à ses employés.

Un soir, en se rendant à la maison de thé, il fit un tour à la manufacture avec Walsh.

– Bon sang, Tom ! cria Walsh par-dessus le vacarme. Quand vous vous lancez dans quelque chose, vous allez jusqu'au bout !

– C'est le seul moyen ! répliqua Glover. Autrement, à quoi bon ?

Des centaines de poêles en cuivre remplies de charbons ardents répandaient une chaleur intense. Au-dessus d'elles, les feuilles vertes étaient séchées dans de vastes paniers plats qu'on ne cessait d'agiter en tous sens. Ouvriers et ouvrières étaient luisants de sueur. Les hommes ne portaient qu'un pagne, les femmes étaient nues jusqu'à la taille. Les feux répandaient une lumière tremblante, projetaient des ombres au plafond embué par la vapeur s'échappant des feuilles. Le bruit n'était pas moins impressionnant. D'immenses caisses en bois étaient secouées sans relâche pour tasser les feuilles brûlantes qui s'y écoulaient en un flot ininterrompu.

– C'est infernal ! hurla Walsh en desserrant le col de sa chemise.

– N'est-ce pas ? hurla à son tour Glover.

Walsh lui jeta un regard étrange, presque méfiant.

– Vous avez l'air démoniaque !

Glover éclata de rire. Il voyait ce que Walsh voulait dire. Il se sentait en proie à une exaltation invincible, qui faisait bouillir son sang.

Plus tard, plus remonté que jamais après un verre ou deux, il s'offusqua d'une remarque de Walsh sur l'esclavage où il réduisait ses ouvriers.

Lui lançant un regard furieux, il riposta d'un ton froid :

– Ces gens sont contents d'avoir un travail et je les paie bien. D'ailleurs, je trouve qu'un Américain est mal placé pour donner des leçons aux autres en matière d'esclavage !

Walsh se mit en colère.

– Je vous rappelle, monsieur, que nous sommes en train de faire une guerre pour l'abolir.

– N'oubliez pas que la moitié de vos compatriotes se battent pour le maintenir !

– Vous allez trop loin, quelquefois !

– Impossible ! rétorqua Glover en lui donnant une bourrade un peu trop forte.

Riant de plus belle, il enlaça brusquement Maki, qui poussa un cri aigu puis se pressa contre lui. Avec ivresse, il respira le parfum de la jeune femme.

Il exporta son thé par bateaux entiers. Il vendit du riz à la Chine malgré la loi du shogun interdisant ce commerce. Puis il investit ses bénéfices en commençant à importer d'Europe des lingots d'or. Il en achetait cent à la fois et les vendait au gouvernement japonais à un prix inférieur à celui pratiqué par les Chinois, mettant ainsi fin au monopole de ces derniers dans ce domaine. Il entreprit de vendre un vapeur, le *Carthage*, pour Jardine Mathieson. Après avoir chargé un ingénieur hollandais, membre de la Loge de Nagasaki, de superviser les réparations nécessaires, il vendit le navire au bakufu pour 120 000 dollars. Grâce à la commission qu'il toucha à cette occasion, il put acheter désormais mille lingots d'or à la fois. Il négocia de nouvelles ventes de bateaux à des clans japonais peu importants, lesquels ne payaient pas en monnaie mais en riz, ce qui lui permit d'en exporter en grandes quantités en Chine. Et il continua ainsi à conclure des affaires dont le succès allait croissant.

Mackenzie lui conseilla de faire preuve d'un minimum de prudence.

– Vous marchez sur la corde raide, Tom.

– Oui, et par-dessus le marché je jongle et je crache du feu !

Il savait aussi qu'aucun commerce n'était plus lucratif que celui des armes. Toutefois il n'était plus question pour lui de vendre au plus offrant. Il était ravi de traiter avec le shogun et le bakufu, de les exploiter en prenant leur argent en échange d'or ou de navires marchands. En revanche, il se refusait désormais à leur vendre des armes. Ils avaient fait leur temps.

Après Shimonoseki, le vent tourna au sein du clan des Choshu. Leur défaite honteusement rapide, suivie de l'humiliation d'avoir à verser un dédommagement, avait provoqué la disgrâce de Takashi et de sa faction. Ito et Inoue furent enfin écoutés et imposèrent leur autorité. Ils s'assurèrent le soutien d'un membre influent du clan, Kido Takayoshi, qu'ils emmenèrent tard dans la nuit à Ipponmatsu pour un entretien préliminaire avec Glover.

Au début, Kido sembla hostile, mal à l'aise. Ne parlant guère l'anglais, il communiquait par l'intermédiaire d'Ito et Inoue. Comme eux, il avait d'abord été opposé à l'idée de traiter avec l'Occident. Il était particulièrement sensible à la menace représentée par les missionnaires chrétiens et traquait encore activement les *kakure*, ces Japonais professant en cachette le christianisme, auxquels il reprochait d'enfreindre l'interdit séculaire frappant cette religion odieuse. À ses yeux, le seul but du christianisme était de saper les valeurs traditionnelles du Japon, de le convertir puis de le conquérir.

– Malgré tout… dit Glover en se demandant s'il était concevable qu'ils trouvent un terrain d'entente.

Ito traduisit :

– *Shikashi*…

Kido dévisagea Glover en silence. Puis il reprit la parole, tandis qu'Ito faisait office d'interprète.

Il n'avait pas voulu offenser son hôte, déclara-t-il. Seul lui importait l'avenir du Japon. Il voyait bien que Glover était un gaijin honorable, qui tenait lui aussi au Japon et était prêt à les aider dans leur entreprise. Pour qu'un progrès soit possible, ils devaient se débarrasser du shogun et des autres éléments réactionnaires. Ce ne serait qu'alors que le Japon pourrait pleinement s'ouvrir à l'Occident, se mettre à son école et finalement devenir son égal.

– *Hai*, approuva Glover. *So desu.*

Il versa du saké dans quatre petits verres à whisky et répéta le toast qu'il avait fait autrefois à Kagoshima :

– Shogun ! *Nanka kuso kurae* !

Ils vidèrent leurs verres d'une traite. Ito et Inoue sourirent. Kido hocha la tête mais garda son air sévère.

Ouvrant une bouteille de scotch, Glover remplit derechef leurs verres et proposa un autre toast.

– Au Japon ! s'exclama-t-il. *Nihon* !

Une nouvelle fois, ils répétèrent le toast. L'alcool était si fort qu'il leur fit venir les larmes aux yeux.

– *Nihon* !

Il continua sur sa lancée sans se soucier des limites. Légales ou non, ses affaires lui rapportaient des bénéfices de plus en plus importants. Il vendit de plus belle thé, soie, opium, riz, navires, armes et lingots d'or. Le bruit se répandit qu'il était prêt à prendre à peu près n'importe quel risque.

Un soir, un jeune homme l'aborda au Club des Étrangers.

– Monsieur Glover ?

Le jeune homme avait la mine défaite, les yeux hagards. Manifestement, il n'avait pas beaucoup dormi récemment.

– Oui ? dit Glover d'un ton circonspect.

– Je voudrais vous demander, monsieur, si vous n'auriez pas envie d'acheter un tigre ?

Glover avait bien entendu. Il s'agissait d'une variation inédite sur une histoire bien connue. Mitchell, le jeune homme, était arrivé de Yokohama depuis peu. Trop sûr de lui, il avait signé des reçus qui n'étaient jamais payés et accumulé des dettes qu'il ne pouvait honorer. Lors d'une nuit particulièrement agitée dans le quartier des plaisirs, il s'était laissé embarquer dans une opération censée lui procurer un bénéfice à coup sûr. Il avait acheté un tigre.

Malgré lui, Glover fut intrigué.

– L'homme qui m'a vendu ce fauve était chinois, déclara Mitchell.

– Ne s'appelait-il pas Wang-Li, par hasard ?

– Vous le connaissez ?

– Pour sûr, dit Glover. Continuez.

– Il avait acquis la bête en Malaisie. Il m'a expliqué qu'il me l'offrait à un prix si avantageux que je ne pouvais manquer d'être gagnant dans cette affaire. D'après lui, il ne faisait aucun doute que le moindre cirque ambulant passant dans la région s'empresserait de l'acheter. Mr Li l'aurait lui-même vendu à un prix beaucoup plus élevé s'il n'avait été contraint de retourner d'urgence à Shanghai pour des raisons de famille.

– Il a un sens de la famille hors du commun, approuva Glover. C'est extrêmement émouvant.

– Monsieur Glover, gémit le jeune homme. Tout cela paraissait si raisonnable sur le moment.

– Eh oui, c'est toujours comme ça.

– Mais dans la froide lumière du jour…

– Vous avez eu la gueule de bois.

– Exactement. Et quand j'ai vu cet animal…

Glover l'interrompit, soudain intéressé.

– Vous l'avez vu ? Il existe réellement ?

– Oh, oui.

– Il est ici, à Nagasaki ?

– Il est en quarantaine dans un hangar du port.

Enthousiasmé, Glover s'était déjà levé et se dirigeait vers la porte.

– Montrez-le-moi, monsieur !

Tandis qu'ils approchaient des quais, le jeune homme, tout en tâchant de ne pas se laisser distancer par Glover, lui expliqua que l'affaire était encore compliquée par le refus des douaniers japonais de délivrer un permis pour l'importation du fauve. En attendant, il avait dû faire de nouvelles dettes pour payer Wang-Li en liquide.

– Évidemment, observa Glover, il était pressé de retourner à Shanghai pour se consacrer à sa famille.

– Je vois que vous le connaissez bien ! dit Mitchell.

– De sorte que vous en êtes pour votre poche et qu'il vous est impossible de rentrer dans vos frais.

– Voilà un excellent résumé de l'affaire.

– Vous avez acheté chat en poche. Ou plutôt, tigre en poche !

En fait, le tigre se trouvait dans une cage en bambou qui avait été spécialement construite pour son transport. Les énormes barreaux étaient solidement attachés avec de la ficelle et la porte était munie d'un cadenas en fer. L'ensemble était maintenu par des câbles fixés à de robustes piquets enfoncés dans le sol.

Ils distinguèrent dans la pénombre la silhouette gigantesque du tigre couché dans un coin de la cage. L'air était imprégné de son odeur puissante, animale.

On lui avait jeté de la viande additionnée de laudanum afin de l'engourdir. Sortant maintenant peu à peu de sa torpeur, il tressaillait, tentait de se lever. Une fois remis d'aplomb, il fixa son regard jaune sur Glover et le jeune Mitchell, poussa un rugissement menaçant.

– Bonté divine ! s'exclama Glover.

Il n'avait jamais vu une telle créature sinon dans des magazines illustrés ou sur des affiches de cirque, et il avait toujours cru que ces images étaient fantaisistes, exagérées. À présent il avait la réalité sous les yeux dans toute sa force, sa proximité périlleuse, sa férocité contenue à grand-peine.

– « Tigre, tigre, toi qui flamboies… », dit Mitchell.

– C'est un poème ? demanda Glover.

– De William Blake, répondit Mitchell. Le poète anglais.

– Vraiment ?

– « Dans les forêts de la nuit… »

– Quelle est la suite ?

– « Quelle main, quel œil immortel… »

– Oui ?

– « Put te former, terrible et beau [1] ? »

– Je ne suis pas très porté sur la poésie, dit Glover. En dehors de Burns, bien sûr. Mais il me semble que c'est tout à fait ça.

– Et comment ! approuva Mitchell.

« Toi qui flamboies… »

1. Traduction de Louis Cazamian, *in Anthologie de la poésie anglaise*, Stock, 1946. (*N.d.T.*)

Glover regarda le tigre droit dans les yeux et sentit son altérité absolue, sa nature de prédateur sans peur et sans pitié. Comme il se détournait pour dire quelque chose à Mitchell, le fauve s'élança dans sa direction. Fouettant l'air de sa queue, il secoua les barreaux avec ses pattes énormes, si violemment que la cage entière s'agitait au bout des cordes tendues à se rompre.

Les deux hommes reculèrent aussitôt vers la porte, poussés par un obscur instinct de survie.

– Monsieur Mitchell, déclara Glover, vous venez de vendre un tigre !

– Merci ! s'exclama le jeune homme.

– Je vous donnerai la somme que vous avez versée plus, mettons, dix pour cent en supplément pour votre peine.

– C'est très généreux de votre part, étant donné…

– Étant donné qu'il me faut maintenant affronter ces douaniers récalcitrants et les convaincre de délivrer un permis.

Ils scellèrent leur accord par une poignée de main. Le tigre poussa un énorme rugissement et, comme s'il les avait appelés, deux douaniers apparurent sur le seuil.

S'inclinant devant eux, Glover déclara qu'il désirait expédier au plus vite les formalités afin de pouvoir emmener le tigre. Ils répliquèrent que c'était impossible, que la réglementation ne le permettait pas, que les tigres ne faisaient pas partie des articles susceptibles d'être importés.

Glover expliqua que l'animal lui avait été vendu par Mr Mitchell ici présent – Mitchell s'inclina –, lequel l'avait lui-même acheté à Mr Wang-Li, un respectable commerçant qu'ils connaissaient certainement.

Les douaniers échangèrent un regard. Le plus gradé des deux se contenta de recommencer sa litanie.

– *Muri o iuna* !

C'est impossible !

Glover demanda ce qu'il fallait faire, dans ce cas. Wang-Li avait quitté le pays et ne pouvait donc rendre de comptes. Le premier propriétaire se trouvait quelque part en Malaisie. On ne pouvait restituer le fauve à personne.

Les douaniers déclarèrent qu'il allait devoir le tuer, mais Glover refusa.

– Je viens de débourser une jolie somme pour acheter ce magnifique animal. Je n'ai aucune intention de le faire abattre pour le revendre comme de la viande de chien !

Le gradé répéta :

– *Muri o iuna* !

Et il ajouta :

– *Kyokashou nado dasen* !

Je ne peux pas vous donner un permis.

– Très bien, dit Glover. Il m'est impossible de restituer ce fauve, je refuse de le tuer et vous m'interdisez de l'importer dans ce pays. Il ne reste qu'une solution : le libérer et le rendre à la vie sauvage.

Il s'avança vers la porte de la cage. Le tigre s'accroupit en grondant.

– Monsieur Mitchell ! s'écria-t-il en tendant la main. Si vous voulez bien me donner la clé de ce cadenas, nous allons délivrer cette belle créature et dégager ces messieurs de toute responsabilité en la matière.

Manifestement affolé, Mitchell lui tendit cependant la clé.

Les douaniers n'avaient pas compris ce que Glover disait au jeune homme, mais son intention était claire. Ils se mirent à lui crier qu'il devait arrêter cette folie, que le fauve allait tous les dévorer.

Le tigre se jeta de nouveau contre les barreaux en ébranlant la cage. Glover fit tournoyer la clé.

– Alors ?

Pour la première fois, le gradé parla en anglais, d'une voix tremblante.

– Nous donnons le permis. Vous gardez l'animal.

– Merci, dit Glover.

Se tournant vers Mitchell, il ajouta :

– C'est un plaisir de faire des affaires avec vous, monsieur.

Le douanier marmonna un mot, pas assez bas pour qu'on ne puisse l'entendre :

– *Yaban* !

– Voilà peut-être comment nous devrions l'appeler ! s'exclama Glover.

Il regarda de nouveau le fauve droit dans les yeux et leva la main comme pour le bénir.

– Je baptise cette bête Yaban, le Barbare !

Ouvrant sa gueule énorme, le tigre poussa un rugissement.

Une nouvelle fois, on drogua le fauve et la cage fut hissée sur une charrette à l'aide d'un système de cordes et de poulies. Tiré par des chevaux, le véhicule gravit la colline avec force cahots jusqu'à Ipponmatsu. Le transport eut lieu de nuit, afin d'éviter de semer la panique dans le voisinage. Malgré cette précaution, quelques ouvriers s'enfuirent avec épouvante en apercevant le fauve endormi dont les flancs rayés de jaune et de noir luisaient à la lueur tremblante des torches, et au moins un marin ivre sembla prêt à faire vœu de tempérance et à renoncer pour toujours à la pipe d'opium et au démon de l'alcool.

On installa la cage à côté de la maison, en la fixant de nouveau avec de robustes câbles et des piquets en fer. Le tigre dormait.

Le lendemain matin, Glover fut réveillé par la voix stridente d'une femme hurlant de terreur. Revêtant en hâte son yakuta de coton, il prit son pistolet dans le tiroir de la table de nuit et s'élança hors de la maison.

Encore à moitié engourdi, le tigre s'étira, se leva péniblement en vacillant sur ses pattes énormes. Il émit un feulement rauque en regardant fixement Tsuru. Celle-ci avait remonté comme d'habitude le chemin de la maison, avec au bras un panier en osier rempli de provisions. Évidemment, elle ne s'attendait pas à tomber sur ce monstre terrifiant. Elle restait figée sur place, absolument pétrifiée, panier et provisions éparpillés à ses pieds.

Glover prit un air rassurant.

– Tout va bien, Tsuru-san. Ce n'est rien.

Elle recula d'un pas.

Il s'adressa au tigre :

– Calme-toi un peu, mon grand. On croirait un homme qui a la gueule de bois ! Au fait, je te présente Tsuru-san.

Tsuru fit encore un pas en arrière.

– À ta place, je ne la considérerais pas comme un petit déjeuner convenable. Tu n'en ferais qu'une bouchée !

Tsuru tremblait de tout son corps.

– *Dozo*, dit-il en lui faisant signe de rentrer dans la maison. Je vous en prie.

À l'intérieur, il la força à s'asseoir, alla préparer du thé et le lui apporta. Ce simple geste ne parut pas moins la perturber que la vision du tigre.

– Je suis désolé, assura-t-il. Il m'a été impossible de vous avertir de l'arrivée de Yaban.

Elle sembla perplexe.

– Yaban ?

– C'est comme ça que je l'ai appelé, expliqua Glover. Le tigre, *tora*.

– Son nom ? demanda-t-elle.

– *Hai*.

– Le nom va bien, dit-elle. Il ressemble un barbare.

Il rit, heureux de la voir reprendre contenance avec même un petit air de défi. Toutefois il dut aller lui-même ramasser le panier et les provisions. Quand elle repartit plus tard au marché pour acheter de la viande pour le fauve, il fallut que Glover l'accompagne jusqu'au portail et elle ne le quitta pas d'un pouce, les yeux baissés, en évitant de regarder la cage.

Cette nuit-là, il amena pour la première fois Maki à Ipponmatsu. Elle ouvrit de grands yeux en voyant le tigre et battit des mains en riant et en criant, à la fois terrifiée et excitée par cette vision.

– Yaban ! s'exclama-t-elle. Gaijin !

Et elle rit de plus belle.

Il la conduisit dans la chambre qu'il avait partagée avec Sono. Déjà pleine d'ardeur, elle s'accrocha à lui et l'attira sur le lit. Son dos se cambra avec une grâce sauvage tandis qu'elle se démenait sur lui en criant de plaisir.

Un mois après qu'il eut acheté le tigre, il lut dans l'*Advertiser* un entrefilet annonçant l'arrivée à Yokohama d'un cirque ambulant dirigé par le professeur Risley, autrefois acrobate talentueux au Strand Theatre de Londres où il avait subjugué le public par ses prouesses de force et d'agilité, notamment en envoyant en l'air ses deux jeunes fils juchés sur la plante de ses pieds.

Glover écrivit immédiatement au professeur Risley une lettre qu'il confia au commandant d'un clipper partant le lendemain pour Yokohama. Moins d'une semaine plus tard, il reçut une réponse enthousiaste suivie trois jours après de l'arrivée du professeur en personne à Ipponmatsu, où il était impatient de voir Yaban de ses propres yeux.

Il ne fut pas déçu.

– Au nom du ciel, monsieur, quelle bête splendide !

Risley était un homme trapu et musclé. Avec sa moustache impeccablement cirée et son crâne chauve et luisant, il était une vraie caricature d'artiste de cirque. Glover se retint de lui demander dans quelle université et quelle matière il avait gagné ses galons de professeur.

– J'ai pensé que vous seriez impressionné, déclara Glover.

– Je n'ai jamais vu un fauve aussi beau, répliqua le Professeur. Et pourtant j'ai sillonné le monde de l'Amérique aux Indes et de l'Australie à la Russie !

Il venait d'arriver de San Francisco avec son cirque. Malheureusement, plusieurs de ses animaux étaient morts de maladie pendant la traversée, notamment un lion. Le tigre serait une solution de remplacement bienvenue, s'ils pouvaient se mettre d'accord sur un prix acceptable.

– La providence fait bien les choses ! s'exclama-t-il.

Glover se prit de sympathie pour cet homme courageux, à l'optimisme inlassable. Il était allé en Australie pour participer à la ruée vers l'or et avait continué sa quête au Klondike.

– Je n'ai jamais vu la couleur d'une pépite ! avoua-t-il. Mais qui ne risque rien…

Tsuru le trouva terrifiant et se fit toute petite quand il entra dans la maison.

– Quelle belle petite ! observa Risley.

– Oui, dit Glover en la regardant avec affection. Je ne sais pas ce que je ferais sans elle.

Nerveuse, Tsuru se hâta de quitter la pièce.

– Ces Japonaises ! lança Risley. Elles sont diablement attirantes !

– Je vous emmènerai à la maison de thé, proposa Glover.

– Si ça ne vous ennuie pas, je préférerais quelque chose de plus fort.

Glover éclata de rire.

– Le thé n'est certes pas la seule spécialité du Sakura !

Lorsqu'ils furent là-bas, le professeur jugea Maki fort à son goût, mais Glover lui fit comprendre qu'elle n'était pas disponible, qu'elle était pour ainsi dire déjà prise.

– Bon Dieu, Glover ! s'exclama Risley. Vous êtes vraiment un veinard ! Une jolie petite à la maison, une autre ici… Quel appétit !

Glover lui présenta Yumi, une amie de Maki.

– Yumi ! dit Risley d'un ton ravi.

Il pointa le doigt vers elle.

– *You* !

Puis il se désigna lui-même.

– *Me* !

Après cette leçon d'anglais, il l'enlaça en s'esclaffant :

– *You-me* !

Le lendemain matin, ils convinrent d'un prix pour le tigre. Glover n'essaya même pas de marchander. Il était content de faire un bénéfice substantiel tout en trouvant un foyer accueillant pour le fauve. De son côté, Risley était soulagé à l'idée que son cirque était sauvé. Cet animal prodigieux serait une attraction irrésistible pour le public et la vente des billets lui permettrait rapidement de rentrer dans ses frais.

– La providence fait bien les choses ! dit Glover en lui serrant la main pour sceller leur accord.

Le tigre s'éveilla brusquement, s'étira et bâilla en faisant onduler ses flancs.

– Ça au moins, c'est de l'or ! s'exclama Risley.

Les deux douaniers du port furent si heureux de se débarrasser du fauve qu'ils expédièrent au plus vite les formalités et se bousculèrent mutuellement dans leur hâte d'en finir. La cage fut hissée à bord d'un cargo, attachée avec des cordes et enfermée dans la cale. On avait de nouveau drogué le tigre, qui était sans réaction. Glover éprouva un curieux pincement de cœur en le voyant partir.

Risley l'appela du haut du bateau.

– Le cirque doit se rendre à Yokohama et Edo, Osaka et Hyogo. Venez donc le voir !

– Entendu ! dit Glover.

Après lui avoir fait de grands signes avec la main, il se détourna. Il se sentait étrangement dépossédé.

Quand il retrouva Tsuru chez lui, elle déclara qu'elle se réjouissait du départ de Yaban.

– Le tigre ou l'homme ? demanda-t-il.

– Les deux, répondit-elle d'un ton si sérieux qu'il éclata de rire.

Après l'affaire du tigre, chacun se demanda avec une curiosité mêlée d'appréhension quelle serait la prochaine extravagance de Glover. Ses admirateurs comme ses détracteurs n'eurent pas à patienter longtemps.

– Ce qu'il nous faut, déclara-t-il à Mackenzie, c'est une démonstration de ce que nous avons accompli en Occident, quelque chose qu'ils voient de leurs propres yeux et qui les émerveille !

– À quoi pensez-vous exactement ? s'enquit Mackenzie non sans inquiétude.

– À une ligne de chemin de fer ! s'exclama Glover. La première du Japon !

– Très bien, dit Mackenzie en secouant la tête. Une lubie de plus.

En bas de sa maison, sur le front de mer, une bande de terrain plat s'étendait le long de la route côtière d'Oura. C'est là qu'il fit installer deux cents mètres de rails pour voie étroite. Il fit venir de Shanghai une locomotive de fabrication anglaise, l'Iron Duke. Avec un enthousiasme de collégien, il regarda le débarquement de la machine se balançant au bout des chaînes tendues à se rompre d'une grue gigantesque. On la chargea sur un chariot construit spécialement pour l'occasion et qu'un attelage de chevaux traîna lentement jusqu'au bout de la voie, où on la mit en place sur les rails.

La machine devait fonctionner avec du charbon japonais extrait sur l'île de Takashima. On arriva enfin au jour de l'inauguration du Nagasaki Railway.

– Un long voyage de deux cents mètres ! ironisa Mackenzie.

– Ce n'est qu'un début ! rétorqua Glover.

– Votre ami, le professeur Risley, serait impressionné.

Il avait raison. La journée se passa dans une atmosphère de foire, de carnaval. La voie était bordée de banderoles et de bannières. Une foule énorme était venue admirer le spectacle. Glover fit lui-même le trajet dans la cabine du conducteur, en tirant des coups de pistolet en l'air et en actionnant le sifflet du train. On chauffa le foyer, les roues commencèrent à tourner, le train s'ébranla, prit de la vitesse et parcourut la voie en cliquetant au milieu de nuages de vapeur et de fumée. Les chevaux se cabraient, les enfants couraient se cacher, les femmes se bouchaient les oreilles. Glover fit des signes à Tsuru, qui avait posé sa main sur sa bouche, à Maki, qui riait avec les autres papillons de la maison de thé, à Walsh, qui lui adressa un salut militaire en guise de félicitations. Quand le train eut atteint le butoir, il fit marche arrière et retourna en haletant à son point de départ. Glover sauta à terre, le visage noir de suie, les yeux brillants.

– Hourra ! cria-t-il à Mackenzie qui riait avec lui, gagné par son enthousiasme. Hourra !

Il était couché avec Maki, la tête sur son épaule, le visage enfoui dans sa chevelure. Il respirait son parfum auquel se mêlait l'odeur de son corps de femme. Elle s'était blottie contre lui et il la serrait dans ses bras, dans l'union indissociable de leur peau, de leur sueur, de leur chair brûlante. C'était toujours ainsi, après l'amour. Elle l'avait ensorcelé avec ses mains, sa bouche, l'avait taquiné et excité, l'avait mis en émoi en s'enroulant autour de lui et en s'ouvrant à lui. Avec la précision parfaite d'une danseuse, elle savait exactement quand il fallait lâcher prise, se laisser aller au mouvement irrésistible culminant en cette explosion d'une joie pure, où tout s'abolissait dans la sensation de l'instant.

Ensuite ils restaient un moment allongés, repus, dans une satisfaction délicieuse. Il sentait le bien-être inonder sa chair, la paix se répandre dans tout son être, alanguissante. Rien n'était meilleur, rien n'était plus important.

Il devait s'être assoupi. Se réveillant en pleine nuit, il vit Maki assise au bord du matelas. Les cheveux en désordre après le déchaînement de la passion, elle avait drapé un yukata autour de ses épaules. Elle le regardait. Il ne lui avait encore jamais vu ce regard triste, lointain.

– Maki, dit-il gagné par une sorte de tendresse. Qu'y a-t-il ?

– Ce n'est rien, répliqua-t-elle.

– Rien ?

– Un sentiment. Pas de mot anglais pour ça. *Chotto monoganashii.*

– Chotto veut dire « un peu » ?

– *Hai.* Et *monoganashii* est… difficile à dire. Signifie comme une tristesse parce que le temps passe, les choses changent.

– Tout est éphémère.

– Je ne connais pas ce mot. Mais on dirait que c'est ça.

– Une tristesse que tout soit si éphémère.

– Un sentiment un peu triste.

– Chotto monoganashii ?

– Hai.

Chotto monoganashii.

❧

Ito et Inoue exposèrent avec clarté leurs intentions à Glover. Après un nouvel entretien avec Kido, qui était maintenant complètement acquis à leurs idées, ils avaient conclu qu'il fallait rendre aux Choshu leur puissance militaire afin qu'ils soient en mesure d'affronter le shogun. Pour y parvenir, ils demandaient à Glover de leur fournir à court terme mille fusils Minie, car d'après leurs informations on ne pouvait s'en procurer en plus grand nombre dans la région de Nagasaki. À long terme, ils voulaient sept mille de ces fusils, ainsi qu'autant de canons et d'obus qu'il pourrait en obtenir. Pour souligner combien leurs ambitions étaient importantes, ils désiraient également faire construire un navire de guerre en Europe et l'acheminer jusqu'à Nagasaki. En fait, ils préparaient rien moins qu'une révolution totale, et Glover ne demandait qu'à unir sa destinée à la leur.

Tout cela exigeait des négociations discrètes. Malgré l'influence grandissante d'Ito, les Choshu étaient encore considérés avec hostilité et suspicion, non seulement par le shogun et les Satsuma mais par le gouvernement britannique. Craignant pour leur vie, Ito et Inoue attendirent qu'il fasse sombre pour se rendre chez Glover, déguisés en marchands Satsuma. Ils parlèrent toute la nuit, échafaudèrent des plans autour d'un ou deux verres de saké, avant d'accorder à leur entreprise la bénédiction d'une bouteille de whisky pur malt de la réserve spéciale de Glover. Ito entonna ses chants de révolte et ils rêvèrent ensemble au nouveau Japon.

Le navire de guerre devrait être construit à l'étranger puis ramené dans l'archipel. Pour l'heure, il n'existait pas au Japon de chantier naval capable d'élaborer un tel vaisseau ni de main-d'œuvre possédant les compétences nécessaires. Cela faisait longtemps que Glover plaidait pour que le pays exploite son propre charbon, forge son propre acier, construise ses propres navires et fasse venir des spécialistes capables d'enseigner aux Japonais le savoir-faire dont ils avaient besoin.

Pour commencer, il fallait doter le petit chantier naval existant actuellement à Nagasaki d'une cale sèche permettant de construire et de mettre à la mer les navires de plus gros tonnage.

Lorsque le ciel commença à s'éclaircir, Ito s'était engagé à trouver des appuis pour construire la cale, rassembler l'argent et acheter le terrain. Dans un éclair de lucidité absolue, Glover comprit que la cale et le vaisseau de guerre seraient construits à Aberdeen, dans le chantier de Hall Russell, et qu'il se rendrait lui-même dans sa patrie pour surveiller les travaux. Cette décision semblait si juste qu'elle s'imposait comme une évidence. Il s'imaginait là-bas, en train de respirer l'air vif et de se roidir contre le vent glacé de la mer du Nord.

Quelques jours plus tard, Ito revint à Ipponmatsu. À la nuit tombée, comme d'habitude, afin d'éviter d'attirer l'attention. Il était accompagné d'un autre jeune samouraï, que Glover ne connaissait pas, et il le lui présenta en déclarant qu'il se nommait Ryono Sakamoto.

– Du clan des Tosa, précisa Sakamoto en s'inclinant.

Glover s'inclina profondément devant lui. Il sentait en lui une force, une évidence. Sakamoto s'effaça derrière Ito et se montra taciturne. Il était venu pour écouter, observer.

Ito désirait parler de leurs projets d'armement et s'assurer qu'ils étaient en bonne voie.

– Kido très sérieux, dit-il. Il a fait venir un conseiller militaire, pour faire des Choshu une armée puissante.

On frappa à la porte et Glover se tendit car les visites imprévues étaient rares. On frappa de nouveau, trois coups énergiques. Glover fit signe à Tsuru d'aller ouvrir. Elle revint lui dire qu'il s'agissait de deux jeunes hommes désireux de le voir. Il lui demanda de les faire entrer.

L'un des visiteurs était de l'âge de Glover, l'autre, un adolescent ne paraissant pas avoir plus de quatorze ans.

Ito se leva d'un air embarrassé et déclara qu'il devait partir. Sakamoto se prépara à le suivre mais à regret, semblait-il.

– Attendez, dit Glover. Je vous en prie.

Ito s'inclina.

– Ils sont du clan des Satsuma. Ils n'ont pas envie je reste.

– Je suis ici chez moi et je veux que vous restiez ! s'exclama Glover sans cacher son impatience. Seigneur, moi qui croyais qu'il n'y avait pas pire que les Écossais ! Ces satanés clans !

Le jeune homme s'inclina devant Glover.

– Je suis Toamatsu Godai. Lui est Nagasawa Kanae. Et nous sommes effectivement des Satsuma.

– Voyez-vous un inconvénient à la présence d'Ito-san ici ?

Godai hésita, mais rien qu'un instant.

– Non.

Après un silence, il ajouta :

– En fait, c'est peut-être bien.

Glover laissa ces mots faire leur effet puis se tourna vers Ito.

– Ito-san ?

Sakamoto dit quelque chose à voix basse à son compagnon.

Ito poussa un grognement que Glover considéra comme un accord à contrecœur.

– Bien ! dit Glover. *Dozo*. Je vous en prie.

Il invita d'un geste les invités à s'asseoir et demanda à Tsuru d'apporter du thé.

– Alors ?

L'adolescent était assis très droit. Godai prit une profonde inspiration.

– Nous sommes de Kagoshima.

Ce simple nom frappa Glover en plein cœur. La désolation, la destruction, la terreur. Les morts. Sono. Une fumée légère.

– Oui, dit-il simplement.

– Ce qui est arrivé là-bas ne doit pas se reproduire, continua Godai. Ni là ni ailleurs.

– Non.

– Shimonoseki aussi a été très déplorable.

Godai jeta un coup d'œil à Ito.

– Les chefs des Choshu, comme ceux des Satsuma, comprennent mal la situation. Ils sont prisonniers du passé. Ils doivent changer.

Ito s'adressa à Glover, mais parla à l'intention de Godai.

– Les Satsuma ont attaqué les Choshu. Ils ont fait le sale travail du shogun.

– Je sais, répliqua Godai. C'était très mal. Dites à Ito-san je présente des excuses au nom du clan.

Il s'inclina profondément en direction d'Ito, qui hocha la tête en réponse.

– La seule voie pour l'avenir, reprit Godai, c'est de rendre le Japon fort. Nous avons beaucoup à apprendre.

– Vous parlez comme Ito-san ! s'exclama Glover.

Ito poussa un grognement.

– Je sais Ito et d'autres Choshu sont allés en Occident, dit Godai. Je sais vous avez aidé.

– J'ai fait ce que je pouvais, concéda Glover.

– Maintenant je veux aller là-bas avec d'autres Satsuma.

Le souffle coupé, Ito s'agita sur son siège.
– Combien ? s'enquit Glover.
Godai parut pensif.
– Peut-être vingt.
Ito toussa si fort qu'il faillit s'étrangler. Glover éclata de rire.
– Les vingt héros du clan des Satsuma !
Il se tourna vers Ito.
– Eh bien, Ito-san, qu'en pensez-vous ?
Ito se tut un instant. Le sujet méritait réflexion.
Une nouvelle fois, Sakamoto lui parla à voix basse.
Ito finit par pousser un long soupir et déclara :
– Peut-être c'est le moment.

Glover avait posté des gardes armés tout autour de la maison, afin de surveiller les entrées et le jardin.

– Si quelqu'un s'étonne, déclara-t-il, dites que vous êtes des chasseurs en train de guetter des canards.

– En pleine nuit ? objecta Mackenzie.

– On y verra encore une de nos lubies occidentales, assura Glover. De toute façon, un fusil chargé possède une éloquence pleine d'autorité, qui sait persuader les curieux de s'occuper de leurs propres affaires.

Dans la maison, le contingent des Satsuma au grand complet était massé dans le salon. Comme leurs prédécesseurs Choshu, ils avaient coupé leurs cheveux et revêtu des complets sombres à l'occidentale trop grands pour eux. Le jeune Nagasawa, en particulier, paraissait mal à l'aise. On aurait dit une marionnette de ventriloque montée en graine. Et pourtant, une fois encore, leur maintien de samouraïs leur donnait une telle dignité que Glover se sentit malgré lui absurdement ému.

L'adolescent avait déjà assisté à une bataille sanglante. Au côté de Godai, il avait chargé un canon Satsuma lors du bombardement de Kagoshima. Pourtant, comme les autres, il n'était pas poussé par un désir de vengeance mais par le besoin d'imiter les conquérants pour devenir aussi fort qu'eux. Quelques jours plus tôt, les parents de Nagasawa étaient venus spécialement de Kagoshima pour rendre visite à Glover. Ils étaient fiers de leur fils mais inquiets de le voir partir pour l'inconnu, à l'autre bout du monde.

Godai servit d'interprète et Glover fit de son mieux pour les rassurer. Il leur expliqua qu'à l'arrivée du groupe en Écosse le jeune Nagasawa serait hébergé dans sa propre famille à Aberdeen et que sa mère veillerait personnellement sur lui.

La mère de l'adolescent fut bouleversée par cette nouvelle et éclata en sanglots. Le père resta sévère et taciturne. Se tenant plus droit que jamais, il se contenta de hocher brièvement la tête en signe d'assentiment, avec une retenue exemplaire. De son côté, Glover fut envahi par le souvenir de ses parents en parlant d'eux. Il songea aux pleurs de sa mère, au silence de son père. Le vieil homme était si avare de ses propos qu'en découvrant le Malin en personne devant lui le jour du Jugement il dirait simplement : « Eh bien ! »

Le père de Nagasawa avait remercié Glover et lui avait serré la main, en lui confiant la vie de son fils.

À présent le garçon était ici avec ses compagnons, prêt comme eux à commencer leur voyage si important. Glover les compta en terminant par Nagasawa, auquel il donna une bourrade amicale.

– Dix-neuf ? dit-il en les comptant une seconde fois. Je croyais que vous étiez vingt ?

– Il y a un tombé malade, expliqua Godai.

– Malade à la pensée du voyage ? dit Glover. Enfin, tant pis.

Il versa du whisky pour tous les voyageurs dans de petits bols à saké, sans oublier lui-même, Mackenzie, Ito et Sakamoto, lesquels étaient venus à la demande expresse de Glover. Il avait la forte impression que Sakamoto exerçait une influence bénéfique. Appartenant aux Tosa, un clan d'importance secondaire, il n'était pas obsédé par l'inimitié régnant entre les Choshu et les Satsuma.

– Je veux porter un toast, lança Glover. Aux dix-neuf héros des Satsuma !

Tous vidèrent leur bol.

Mackenzie semblait mal à l'aise, comme s'il s'attendait à tout instant à voir surgir les gardes du shogun. Le visage sévère, Ito n'était venu qu'à contrecœur, mais Glover le remercia en disant que sa simple présence marquait un engagement et une maturité de véritable homme d'État, qu'il était un exemple pour les autres, un pionnier dont beaucoup suivraient les traces. Ces paroles lui arrachèrent un grognement satisfait et lorsque Glover observa qu'aucun des dix-neuf Satsuma n'était poète et le pria de composer un haïku pour l'occasion, il déclara qu'il allait voir ce qu'il pouvait faire.

Après un ou deux bols de saké et quelques encouragements supplémentaires, il se leva, s'éclaircit la voix et annonça qu'il avait un poème.

– Un tanka, dit-il, pas un haïku. Cinq vers, pas trois. Mais l'esprit est le même.

Il récita le poème en le psalmodiant d'une voix sonore, puis le traduisit pour Glover et Mackenzie.

J'ai montré le chemin
Dans la nuit obscure,
Suis retourné au soleil levant.
Maintenant d'autres s'éveillent
Et suivent.

Glover hocha la tête, posa son bol.

– Messieurs, lança-t-il, l'Occident vous attend !

Pour moins attirer l'attention, ils partirent par groupes de deux ou trois. Comme pour confirmer la vérité de son poème, Ito prit la tête du premier groupe. Godai et Nagasawa partirent les derniers, accompagnés de Glover et Mackenzie. Cette fois, il n'y eut pas de problèmes, pas de rencontre imprévue avec les sbires du shogun. Leur bateau partit en profitant du changement de marée, au point du jour.

Mackenzie avait décidé de prendre sa retraite et de rentrer en Écosse.

– Bon Dieu, Ken ! s'exclama Glover. Pourquoi ?

– C'est juste que je deviens trop vieux pour tout ça, répliqua Mackenzie. Je ne peux plus suivre le rythme des jeunots de votre genre ! Et j'ai toujours dit que je finirais mes jours à Edimbourg.

– Je vous dois énormément.

– Eh bien, un chèque en bonne et due forme fera l'affaire !

– Vous savez, vous pourriez faire un travail pour moi dans notre chère patrie.

– Vraiment ? dit Mackenzie avec une circonspection qui n'était qu'à moitié feinte.

– J'ai besoin de quelqu'un pour surveiller ce contrat avec Hall Russell et mettre en branle la construction avant mon arrivée.

Mackenzie fronça les sourcils.

– Vous êtes donc décidé à vous lancer dans cette histoire ?

– Rien ne peut plus m'arrêter, répliqua Glover. J'ai donné ma parole.

– Beaucoup de gens seraient ravis de vous arrêter, observa Mackenzie. Pour vous enfermer dans une maison de fous !

– Bah, le monde entier n'est qu'un immense asile d'aliénés !

Il jeta un regard interrogateur à Mackenzie.

– Pensez-vous à quelqu'un en particulier ?

– Sir Harry Parkes n'a guère apprécié vos dernières facéties. Je crois que vous allez finir par être *persona non grata* à la légation.

– Si sir Harry a quelque chose à me dire, je suis prêt à l'affronter !

– Vous risquez d'en avoir bientôt l'occasion.

– Comment ça ?

– On prépare une petite fête ici en l'honneur de mon départ. Le bruit court que sir Harry en personne pourrait y assister.

– Parfait ! s'exclama Glover. Je suis impatient d'éclairer sa lanterne.

❧

Sir Harry Smythe Parkes, chevalier commandeur de l'ordre du Bain, ministre de Grande-Bretagne, représentant du gouvernement de Sa Majesté au Japon, la langue déliée par quelques gouttes de brandy, s'était lancé dans un panégyrique en règle de Mackenzie. Parkes donnait une impression de force inébranlable. Son regard d'un bleu d'acier était intense, ce qui ne l'empêchait pas de pétiller parfois de malice sous l'effet de l'alcool. Son discours terminé, il proposa un toast.

– Nous avons tous une dette immense envers Ken Mackenzie. Il a été un véritable pionnier dans cette partie du monde et sa main a toujours tenu fermement la barre. Je lui souhaite un *bon voyage** et un heureux retour dans sa patrie.

Il leva son verre.

– À Ken Mackenzie !

Après avoir vidé son verre d'une traite, il le remplit derechef. Mackenzie se dirigea vers la tribune au milieu des acclamations et des applaudissements, tandis que les plus jeunes tapaient du pied sur le sol. Quand le tumulte s'apaisa, il se racla la gorge d'un air embarrassé et remercia sir Harry pour son hommage.

– Un pionnier, moi ? Ne dit-on pas qu'il y a un dieu pour les inconscients ? Je ne regrette certes pas ce que j'ai vécu dans ce pays. Bien entendu, une partie de moi-même est désolée à l'idée de partir… Qui a crié : « Quelle partie ? » Mais je fais confiance à la jeune génération pour me succéder, que dis-je, pour me surpasser ! Je pense tout particulièrement ici au jeune Tom Glover. Lui aussi tient fermement la barre, même s'il lui arrive de naviguer contre vents et marées !

Il y eut force rires et sifflements à l'adresse de Glover, puis Mackenzie reprit :

– Enfin, je n'ai jamais été doué pour les discours, donc il est temps que je débarrasse le plancher de cette honorable tribune. *Arigato gozaimasu* à vous tous. Et *sayonara*, comme disent les gars d'ici !

L'assistance l'acclama en trépignant de joie, après quoi la beuverie continua de plus belle.

Mackenzie se dirigea droit vers Glover.

– Merci, Ken. Je suis sensible à votre confiance.

– Parce que vous croyez que j'étais sincère ? répliqua Mackenzie en riant.

– Peut-être un peu, tout de même !

– Vous rappelez-vous le jour de votre arrivée ? Je vous ai donné trois conseils. Ne pas contrarier les samouraïs. Ne pas vous mêler de politique.

– Et faire attention de ne pas laisser traîner mon petit oiseau n'importe où.

– En avez-vous tenu le moindre compte ?

– Pas vraiment !

– En fait, vous vous êtes empressé d'enfreindre systématiquement ces trois recommandations.

– Ne me dites pas que vous ne vous y attendiez pas !

– C'est vrai.

Mackenzie jeta un coup d'œil sur Parkes qui s'avançait maintenant vers eux.

– Ken ! lança le diplomate en lui tendant la main.

– Encore merci pour vos éloges ! dit Mackenzie.

– Tous les politiciens mentent comme des arracheurs de dents ! assura Parkes en s'esclaffant.

– Permettez-moi de vous présenter Tom Glover, reprit Mackenzie.

– Je me doutais que c'était lui, dit Parkes. Voilà donc la tête brûlée dont on m'a tant parlé !

Le ton était encore badin, mais le regard bleu avait retrouvé sa dureté.

– Je suis enchanté de vous connaître, sir Harry.

– Peut-être pourrions-nous avoir une petite conversation, déclara Parkes. En privé.

– Peut-être le moment est-il mal choisi ?

– Je crois que le plus tôt sera le mieux.

Glover hocha la tête et le conduisit dans un salon derrière le bar.

En les croisant, Walsh s'exclama :

– Soigneurs hors du ring !

Dans le salon, c'en fut fini des feintes et des amabilités. Parkes passa aussitôt à l'offensive.

– Est-ce que vous vous rendez compte de ce que vous êtes en train de faire ?

– Il me semblait que je disais au revoir à Ken Mackenzie.

– Vous savez parfaitement de quoi je veux parler ! Vous avez encore fait sortir clandestinement du pays un groupe de ces maudits rebelles.

– Comme ils appartiennent à un autre clan cette fois, cela maintient une sorte d'équilibre.

– Un équilibre ! bredouilla Parkes, le visage écarlate sous l'effet d'une émotion plus forte que le brandy. Avez-vous la moindre idée du désordre que vous pourriez provoquer ?

– Un peu de désordre ne fait parfois pas de mal.

– Vous enfreignez les lois du shogun. Vous défiez votre propre gouvernement.

– Les jours du shogun sont comptés et ses lois seront bientôt caduques. Je suis certain que le gouvernement de Sa Majesté sera heureux de traiter avec la nouvelle administration sous l'égide de l'empereur.

– Même si c'était vrai, nous ne pouvons prendre officiellement parti pour les rebelles.

– Tôt ou tard, vous devrez tenir compte de ces hommes.

– De jeunes exaltés, aussi stupides que violents !

– Ce sont des hommes intelligents, des visionnaires. Les révolutionnaires d'aujourd'hui sont les hommes d'État de demain. Pensez à l'Amérique.

– C'est toujours une bonne idée ! lança Walsh qui s'était introduit dans la pièce sous un prétexte quelconque.

– Pensez à la France.

– Je ne fais que ça ! s'écria Parkes en s'échauffant de plus belle. Les Français soutiennent sans réserve le shogun. S'il apparaît que nous essayons de le renverser, nous risquons d'avoir une nouvelle guerre coloniale avec eux.

– Je ne crois pas qu'on en arrivera là.

– Vous ne le croyez pas ? bégaya le diplomate suffoqué. Et sur quoi se fonde cette opinion ? Sur votre vaste expérience de la diplomatie et des questions internationales ? Vraiment, monsieur, votre arrogance dépasse l'entendement !

Mackenzie entra dans le salon, apparemment désireux d'offrir sa médiation. Walsh tapa sur son verre de brandy comme pour sonner une cloche.

– Fin du premier round ! déclara-t-il. Je crains que nous ne finissions par gâcher la fête de Ken ici présent. Peut-être pourrions remettre à plus tard la suite du combat ?

Glover acquiesça de la tête, et Parkes l'imita après un instant d'hésitation.

– Soit, n'assombrissons pas la soirée, dit le diplomate. Mais je rappelle à monsieur Glover qu'il s'expose bel et bien à perdre sa carte de commerce et à se voir interdit de séjour au Japon. Quant à ses soi-disant révolutionnaires, ils risquent d'être exécutés.

– C'est un coup bas ! s'exclama Walsh. La cloche avait sonné !

– Messieurs, dit Mackenzie. Si nous allions rejoindre l'assemblée des fidèles ?

Parkes repartit le lendemain pour Edo, sans avoir repris sa conversation avec Glover. Cependant il avait exprimé clairement sa position. Il fallait que Glover rentre dans le rang.

De son côté, Mackenzie se rendait en clipper à Shanghai, où il prendrait un vapeur à destination de Southampton.

– Sans vous, cet endroit ne sera plus pareil, dit Glover en l'accompagnant au quai.

– Pour sûr, répliqua Mackenzie. Tout le monde va regretter ma mine revêche !

– Enfin, je n'attendrai pas longtemps pour la revoir.

– Ça va nous faire drôle d'être de retour là-bas.

– Et comment !

– Je suis certain que Hall et Russell trouveront à redire à ce contrat.

– C'est pourquoi je suis content que vous en parliez avec eux avant mon arrivée.

– Écoutez, Tom…

– Ça fait des années que je vous écoute !

– Sans jamais tenir compte de mes propos !

– Ce n'est pas vrai.

– Sérieusement…

– Je sais.

– Allez-y doucement, Tom. Faites attention.

– Promis.

– C'est curieux, mais je n'y crois pas vraiment !

– Bon voyage, Ken. À dans trois mois.

Mackenzie lui serra la main avec sa fermeté habituelle. Il monta sur la passerelle, lui fit un signe. Glover se détourna, surpris lui-même de l'émotion lui étreignant le cœur. Il se rendit à son bureau afin de commencer les préparatifs pour son propre départ.

Ken avait raison, ça ferait drôle de retourner là-bas. Alors que tant de choses avaient changé pour lui, il imaginait que rien n'avait bougé dans sa ville natale. Il savait que Martha s'était épanouie, qu'il était question d'un jeune homme, de fiançailles. Son père avait pris sa retraite et la famille avait quitté la maison située près de la gendarmerie maritime. Glover lui-même leur avait envoyé l'argent nécessaire à l'achat d'une autre demeure, plus haut sur la colline de Bridge of Don. Il se représenta la réaction de son père en recevant ce cadeau, à la fois fier de son fils et gêné de lui devoir quelque chose. Il croyait voir le visage du vieil homme, l'entendre s'exclamer : « Eh bien ! » Cette pensée le fit rire. Il avait presque l'impression de sentir l'odeur de là-bas, les relents de sel, de fumée et de poisson se mêlant dans le vent glacial.

❧

Ses bagages étaient bouclés, il était prêt au départ. Ses affaires étaient aussi en ordre que possible. Il lui en coûtait de les laisser aux mains d'autres que lui. Harrison et Groom, ainsi que Shibata et Nakajimo, les jeunes Japonais devenus ses premiers commis, étaient chargés de s'en occuper et de consulter Walsh en cas de problème. Flatté, l'Américain avait déclaré qu'il ne saurait égaler Glover en matière d'entêtement et de sournoiserie mais qu'il ferait de son mieux.

La veille de son départ, Walsh essaya de l'entraîner une dernière fois au Sakura, mais Glover voulait garder les idées claires pour le voyage.

– D'ailleurs, dit-il, Maki semble avoir disparu. Voilà des semaines que je ne l'ai pas vue, et la tenancière oppose son silence le plus obstiné à toutes mes questions.

– Ces papillons ! répliqua Walsh. Ils ne font qu'aller et venir !

L'espace d'un instant, Glover revit le visage de Maki. Il lui semblait presque sentir son parfum. Puis il dit au revoir d'un ton bourru à Walsh et entreprit de gravir Minami Yamate pour rentrer chez lui.

Tsuru avait emménagé à Ipponmatsu. Elle occupait une des petites chambres à l'arrière de la maison. Son installation paraissait d'autant plus raisonnable qu'il avait besoin de quelqu'un pour veiller sur les lieux en son absence.

Elle lui avait préparé un bain chaud. Il se lava avec soin puis s'immergea dans le baquet et se renversa en arrière en écoutant une pluie légère crépiter sur le toit. Il se sentait étrangement satisfait. Après s'être séché, il se dirigea vers sa chambre en frissonnant, reposé et détendu. Son yakuta de coton l'attendait. Puis Tsuru lui apporta du thé, le servit. En regardant ses gestes soigneux et paisibles, il ressentit lui-même une sorte de sérénité.

– Tout ça va me manquer quand je serai dans ma patrie, déclara-t-il dans un élan de gratitude.

Elle s'inclina mais il la trouva soudain un peu nerveuse, agitée.

– Vous resterez longtemps en *Sukottorando* ? demanda-t-elle.

– Le temps qu'il faudra. Quelques mois, peut-être. En comptant le voyage, je serai sans doute absent pendant un an.

– A, so desu ka.

Elle assimila l'information, lui versa encore un peu de thé.

– Je voudrais vous ne partez pas.

– Je ne savais pas que vous vous en souciiez !

– Je m'en soucie, assura-t-elle en hochant la tête.

À cet instant, il se rendit compte qu'elle était émue et luttait pour garder son calme. Puis elle se mit à renifler et ses yeux s'emplirent de larmes.

– Holà ! s'exclama-t-il. Qu'est-ce qui se passe ?

– Rien. Je vais bien.

– Voyons, ma petite, dit-il. Tsuru…

À présent ses épaules tressautaient et elle était secouée de violents sanglots. Il posa son bol, se dirigea vers elle et la prit dans ses bras. Tout en la laissant pleurer, il lui murmura des mots apaisants, comme pour consoler un enfant. Le visage en pleurs de la jeune fille mouillait le coton léger de son yakuta. Comme il avait mal attaché sa ceinture, son vêtement s'ouvrit et il sentit sur sa poitrine la chaleur de Tsuru, les larmes coulant sur sa peau. Il l'embrassa sur les cheveux, sur la nuque. Puis il sentit l'excitation monter en lui, son corps nu se pressa contre elle et elle répondit à son étreinte. En haletant, elle dénoua en hâte sa propre ceinture, laissa glisser à terre son kimono. Il l'entraînait déjà vers le lit, stupéfait lui-même par l'irruption inattendue de cet instant, cet instant sans pareil.

Cela faisait plusieurs semaines que Maki n'avait plus de doutes. Les nausées, les douleurs, l'épuisement venaient confirmer ce qu'annonçait l'interruption de ses règles. La tenancière lui avait dit de s'en aller pour résoudre le problème d'une manière ou d'une autre. Maki s'était installée dans un endroit tranquille, hors de la ville. À présent il était temps qu'elle prévienne Tomu, Guraba-san. Elle n'avait aucune idée de ce que serait sa réaction. Elle avait vu d'autres gaijin entrer en fureur en apprenant qu'ils avaient engendré un enfant, se transformer en démons rouges de colère qui battaient leur compagne. Elle avait aussi entendu parler de certains qui avaient refusé d'endosser la moindre responsabilité et s'étaient contentés de reprendre leur vie d'autrefois, en laissant tout en plan.

Elle pouvait encore se débarrasser du problème. Il n'était pas trop tard. Il y avait ce médecin à Naminohira, près du port. Elle pourrait tenter sa chance, risquer sa vie misérable, prier Jizo, le protecteur des enfants jamais nés.

Il lui était aussi possible d'aller trouver Tomu, de lui dire que l'enfant était de lui, que ce n'était pas seulement une question de dates, qu'elle le savait au plus profond de son sang.

Elle n'avait jamais été dérangée par sa rudesse, par son odeur de barbare. En fait, elle y avait pris goût, de même que lui aimait ses folies, son art de le faire rire. Il l'avait emmenée chez lui, lui avait montré le tigre dans sa cage. Yaban ! Et il lui avait fait signe du haut de cette locomotive énorme et rugissante, comme un démon au visage noir, au regard sauvage.

Elle rit à ce souvenir, mais un autre spasme la secoua brusquement et elle eut un haut-le-cœur en sentant la bile au fond de sa gorge. Écartant ses cheveux de son visage, elle vomit dans une petite cuvette placée à côté de son lit. Une pluie soudaine s'abattit sur le toit. Elle aurait dû en être soulagée, mais ses nerfs tendus à se rompre la mettaient au supplice. La fenêtre était grande ouverte pour laisser entrer un peu de fraîcheur. Elle se pencha pour humecter un chiffon de coton dans la pluie, sans s'inquiéter de mouiller également sa manche. Elle essuya son visage, tamponna sa nuque afin de se rafraîchir. Il aimait l'embrasser à cet endroit, en soulevant sa chevelure.

Un poème lui revint à l'improviste, un tanka écrit par Izumi Shikibu, près de mille ans plus tôt.

Mes longs cheveux noirs en désordre
Autant que mes pensées.
Je dors seule et rêve
De celui qui est parti.
Sous ses caresses ma chevelure brillait.

Mille ans. Izumi avait été une beauté célèbre, avait eu de nombreux amants et éveillé l'hostilité de dame Murasaki. Qu'aurait-elle écrit au sujet de cet instant ? Cet instant où elle était dépeignée, négligée, en sueur, assaillie par l'odeur fétide de son propre vomissement.

Se levant péniblement, Maki regarda de nouveau par la fenêtre et hoqueta dans l'air limpide. L'averse avait cessé aussi soudainement qu'elle avait commencé. La pleine lune apparaissait à l'horizon, basse et lourde, couleur de sang.

Glover se tenait sur le pont du clipper sortant doucement du port semblable à un vaste fleuve, bordé de collines qui s'inclinaient vers les rives. L'espace d'un instant, il se rappela son arrivée ici. Cela faisait si longtemps, il était si jeune et ignorant. Parfois, il avait l'impression de n'avoir rien appris depuis. Le navire longea l'île de Pappenberg, en forme de pain de sucre, et vira de bord pour gagner le large. Glover regarda une dernière fois en arrière.

Tsuru arpentait la maison comme dans un rêve. Quelle sensation douce-amère... Le souvenir de la nuit l'imprégnait comme l'odeur de son amant. On aurait dit un vieux poème, une pièce de nô. S'unir enfin à celui qu'on aime et le voir partir... Mais il reviendrait, elle en était certaine. Il avait cette maison, sa vie dans cette ville, son travail. Ramassant le yakuta gisant sur le sol, elle l'approcha de son visage pour le respirer. Elle allait ranger et nettoyer la maison, mais à son heure, pas tout de suite. Elle ferait le lit plus tard. Elle rabattit les draps, se recoucha. Rien qu'un instant encore.

Dans la lumière d'un autre jour, Maki se prépara. Elle se baigna, releva ses cheveux et les maintint avec un peigne en argent. Après s'être maquillée, elle revêtit un kimono parfumé dont elle savait que Guraba-san aimait le motif de feuilles et de papillons. Elle loua un palanquin pour quitter la périphérie de la ville. Les deux porteurs dirent en riant qu'elle était si légère qu'ils ne sentiraient guère son poids. Comme si un oiseau minuscule s'était posé sur le siège, déclara le premier. Ou un papillon, renchérit le second, pareil à ceux de son kimono. Elle sourit, baissa les stores et ferma les yeux. Elle se laissa bercer par la rumeur des rues qu'ils traversaient, cette musique étrange et familière – vendeurs et colporteurs en train de marchander, le bruit d'une hache coupant du bambou, le rire d'un enfant, les pleurs d'un autre enfant, les roues grinçantes des charrettes, un rossignol, un grillon, l'aboiement d'un chien. Elle s'arrêta au pied de Minami Yamate, paya les deux hommes.

– Je ne me sentirai pas plus léger en repartant, lança le premier.

– On croirait qu'on continue de la porter, ajouta le second.

Ces mots lui firent revenir en mémoire une histoire où il était question de deux moines traversant un fleuve. L'un deux faisait traverser une femme sur son dos, la reposait sur l'autre rive. L'autre était toujours furieux de cet épisode au bout de plusieurs heures, et son compagnon lui demandait pourquoi il portait encore cette femme. Guraba-san aimait les histoires qu'elle lui racontait. Elles le faisaient rire.

Elle gravit Minami Yamate à petits pas précis, avec lenteur. Ses pieds avançant posément paraissaient délicats dans ses *geta* aux semelles de bois. Elle arriva au portail d'Ipponmatsu, s'immobilisa devant la porte de Guraba-san, respira profondément, frappa.

Le bruit tira Tsuru de son rêve. Elle était avec Guraba-san, mais le tigre attendait dehors. À présent le fauve grattait la porte avec ses griffes. Son amant voulait aller voir, elle devait absolument l'en empêcher. Elle entendit de nouveau des coups, se réveilla pour de bon et s'assit. Ce n'était pas le tigre, il était parti depuis longtemps. Et Guraba-san aussi était parti, le matin même. Mais quelqu'un frappait vraiment à la porte.

Maki avait frappé à deux reprises. Elle allait s'en aller quand elle entendit quelqu'un bouger à l'intérieur. Elle décida de faire une troisième tentative, frappa énergiquement, attendit.

Tsuru enfila en hâte sa robe d'intérieur, essaya de remettre de l'ordre dans ses cheveux et courut ouvrir. En regardant prudemment à l'extérieur, elle découvrit cette femme du Sakura, sa préférée, celle qu'il avait même emmenée dans sa maison.

Maki regarda cette femme qui la fixait, la préposée à la cuisine et au rangement, celle qui s'occupait de lui.

Les deux femmes continuèrent de s'observer en silence.

Sur le pont du bateau, Glover pensait à Tsuru, à la nuit inattendue qu'ils avaient passée ensemble. Puis il songea à Maki, revit un instant son visage avec une netteté intense. Elle lui racontait des histoires, et voilà justement que l'une d'elles lui revenait. Alors qu'il traversait un champ, un homme tomba sur un tigre. Le fauve gronda et se lança à ses trousses. Un précipice s'ouvrait au bout du champ. L'homme bascula par-dessus et agrippa une plante sauvage pour ne pas faire une chute mortelle. Le tigre s'immobilisa au-dessus de lui en montrant les dents. Au fond du précipice, un autre tigre faisait les cent pas en feulant et en levant les yeux dans l'espoir de le voir enfin tomber. Deux souris apparurent alors et commencèrent à ronger les deux extrémités de la plante, qui s'amenuisait inexorablement. Juste en dessous, un magnifique fraisier s'épanouissait sur la paroi rocheuse. L'homme réussit à cueillir une fraise d'une seule main et la fourra dans sa bouche. Que son goût était donc délicieux !

Maki s'inclina, demanda si Guraba-san était chez lui.

Tsuru s'inclina si bas qu'une mèche retomba en travers de son visage. Elle déclara qu'elle était désolée mais Guraba-san était parti pour l'Écosse, sa patrie, où il devait rester très longtemps, pendant des années peut-être.

Le silence était pesant. Tsuru s'excusa et ferma la porte. Maki resta figée sur la marche. Son esprit était vide, accablé. Elle se sentit de nouveau prise de nausée. Elle allait redescendre la colline, se rendre au Sakura et parler à la tenancière, lui demander l'adresse de ce médecin à Naminohira.

10

Brig o'Balgownie

Aberdeen, 1865-1866

Après la longue traversée en mer, le voyage en train vers le nord était usant. Il dura un jour et demi. Glover parcourut la dernière étape, après Édimbourg, dans une sorte d'état second, flottant entre la veille et le sommeil ou passant brutalement de l'un à l'autre. Au nord de Montrose, tout lui parut familier à faire peur, comme le rêve d'une contrée dont il aurait connu autrefois le paysage austère, battu par les vents, fouetté par une pluie tombant d'un ciel gris dans une mer encore plus grise. C'était si loin. Si loin dans le Nord. En arrivant à Stonehaven, il sentit un choc, comme si cette vision l'éveillait à la réalité, comme si c'étaient les sept années qu'il venait de vivre qui n'étaient qu'un rêve. Puis le train prit de la vitesse et s'élança à toute allure dans la dernière courbe avant Aberdeen, tandis que tourbillonnaient fumée et cendre de charbon. Ils passèrent devant le phare, le village de pêcheurs de Torrie, entrèrent enfin en roulant bruyamment dans la ville elle-même, dans son cœur de granit gris.

Il baissa légèrement la fenêtre, glissa sa tête à l'extérieur et respira à pleins poumons cette odeur inoubliable de poisson s'imposant malgré les relents de fumée et d'essence de la gare. Et les mouettes étaient bien là, descendant en piqué vers les rails, planant sous les poutrelles métalliques et l'immense voûte de verre qu'elles remplissaient de leurs cris. Appartenant à une race d'une férocité toute nordique, ces rudes prédateurs survolaient les voyageurs et se ruaient sur le quai à la recherche de restes à dévorer.

Glover se retrouva lui-même sur le quai, s'étira, négocia avec un porteur le transport de son bagage. Il possédait toujours la vieille malle usée qui lui servait depuis des années, à quoi s'ajoutait cette fois une caisse en bois remplie de cadeaux. Tout en s'affairant, il ne cessait de regarder autour de lui. À travers la fumée et la vapeur sifflante, il aperçut au loin une petite tache blanche voltigeant dans sa direction : un mouchoir qu'agitait une jeune femme. Et cette jeune femme était Martha, il aurait reconnu entre mille ses mouvements, sa silhouette si chère et si familière qu'il fut envahi d'une émotion aussi intense qu'inattendue, qui lui serra la gorge et étreignit son cœur. Derrière Martha, un vieux couple le regardait d'un air incertain. Il lui fallut un instant pour reconnaître son père et sa mère. Seigneur ! Comment avaient-ils pu prendre si vite de l'âge, se tasser à ce point ?

Il se dirigea vers eux, serra Martha dans ses bras.

– Regardez mon grand frère ! s'écria-t-elle entre le rire et les larmes.

– Et toi, comme tu es devenue belle ! dit-il en la tenant à bout de bras, stupéfait.

Il embrassa sa mère et sentit ses épaules fragiles sous son manteau.

– Tom ! lança-t-elle avec une joie incrédule. Tu es… un homme !

– Ah, mère ! répliqua-t-il. Tu as toujours eu le sens de l'observation !

Il se tourna vers son père. Le vieil homme se racla la gorge puis lui serra fermement la main, avec une retenue sévère.

– Eh bien, Tom.

– Bonjour, père.

Derrière ce groupe de famille, une autre silhouette familière attendait d'un air hésitant : Mackenzie.

– Ken ! s'écria Glover avec un large sourire. *O genki desuka* ?

– *O genki desu*, répondit Mackenzie.

Ils s'inclinèrent mutuellement avec cérémonie avant d'éclater de rire et de se serrer la main.

– Nous avons juste échangé quelques mots en japonais, expliqua Glover à Martha.

– Je m'en suis doutée, déclara-t-elle. Quelque chose comme : « Ça va bien ? – Pour sûr ! »

Il s'esclaffa de plus belle et lança :

– Oh, Martha ! C'est si bon de te revoir, ma petite !

– J'en dis autant de toi ! répliqua-t-elle avec un sourire radieux.

Une agitation soudaine à l'autre bout de la gare leur fit tourner la tête. La foule remplissant le hall s'écarta et ils virent s'avancer vers eux d'un pas décidé une petite silhouette trapue, avec cette démarche chaloupée et cet air fanfaron propres aux samouraïs, qui étaient si familiers à Glover mais semblaient si incongrus en ces lieux.

Le jeune Nagasawa était vêtu en samouraï des pieds à la tête. Dans la ceinture de sa robe sombre aux manches larges, il avait glissé un poignard à la place d'un sabre. Sa main droite reposait sur la poignée de l'arme.

– Bon Dieu ! s'exclama Glover. S'est-il promené dans Union Street habillé comme ça ? Il a dû faire sensation !

Le visage de l'adolescent n'exprimait que sérieux, calme et retenue. Des badauds s'esclaffaient sur son passage, le montraient du doigt. Un ou deux crièrent d'une voix moqueuse :

– Salut, simplet !

– Espèce de Chinetoque !

– Oh, le mignon petit Japonais !

Il se retourna vers eux et fit face, la main crispée sur la poignée du poignard.

Glover l'appela :

– Nagasawa-san !

Le garçon s'approcha en hâte, s'immobilisa devant lui, s'inclina profondément.

– Guraba-san.

Glover s'inclina à son tour puis l'attrapa par les épaules en riant et le secoua jusqu'à ce qu'il lui ait arraché un sourire.

– Vous pouvez faire sortir ce garçon du Japon, observa Mackenzie. Mais vous n'arriverez pas à en extirper le Japon !

C'était la première fois qu'il voyait la nouvelle maison, à Braehead. Son père essaya de le remercier pour l'argent qu'il avait envoyé afin de les aider à l'acheter.

– C'était gentil de ta part, dit-il en serrant les lèvres pour mieux refouler toute émotion inconvenante.

– Bah ! dit Glover.

La discussion était close.

La maison n'était qu'à huit cents mètres de la gendarmerie maritime. Comme Ipponmatsu, elle était située au sommet d'une colline et son vaste jardin donnait sur des panoramas impressionnants. Comparée à leur ancienne demeure, c'était un château.

Une charrette à chevaux apporta de la gare la caisse de Glover. Il l'ouvrit dans le salon avec un levier de son père et déballa avec soin ses trésors. Pour sa mère et Martha, il avait acheté des rouleaux de soie chatoyante afin de faire des robes. Pour son père, un trophée de sabres dans leurs fourreaux et une pipe en bois sculpté. Pour décorer la maison, il avait prévu un petit Bouddha en bronze, une armure de samouraï, des peintures sur soie figurant avec délicatesse des fleurs et des oiseaux, un assortiment de bibelots, d'exquis *netsuke* sculptés, des poteries Satsuma blanches ou noires au vernis subtilement assourdi. Son père prit un vase d'un noir mat et hocha la tête avec approbation.

– Que de trésors ! s'exclama sa mère. Il ne fallait pas.

– Ceci n'est rien, répliqua-t-il. Des meubles vont bientôt arriver, sans oublier des écrans, des tapis et une pleine caisse de thé !

– Tu vas faire de cet endroit un petit coin du Japon, dit Martha.

– Pourquoi pas ?

Il sortit de la caisse un jeune plant dans une motte de terre enveloppée de mousseline.

– Voici un *kurumi*, annonça-t-il. Un noyer japonais. J'ai pensé que nous pourrions le planter dans le jardin.

Pour Mackenzie, il avait fait relier spécialement un livre rempli de gravures sur bois aux couleurs vives représentant Nagasaki.

– Une petit souvenir, déclara-t-il.

– Eh bien ! se contenta de dire Mackenzie.

Cependant il sourit et parut ému en tournant les pages.

Glover avait également apporté un petit sabre de samouraï pour Nagasawa. L'adolescent parut incrédule et prit le sabre avec révérence. Il était abasourdi de recevoir un cadeau comme s'il était un membre de la famille. Et quel cadeau ! Presque vaincu par l'émotion, il s'inclina et porta le sabre à son front. Puis il se mit au garde-à-vous, s'inclina de nouveau et quitta la pièce.

Pendant le dîner, revigoré par un verre de pur malt que son père réservait aux grandes occasions, Glover les régala d'anecdotes choisies sur ses années au bout du monde. Il chanta les louanges de Mackenzie, assura que Ken lui avait appris tout ce qu'il savait.

– Je refuse d'endosser une telle responsabilité ! s'exclama Mackenzie.

Glover évoqua ses affaires, la fortune qu'il était parvenu à gagner. Il leur parla de ce gredin de Walsh, de l'indomptable Ito. Quant aux dangers, à l'attaque de la légation, il les minimisa d'un ton léger. Il déclara qu'il était heureux de jouer un rôle dans cette période d'agitation et de changement. En revanche, il évita toute allusion au monde flottant ou au quartier des plaisirs. Il surprit une ou deux fois un regard malicieux et entendu de Mackenzie devant les lacunes émaillant sa version des événements.

Quand leur conversation commença à dériver vers le travail, les transactions avec le chantier naval de Hall Russell et les progrès de la construction, Martha les interrompit en disant qu'ils pourraient parler affaires le lendemain et qu'une question nettement plus importante réclamait toute l'attention de son frère.

En riant, elle l'emmena dans le jardin. Elle avait déjà choisi un emplacement, creusé un petit trou et sorti le jeune plant prêt à être mis en terre.

– J'ai pensé qu'il fallait que ce soit toi qui le plantes, déclara-t-elle.

Il s'agenouilla, installa les racines, tassa la terre autour d'elles et l'aplatit avec une houlette.

– Voilà ! s'exclama-t-il en se relevant.

Elle battit des mains et il fut une nouvelle fois stupéfait devant la beauté tranquille de cette jeune femme qui était sa petite sœur.

– Ton ami a bien de la chance, dit-il.

– Il s'appelle John. Tu verras, il te plaira.

– J'en suis sûr.

Elle le regarda un instant d'un air hésitant puis se lança.

– Était-elle jolie, Tom ? Ton épouse, Sono ?

– Oui, répondit-il simplement.

– Et le petit garçon, votre fils ?

– Sa vie a été si brève.

– Cette période a dû être affreusement dure pour toi.

– Oui.

– Tu n'as jamais été très bavard dans tes lettres.

– Non.

– Il fallait que je lise entre les lignes.

– Oui.

– Mais tu vas bien, maintenant ?

– C'était il y a deux ans.

– Pas plus ? J'avais l'impression qu'il s'était écoulé plus de temps.

– Moi aussi.

Elle prit son bras et ils marchèrent jusqu'au bout du jardin, d'où ils contemplèrent le Brig o'Balgownie.

– Comment va la jeune Annie ? demanda-t-il en se rappelant un soir d'été, un héron survolant le fleuve.

– Elle n'est plus si jeune que ça, répliqua Martha. Comme toi !

Elle riait mais semblait soudain embarrassée.

– Elle va bien.

– Je lui ai écrit en partant d'ici, dit-il. Mais elle n'a jamais répondu.

– Que veux-tu, ce qui est fait est fait. Parfois, il vaut mieux simplement laisser tomber.

– C'est vrai.

❧

C'était comme si rien n'avait changé pendant toutes ces années. La même assemblée mais vieillie, le même pasteur mais plus gris et décharné. Il retrouvait l'ambiance lugubre, oppressante, la ferveur intransigeante, les cantiques à la fois sobres et sonores, évoquant la verte colline au loin et exhortant tous les habitants de la terre à célébrer le Seigneur d'une voix joyeuse. Une nouvelle fois, il sentit la panique l'envahir à la pensée que la vie l'avait rattrapé et renvoyé dans ce monde austère, que sa fuite n'avait été qu'une illusion.

Il se rappela le jeune homme qu'il avait été, cherchant désespérément une issue autour de lui et posant les yeux sur une vision de grâce, Annie. Sans réfléchir, il regarda à la ronde et fut certain de l'avoir retrouvée, avec ses cheveux blonds plus longs et un peu plus foncés, son bonnet cachant à moitié son visage. Même s'il ne la distinguait pas clairement, il reconnaissait son maintien, la forme de sa tête. Il l'adjura intérieurement de se retourner, de le regarder, comme elle l'avait fait autrefois, mais elle continua de fixer les yeux droit devant elle, de chanter les cantiques pleins de gravité.

Il sortit en précédant Martha, serra la main du pasteur sur le seuil.

– Eh bien, monsieur Glover, dit l'homme d'église. Nous avions entendu dire que vous étiez de retour.

Dans sa bouche, ces mots semblaient une condamnation à perpétuité. Vous ne reverrez jamais l'air libre...

Il attendit dans le cimetière, vit Annie sortir et s'avança vers elle en ôtant sa casquette. Elle avait vieilli, maigri, mais elle était encore plus belle que dans son souvenir, d'une beauté adoucie par l'expérience dont était chargé son regard empreint d'une sagesse un peu triste.

– Annie.

– Tom.

Elle ne manifesta aucune surprise. La nouvelle du retour de Glover avait dû se répandre et Annie s'attendait sans doute à le voir. Néanmoins le souvenir de cet homme surgissait en elle du plus profond de son être. Ils avaient l'un de l'autre la même connaissance. Il prit sa main, la serra dans la sienne. L'espace d'un instant, elle sembla répondre par une pression presque imperceptible de sa propre main, puis elle se raidit, recula et se détourna.

Pour la première fois, il remarqua qu'un homme était à côté d'elle, un peu en retrait. Il devait avoir le même âge que Glover, peut-être un ou deux ans de plus. Son corps avait déjà épaissi, ses cheveux commençaient à se clairsemer.

Annie tendit la main pour le forcer à se rapprocher. Puis elle fit les présentations.

– Tu connais mon mari, Andrew.

En le regardant mieux, Glover reconnut le jeune homme derrière ce monsieur à la chair flasque, prématurément vieilli.

Andy Robertson, son collègue en une époque lointaine, son compagnon de beuverie il y avait tant d'années déjà, qui aimait à citer Burns, redoutait l'aventure et aspirait à une vie tranquille.

– Andy !

Robertson lui serra mollement la main, d'un air réticent.

– Heureux de te revoir, Tom.

Sa bouche souriait mais son regard fuyant démentait ses paroles.

Un souvenir fit soudain rire Glover.

– Tu vas toujours plonger du haut du Brig o'Balgownie ?

Robertson sourit faiblement, les lèvres pincées.

– Ça c'était une soirée ! s'écria Glover. « À nous saouler de bonheur et de bière forte… »

– Oui, dit Robertson embarrassé et peu désireux de se rappeler cette scène.

Du coin de l'œil, Glover vit un petit garçon surgir brusquement de derrière une pierre tombale, s'élancer vers eux et se cacher dans les jupes d'Annie.

En riant, elle le fit avancer.

– Voici notre fils, Jamie.

Blond, les yeux bleus, le garçonnet jeta un regard timide sur Glover, cacha de nouveau son visage, risqua un nouveau coup d'œil.

Glover s'accroupit devant lui.

– Enchanté de faire ta connaissance, Jamie.

– Je te présente monsieur Thomas Glover, dit Annie.

– Tom ! la corrigea Glover.

Il cacha à son tour son visage dans ses mains, regarda furtivement entre ses doigts, pour la plus grande joie de Jamie.

– Allons, dit Robertson en prenant l'enfant par la main. Il est temps que nous y allions.

Glover observa Annie et aperçut brièvement dans ses yeux un désir inexprimé, un regret.

– Je suis vraiment heureuse de te revoir, Tom, lança-t-elle.

Puis son visage se ferma, comme une porte un instant entrouverte.

– Ç'a été un plaisir, renchérit Robertson. J'espère que ton séjour chez les tiens se passera au mieux.

Sur ces mots, ils se dirigèrent vers le portail. Seul le petit garçon se retourna pour lui faire des signes de la main. Martha sortit de l'église, rejoignit Glover et prit son bras sans rien dire.

Il marcha jusqu'au bout du jardin. L'après-midi touchait à sa fin, l'air était encore tiède mais on sentait comme toujours que le froid n'était pas loin, dans le vent pénétrant qui devenait franchement glacial dans l'obscurité. Il sourit à la vue du jeune arbre planté par Martha. Il était réconfortant de penser aux générations futures qui s'assiéraient à l'ombre de ses branches, les enfants de Martha, peut-être même ses petits-enfants.

En baissant les yeux sur le Brig o'Balgownie, il lui vint la fantaisie de descendre le regarder de plus près.

Comme tout le reste, le pont était plus petit que dans son souvenir. Il semblait perdu dans un songe de pierre. Cependant la distance le séparant du fleuve était toujours impressionnante, et le parapet était étroit et inégal. Glover pensa au plongeon de Robertson et rit au souvenir de leur témérité de jeunes idiots. Il leur aurait été si aisé de se fracasser le crâne, de se noyer. Mais ils en avaient réchappé. Ils avaient vécu leur vie, en suivant des chemins différents.

Annie.

À peine avait-il pensé à la jeune femme qu'il se retourna et la découvrit devant lui. L'histoire semblait se répéter, comme s'ils rejouaient une scène dans un drame, un rêve dans un rêve. Elle aussi était stupéfaite, mais pas complètement prise de court. En voyant son regard, sa main qui se posait sur sa gorge, il comprit qu'elle s'attendait à moitié à cette rencontre.

Sans réfléchir, il s'avança, l'enlaça et l'embrassa avec fougue sur la bouche. Il la sentit céder, répondre à son baiser. Puis elle se dégagea, recula et revint à la raison en voyant le petit garçon s'élancer vers elle à l'autre bout du pont.

– Jamie ! s'exclama-t-elle d'une voix un peu trop forte en s'empressant nerveusement autour de lui. Tu te souviens de monsieur Glover ?

– Tom ! cria l'enfant.

Après cet accès de hardiesse, il se cacha de nouveau derrière sa mère avec timidité en hasardant quelques coups d'œil curieux.

– Re-bonjour, Jamie ! dit Glover.

– Il est très impressionné par toi, Tom.

– Et moi par lui.

Il tira une pièce de sa poche, la fit tournoyer en l'air, la rattrapa et la plaqua sur le dos de sa main. Tout en la gardant cachée sous son autre main, il se pencha vers Jamie.

– Pile ou face ?

L'enfant regarda sa mère, qui haussa les épaules. Il fallait qu'il choisisse.

– Face ! s'écria-t-il. Non, pile !

– Tu es sûr ? demanda Glover.

Jamie hocha la tête, changea encore d'avis.

– Face !

Glover leva sa main avec une lenteur théâtrale, observa la pièce par en dessous sans la montrer au petit garçon.

– C'est face ! annonça-t-il.

Il donna la pièce à l'enfant, qui éclata de rire et la mit dans sa poche.

Brusquement, quelque chose dans le regard du petit garçon éveilla en Glover un soupçon impensable.

– C'est un gentil garçon, dit-il.

– Un vrai brigand, répliqua-t-elle.

– Il ne ressemble pas à son père, alors ?

– Je dirais plutôt qu'il lui ressemble trop.

Se rendant compte de ce qu'elle venait de dire, elle se mordit les lèvres.

– Quel âge a-t-il ?

– Il est déjà grand.

– Je lui donnerais à peu près six ans.

– Tu sais très bien que c'est son âge.

Elle le regarda avec une résolution paisible et farouche.

– Ne fais pas ça, Tom.

Le silence resta comme en suspens entre eux. Le fleuve coulait sous le pont, un huîtrier lança son cri déchirant.

– Andy a toujours eu le béguin pour toi, déclara-t-il enfin.

– Tu as fait ta vie, Tom. À présent, laisse-nous continuer la nôtre.

Elle prit Jamie par la main et traversa le pont avec lui. Pris de court, l'enfant jeta un dernier regard en arrière, cria au revoir d'une voix aiguë.

Glover s'enfonça dans la ville d'un pas mécanique, parcourut plus d'une lieue sans prêter attention à ce qui l'entourait. La certitude d'avoir un fils le mettait au supplice. Pendant toutes ces années, il n'avait rien su. Et maintenant il ne pouvait rien faire sans causer des dégâts irréparables.

Il continua de marcher, se retrouva presque à son insu au cœur des ruelles obscures du port, en quête de réconfort, d'oubli.

❧

La chaussée de la cale sèche faisait plus de deux cents mètres de long. Sa construction constituait un véritable exploit technique, mais il faudrait presque un miracle pour la transporter au Japon. Glover avait expliqué à Russell, le propriétaire du chantier naval, qu'on commençait déjà à creuser son futur emplacement à Kosuge. Le clan des Satsuma, qui possédait le terrain, avait déjà investi dix mille dollars dans les travaux. Plus qu'un simple bassin, ils étaient en train d'édifier un nouveau Japon industriel. Il fallait qu'ils réussissent.

La solution de Russell était à la fois simple et complexe. Ils allaient construire la cale sèche dans le chantier naval, la démanteler, la transporter par fragments et la reconstituer sur place à Nagasaki.

– Quelle folie ! s'exclama Glover. C'est magnifique !

Ils étaient à Footdee. Russell lui faisait visiter le chantier naval. La construction de la cale était bien avancée et on commençait déjà à bâtir un navire destiné à transporter les différents fragments à Nagasaki. Il s'agissait d'un clipper à cinq mâts, qui devait s'appeler l'*Helen Black*. Sa soute devait être renforcée afin de pouvoir abriter les fragments de la cale sèche ainsi que les machines l'accompagnant et leur faire traverser la moitié du globe. L'ensemble du projet représentait une entreprise colossale, de quoi donner du travail à une foule d'ouvriers qualifiés, de terrassiers et de débardeurs. De l'aube au crépuscule, l'air résonnait de la rumeur incessante des travaux.

Russell avait lui-même lancé la construction de chaudières et de machines à vapeur dans ses chantiers. À présent, ses efforts étaient récompensés. Sans compter que Glover lui faisait miroiter la perspective d'autres commandes. Les Choshu voulaient un navire de guerre, et Footdee était l'endroit idéal pour le construire.

– Ce sont des gens sérieux, affirma Glover. Ils ont l'argent nécessaire et ils m'ont déjà versé une commission pour mener à bien le projet. Jusqu'à maintenant, ils se sont débrouillés avec de vieux rafiots fournis par les Américains et les Hollandais. Ce n'étaient parfois que des navires marchands remis à neuf et dotés de canons légers. Ils ont eu quelques expériences désastreuses, en essayant d'utiliser des canons trop gros dont le recul faisait couler les bateaux !

Russell éclata de rire. Ses yeux brillaient à l'idée des possibilités s'ouvrant à lui, mais son enthousiasme était tempéré par une inquiétude sincère.

– Ces amis à vous, Tom… les Choshu, c'est ça ?

– Oui.

– Ce ne sont quand même pas les rebelles dont vous parliez ?

– Mais si. Ils sont en train de changer le visage du Japon. Dans le bon sens !

– C'est possible, mais je n'ai aucune envie de m'attirer les foudres de l'Amirauté sous prétexte de porter atteinte à la neutralité britannique en armant un des camps en présence dans une guerre civile étrangère.

– Mais vous seriez du bon côté en les armant ! répliqua Glover. Croyez-moi, les prétendus rebelles seront bientôt à la tête du pays. À ce moment-là, ils voudront édifier une marine et c'est une flotte entière qu'ils vous commanderont !

Russell fut frappé par l'énormité de cette perspective.

– J'aurais tendance à me fier à votre jugement, déclara-t-il.

– J'ai le cahier des charges, reprit Glover. Ils ont même choisi par avance un nom pour le bateau : ce sera l'*Ho Sho Maru.* Et ils savent parfaitement ce qu'ils veulent. Une corvette cuirassée à trois mâts, naviguant à la fois à la voile et à la vapeur, avec quatre canons sur le pont – un de cent dix et un de soixante.

L'excitation de Russell se lisait dans son regard.

– C'est comme ça que nous avons procédé dans ce chantier naval, déclara-t-il. Nous sommes passés du bois et de la toile au fer et à la vapeur.

– C'est l'avenir, assura Glover. Qui pourrait mieux que vous construire ce navire et tous ceux qui suivront ?

– Je crois que nous pouvons faire des affaires, dit Russell.

Et ils scellèrent leur accord par une poignée de main – maçonnique, ce qui les rassura tous deux.

Le jeune Nagasawa s'était démené. La langue ne lui avait pas facilité la tâche. Il avait dû affronter non seulement l'anglais, mais le dialecte local dont il avait peine à apprendre les inflexions étranges. Même les mots étaient différents – par exemple, « quand » se disait *fan* et non *when*. Il s'entraîna à comprendre, écouta sans relâche. Cependant la ville même était un problème, avec son climat fait de pluie grise, de brouillard humide et de vents glacés soufflant de la mer. En s'habillant chaudement et en se roidissant contre le froid, il survécut à un hiver. N'était-il pas un samouraï ? Il était fort. Il supporterait l'épreuve.

Le plus dur, c'était d'être si loin de sa patrie, de sa famille. Il lui arrivait de rêver à Kagoshima. Au réveil, il se croyait de retour là-bas et s'attendait à découvrir de l'autre côté de la fenêtre le mont Sakurajima surmonté de son panache de fumée blanche. Il lui semblait presque respirer l'air de là-bas, tiède et sentant légèrement la cendre. Il rêvait aussi parfois au bombardement, voyait des maisons s'effondrer et des quartiers entiers disparaître. Cette fois il flottait une odeur de destruction, aux relents d'explosifs, d'incendie et de terre bouleversée.

À l'école, on se montrait indulgent pour son anglais. Le maître déclara un jour qu'il parlait aussi bien que ces « gamins empotés ». Il fallut qu'on lui explique le sens de ces mots pour qu'il comprenne.

Il avait toujours été bon en mathématiques et rien n'avait changé de ce point de vue. Ce langage-là était universel. Il y excellait, ce qui lui valut l'hostilité de quelques-uns desdits gamins empotés. C'étaient eux qui le harcelaient, lui criaient des insultes. Il les ignorait. Encore une épreuve à endurer... Jusqu'au jour où les choses allèrent plus loin.

Glover assista à la scène depuis une fenêtre de l'étage, à Braehead, du côté de la maison donnant sur la rue. Alors qu'il réfléchissait à des projets pour la cale sèche, il entendit du tapage et alla voir.

Nagasawa était encore à quelque distance de la maison. Derrière lui, quatre garçons se moquaient bruyamment. L'un d'eux ramassa une pierre, la lança et atteignit Nagasawa dans le dos.

Glover voulait intervenir énergiquement quand il eut la surprise de voir Nagasawa rentrer dans la maison en courant. Le jeune Japonais n'avait pourtant rien d'un lâche, lui semblait-il. Mais peut-être avait-il calculé, en bon mathématicien, que ses chances de l'emporter étaient si faibles qu'il valait mieux se montrer prudent.

La porte de la maison claqua. Glover entendit Nagasawa monter l'escalier, prendre quelque chose dans sa chambre, redescendre en hâte. Les garçons qui l'avaient accablé de quolibets étaient maintenant devant le portail et savouraient leur triomphe en riant. Incrédule, Glover vit le jeune samouraï se précipiter vers eux avec son sabre dégainé.

Les moqueurs avaient dû l'apercevoir au même instant car ils se figèrent. Ils avaient perdu leur air fanfaron et n'étaient plus qu'une bande de gamins terrifiés. Nagasawa brandit son sabre au-dessus de sa tête et les chargea en poussant un cri de guerre :

– *Kaaaa* !

– Bon Dieu ! s'exclama Glover.

Il se précipita dans l'escalier et sortit.

Arrivé au portail, il appela l'adolescent :

– Nagasawa-san !

Le Japonais avait chassé cinquante mètres plus loin dans la rue ses persécuteurs auxquels la terreur donnait des ailes. En entendant Glover, il s'arrêta net et se retourna.

Glover se montra aussi furieux qu'il convenait, lui ordonna de lui rendre le sabre et de rentrer immédiatement.

– Ça ne peut pas se passer comme ça ! lança-t-il.

Nagasawa se raidit, abattu par la réprimande.

– Ils m'ont insulté. C'est une question d'honneur.

– Je sais. C'est le bushido, le code du samouraï.

L'adolescent se mit au garde-à-vous.

– *Hai, so desu.*

– Mais nous ne sommes pas à Nagasaki. Nous sommes à Bridge of Don !

– Je suis désolé de vous avoir déshonoré.

– Non, ce n'est pas ça ! C'est juste que nous avons d'autres habitudes. Décapiter quelqu'un pour avoir lancé un caillou est considéré ici comme légèrement excessif.

– Je comprends.

– Pour plus de sûreté, je vais garder provisoirement ce sabre. Si vous voulez bien me donner le fourreau, nous allons le ranger.

Nagasawa alla chercher le fourreau et le remit à Glover. Celui-ci lui tendit le sabre et lui permit d'écorcher le bout de son pouce sur la lame, juste assez pour tirer une goutte de sang et satisfaire ainsi l'honneur. Puis il glissa l'arme dans son fourreau.

Quand l'adolescent se retourna pour s'en aller, il paraissait si accablé que Glover le rappela.

– Je vous ai fait cadeau de ce sabre, déclara-t-il. Je vous le rendrai donc le moment venu. En attendant, je voudrais vous offrir autre chose en signe de respect et d'amitié.

Posant le sabre, il sortit d'un tiroir une lourde montre de poche nantie d'une chaîne.

Nagasawa la prit et s'inclina avec gratitude, les yeux brillants.

Le jeune samouraï raconta lui-même l'histoire à Glover.

Les quatre garçons qu'il avait chassés avec son sabre l'attendaient au retour de l'école, juste avant le pont, à un endroit où un sentier remontait depuis la berge du fleuve. Ils lui avaient barré le chemin et l'avaient encerclé en reprenant leurs moqueries.

– Salut, Chinetoque !

– T'as la jaunisse !

– T'as les yeux bridés !

– T'es moins brave sans ta grosse épée !

Comme ils se rapprochaient, il avait posé ses livres de classe à ses pieds et sorti de la poche de sa veste la montre que Glover lui avait donnée, en la soupesant dans sa main. Puis il avait empoigné la chaîne et fait tournoyer la montre au-dessus de sa tête avant de l'abattre sur le garçon le plus proche, le chef de la bande. Atteint violemment à l'épaule, le garçon avait vacillé, perdu l'équilibre et s'était effondré par terre. Les autres avaient fait mine de se précipiter sur Nagasawa, mais il leur avait fait face en continuant de faire tournoyer son arme. Poussant un cri de guerre, il les avait mis en déroute. Entre-temps le meneur s'était relevé, terrifié, mais Nagasawa s'était arrêté, avait vérifié que la montre marchait encore et l'avait rangée dans sa poche. Le garçon s'était éloigné, d'abord avec circonspection puis en accélérant le pas, et avait fini par prendre ses jambes à son cou pour rejoindre ses camarades.

Glover écouta ce récit, hocha la tête.

– Merci de m'avoir tout raconté, Nagasawa-san.

Le jeune Japonais lui tendit la montre et déclara :

– Maintenant, vous allez la reprendre aussi, la ranger avec le sabre. Pour plus de sûreté.

Glover éclata de rire.

– Je ne pense pas que ce soit nécessaire. Et je crois que ces garnements te ficheront la paix à l'avenir.

Nagasawa semblait déconcerté.

– Mon ami Ito-san m'a raconté un jour une histoire, reprit Glover. Sur la nécessité de se défendre.

L'adolescent tressaillit. Évidemment. Appartenant au clan des Choshu, Ito était encore un ennemi.

Glover continua.

– Il était une fois un serpent qui vivait dans un petit village. Il terrorisait les habitants par ses morsures. Puis il arriva qu'un maître zen fit halte dans le village et prononça un discours sur la non-violence. Le serpent passait par là et s'arrêta pour écouter. Ce discours l'impressionna si fort qu'il comprit qu'il avait mal agi et fit le vœu d'être un serpent exemplaire à l'avenir. Il rampa jusqu'au maître et lui demanda conseil. Bien entendu, les animaux savent toujours parler, dans ce genre d'histoires. À moins que le maître n'ait été capable de lire dans ses pensées et de lui parler en silence.

Nagasawa avait l'air plus désorienté que jamais.

– En tout cas, poursuivit Glover, le maître lui conseilla simplement de méditer chaque jour et de ne plus mordre.

L'adolescent hocha la tête, attentif.

– Le temps suivit son cours et quelques mois plus tard le maître repassa par le village. Regardant à la ronde, il demanda : « Où est mon ami le serpent ? » Mais personne ne put lui répondre. Alors qu'il allait quitter le village, il baissa machinalement les yeux sur le côté de la route et aperçut le serpent qui gisait là, couvert de plaies, à moitié mort. « Que s'est-il passé ? s'enquit le maître. – Vous m'avez dit de ne plus mordre, répliqua le serpent. En voyant que je n'étais plus un danger pour eux, les garçons du village ont cessé de me craindre. Quand ils ont compris de surcroît que je ne me défendrais pas, ils se sont vengés de toutes ces années où je mordais. Après m'avoir roué de coups, ils m'ont jeté dans le fossé. » Le maître eut un petit sourire, secoua la tête et lança : « Je t'ai dit de ne pas mordre. Je ne t'ai pas dit de ne pas siffler ! »

Les sourcils froncés, Nagasawa réfléchit d'un air concentré.

Glover lui rendit la montre en disant :

– Parfois, il est nécessaire de siffler.

Brusquement, la lumière se fit dans l'esprit du jeune samouraï. Ce fut pour lui comme un coup de tonnerre – de sabre, plutôt. Son visage se détendit en un sourire enfantin. Il renversa la tête en arrière et, pour la première fois, Glover l'entendit éclater d'un rire tonitruant.

– *Ssss* ! siffla-t-il avec jubilation.

Il riait si fort qu'il en avait les larmes aux yeux. Glover lui tendit un mouchoir et il essuya son visage, pouffa encore puis reprit non sans effort son air calme et cérémonieux. Il rendit le mouchoir, remercia Glover, s'inclina et s'éloigna.

Après un instant de réflexion, Glover le rappela et lui restitua le sabre avec une solennité discrète.

– Ne mordez pas ! dit-il.

Le garçon sourit de nouveau de toutes ses dents, puis il se reprit, en proie à une émotion plus profonde faite de révérence pour le sabre et de gratitude envers Glover qui le lui rendait.

S'inclinant très bas, il lança d'une voix étranglée :

– *Arigato*, Guraba-san. *Arigato gozaimasu.*

Une fois encore, tout commença par la poignée de main rituelle, marquant qu'ils étaient de bonne foi et pouvaient se faire confiance mutuellement. « Je promets le silence et la discrétion… » Invité à la réunion de la Loge, Glover assista à toutes les cérémonies, après quoi Russell le prit à part en déclarant qu'il voulait lui dire un mot.

La pièce était confortablement meublée d'une table de chêne bien cirée et de profonds fauteuils en cuir. Les murs étaient couverts de livres de littérature maçonnique. Entre les bibliothèques, des rouleaux peints arboraient les symboles secrets : le carré et le compas, un groupe d'étoiles, un œil unique flamboyant au cœur d'une pyramide.

On distribua cigares et verres de whisky. Des volutes odorantes s'élevèrent à l'ombre du haut plafond. Il régnait une ambiance très masculine, une impression de sécurité. Mackenzie était là, ainsi que Robertson et le jeune John Grant, le fiancé de Martha. Il travaillait pour Russell comme ingénieur. Au sein de la société, il jouait un peu le rôle du jeune apprenti, mais il semblait à l'aise et se montrait plein d'affabilité. Glover l'appréciait et le considérait comme un bon parti pour Martha.

Robertson travaillait toujours pour le vieux George. L'heure approchait où il succéderait à son beau-père – il faisait partie de la famille, maintenant. Bon Dieu ! Quand le vieillard prendrait sa retraite, dans un an ou deux, Robertson prendrait la tête de l'affaire. Attendri par son whisky et son cigare, Glover regarda Robertson avec une certaine bienveillance. À force de trimer, il avait obtenu tout ce qu'il désirait dans la vie. Pas assez pour Glover, qui avait toujours eu la bougeotte. Et pourtant… Une nouvelle fois, Glover sentit comme un pincement de cœur. Ce lourdaud avait Annie et l'enfant. L'enfant, bon Dieu ! Encore une gorgée de whisky, encore un petit verre. Ce pur malt est prodigieux, franchement. Et puis quoi ! Ils avaient fait leurs choix, vécu en conséquence. Assez.

Russell était en train de lui parler.

– L'Écosse a besoin d'hommes comme vous, Tom, capables de voir loin. Si jamais l'envie vous prend de rentrer au pays, vous ne manquerez pas de propositions.

– Par exemple ?

– Je ne crois pas qu'il soit déraisonnable d'envisager un poste de directeur, un siège au conseil d'administration, voire une circonscription parlementaire de tout repos.

– Thomas B. Glover, membre du Parlement. Ça sonne plutôt bien. Ma mère serait folle de fierté !

– Je suis sérieux, Tom.

– Je le sais bien, croyez-moi. Et c'est diablement tentant.

– Vous pourriez vous acheter des terres, un domaine.

– Vous m'emmenez au sommet de la montagne. *Vade retro, Satanas* !

Sans s'attarder sur cette ombre de blasphème, Russell regarda fixement Glover.

– Réfléchissez à ce que je vous ai dit.

– Promis.

En jetant un coup d'œil à la ronde, Glover vit que le visage de Robertson était lugubre.

Changeant brusquement de ton, Russell suggéra avec entrain qu'ils pourraient jouer tous ensemble au golf le lendemain matin.

– Je compte sur vous, Tom.

– Oh, je suis prêt à tenter ma chance.

Au dix-huitième trou, ils se retrouvèrent juste au sommet de la falaise, à dix mètres d'un plongeon vertigineux droit dans la mer du Nord. Un vent furieux, arrivant directement de Norvège, rendait tout calcul impossible. La balle de Glover atterrit dans un bunker au pied d'une pente gazonnée.

– Ah ! cria-t-il au milieu des rafales. Un défi !

Il s'abrita les yeux pour mieux voir le drapeau.

– Et voici un autre défi !

S'il n'avait guère de technique, il jouait avec autant de plaisir que d'énergie et la chance lui souriait souvent.

Il observa la configuration du terrain, la direction du vent, prit le club que lui tendait son caddie. Il le garda un instant devant lui, le brandit comme un sabre de samouraï, poussa un gloussement et cria de nouveau :

– Ah !

Sans hésiter, sans s'arrêter pour réfléchir, il donna un grand coup dans la balle qui s'envola du bunker dans un tourbillon de sable. Il la regarda rebondir au bord du terrain, rouler et s'immobiliser à quelques pas du trou.

– Oui ! hurla-t-il. Oui !

Ils étaient sortis tôt le matin, après le petit déjeuner. Glover, Andy Robertson et John Grant s'étaient joints à Russell. Seul Mackenzie s'était abstenu, en déclarant qu'il n'avait aucune intention de traîner sa vieille carcasse sur un terrain de golf à une heure impossible.

Manifestement, Russell avait conçu cette partie comme un prolongement de leur entretien de la veille. Tout en évitant des allusions trop lourdes qui auraient gâché le jeu, il faisait des remarques sur la fraîcheur de l'air et le charme de la ville, remarques amenant incidemment des discours rêveurs sur l'avenir du Nord-Est, l'amélioration prévue du réseau routier et ferroviaire dans les dix prochaines années.

– Imaginez, Tom, dit Russell en alignant un drive. Des ponts métalliques permettront aux trains de franchir le Forth et le Tay.

Il ne faudra plus que deux ou trois heures pour se rendre à Édimbourg.

Il envoya sa balle droit dans le fairway.

– Imaginez !

Ce ballet compliqué autour du sujet, cette manière d'en parler sans en parler, était digne des Japonais.

– Oui, répliqua Glover. Je vois ce que vous voulez dire.

Russell était de loin le meilleur joueur parmi eux. Il jouait avec circonspection, ne tentait guère que des coups sûrs, en prenant des risques calculés. Il menait largement. Derrière lui, le jeune Grant avait l'étoffe d'un joueur honorable. Il frappait assez bien la balle, mais avait tendance à se déconcentrer s'il manquait son coup et s'égarait dans le rough. Robertson jouait avec une prudence méthodique et semblait offensé chaque fois que sa balle déviait. À la fin de la partie, il n'avait que deux coups d'avance sur Glover, lequel avait avancé à la force du poignet.

Russell réussit son dernier coup et gagna la partie. Les autres applaudirent poliment. Grant effectua un double putt et s'adjugea la deuxième place. Glover s'avança à grandes enjambées, réfléchit à peine et tapa peut-être un rien trop fort dans sa balle. Elle pouvait aussi bien manquer complètement le trou, rebondir contre le drapeau ou passer à un cheveu du bord. Grant s'approcha d'un pas léger et enleva le drapeau à la dernière seconde. La balle fit deux fois le tour du trou avant de daigner enfin tomber dedans.

– Hourra ! s'écria Glover en tombant à genoux. Et deux fois hourra !

Robertson avait encore à donner son dernier coup. À quatre pieds du trou, ça paraissait facile. Toutefois les conditions laissaient à désirer, la pente était gênante, le vent traître et le terrain lui-même inégal. Il fit le tour de la balle en la scrutant sous tous les angles, vérifia la direction du vent et aplanit l'herbe avec sa main.

– Allez, mon vieux ! s'exclama Russell. On ne va pas rester à se geler ici alors qu'on pourrait siroter un petit remontant au bar !

Robertson grimaça un sourire et lança d'un air tendu :

– D'accord.

Il se mit en position, les genoux légèrement fléchis, bougea encore une ou deux fois légèrement les pieds, recula son club et frappa enfin la balle. Ils la virent passer à côté du trou, rouler de plus en plus vite sur la pente et disparaître dans l'abîme au bout de la falaise.

Malgré tous leurs efforts, les autres joueurs ne purent s'empêcher d'éclater d'un rire tonitruant.

– Pas de chance ! dit Grant.

– Vous pourriez descendre là-bas pour jouer la suite ! suggéra Russell.

– Il doit sûrement y avoir une pauvre mouette qui est en train d'essayer de couver la balle ! observa Glover.

Les trois hommes rirent de plus belle, mais Robertson était tout déconfit.

– Ne faites pas cette tête ! dit Russell. Venez, je vais vous payer un verre !

– Seigneur ! s'exclama Glover tandis qu'ils se dirigeaient vers le club-house. Quel sacré jeu, tout de même !

Une idée germa dans sa tête et il s'arrêta net.

– Je pourrais introduire le golf au Japon.

– Il y a peu de chance qu'il prenne là-bas, déclara Russell.

– Oui, vous avez sans doute raison.

Chemin faisant, Russell lui demanda négligemment s'il avait réfléchi à ses propositions. Soudain, en regardant les drapeaux claquer au vent, Glover se surprit à éprouver une grande nostalgie pour Nagasaki. Il vit devant eux Robertson qui avançait en baissant la tête, découragé. Glover pourrait rester, devenir tout ce qu'avait suggéré Russell et davantage encore. Il pourrait prospérer, augmenter sa fortune, mener grand train. Et s'il restait, il serait près de son fils, il lui serait possible de le regarder grandir. Mais en voyant l'air de chien battu de Robertson, il comprit ce qu'il devait faire. Cet instant lui suffit pour savoir qu'il allait devoir repartir, et que le plus tôt serait le mieux.

Les drapeaux claquant au vent qui soufflait de la mer… Ito et les autres devaient être en train de combiner leurs plans.

– Je suis vraiment flatté, dit-il à Russell. Mais j'ai encore des affaires à régler au Japon.

Les drapeaux, en plein vent.

11

Daimyo

Nagasaki, 1867-1868

En arrivant à Nagasaki, il eut l'impression de rentrer chez lui. Il ne ressentait aucune étrangeté en ces lieux. La baie et les collines étaient si familières, Ipponmatsu, sa maison, si accueillante. L'air même était un baume pour son âme. C'était Aberdeen maintenant qui paraissait comme un rêve lointain.

Dans la maison, il arpenta les pièces en touchant les objets – ses objets –, en reprenant contact. Une poupée de Daruma qui avait appartenu à Sono, le sabre de samouraï de Matsuo. Il entendit un mouvement dans son dos et découvrit Tsuru dans l'encadrement de la porte, lui souriant d'un air incertain.

– Tsuru, ma petite ! C'est bon de te revoir !

Elle s'inclina en disant :

– *Irasshaimase* !

Puis elle cacha son visage derrière ses mains et éclata en sanglots Il la rejoignit, la serra dans ses bras.

– Voyons !

Les visites commencèrent le soir même et se succédèrent sans relâche.

Walsh se montra le premier, tout émoustillé par son retour.

– Bon Dieu, Tom, ça fait du bien de vous revoir !

Il lui serra la main et lui tapa sur l'épaule avec enthousiasme.

– Cet endroit était plutôt morne sans vous ! assura-t-il en riant.

– Ça m'étonnerait !

– Bon, j'exagère peut-être ! Il y a eu pas mal d'agitation en votre absence. Mais vous ajoutez un peu de piment à ce bouillon de vipères, et nous en avons manqué cruellement ces dernier temps.

– Je vais voir ce que je peux faire !

La première pensée de Walsh fut de l'entraîner dans le quartier des plaisirs, mais Glover se montra réticent.

– Apportez-moi des sels ! s'exclama Walsh. Je n'aurais jamais cru que ce jour arriverait !

– A-t-on revu Maki ? demanda Glover.

– Jamais, figurez-vous. C'est une drôle d'histoire. Elle semble s'être volatilisée.

– Bizarre.

– Remarquez, à en juger par la mine ravie de miss Tsuru, il se pourrait que vous ayez ici tout ce dont vous avez besoin !

– C'est possible, répliqua Glover d'un air évasif.

– Veinard ! lança Walsh.

Glover ouvrit une bouteille de pur malt qu'il avait rapportée d'Aberdeen. Après avoir rempli généreusement deux verres, il déclara :

– Et maintenant, je veux tout savoir !

Pendant l'heure qui suivit, et avec l'aide d'un ou deux verres supplémentaires, Walsh le mit au courant des dernières nouvelles, depuis le prix du thé jusqu'à la force des nouvelles alliances, contre nature ou non, en voie de se former.

– Votre vieil ami Montblanc, l'homme au *pince-nez** et aux goûts étranges, a voulu empiéter sur votre territoire en faisant des affaires avec les Satsuma.

– Vraiment ?

– Il a négocié la vente de deux vapeurs pour eux. Mais j'ai entendu dire qu'il avait fait un terrible *faux-pas** avec l'un des bateaux. Il tenait tellement à les impressionner qu'il est allé jusqu'à faire figurer le symbole de leur clan sur tous les meubles et toutes les décorations.

– C'est minable, commenta Glover. Je n'en attendais pas moins de sa part.

– Mais il a commis l'erreur d'orner également les tapis dudit symbole, de sorte que le daimyo et les autres dignitaires du clan s'emmêlaient quasiment les pieds pour ne pas marcher dessus !

– Bien fait pour ce salaud.

– Cet incident n'a pas vraiment servi sa réputation.

– Eh bien, voyons s'il n'y aurait pas moyen de le discréditer encore un peu plus.

– Il s'est fait taper sur les doigts par son consul, un nouveau type nommé Roches que tout le monde décrit comme une sorte de bravache.

– Les Français soutiennent toujours mordicus le shogun ?

– Tout à fait. Je crois que le fameux Roches a eu une prise de bec avec sir Harry Parkes la semaine dernière. Les amabilités ont fusé des deux côtés. Roches a accusé les Britanniques de ne soutenir que mollement le shogun et le bakufu.

– J'aurais voulu être là !

– Je suis sûr que vous aurez droit bientôt vous-même à quelques amabilités.

– Comment sir Harry s'est-il défendu ?

– Il s'est contenté de répéter le discours officiel sur l'engagement du gouvernement de Sa Majesté au service d'une politique de neutralité absolue et de non-intervention.

– Ils ont donné un bel exemple de non-intervention à Kagoshima !

– Mais les choses sont en train de changer, Tom. On sent déjà comme un mouvement irrésistible. Votre cher Satow semble s'être converti complètement à vos idées. Il a écrit quelques articles dans le *Japan Advertiser* où il critique férocement le shogun. Je vous en ai apporté des exemplaires pour que vous puissiez les lire quand vous aurez une minute.

Il sortit les articles de sa mallette et les tendit à Glover, qui les feuilleta en regardant les titres : « La situation actuelle au Japon », « La perfidie du shogun ».

– Eh bien, dit-il. Peut-être le moment est-il vraiment arrivé.

– En attendant, reprit Walsh, dans mon propre patelin, on en a enfin terminé avec notre petite guerre.

– Qui n'a pas été si civile que ça.

– Mais qui s'est conclue de façon satisfaisante.

– J'ai rencontré un sudiste en revenant ici. Un gentleman de la Louisiane. Il se permettait d'être d'un avis contraire. D'après lui, l'esclavage n'était qu'un prétexte pour les nordistes afin de faire la guerre, ruiner les plantations et s'emparer des terres.

– Comment voulez-vous qu'un gentleman de la Louisiane ait une autre opinion ? On pourrait tout aussi bien prétendre que votre petite révolution dans ce pays est orchestrée par les Anglais tandis que les Français attendent en coulisse, prêts à intervenir si les choses tournent mal.

– Décidément, je dois une revanche à ce satané Montblanc.

– Quels que soient les dessous politiques de la situation, le fait est que la guerre est terminée et qu'il va donc y avoir une quantité énorme d'armement disponible sur le marché mondial. Des carabines des canons, des fusils Gatling, tout ce qu'on veut. C'est le moment où jamais d'équiper votre armée de rebelles.

Glover leva son verre.

– À la révolution, et aux alliances contre nature !

À peine Walsh eut-il pris congé que Harrison et Groom arrivèrent, avec Shibata et Nakajimo marchant respectueusement derrière eux. Glover ouvrit une nouvelle bouteille de malt, remplit les verres et proposa un autre toast.

– À Glover et Compagnie !

– Kanpai !

Il était resté en contact avec eux pendant toute son absence, mais les communications étaient lentes et il avait besoin de se remettre au courant. Après avoir versé encore un peu de whisky, il écouta un véritable rapport d'activités que ses collaborateurs lui firent avec enthousiasme.

Le commerce des navires continuait à un rythme soutenu. Ils avaient négocié la vente d'une demi-douzaine de vaisseaux et se préparaient actuellement à livrer la canonnière Nankai au clan des Tosa pour la somme de 75 000 dollars. Jardine's leur devait encore 20 000 dollars pour la construction de trois vapeurs. Glover écrirait afin d'exiger le transfert immédiat des fonds. Harrison poursuivait ses investissements immobiliers. Les spéculations aventureuses de Groom sur les fluctuations du cours des monnaies étrangères entre Nagasaki et Yokohama rapportaient toujours des bénéfices et il réussissait, même de justesse, à rester dans la légalité. Quant au commerce du thé, il employait maintenant plus de mille personnes et Glover avait conçu une machine à vapeur pour trier les feuilles, ce qui avait encore accru le rendement de l'opération. Une version améliorée de cette machine était actuellement à l'étude en Angleterre et leur serait envoyée dès qu'elle serait au point. Entre-temps, le rôle d'intermédiaire de la société s'était affirmé et elle représentait désormais Lloyd's ainsi que de nombreuses banques chinoises.

– En somme, conclut Harrison, les affaires sont florissantes.

– Et ces messieurs, dit Groom en montrant les deux employés japonais, ont maintenu un ordre impeccable au bureau.

Ils s'inclinèrent tous deux d'un air radieux.

– Un autre toast s'impose, déclara Glover. À Shibata-san ! À Nakajimo-san !

– *Kanpai* !

Après le départ des quatre visiteurs, Glover s'assit et lut les articles de journaux laissés par Walsh. Satow se lançait dans une véritable diatribe contre le shogun.

« Ce magnat, qui s'intitule lui-même shogun, a usurpé les prérogatives de dirigeant suprême, auxquelles il ne saurait légitimement prétendre, et s'est arrogé un rang ne lui revenant en rien, avec une prétention extraordinaire de la part d'un homme dont la perfidie s'est révélée au grand jour dans l'affaire de Shimonoseki. »

Si des critiques de ce genre étaient largement diffusées, cela signifiait que le vent avait bel et bien tourné.

Glover bâilla, s'étira. Le long voyage depuis Aberdeen commençait à se faire sentir et il était recru de fatigue. Il allait demander à Tsuru de lui préparer un bain. Mais il venait à peine d'avoir cette idée qu'on frappa à la porte pour la troisième fois de la soirée. C'était Ito, accompagné de Godai.

– Seigneur ! s'exclama Glover. Nous voici en plein dans les alliances contre nature !

Une nouvelle fois, il ouvrit une bouteille et remplit des verres. Sortant de son engourdissement, il se prépara à une conversation nocturne.

Ito lui sourit, fit un signe de tête à Tsuru, sourit de plus belle. C'était lui qui avait envoyé la jeune fille auprès de Glover, après Kagoshima. Il serra la main de l'Écossais, qu'il semblait enchanté de revoir.

– Guraba-san ! Bienvenue !

– Ito-san ! Je suis content de vous revoir, vieux gredin !

Plus réservé, Godai s'inclina cérémonieusement.

– Godai-san ! J'espère que votre séjour en Occident vous a beaucoup appris.

Godai s'inclina encore plus profondément.

– *Hai* ! *So desu.* Le clan entier des Satsuma est très reconnaissant.

Godai déclara qu'ils avaient été traités à Londres comme des dignitaires, des ambassadeurs d'un État étranger. Les blessures de Laurence Oliphant avaient été littéralement guéries par le temps, qui lui avait permis de prendre de la distance. Il s'était fait le champion de la cause des rebelles et affirmait que le Japon ne pourrait progresser que si le shogun était déposé. Glover revit un instant son visage livide, son bras entaillé jusqu'à l'os par le sabre d'un samouraï. À présent, le jeune homme avait usé de son influence à Westminster pour permettre à Godai de rencontrer le ministre des Affaires étrangères, lord Clarendon, lequel avait été très intéressé par ses propos sur un possible changement politique au Japon et l'instauration de relations commerciales plus importantes.

– Voilà de bonnes nouvelles, Godai-san, proclama Glover. Très bonnes.

Puis il fit une pause.

– Cependant j'ai un compte à régler avec vous.

Godai parut inquiet.

– Un compte ?

– Les Satsuma ont traité avec Montblanc, ce crétin de Français. Il vous a même vendu un bateau !

– Ah, dit Godai. *So desu.*

Il grimaça cet affreux sourire pincé que tous les Japonais arboraient pour cacher leur gêne.

– *Furansujin, hai. Monburo.*

– Lui-même, dit Glover d'un ton brusque.

– Nous avons appris de vous, expliqua Godai. Nous faisons la concurrence. Excellente affaire !

– Vraiment ?

– Nous lui avons acheté un bateau. Mais il n'est pas homme de bien, pas honorable.

– Un mot de plus, et je casserai la réputation de ce salaud. Après quoi ce sera le tour de sa figure !

– Pardon ?

– J'ai entendu parler du symbole du clan sur les tapis !

– C'était mal. Ensuite il voulait nous vendre d'autres navires, mais son gouvernement a dit non. Ils soutiennent le shogun et le bakufu.

– Comme si je ne le savais pas !

– Donc, nous n'avons pas payé toute la somme.

– Ah ! s'exclama Glover en riant. Quelle amertume !

Godai parut de nouveau déconcerté.

– Ne vous inquiétez pas, dit Glover. Il n'a que ce qu'il mérite.

– Mais maintenant le daimyo veut vous rencontrer.

– Ah.

Il se rappela ce visage dur, intransigeant et féroce. Kagoshima en flammes. Les décombres et la fumée.

– Il veut parler aussi avec votre gouvernement, conclure un marché. Il veut vous amenez sir Harry Parkes à Kagoshima.

– Rien que ça ?

– C'est important, intervint Ito. Il faut le faire. Les Satsuma sont maintenant grands alliés des Choshu. Kido-san a créé une vraie armée Choshu, *Kiheitai*, bien entraînée et équipée. Avec les Satsuma, ils peuvent facilement vaincre le shogun.

Glover poussa un long soupir.

– Bon sang ! s'écria-t-il. Bienvenue à Nagasaki !

Ils parlèrent de leurs projets jusqu'au petit matin. Quand Glover les raccompagna au portail, une faible lueur commençait à rougir le ciel. Habitués depuis longtemps à la prudence, Ito et Godai avançaient avec circonspection, en regardant furtivement à la ronde comme s'ils s'attendaient à voir surgir de l'ombre à tout instant les silhouettes d'agents du shogun ou d'espions français. Glover marcha jusqu'à l'extrémité de son jardin, contempla la ville endormie où brillaient de rares lumières, le port, la forme indistincte des collines. Il allait devoir de nouveau poster des gardes, installer un canon sur le versant. Épuisé, il se frotta le visage, respira l'air tiède et parfumé de la nuit.

Dans la maison, Tsuru était pelotonnée sur une chaise. En l'entendant fermer la porte, elle se réveilla et leva sur lui des yeux ensommeillés.

– Et maintenant, ma petite Tsuru, dit-il. Où en étions-nous ?

C'était la première fois qu'il revenait à Kagoshima depuis le bombardement. Tout était à la fois semblable et différent. Il revit le volcan Sakurajima, le contour familier de la baie. Une faible odeur de cendre flottait toujours dans l'air. Le port avait été reconstruit. Soudain, des détonations retentirent. Mais cette fois c'était une salve tirée par quatre canons en son honneur, et il arrivait sur le propre vapeur des Satsuma, l'*Otento Sama*. L'espace d'un instant, il faillit céder à l'émotion, mais il se reprit, se mit au garde-à-vous et fit un salut militaire. À côté de lui sur le pont, Godai l'imita.

Shimada l'attendait sur le quai pour l'accueillir. Le vieil homme s'inclina et le salua. Ses manières étaient toujours à la fois bourrues et cérémonieuses, mais il y avait une lueur approbatrice dans son regard, une expression complice et chaleureuse. Une demi-douzaine de gardes étaient alignés le long du quai et Shimada conduisit Glover à un norimon devant le transporter jusqu'à la résidence du daimyo. Il n'était encore jamais monté dans un de ces véhicules et ce ne fut pas sans embarras qu'il se jucha sur le coussin en coinçant tant bien que mal ses genoux, tandis que les deux porteurs soulevaient le palanquin et commençaient leur voyage aussi bref que cahotant.

Le daimyo ne perdit pas de temps. Glover fut mené dans une antichambre, dans laquelle il ôta ses bottes avant d'être conduit dans la pièce des appartements privés où le daimyo en personne était assis en tailleur sur une plate-forme surélevée.

Glover s'inclina profondément, mais pas assez pour que sa dignité pût en souffrir. Le daimyo des Satsuma, Shimazu Saburo, prince et régent du clan, le salua d'un signe de tête. La dernière fois qu'il était venu ici, Glover n'avait pas été autorisé à aller au-delà de l'antichambre et le daimyo avait refusé la montre qu'il lui offrait puis avait annoncé qu'il lui permettait magnanimement de quitter les lieux en gardant sa tête sur ses épaules.

Glover était de nouveau venu avec des cadeaux, qu'il avait confiés à Shimada. Il présenta les deux paquets élégamment emballés dans le papier le plus fin et liés avec de la soie. Ce soin était important car c'était une preuve de respect, un signe d'attachement aux convenances et de souci esthétique. Il plaça les paquets devant le daimyo en parlant avec juste le degré de politesse requis. Il jeta un coup d'œil à Godai, qui l'avait fait répéter, et le jeune samouraï esquissa furtivement un sourire – oui, il s'en était bien tiré.

– *Dozo*, dit Glover en poussant les cadeaux en avant. Je vous en prie.

Le daimyo fit signe à Shimada d'ouvrir les paquets. Le premier contenait une nouvelle montre de poche, nantie d'une chaîne en or. Le daimyo secoua la montre, la porta à son oreille en poussant un grognement approbateur. Il avait toujours les lèvres serrées, le visage sévère, mais Glover crut apercevoir dans son regard comme une ombre de bienveillance.

Shimada ouvrit le second paquet et en sortit un pistolet à la crosse incrustée d'ivoire. Cette fois, le daimyo réagit avec un plaisir manifeste, les yeux brillants, la bouche détendue. Il soupesa l'arme dans sa main, loucha sur le canon. Puis, comme si la scène avec Shimada se répétait, après tant d'années, il leva le pistolet et le pointa droit sur la tête de Glover. Même si celui-ci savait qu'il n'avait pas chargé l'arme, il sentit la sueur tremper son dos, sa nuque, comme si quelque chose dans l'acte lui-même, dans l'intention qu'il manifestait, réveillait en lui un instinct primitif face à la menace.

Le daimyo demanda des balles. Glover déclara qu'il en avait apporté toute une boîte, mais qu'il n'avait avec lui qu'une bourse en contenant une demi-douzaine. Le daimyo l'invita à charger le pistolet. Il s'exécuta puis le rendit au seigneur. À présent, la menace était bien réelle, et ils en avaient tous deux conscience. Le daimyo lui lança un regard de prédateur, plein de moquerie. C'était un test. Une nouvelle fois, il leva l'arme et la braqua sur Glover. Cet homme était l'un des guerriers les plus impitoyables du pays. Il était depuis longtemps un ennemi de l'Occident. Ses gardes avaient massacré Richardson pour une simple question d'étiquette. Il avait précipité le bombardement de sa ville natale plutôt que de perdre la face en revenant sur sa décision. Et il était en train de viser la tête de Glover.

L'Écossais ne broncha pas. Il savait qu'il ne pouvait se le permettre. Il s'inclina en disant « *Dozo* », tendit la main et poussa le canon de façon à le pointer vers le mur.

Le daimyo éclata bel et bien d'un rire rauque et retentissant, après quoi il baissa le pistolet et fit un signe de tête à Shimada, qui plaça deux petites boîtes devant Glover. Le seigneur lui offrait à son tour des cadeaux. Glover s'inclina, ouvrit les boîtes. Elles contenaient chacune un petit vase de porcelaine, l'un noir, l'autre blanc, au vernis caractéristique brillant d'un éclat subtil.

– *Shiromon*, dit le daimyo en montrant le vase blanc.

Il pointa le doigt sur le vase noir et ajouta :

– *Kuromon.*

– *Kiwamete utsukushii desu*, déclara Glover.

Et en effet, ils étaient d'une beauté exquise. Une nouvelle fois, Glover était pris au dépourvu par ce pays qui ne cessait de le surprendre par son mélange de raffinement et de barbarie, de délicatesse et de brutalité.

Le daimyo fit signe à Shimada d'enlever les cadeaux, puis il se leva et précéda son hôte dans une autre pièce. Même selon des critères occidentaux, il était grand, autant que Glover qui mesurait plus d'un mètre quatre-vingts. Aux yeux des Japonais, c'était un géant, auquel sa carrure imposante donnait une prestance encore renforcée par ses vêtements de soie flottants et les larges épaules rigides de sa tunique.

Une table les attendait pour dîner – une manière on ne peut plus civilisée de parler affaires.

Le festin fut somptueux et comprit pas moins de douze services en trois heures. Godai fit office d'interprète. La discussion fut d'abord pleine de détours, mais devint plus directe à mesure que la soirée s'avançait et que saké et whisky coulaient à flots. Le daimyo fit comprendre à Glover que la situation avait changé et continuerait d'évoluer avec rapidité. Il tenait à ce que son hôte et le gouvernement britannique sachent que le clan des Satsuma n'était plus hostile à l'Occident, même s'il ne s'était écoulé que trois brèves années depuis les représailles contre Kagoshima. En fait, il désirait vivement développer le commerce avec les Anglais, ce qui n'était possible qu'à condition que de nouvelles alliances continuent de se nouer entre les clans japonais, menés par les Satsuma et les Choshu, afin qu'ils s'unissent pour déposer le shogun Tokugawa et le remplacer par le souverain héréditaire légitime du pays, le jeune empereur, fils du ciel. Le daimyo déclara qu'il serait très reconnaissant à Glover de transmettre son message au consul Parkes. Ils avaient été en guerre autrefois, mais ils devaient maintenant établir des liens d'amitié. Dans ce dessein, les Satsuma s'estimeraient honorés si le consul acceptait de se rendre en personne à Kagoshima, où il serait reçu royalement. Glover assura qu'à son retour de Kagoshima, il partirait directement pour Edo afin de porter lui-même cette invitation. Le daimyo l'approuva bruyamment et s'écria qu'il avait l'esprit d'un guerrier, d'un vrai samouraï. Ils rirent de concert et burent chacun à la santé de l'autre.

Le lendemain matin, Glover fut tiré de son sommeil par un serviteur qui l'invita poliment à se lever et se préparer, car le daimyo voulait l'emmener se promener à cheval dans une heure. Le sang martelait son crâne sous l'effet du repas trop abondant et des libations l'ayant accompagné.

– Bon Dieu !

Le serviteur sortit à reculons. Deux jeunes femmes apparurent et le conduisirent dans le pavillon de bains, où elles le frottèrent et le rincèrent en pouffant. Godai était déjà assis dans le baquet, et Glover se plongea à son tour dans l'eau bouillante. La chaleur mit un comble à sa migraine. Au bord de l'évanouissement, il adressa une grimace contrite à Godai, lequel semblait lui-même complètement épuisé.

– Que n'aurons-nous pas fait pour le Japon, Godai-san !

– *Hai*, répliqua le samouraï d'une voix faible.

Après dix minutes dans cette étuve, Glover sortit péniblement et se réveilla en s'aspergeant la tête d'eau glacée. La migraine se fit presque insupportable, puis commença à se dissiper.

– Voilà !

Il se sécha, s'habilla. Les servantes apportèrent une collation et il se força à avaler un peu de bouillie de riz afin de calmer son estomac. Toujours blafard, Godai fut incapable de manger. Glover lui tapa dans le dos en riant.

– Une petite chevauchée vous remettra d'aplomb !

Dehors, les chevaux étaient déjà sellés. Le daimyo les fit attendre encore vingt minutes avant d'apparaître. Pour enfourcher sa monture, il monta sur l'épaule d'un serviteur agenouillé près du cheval. Le seigneur invita d'un geste Glover et Godai à chevaucher à ses côtés, puis le petit cortège franchit le portail, précédé par un cavalier portant la bannière du clan et suivi par une demi-douzaine de samouraïs armés.

Tout au long de la route menant hors de la ville, les gens s'arrêtaient et tombaient à genoux au passage du cortège. Jusqu'aux femmes, aux enfants et aux vieillards, tous se prosternaient dans la poussière. Ce spectacle mettait Glover mal à l'aise. Il trouvait tout bonnement absurde de recevoir de telles marques de respect. Quelques passants lui jetèrent un coup d'œil curieux avant de courber la tête. Le daimyo chevauchait avec indifférence, en regardant droit devant lui.

Les maisons se firent de plus en plus éparses et ils se retrouvèrent en pleine campagne, dans un paysage opulent et verdoyant de collines couvertes de rizières en terrasses. Le daimyo éperonna son cheval et contraignit ses compagnons à le suivre au galop. Puis il revint au trot avant de s'arrêter tout à fait dans une clairière ombragée de cycas.

Tandis qu'ils mettaient pied à terre, Godai déclara à Glover :

– C'est un grand honneur que fait le daimyo en chevauchant avec un gaijin, il vous témoigne un grand respect.

– Dites-lui que j'apprécie son geste, répliqua Glover.

Le daimyo s'avança au bout de la clairière, d'où l'on découvrait un immense panorama avec la ville au loin, la baie miroitant au soleil, les versants bleu-vert du Sakurajima. Il voulait montrer à Glover l'étendue de son domaine. Il lui parla de la renaissance de Kagoshima, qui avait été rapidement reconstruite. Les Satsuma étaient un clan puissant, déclara-t-il, le plus important du pays. Leur accord avec les Choshu les rendrait redoutables, invincibles, et en ferait un allié solide pour l'Occident. Il exprima de nouveau son désir de rencontrer le consul, et Glover répliqua qu'il n'aurait de cesse que ce projet aboutisse.

Le daimyo poussa un grognement approbateur. C'était la réponse juste, la seule possible. Puis il évoqua les possibilités s'ouvrant à Glover. Désignant du doigt un point à l'horizon, il dit qu'il y avait là-bas les îles Ryukyu, un archipel contrôlé par les Satsuma et s'étendant jusqu'à Okinawa, à mi-chemin de la Chine.

C'était la route du commerce de la soie et Glover pourrait obtenir des concessions à la place des négociants chinois. L'industrie sucrière était une autre opportunité. Les Satsuma avaient bâti leurs propres raffineries et le savoir-faire occidental serait le bienvenu. Bien entendu, la demande pour des bateaux et des machines ne ralentirait pas. Glover comprit le message.

De retour à la résidence, le daimyo offrit un nouveau cadeau à Glover : un petit cycas destiné à lui rappeler leur conversation à l'ombre des arbres, dans la clairière, le panorama sur Kagoshima et au-delà, et l'avenir.

❧

En rentrant à Nagasaki, Glover ne se donna que le temps de signer quelques papiers et de planter le cycas dans le jardin d'Ipponmatsu. Il prit plaisir à creuser lui-même le trou, à enfoncer dedans le semis, à sentir entre ses doigts la chaleur de la terre tandis qu'il l'égalisait avec une houlette. Une bonne chose de faite. Après quoi, fidèle à sa parole, il se rendit directement à Edo, en vapeur et à cheval, et rejoignit aussitôt la légation où il emprunta les mêmes sentiers sinueux que jadis, franchit le même pont, longea le même lac, le même bosquet de pins et de bambous. On avait renforcé les défenses et les gardes étaient plus nombreux, mais il les trouva toujours aussi indolents et hors d'état de résister à la férocité d'une attaque de rônin.

Cinq ans avaient passé depuis le bain de sang. Il songea au sabre de Takashi s'abattant sur lui dans les ténèbres. Robertson avait été massacré, maintenant, et Matsuo s'était tué de sa propre main. Alcock et Oliphant avaient été chassés depuis longtemps.

Et lui était de retour, afin de plaider de nouveau la même cause. Le temps passait. Le monde changeait tout en restant semblable. Le vent soufflait toujours dans les pins.

Il attendit dans la salle de réception tandis qu'on informait sir Harry Parkes de son arrivée. Une lourde horloge de chêne scandait le temps, et Sa Majesté la reine, impératrice des Indes, protectrice de la foi, regardait du haut de son portrait officiel, avec une sévérité imposante, ce poste avancé à l'autre bout de son domaine, ce petit morceau de sol britannique. L'espace d'un instant, il sentit l'énormité du fardeau de puissance et de responsabilité dont elle avait hérité. Ce devait être un poids écrasant, surtout pour une femme, et il n'était pas étonnant qu'elle parût en proie à la dyspepsie, voire à la mélancolie.

Parkes entra, l'air affairé. Comme Glover s'y attendait, il était intrigué par le message qu'il avait envoyé.

– Glover ! s'exclama-t-il en lui serrant la main. Vous continuez de vous mêler de ce qui ne vous regarde pas ?

– Non seulement cela me regarde, sir Harry, mais j'y consacre toutes mes forces !

– Vous êtes un battant, Glover, il faut le reconnaître.

Glover le prit comme un compliment, hocha la tête.

– Mais dites-moi, poursuivit Parkes, ai-je bien compris ? Vous êtes en train de m'expliquer que le daimyo des Satsuma voudrait me recevoir avec tous les honneurs à Kagoshima ?

– Il désire vivement vous rencontrer, assura Glover. Je reviens juste de là-bas et il m'a traité comme un roi.

Il jeta un coup d'œil à la reine les regardant de haut.

– Sauf votre respect, bien sûr !

– Cet homme qui a fait massacrer Richardson pour un rien, qui a préféré attirer un châtiment horrible sur sa ville plutôt que de se raviser, cet impitoyable seigneur de la guerre veut maintenant négocier ?

Glover remarqua sur le linteau de la porte une profonde entaille dans le bois, due sans doute au sabre d'un samouraï lors de l'attaque nocturne.

– Ils vivent selon leur propre code, déclara-t-il, et nous ne comprenons pas toujours ce code. Cependant il est fondé sur des idées d'honneur et de devoir qui, elles, nous sont accessibles. De plus, ces gens sont pleins de ressources. Ils s'adaptent facilement au changement, or cette époque est le théâtre d'un changement considérable. C'est à nous de saisir l'occasion.

Parkes réfléchit en silence. L'horloge faisait tic-tac. Sa Majesté baissait les yeux sur eux. Dans le jardin, cigales et uguisu faisaient entendre leur chant.

Parkes actionna une petite sonnette en cuivre.

– Nous allons continuer cette discussion en prenant le thé, dit-il. Un vrai thé, avec du lait et du sucre blanc, pas cette horreur verte et amère qu'on sert dans ce pays.

– J'avoue qu'il faut s'y faire, répliqua Glover. Je suis heureux de dire que j'y ai pris goût durant mon long séjour. Mais je serai ravi de savourer une tasse d'un de vos meilleurs Darjeeling.

– Parfait, dit Parkes en sonnant de nouveau.

Le lendemain matin, Glover se leva tôt et remit à leur place les gardes qui prétendaient le dissuader de circuler seul dans la ville.

Il insista en affirmant qu'il était vigilant et savait très bien ce qu'il faisait. Ils finirent par le laisser passer et il se rendit à cheval au *yashiki* des Satsuma, la résidence du clan à Edo. À un moment, il lui sembla qu'il était suivi par un personnage à pied se hâtant pour ne pas le perdre de vue. Quand il tourna la tête, il crut apercevoir une silhouette s'engouffrant précipitamment dans une venelle. Il talonna son cheval et s'avança dans les rues étroites, sous les yeux curieux des passants s'écartant sur son passage.

À la résidence, il déclara qu'il venait sur l'ordre exprès du daimyo, le prince Shimazu Saburo, qui l'avait reçu à Kagoshima cette semaine même et l'avait envoyé en mission spéciale à Edo.

Le représentant du daimyo, Kinsaburo-san, sortit en hâte pour l'accueillir, malgré l'heure matinale, et lui offrit du thé vert et des gâteaux aux haricots appelés *mochi*. Glover l'informa de son entretien avec le daimyo et de la nécessité urgente d'organiser la visite de Parkes à Kagoshima.

Kinsaburo assura d'un ton sérieux et un peu condescendant qu'il irait voir le consul dès que possible le lendemain, afin de l'inviter officiellement au nom du daimyo. Après avoir remercié Glover de sa visite il le mit en garde, comme les soldats de la légation, contre le danger de circuler seul dans la ville et déclara qu'il allait le faire escorter par un garde du corps.

Glover le remercia à son tour, affirma une nouvelle fois qu'il se tirerait parfaitement d'affaire tout seul et prit congé. Sur le chemin de la légation, toutefois, il eut de nouveau la sensation d'être épié et crut apercevoir du coin de l'œil une silhouette qui le suivait.

Le lendemain après-midi, Kinsaburo arriva à la légation en palanquin, escorté de quatre gardes. Vêtu d'une robe de soie jaune et coiffé d'un couvre-chef large et compliqué, il portait à la main un rouleau. Parkes avait été prévenu par Glover et attendait sa visite en grand uniforme, paré de sa veste d'ambassadeur brodée d'or. Comme par hasard, un agent du shogun survint au même moment et fut enjoint sèchement de patienter dans la salle de réception car le consul était pris par une affaire officielle. Pour comble de complication, Roches, le consul de France, apparut à son tour par un hasard non moins miraculeux, en compagnie d'un homme qui était manifestement un agent français. L'aspect de cet homme, ses gestes furtifs semblèrent étrangement familiers à Glover, et il se rendit compte soudain que c'était là sans doute l'espion qui l'avait pris en filature la veille. Il était donc espionné aussi bien par le shogunat que par les Français. Cette idée le flattait autant qu'elle l'indignait. Malgré leurs protestations, Roches et son homme de main furent invités eux aussi à attendre.

Dans le salon, Parkes prit son temps. Il fit servir du thé et des gâteaux à Kinsaburo, lequel lut ensuite à haute voix le rouleau portant l'invitation officielle du daimyo qui s'offrait à recevoir avec tous les égards le consul si ce dernier voulait bien lui faire l'honneur de se rendre en visite officielle à Kagoshima.

Le consul répondit gracieusement que tout l'honneur serait pour lui et qu'il serait ravi de se rendre à Kagoshima, où il serait allé depuis longtemps s'il n'en avait été empêché par des questions de protocole – ce que les Japonais appelaient *yaku-bio*, une « maladie officielle ». De plus, à la lumière de l'évolution actuelle de la situation politique, il jugeait maintenant essentielle une telle visite.

Cette déclaration était un chef-d'œuvre de tact et de diplomatie, qui impressionna grandement Glover. Il porta sur le consul un regard nouveau, surtout en constatant la façon dont il traita Roches et l'agent du shogun après le départ de Kinsaburo. S'adressant aux deux hommes à la fois, il leur dit que les négociations diplomatiques du gouvernement de Sa Majesté ne les regardaient pas, que les Satsuma comme les Choshu méritaient d'être entendus, qu'il existait un mouvement puissant en faveur du jeune empereur, considéré par beaucoup comme le souverain légitime du Japon, et qu'il conviendrait peut-être désormais d'en tenir compte dans toute discussion concernant l'avenir du pays. S'ils refusaient de reconnaître cette situation nouvelle, ils s'apercevraient à leurs dépens qu'ils n'avaient pas compris le sens de l'histoire.

Après avoir écouté cette diatribe, Roches adressa à Parkes un sourire las, un regard plein d'*ennui** et de condescendance mais non dénué de commisération pour un homme dont il jugeait les idées malheureusement aberrantes. Il déclara à sir Harry que l'histoire aurait effectivement le dernier mot. Puis il se tourna vers Glover et lui lança :

– *Monsieur** Glover.

C'était une constatation, non une question. Il savait qui était Glover.

– *Monsieur** Roches, répliqua Glover.

– J'ai entendu parler de vous par mon compatriote, Charles de Montblanc.

– Saluez-le de ma part, encore que j'espère bientôt pouvoir le faire moi-même. Mais vous avez sans doute été renseigné sur moi également par votre larbin.

Il désigna du doigt l'homme vêtu de noir.

– Je suis honoré que le gouvernement français s'inquiète pour moi, mais votre domestique devrait songer aux dangers qu'il court lui-même en flânant dans ces rues sans être accompagné.

Roches eut un petit rire et assura qu'il lui transmettrait ce conseil. Puis il se redressa, s'inclina en direction de Glover et Parkes, esquissa un geste d'adieu presque langoureux et s'éloigna majestueusement avec son agent dans son sillage.

❧

La visite officielle à Kagoshima fut un triomphe. Parkes avait accepté l'invitation du daimyo et était venu en compagnie de son épouse. Glover se tenait à côté d'eux sur le pont du cuirassé *Princess Royal.* Deux autres navires de guerre, le *Serpent* et le *Salamis,* complétaient le convoi entrant dans le port en passant devant le Sakurajima. Cette fois, quinze canons tirèrent une salve qui retentit d'un bout à l'autre du port et laissa dans l'air un panache de fumée. Un des officiers du pont, qui se trouvait à bord de l'*Euryalus* lors du bombardement, s'adressa à Parkes :

– La dernière fois que nous sommes venus ici, ces canons tiraient contre nous. Et Dieu sait que nous leur avons donné une leçon !

– Je m'en souviens très bien, dit Glover. J'avais un excellent poste d'observation sur cette colline.

– Cet incident était regrettable, déclara Parkes. Mais il appartient désormais à l'histoire.

Les canons tonnaient en leur honneur. Des drapeaux bordaient le front de mer, où une foule s'était massée pour leur souhaiter la bienvenue.

L'histoire.

Le daimyo en personne, Shimazu Saburo, dans la splendeur de ses robes de cérémonie, paraissant plus grand encore grâce aux épaisses semelles en bois de ses geta, les attendait sur le quai quand ils débarquèrent. Après avoir pris place dans des palanquins, ils se rendirent à la résidence en cortège, précédés par des bannières, des tambours sonores et des flûtes stridentes, à travers les rues noires de monde.

Au palais, ils furent reçus par des domestiques chargés de s'occuper d'eux, qui les installèrent dans leurs appartements puis leur servirent du thé et des douceurs. Plus tard le daimyo se promena avec eux dans les jardins, que même Glover n'avait pas vus lors de sa visite précédente. Ce n'étaient sur des lieues qu'allées ombragées, sentiers de pierre couverts de mousse et entourés d'arbres et de fougères. Un ruisseau limpide serpentait au milieu avant de s'écouler en cascade dans un petit lac, d'où sortaient d'autres cours d'eau et plusieurs bassins remplis de carpes ouvrant des bouches énormes. Çà et là, des ponts en bois enjambaient le ruisseau et menaient à des pavillons, des pagodes, des sanctuaires. L'air retentissait de chants d'oiseaux et de cris d'insectes.

Subjuguée, lady Parkes déclara qu'elle n'avait jamais rien vu d'aussi beau et que cet endroit était un paradis.

– *Jodo*, dit le daimyo.

– La Terre Pure, traduisit Glover.

– On comprend pourquoi ils nous considèrent nous-mêmes comme des barbares sans raffinement, dit sir Parkes à voix basse à son épouse.

Si Glover avait eu l'impression d'être fêté lors de son dernier passage, ce souvenir pâlissait à côté du festin plus que somptueux qui leur fut servi le soir. Cette fois, le dîner comprit vingt services et dura quatre heures. Ils mangèrent des cochons entiers rôtis à la broche, des cailles farcies, des plats de légumes et de poissons variés à l'infini, avec quantité de saumures et d'épices. Outre le saké et le whisky, ils burent de la bière anglaise et du champagne français. Après que les dames se furent retirées, les hommes parlèrent jusque tard dans la nuit. Par l'intermédiaire de son interprète, sir Harry expliqua qu'il désirait déjà depuis un certain temps s'entretenir avec les honorables dirigeants du clan des Satsuma et qu'il l'aurait fait sans l'intransigeance, les faux-fuyants et l'obstruction systématique du shogunat Tokugawa. Le daimyo proposa de porter un toast à la grande impératrice britannique, la souveraine régnant de l'autre côté de l'océan. Sir Harry répliqua en buvant à la santé de Sa Majesté l'empereur du Japon. Ils appelèrent de leurs vœux des relations plus étroites entre les deux pays, en affirmant qu'il fallait oublier le passé.

– À l'avenir ! proclama sir Harry Le passé n'est que poussière !

Une nouvelle fois, Glover fut réveillé alors que le jour semblait à peine levé et qu'une migraine lancinante martelait son crâne. Le daimyo voulait emmener ses invités à la campagne. Après s'être plongé dans un bain brûlant, Glover se réveilla en s'aspergeant d'eau glacée. Cette fois, cependant, il ne put affronter le gruau de riz et se contenta d'une bouteille d'eau pour étancher sa soif.

La matinée était fraîche et ensoleillée. Les traits tirés, Parkes semblait hébété de fatigue. Quant au daimyo, il était alerte, bien réveillé, prêt non pas à une simple promenade dans les collines mais à une partie de chasse.

Au cœur de la forêt, un groupe de rabatteurs avancèrent dans le sous-bois en psalmodiant un chant cadencé. Certains actionnaient des crécelles, d'autres frappaient le sol avec des bâtons de bambou, afin de rabattre les sangliers affolés dans la clairière. Le daimyo, à cheval, abattit la première bête d'un coup de mousquet. Son destrier se cabra et un serviteur le retint par les rênes pour le calmer. Ce fut ensuite le tour de Parkes, qui mit pied à terre et visa posément un sanglier s'élançant droit sur lui en poussant des grognements terrifiés. Le consul tint fermement sa carabine, tira et tua net l'animal. Glover l'imita, descendit de cheval et abattit sa proie d'une seule balle. En riant, le daimyo leur fit signe de remonter sur leurs destriers et talonna sa propre monture pour s'engager sur un sentier s'enfonçant plus avant dans la forêt. Parkes n'avait toujours pas l'air dans son assiette et demanda à Glover si c'était leur façon de soigner une gueule de bois. Glover répliqua qu'ils chassaient peut-être le petit déjeuner. Parkes blêmit et s'essuya le front avec un mouchoir.

Devant eux, le daimyo cria quelque chose à ses serviteurs. L'un d'eux accourut et lui tendit un arc de chasse et un carquois plein de flèches.

Se redressant sur la selle, le seigneur banda l'arc pour vérifier qu'il était correctement tendu. Il fixa le carquois à sa taille, à portée de main, puis cria un ordre et lança son cheval au trot.

On avait retenu par leurs colliers deux chiens métis brûlant de s'élancer. Cette fois on les lâcha et ils se précipitèrent dans le sous-bois en jappant et en folâtrant. Ils avaient eu peur des sangliers, ce qui était heureux car ainsi ils éviteraient de se faire transpercer par les défenses d'un fauve.

Le daimyo banda l'arc, le ploya.

Les rabatteurs recommencèrent leur tapage, firent retentir crécelles et tambours, crièrent et battirent le fourré avec leurs bâtons de bambou, pendant que les chiens couraient en aboyant.

Puis on entendit le sanglier se précipiter sur les chiens, qui détalèrent aussitôt, et il les poursuivit à toute allure, fit irruption dans la clairière et chargea le groupe des spectateurs.

Le daimyo banda l'arc.

Le fauve était encore à quelque distance mais s'approchait rapidement. Glover et Parkes avaient rechargé leurs armes et l'attendaient de pied ferme. Les gardes chargés de leur protection s'avancèrent en épaulant leurs propres carabines.

Le daimyo talonna son cheval qui s'élança au petit galop puis au galop aux trousses du gibier.

La langue pendante, haletants, les chiens étaient fous de panique. Le sanglier se rapprochait.

Glover gardait les yeux fixés sur le daimyo et il lui semblait que le temps lui-même avait ralenti. Les sabots du cheval retentissaient sur le sentier, ses naseaux étaient dilatés, sa crinière flottait au vent, ses flancs ruisselaient de sueur. En pleine course, le daimyo banda son arc, sortit une flèche du carquois, l'ajusta à la corde qu'il tira en arrière. Et chacun de ses gestes était juste, précis et assuré. Sans un instant d'hésitation ou de réflexion, ses mouvements s'enchaînaient tout naturellement. Il avait pris tout son temps pour pointer la flèche et la décocher. Soudain le temps s'accéléra de nouveau, la flèche siffla dans l'air, atteignit le sanglier à l'arrière du cou. L'animal trébucha, et avant même qu'il se soit effondré le daimyo avait tiré une autre flèche qui lui perça le cuir, puis une troisième le frappa en pleine gorge. Le seigneur arrêta enfin sa monture, mit pied à terre, dégaina son poignard et acheva la bête d'un coup au cœur, d'où il regarda le sang jaillir et tacher de rouge sombre le sol de la forêt.

Glover n'avait jamais rien vu de pareil. Il se mit spontanément à applaudir le daimyo, qui se releva en souriant, couvert de sang sur ses mains et sur le devant de sa tunique. Plusieurs serviteurs se joignirent à Glover mais leurs sourires pincés trahissaient une certaine gêne, jusqu'au moment où le daimyo lui-même poussa un rugissement triomphal qui les sortit d'embarras. Ils l'acclamèrent sans retenue et deux d'entre eux allèrent retirer les flèches du cadavre de l'animal et le tirer sur le côté du chemin.

Remontant sur son destrier, le daimyo donna le signal du retour à la résidence. Les carcasses du gibier abattu furent attachées par les pattes à des perches afin de les rapporter.

– Rappelez-moi de ne jamais contrarier ce gaillard, murmura Parkes en aparté à Glover.

– En tout cas, attendez d'être hors d'atteinte pour le faire !

En leur absence, Roches s'était rendu à Kagoshima.

– Il était furibond ! raconta Walsh. Il voulait savoir ce que signifiaient les avances que sir Harry et vous faisiez aux Satsuma.

– C'est eux qui nous ont approchés, répliqua Glover. Je crains que *monsieur** Roches n'ait brûlé ses vaisseaux. Si jamais quelqu'un a fait des avances, c'était son… comment dire ? son cher Montblanc. Lequel a failli être guillotiné pour sa peine, me semble-t-il.

– Je suppose qu'il s'est racheté depuis. Il trottinait dans le sillage de Roches comme un caniche.

Le soir même, Glover vit Montblanc au Club des Étrangers. Le Français évoquait devant une petite cour ses démêlés avec les Satsuma, en expliquant comment il avait joué les intermédiaires pour les aider à entrer en contact avec les organisateurs de la prochaine Exposition universelle à Paris, où il leur avait promis qu'ils seraient traités comme les représentants d'un État indépendant. Ses projets avaient été sabordés par l'intervention de Roches, et les Satsuma s'étaient retournés contre lui en l'accusant d'avoir agi sans honneur et d'avoir manqué à sa parole.

– Ils se sont comportés comme de petits roquets agressifs, déclara-t-il à son auditoire choisi. Au fond, ce sont des sauvages.

Il fit tournoyer son verre de vin et avala une gorgée.

– Les pires, ce sont ceux qui sont allés en Occident. Dans leur désir de devenir d'honorables Européens, ils singent même nos habitudes vestimentaires. Et c'est bien ce verbe qu'il faut employer, car ils ressemblent tout à fait à des singes !

Il continua en désignant le binocle ornant son propre nez.

– Certains ont même essayé de porter des *pince-nez**. Mais comment aurait-ce été possible, étant donné qu'ils n'ont quasiment pas de nez ?

Ses admirateurs approuvèrent en riant. Montblanc s'épanouit, aperçut Glover le foudroyant du regard et lui fit un signe de la main.

– *Monsieur** Glover ! Nous parlions justement de vos petits camarades !

– J'ai entendu, dit Glover.

– En fait, puisque vous êtes leur agent, c'est à vous de me répondre de leur scandaleux refus de me payer mon dû.

– Je ne crois pas que ce soit le moment.

Manifestement, Montblanc avait bu un verre de trop. Le visage rouge, il se montrait d'une agressivité ridicule. Autrement, Glover l'aurait invité à sortir avec lui pour régler l'affaire. Un bon direct du gauche devrait suffire.

– Voilà, bégaya Montblanc, vous non plus vous n'avez pas d'honneur. J'insiste pour recevoir mon dû !

Glover le regarda droit dans les yeux.

– Votre dû, monsieur, vous pouvez vous le mettre où je pense.

Montblanc déversa sur lui un flot d'injures qui étaient malheureusement en français, de sorte que Glover n'en comprit pas un mot.

– En ce qui concerne les Satsuma, trancha Glover, vous avez reçu exactement ce que vous méritiez et vous pouvez vous estimer heureux d'avoir encore votre tête sur vos épaules. Bonsoir, monsieur.

Parkes ne perdit pas de temps et entama des négociations avec les conseillers de l'empereur à Kyoto. Glover lui-même fut invité à participer à une rencontre à Osaka, en raison de ses bonnes relations avec ces clans. Ito devait venir avec Kido, pour représenter les Choshu, tandis que Godai parlerait au nom des Satsuma. Ryomo Sakamoto, du clan des Tosa, serait également présent. Glover se rappelait sa présence tranquille lors de sa visite à Ipponmatsu, où il avait incité Ito à la modération, et il savait que le jeune samouraï avait œuvré discrètement pour convaincre Choshu et Satsuma de surmonter leurs différends.

À la date fixée, une escadre de canonnières anglaises, françaises, américaines et hollandaises jeta l'ancre dans le port d'Osaka. Des délégués des quatre nations, parmi lesquels Parkes pour la Grande-Bretagne et Roches pour la France, rejoignirent le rivage où ils retrouvèrent des dignitaires de la cour impériale et des représentants du shogun.

Satow était présent et marcha au côté de Glover tandis qu'ils quittaient le port pour se rendre à la résidence où devaient avoir lieu les négociations.

– Il est difficile d'imaginer une assemblée plus disparate, observa-t-il.

– Croyez-vous qu'il puisse en sortir quelque chose de bon ? demanda Glover.

– En tout cas, ce ne sera pas faute d'avoir essayé. Les navires que vous voyez là-bas sont chargés de papier ministre, de rubans de soie, de plumes d'oie et de bouteilles d'encre en quantités énormes, plus qu'il n'en faut pour notre dessein. J'ai l'impression que sir Harry entend mener à bien cette négociation, quel que soit le temps que cela prendra !

De fait, Parkes voulait renégocier les conditions stipulées par les traités de commerce avec l'Occident signés par le Japon et les différentes puissances étrangères. En l'état, les traités avaient été ratifiés par le shogun, ce qui avait suffi jusqu'alors pour établir leur légitimité. Parkes insistait à présent pour que les puissances étrangères reconnaissent l'importance de l'empereur, qui devait lui aussi ratifier les traités.

Soutenu par les Français, le shogunat était hostile à cette proposition. Le parti impérial faisait preuve d'une réserve prudente. Les Hollandais observaient la situation avec intérêt, ravis à l'idée d'en tirer profit quelle que soit son évolution. Quant aux Américains, ils étaient venus à leur corps défendant et leur consul, Townsend Harris, ne cachait pas son dégoût devant les manigances européennes.

– Voilà six ou sept ans que nous avons résolu cette affaire. J'ai sué sang et eau sur ce maudit traité. Et tout ça pour quoi ? Pour que ces brigands d'Anglais et ces bellâtres de Français viennent saigner à blanc ce pays.

Parkes protesta que la situation avait complètement changé depuis et qu'il était nécessaire d'en tenir compte.

– Vo ne pensez qu'à parvenir à vos propres fins, répliqua Harris. Il s'agit de légitimer vos pillages et d'étendre votre empire.

– Nous voulons le bien du Japon ! lança Parkes exaspéré.

– Mais bien sûr ! s'esclaffa Harris. Je suis de bonne souche puritaine, monsieur, et ma grand-mère était une femme de bien qui s'appelait Thankful Townsend. Elle m'a donné trois des conseils les plus judicieux qu'il m'ait été donné d'entendre : dis la vérité, aime Dieu et déteste les Anglais. Je compte bien suivre cet avis jusqu'à ma dernière heure.

Roches éclata de rire et proclama :

– Je m'en souviendrai !

Parkes les foudroya tous deux du regard, se détourna et entra le premier dans la salle de réunion.

N'étant qu'un homme d'affaires, Glover n'avait pas à participer aux discussions officielles, mais Parkes avait jugé que sa présence en coulisse pourrait favoriser les négociations. En tant qu'interprète, Satow assistait aux débats. Il en faisait un compte rendu détaillé à Glover à la fin de chaque séance.

Ils savaient tous que ce serait difficile. Trouver un accord susceptible de satisfaire chaque parti en présence était une chimère. Toutefois même Glover, après tant d'années passées au contact des Japonais, fut stupéfait par leur capacité à ergoter sans fin sur le moindre détail. Malgré sa familiarité avec leurs faux-fuyants continuels et leur don pour les formules évasives, Satow était lui aussi épuisé par les proportions que prenait cet exercice de style. Une semaine passa sans qu'ils aient vraiment avancé. Satow observa qu'il faudrait peut-être faire venir d'Edo d'autres navires pour apporter un supplément de papier, de plumes et d'encre.

Pour sa part, Glover profita de l'occasion pour engager ses propres pourparlers. Ito et Godai le tenaient eux aussi au courant, et sir Parkes lui faisait des confidences. Il avait conscience de l'importance historique du résultat possible. Si sir Harry réussissait à obtenir un accord, l'événement aurait une immense portée symbolique et enverrait un message clair aussi bien aux clans rebelles qu'au shogunat assiégé.

Les négociations continuèrent. Si le shogun et l'empereur devaient tous deux ratifier le traité et tout accord ultérieur, quelle ratification primerait sur l'autre ? C'était une question d'honneur, de hiérarchie, de protocole. L'une des deux ratifications était-elle subordonnée à l'autre ? Dépendaient-elles l'une de l'autre pour leur validité ? Qui ratifiait la ratification ?

Une autre semaine s'écoula. L'énervement et l'impatience devenaient tangibles. Chaque soir les délégués étrangers retournaient sur leurs bateaux, chaque matin ils regagnaient le rivage pour reprendre ces discussions aussi longues que fastidieuses. Les Occidentaux commençaient à se lasser de ces chicaneries subtiles sur des points insignifiants. Pourquoi ne pouvaient-ils pas simplement signer ce satané document et en finir une bonne fois ? Le shogunat protesta qu'il était impossible d'avoir des discussions franches alors qu'une escadre de navires de guerre occidentaux était mouillée dans le port, ce qui constituait une menace évidente. Ito rétorqua que c'était parfaitement vrai, et que le shogun devrait tenir compte de cette menace. Godai déclara qu'ils devaient tous apprendre la dure leçon de Kagoshima et de Shimonoseki, et admettre que la coopération avec l'Occident était la seule solution pour l'avenir. Parkes s'employa à souligner qu'en l'occurrence les navires étrangers n'avaient aucune intention belliqueuse et n'étaient là que pour transporter le nécessaire pour les négociations, de sorte qu'il n'y avait certes pas à bord les troupes et les armements correspondant à leur puissance réelle. Satow intervint en faisant observer que d'ailleurs l'énorme cargaison de papier, de plumes et d'encre prenait presque toute la place. Reconnaissants de cette tentative pour détendre l'atmosphère, Parkes et quelques autres se mirent à pouffer, mais les Japonais semblèrent d'autant plus décidés à se montrer d'une intransigeance inflexible.

D'après Satow, Sakamoto l'avait foudroyé du regard à l'autre bout de la table et avait grommelé quelques mots de sa voix sonore à Godai, qui les avait traduits à contrecœur. Sakamoto avait dit que les navires étaient effectivement un rappel de la situation réelle, qu'ils n'avaient d'autre choix que de coopérer avec les barbares et que telle était la politique officielle de son clan, le seul avenir s'ouvrant à son pays, même si lui-même aurait eu plutôt envie de couper quelques têtes d'envahisseurs. Sur quoi il se leva et quitta la pièce.

Parkes avait soupiré.

– Et dire que ce sont nos alliés !

Les marchandages reprirent leur cours. Puis il apparut que les Japonais étaient parvenus à une sorte de compromis. Ils avaient trouvé une formule pouvant être interprétée en faveur de l'empereur, comme une reconnaissance de sa prééminence, mais permettant au shogun de conserver un rang assez imposant pour ne pas perdre la face. Après près de trois semaines de négociations, des représentants de l'empereur rédigèrent le Livre des volontés irrévocables et un nouvel accord fut signé, ce qui enchanta Parkes et remplit Roches de dépit.

Plus tard, alors que les délégués étrangers se préparaient à partir, Glover se retrouva à côté de Harris. La nuit tombait et les lumières des bateaux étrangers dansaient sur les eaux du port.

– Vous êtes Tom Glover, dit l'Américain.

– En personne.

– J'ai entendu parler de vous par Jack Walsh. Il vous tient en grande estime. Normalement, ça devrait me rendre méfiant.

– Il est vrai que Jack est un rude coquin.

– Mais il est malin, et il sait reconnaître un homme de valeur quand il en rencontre un.

– Même si cet homme se trouve être un Britannique ?

– Eh bien, vous êtes écossais, pas vrai ? Ça n'a rien à voir.

– J'ai l'impression que votre grand-mère devait avoir du sang écossais !

Harris se laissa aller à pouffer, puis reprit d'une voix sérieuse.

– Que pensent de la situation les jeunes gens comme vous ?

– C'est diablement compliqué, surtout étant donné le talent des Japonais pour brouiller les cartes. Mais si j'étais un joueur – ce que je suis ! –, je miserais mon argent sur les clans du Sud, les Choshu et les Satsuma. Ils vont prendre le pouvoir et engager le Japon sur la voie du progrès.

Harris resta un instant silencieux, sortit une pipe de la poche de sa veste, la bourra et l'alluma. L'air pensif, il tira quelques bouffées qui emplirent l'air de leur fumée odorante.

– J'ai tenu un journal de mon séjour ici, dit-il enfin. Je me suis dit que ça pourrait intéresser la postérité. Il n'y a pas longtemps, j'ai relu ce que j'écrivais lors du succès de la négociation du traité précédent. Quand j'ai dit à ce prétentieux de Parkes que j'avais sué sang et eau dessus, je n'exagérais pas. Si bien qu'en un sens sa ratification a été pour moi un triomphe personnel. Et pourtant, qu'est-ce que je trouve dans mon journal ? « Sombres réflexions – le changement menace. Me demande si tout ceci est vraiment pour le bien du Japon. D'une certaine façon, le début de la fin. »

Il tira de nouveau sur sa pipe.

– Je le ressens encore plus fortement aujourd'hui. Ce traité est manifestement un tournant, le début de quelque chose. Mais je crains qu'il ne soit également une fin.

12

Meiji

Nagasaki-Edo, 1868-1869

C'ÉTAIT COMME TENIR UNE COQUILLE D'ŒUF dans la main. Telle était l'image dont Satow s'était servi pour décrire la situation, dont l'extrême complexité rendait impossible de prédire l'issue finale.

Les rebelles semblaient représenter l'avenir, l'ouverture à l'Occident. Cependant ils se ralliaient à la bannière de l'empereur, lequel était embourbé dans la tradition, respectait l'ancien ordre féodal et s'irritait de l'intrusion des étrangers. De son côté, le shogun avait signé le premier traité avec l'Occident mais n'avait cessé depuis de faire de l'obstruction en exploitant la situation à son propre profit.

– Pour être honnête, dit Walsh en reposant le *Japan Times* où des articles évoquaient les hostilités imminentes, il faut avouer qu'il est pris entre le marteau et l'enclume. Quoi qu'il fasse, il est condamné.

– Bien sûr qu'il est condamné ! s'exclama Glover. Il a fait son temps. Cette révolution est inévitable. Après quoi, le pays pourra enfin aller de l'avant.

– Et l'empereur ?

– Ce n'est qu'un symbole. Il n'exerce aucun pouvoir véritable.

– Vous semblez n'avoir aucun doute.

– Je sais que j'ai raison, répliqua Glover. Mon instinct me le dit.

Quel que fût l'instinct de Glover, cependant, l'incertitude gagnait du terrain et créait une tension mêlée de malaise. Les Choshu cherchèrent la confrontation en exigeant officiellement que le shogun se retire et que ses conseillers du bakufu démissionnent, afin de restituer à l'empereur un pouvoir sans partage. Ces exigences étaient appuyées par une armée Choshu marchant sur Edo. Les troupes du shogun se portèrent à sa rencontre, il y eut quelques escarmouches suivies d'une trêve. Pendant ce temps, les Satsuma rassemblaient leur propre armée dans les rues de Kyoto, ce qui renforça la menace.

À présent le pays était indéniablement sur le pied de guerre. Les rumeurs les plus contradictoires se succédaient. Le shogun avait donné sa démission. Il avait été exécuté. Il n'avait pas démissionné et ses troupes marchaient sur le palais impérial. Il l'avait déjà mis à sac et incendié. L'empereur était mort. L'empereur avait repris le pouvoir et se révélait sous son vrai jour en chassant du pays tous les barbares.

Dans les quartiers des étrangers à Edo, Yokohama et Nagasaki, on renforça les défenses et femmes et enfants furent envoyés à Shanghai, qui était relativement sûre. Malgré son assurance, Glover était trop prévoyant pour prendre des risques. Il fit installer d'autres canons sur la colline au pied d'Ipponmatsu, constitua des provisions de fusils et de munitions et posta des gardes armés autour de sa propriété.

– Votre instinct parle toujours ? demanda Walsh.

– Que voulez-vous, répliqua Glover. On ne sait jamais.

Les escarmouches cédèrent la place à une bataille rangée. Les Choshu étaient inférieurs en nombre, mais armés par Glover et entraînés par Kido ils mirent en déroute les troupes du shogun et les refoulèrent jusqu'à Osaka.

Une fois encore, les rumeurs allèrent bon train. Le shogun avait fait seppuku. Ses partisans s'étaient réfugiés dans les collines, où ils comptaient se battre jusqu'au dernier homme. Non, il était vivant et avait rallié ses troupes. Avec l'aide des Français, elles avaient repoussé les Choshu puis attaqué les Satsuma pour faire bonne mesure. L'intervention française avait entraîné des représailles anglaises. Désormais, le pays était déchiré non seulement par une guerre civile mais par un conflit colonial entre deux grandes puissances impériales.

– Qui peut inventer de telles absurdités ? s'exclama Glover. Si nous étions en guerre avec les Français, je suis sûr que nous aurions été informés !

Finalement, les bruits les plus sensationnels perdirent tout crédit. Il s'avéra que les Choshu avait bel et bien remporté une grande victoire, que le shogun était indemne mais accablé et humilié par sa défaite. De plus, la flotte du shogun était elle aussi entrée en lice mais avait été vaincue par les navires Choshu construits à Aberdeen.

Après quoi, selon la coutume japonaise, le temps passa sans amener rien de nouveau en apparence. La suite se produirait au moment voulu, au terme d'un processus aussi indispensable que compliqué. Les étrangers attendirent.

Glover avait d'autres choses en tête. Un matin, Tsuru lui annonça qu'elle était certaine d'être enceinte. Elle lui apprit également sans détour qu'elle avait déjà été mariée – jusqu'alors elle n'en avait parlé qu'incidemment, par des allusions indirectes – et qu'elle avait eu une fille de cette première union.

– Un mariage pas bon, dit-elle. L'époux divorcé. L'enfant adopté. Je suis venue ici.

Elle s'accroupit devant lui, les mains sur les genoux, la tête baissée, prête à accepter sa décision. Comme Maki, elle savait que la plupart des étrangers reniaient les enfants qu'ils engendraient dans ce pays. Dès qu'une complication surgissait, ils préféraient abandonner leur musume plutôt que d'endosser la moindre responsabilité. Elle savait aussi qu'il avait épousé Sono, l'avait soutenue. Ito lui avait raconté toute l'histoire et lui avait assuré que c'était un homme bon et honorable. Mais elle n'osait espérer.

S'il lui ordonnait de partir, elle obéirait. Elle ne pouvait supporter l'idée d'avoir encore un bébé sans pouvoir le garder. Toutefois elle n'était pas en état d'élever seule un enfant. Si Glover disait non, elle prierait Jizo et se rendrait chez le médecin à Naminohira.

Glover la prit par la main, la força à se lever et la regarda droit dans les yeux en souriant.

– Tsuru.

Il embrassa son front, ses cheveux, la serra contre lui.

Ito et Kido se rendirent à Ipponmatsu. Comme toujours, ils arrivèrent tard dans la nuit, par mesure de sûreté. Cependant ils n'avaient plus rien de furtif. Leur attitude révélait une désinvolture nouvelle, une assurance née du succès. La bataille avait été un triomphe. Kido évoqua la supériorité numérique de l'ennemi, leur propre tactique s'inspirant de l'Occident pour le déploiement des troupes et de l'artillerie. Il remercia Glover pour le rôle irremplaçable qu'il avait joué dans la victoire, tout en s'attribuant pleinement le mérite de sa propre stratégie.

Ito parla comme un poète ou un prédicateur. La pauvreté même de son langage, alliée à son sens du détail, contribuait à la vivacité de son récit.

– Deux grandes armées. La guerre sur quatre frontières. Le sort du Japon en jeu. D'un côté, le shogun Tokugawa, quatorzième du nom, deux siècles de pouvoir. De l'autre côté, l'empereur, fils du ciel, né pour gouverner le pays. Un seul parti peut être victorieux.

« L'armée Tokugawa très nombreuse, très forte. La cavalerie mène l'attaque, émerge du brouillard. Un matin froid. Le tonnerre des sabots sur le sol. Les fantassins suivent au pas de course, portent la bannière du shogun et les drapeaux des clans fidèles à lui. Certains fantassins ont des fusils, mais la plupart la lance et le sabre, l'arc et les flèches. Une armure en cuir et fer, de l'ancien temps. Un casque avec l'emblème, un masque sur le visage. Le tonnerre des sabots. Le brouillard commence à se dissiper, le soleil fait briller sabres et armures. L'autre armée du clan des Choshu, menée par Kido-san. Également le clan des Tosa, mené par Sakamoto-san. Les bannières des clans flottent au vent. Tous portent le *kingire*, la banderole de soie jaune, signe de loyauté envers l'empereur. Le tonnerre des sabots. L'infanterie rebelle tient bon. Attend. La première ligne tire, une fusillade. Pendant qu'ils rechargent, la deuxième ligne s'avance, tire. Chevaux et cavaliers s'effondrent par terre. De l'arrière, le canon ouvre le feu par-dessus les têtes, atteint l'infanterie ennemie. Encore des tirs, puis le combat corps à corps avec sabre et baïonnette. Tous combattent avec courage et honneur. Une longue bataille. Finalement, les Choshu vainqueurs, ils mettent en fuite l'armée du shogun. La fumée des fusils et canons flotte sur le champ de bataille. Le soleil luit à travers.

« J'ai marché sur le terrain. Tant de morts et de mourants. Hommes et chevaux. Certains corps dépecés, sans bras ni jambes, ou seulement bras et jambes, ou la tête détachée avec le visage encore féroce. Une mort noble. Une mort de samouraï.

Ito s'interrompit, pour la première fois depuis le début de son récit. Il paraissait plus sombre que jamais.

– Sakamoto-san est tombé aussi, mort dans la bataille.

– C'est une grande perte, déclara Glover en se rappelant la présence tranquille de Sakamoto, son insistance à prôner l'union des clans.

– Mais une bonne mort, observa Ito.

– Oui, dit Glover. Bien sûr.

– Je me suis incliné pour tous les guerriers sur le champ de bataille, reprit Ito. J'ai fait un poème tanka.

Les braves guerriers gisent morts –
Choshu, Tosa, Tokugawa –
Pour l'amour du Japon.
La fumée de la bataille se dissipe.
Au-dessus, le soleil rouge.

Les rumeurs continuaient de répandre leurs inventions aux accents mythiques. D'après un bruit particulièrement persistant, le shogun Iemochi était mort. Pour une fois, c'était vrai. Il avait contracté le béribéri et s'était éteint misérablement à Osaka, ce qui faisait de lui le premier shogun Tokugawa en deux siècles à mourir hors d'Edo. Tandis qu'on choisissait son successeur, lequel recevrait ainsi un cadeau passablement empoisonné, les hostilités contre les Choshu furent provisoirement abandonnées.

Moins de six mois plus tard, l'empereur mourut à son tour. On annonça sa disparition à la veille des festivités en l'honneur de la nouvelle année. Les ornements de soie et de papier égayant les rues de la ville furent retirés en hâte tandis que débutait une période de deuil de quatorze jours.

– D'abord le shogun, maintenant l'empereur, dit Glover en regardant par les fenêtres du Club des Étrangers les rues hivernales ayant soudain perdu leurs couleurs éclatantes. On croirait presque à un coup monté !

– Il est vrai que ça complique joliment les choses ! approuva Walsh.

On avait espéré que le nouveau shogun, Yoshinobu, un jeune homme sans aucune expérience du monde, se contenterait de capituler avec dignité en cédant le pouvoir, mais ses conseillers l'en dissuadèrent avec énergie.

Le nouvel empereur, Mutsuhito, était encore plus jeune. Avec ses quinze ans, il n'était guère plus qu'un enfant. Dans son cas, on espérait qu'il ne ferait pas montre de la même aversion déclarée envers les étrangers que son prédécesseur et embrasserait la cause des rebelles non pas à contrecœur mais avec enthousiasme.

Une nouvelle fois, une trêve s'instaura et les opérations militaires furent provisoirement interrompues. La communauté étrangère continua d'attendre avec appréhension.

Glover se rendit à Edo. Il laissait Tsuru, dont le terme approchait, aux soins d'une infirmière et d'un médecin de garde.

À Edo, après avoir réglé quelques affaires sans grande importance, il rencontra de nouveau Parkes et Satow à la légation.

– On sent le vent tourner, déclara Parkes. Il est question d'ouvrir de nouveaux ports aux étrangers, à commencer par celui de Hyogo.

– J'en ai entendu parler, dit Glover. Il semble donc qu'on ait conseillé au nouveau shogun de prendre les devants et de renforcer les liens avec l'Occident.

– Effectivement, confirma Parkes. À cette fin, j'ai été invité au château d'Osaka afin de le rencontrer en personne.

– Le shogun ? demanda Glover surpris.

– Lui-même.

– Cette fois, c'est vraiment un nouveau départ !

– On peut le dire, même si je crains que ce ne soit qu'une dernière tentative désespérée. Le shogun n'est plus qu'un anachronisme. Ses jours sont comptés.

– Le *Japan Times* a publié un article sur lui, intervint Satow. L'auteur s'est fondé sur les récits d'un membre de sa suite. Le résultat est assez incroyable. Ce type semble s'être préparé à son rôle toute sa vie. Il passe ses journées dans le luxe et l'oisiveté. Il se lève tard et passe un temps infini à se faire coiffer avec raffinement avant de prendre un fastueux petit déjeuner composé de mets délicats provenant des quatre coins de son domaine. Tous ses vêtements sont en soie, et il ne les porte jamais deux fois. Dans la journée, il lui arrive d'accorder une audience à un ou deux de ses conseillers, après quoi il se laisse mener par ses caprices. Il joue au polo, s'exerce à la calligraphie, participe à un tournoi de tir à l'arc dont il sort évidemment vainqueur, se promène en bateau sur le lac. Les soirées sont vouées à d'autres divertissements variés dans le palais des Dames, où lesdites dames le reçoivent royalement. En somme, ses obligations sont absolument épuisantes !

– Monsieur Satow est impatient d'observer de près ce mode de vie, dit Parkes. Et je dois avouer que je suis moi-même assez curieux de le découvrir !

– Ce sera certainement très instructif.

– Roches sera là, bien entendu. Cet homme est manifestement incapable de reconnaître une cause perdue.

– J'ai entendu dire que Harris avait été rappelé à Washington.

– Bon débarras !

Glover éclata de rire

– J'avais fini par le trouver plutôt sympathique.

– Il était absolument odieux, rétorqua Parkes. Aussi grossier qu'entêté. J'admets qu'il avait fait du beau travail avec le premier traité, mais son attitude envers nous était des plus désobligeantes.

– Un vrai barbare, dit Glover.

– Exactement.

Satow proposa un toast.
– Au tact et à la diplomatie britanniques !
– Au tact et à la diplomatie !

Avant de quitter Edo, il lui restait une visite à faire. Tard dans l'après-midi, sous un ciel gris et froid, il prit un jinrikisha pour se rendre à la lisière du quartier des plaisirs. Il avait déchiré l'annonce dans le *Japan Times* et la regarda de nouveau tandis que le pousse-pousse avançait en cahotant sur la chaussée défoncée de ruelles étroites.

« Pour une semaine seulement dans cette ville, le Cirque international Risley !! Le spectacle le plus extraordinaire d'Edo, voire du monde entier !!! Laissez-vous subjuguer par des numéros stupéfiants et même prodigieux ! Tremblez d'émotion devant les talents de cavalier d'authentiques cow-boys américains faisant revivre pour vous un combat terrifiant avec des Peaux-Rouges au cœur de l'Ouest sauvage !! Admirez notre troupe d'acrobates chinois défiant les lois de la gravité en s'envolant littéralement !!! Retenez votre souffle quand le professeur Risley en personne, propriétaire du cirque, chef de piste et ancien artiste du Covent Garden de Londres, entrera dans la cage d'un féroce tigre de Malaisie !!!! En sortira-t-il vivant ? Pour le savoir, venez nous voir ! »

Risley fut ravi de le voir et rugit son nom :
– Glover !

– Professeur ! répliqua Glover en lui serrant la main.

Dans sa tente, Risley lui offrit un thé noir, fort et sucré, tout en l'entretenant de ses derniers projets extravagants.

– C'est du vrai lait, ça, déclara-t-il en montrant sa tasse de thé. J'ai fait venir de Frisco une demi-douzaine de vaches laitières avec leurs veaux. Ils ont failli y passer. Le voyage a duré deux mois et les pauvres bêtes mouraient de soif. Je ne pouvais pas supporter de les voir souffrir, j'ai bien cru que j'allais devoir les abattre. Et puis, miracle, il s'est mis à pleuvoir des cordes. J'ai réussi à collecter assez d'eau pour tout le monde, hommes et bêtes ! Mais pour couronner le tout, le déluge a fini par se transformer en une vraie tempête tropicale, un typhon gigantesque. Le schooner a été entraîné au diable et nous avons failli couler au nord de Yokohama. Enfin, nous avons réussi à nous en tirer et à accoster en sauvant tout notre bétail !

– Magnifique ! dit Glover. Manifestement, la providence fait toujours aussi bien les choses !

– J'ai monté une petite affaire de produits laitiers qui fait un tabac. Pour régler le problème de garder tout au frais pendant ces étés monstrueusement chauds, je me suis fait construire une glacière ! Elle est située près du port et elle engloutit des centaines de tonnes de glace en provenance de Tientsin. Ça m'a rapporté de jolis bénéfices !

Glover éclata de rire.

– Il n'y a pas à dire, vous êtes infatigable !

– Un bon mot, ça, déclara Risley. Je vais le replacer dans mes programmes. Il écrivit dans l'air : « L'Infatigable professeur Risley ! »

– C'est vrai que ça sonne bien !

– Et vous, Glover, quoi de neuf ? J'ai entendu dire que vous étiez mêlé à toutes sortes d'intrigues.

– Nous vivons ce que les Chinois appellent une « Époque intéressante » !

– Et que deviennent vos charmantes petites femmes, ces jolis papillons ?

– Maki semble s'être volatilisée. À mon retour d'Écosse, elle avait disparu.

Comme toujours quand il pensait à elle, il éprouva un curieux pincement de cœur, une brusque mélancolie.

– Tsuru attend un enfant de moi. En fait, la naissance est imminente.

– J'imagine que des félicitations s'imposent ?

– Certes. Je me suis attaché à elle. Nous allons nous marier.

– Il faut toujours agir correctement. C'est bon pour la santé !

– À propos, dit Glover, comment va Yaban ?

Risley le conduisit dans une petite tente à côté du chapiteau principal. Deux guerriers japonais armés de piques montaient la garde à l'entrée. Risley écarta la toile et entra, suivi de Glover. À l'intérieur, il faisait sombre et on sentait des relents caractéristiques de viande crue et de sciure imprégnée de sang, à quoi se mêlait l'odeur forte et animale du fauve lui-même. Il était pelotonné dans le coin d'une cage aux barreaux métalliques et se leva lentement, comme pour les saluer. L'air impérieux, il semblait les accueillir dans sa tanière, son domaine. Il huma l'air, jeta un coup d'œil à Risley, fixa son regard sur Glover. Une fois de plus, celui-ci sentit l'énorme puissance et le mystère de sa pure altérité. Son regard était avide, menaçant. Glover avait l'impression d'être jaugé comme un simple morceau de viande.

Risley leva une lanterne et les yeux de la bête brillèrent d'un éclat démoniaque. Il montra ses crocs gigantesques, poussa un rugissement assourdi.

– Salut, mon grand, dit Glover. Je suis content de te voir.

Le tigre gronda de nouveau, lui jeta un regard furieux et implacable.

Sans détourner les yeux du fauve, Glover déclara à Risley :

– L'annonce disait que vous entreriez dans sa cage.

– C'est un numéro que j'ai répété. Nous devons encore recourir au laudanum, mais en quantité limitée afin de ne pas l'assommer. Et nous prenons soin qu'il soit bien nourri. Un cochon ou deux suffisent, habituellement ! Cela dit, au cas où il lui prendrait la fantaisie de croquer un Anglais bien dodu pour son dessert, ces robustes gaillards veillent au grain avec leurs lances !

Le spectacle attira un public raisonnablement nombreux, compte tenu de la récente période de deuil national pour l'empereur, où tous les divertissements avaient été découragés. L'assistance se partageait entre des Japonais avides de voir le spectacle et des étrangers prêts à n'importe quoi pour échapper à l'ennui. Une troupe de jeunes gandins s'avança d'un air fanfaron, en riant bruyamment, et occupa toute une rangée de sièges. Braillant et jurant de concert, ils vidaient sans trêve leurs flacons d'alcool tout en couvrant les artistes de huées et de quolibets.

On baissa les lumières et un brusque éclair de magnésium illumina une troupe d'acrobates chinois s'élançant en bondissant pour exécuter une danse du dragon au son des tambours et des cymbales. Les jeunes voyous poussèrent des hurlements de joie en tapant des pieds. Les acrobates escaladèrent de fines perches de bambou, se mirent à virevolter, tournoyer et sauter en l'air en donnant bel et bien l'impression de voler, tant ils semblaient à peine toucher terre avant de remonter à une allure vertigineuse en haut des perches pour prendre de nouveau leur essor. La réclame de Risley ne mentait pas. Ils étaient prodigieux et défiaient toutes les lois de la gravité.

Les acrobates furent chassés de la piste par une autre troupe, composée d'une demi-douzaine d'hommes portant une armure légère de samouraï. Ils tournoyèrent à leur tour avec une agilité étourdissante, entrechoquant leurs sabres étincelants en un combat simulé, dans la chorégraphie d'une précision militaire et d'une grâce aérienne. L'espace d'un instant, les pensées de Glover dérivèrent et il se rappela l'attaque contre la légation, la lame de sabre brandie à un pouce de sa tête tremblante. Les voyous hurlaient et trépignaient en jouant les bravaches avec une constance obstinée.

Ils furent fascinés par l'Ouest sauvage. Les Peaux-Rouges étaient manifestement des Chinois affublés de longues coiffes et peinturlurés de symboles guerriers. En poussant des cris belliqueux, ils galopaient sur leurs poneys autour des pionniers assiégés dans leurs chariots couverts. Les gandins surexcités crièrent avec eux et poussèrent des hurlements de loups. Quand les cow-boys arrivèrent à la rescousse et repoussèrent les Indiens en tirant dessus sans descendre de cheval, la joie des jeunes ivrognes ne connut plus de bornes. L'un d'eux se leva et tira en l'air, au grand amusement de ses camarades. Glover vit Risley émerger de l'ombre pour vérifier ce qui se passait. Le tireur inconscient se rassit et un de ses amis lui confisqua son pistolet pour plus de sûreté. Risley se retira.

Une fanfare bruyante jouait entre les numéros. Le Far West de fantaisie fut suivi par une troupe de jongleurs et d'acrobates, d'avaleurs de feu et de nains faisant des culbutes. Ils sortirent tous aux accents d'une marche où les cuivres se déchaînèrent. Les voyous se mirent à rire et à pousser des cris d'approbation ironique.

Puis un roulement de tambour dramatique et un tonnerre de cymbales annoncèrent un changement d'atmosphère. Un cube gigantesque recouvert de velours chatoyant fut porté au centre de la piste par une équipe de manœuvres. Risley prit un porte-voix et réduisit au silence le public par la simple intensité tragique de son ton :

– Mesdames et messieurs ! Je sollicite humblement votre indulgence pour le dernier numéro de la soirée ! N'oubliez pas que je risque d'y perdre la vie !

On souleva le voile de velours et la cage de fer apparut. Se retrouvant soudain en pleine lumière, le tigre se mit à arpenter son repaire avec agitation, en grondant. On entendit nettement le public retenir son souffle et même les jeunes gandins eurent la décence d'être impressionnés.

– Ce splendide animal a été rapporté à grands frais de la jungle malaise, qu'il écumait encore récemment comme son roi incontesté. Vous n'aurez sans doute jamais l'occasion de voir un spécimen plus magnifique de *panthera tigris malayensis*, le grand tigre de Malaisie, l'incarnation de la force, de la puissance et du mystère. Je vous présente Yaban !

Le public applaudit et les Japonais rirent sous cape en entendant ce nom si approprié.

– On a prétendu qu'il était impossible de dompter ces fauves. Ce sont des mangeurs d'hommes d'une force effrayante, capables de mettre en pièces un homme d'un seul coup de leur mâchoire puissante.

Tout en parlant, Risley se dirigea vers la porte de la cage, s'arrêta.

Soudain, le public se rendit compte que cet homme allait réellement entrer dans la cage. Le silence s'abattit sur le chapiteau, troublé seulement çà et là par une quinte de toux ou un rire déplacé et aussitôt étouffé. Risley posa son porte-voix et brandit une clé. Il ouvrit le cadenas, pénétra dans la cage, referma la porte dans son dos. Le tigre se retourna pour lui faire face et il ramassa un fouet, une chaise en bois.

Pendant les dix ou quinze minutes qui suivirent, il fit claquer son fouet, contraignit le tigre à faire le tour de la cage, à monter sur un baquet en bois renversé, à sauter à travers un cerceau. Par la seule force de sa volonté, il tint le fauve en respect et réussit à lui faire exécuter tout un numéro.

Après avoir brandi une dernière fois son fouet, il tourna le dos au tigre, s'inclina et se dirigea tranquillement vers la porte pour ouvrir le cadenas. Quand il fut hors de la cage, le public l'acclama follement.

– Impressionnant, dit Glover après le spectacle.

– J'avoue franchement que je n'en menais pas large, déclara Risley. Quelque chose me disait que je ferais mieux de ne pas abuser de la patience du fauve avec moi. Il y avait comme une lueur dans ses yeux… Encore quelques minutes et il m'aurait déchiqueté, je le crains.

Glover jeta un dernier coup d'œil sur le tigre et comprit tout à fait ce que Risley voulait dire. Seule la force brute pouvait contenir cette puissance. Tandis qu'il fixait la bête, il sentait qu'elle-même le défiait du regard. Mais il éprouvait également une émotion indéfinissable, comme s'il percevait de l'intérieur la conscience du fauve. Face à cet être débordant d'une vie indépendante et mystérieuse, il sentait une sorte de reconnaissance profonde, une identification. L'espace d'un instant, il lui sembla qu'il était lui-même le tigre répondant à son regard.

Il se rappela un des derniers vers du poème que le jeune Mitchell lui avait récité :

« Lui qui fit l'agneau, t'a-t-Il fait ? »

Il s'inclina devant le tigre.

– *Yaban-san. Sayonara.*

La bête montra les dents.

Le visage du tigre lui apparut en rêve. Il fallait qu'il soutienne son regard sans ciller. S'il baissait les yeux, le fauve l'abattrait d'un coup de sa patte énorme et saccagerait toute la maison. Sono était en train d'accoucher dans la chambre voisine. Non, c'était impossible, le tigre l'avait déjà massacrée. C'était Tsuru, et en même temps Maki. Glover devait les protéger toutes deux, tenir bon face au tigre. Mais il était accablé de pressentiments funestes, conscient que la puissance du fauve était immense et que rien ne pourrait arrêter ses ravages s'il parvenait à se libérer. Glover se réveilla en criant, trempé de sueur. Maki l'apaisa. Non, Tsuru.

Tsuru.

Elle avait accouché une semaine plus tôt. On lui avait porté un message au bureau et il était rentré chez lui en courant. Les passants sur le Bund s'écartaient interloqués sur son passage, il avait gravi Minami Yamate, franchi le portail d'Ipponmatsu, la porte de la maison.

Le médecin était dans le vestibule, le visage grave. La porte de la chambre était fermée.

Seigneur.

Non.

Le médecin sourit.

– Guraba-san. Vous père. Une petite fille.

Oui.

Oui !

Des cris stridents s'élevèrent. Il ouvrit vivement la porte, vit Tsuru qui serrait contre elle le bébé enveloppé dans un châle. Elle paraissait épuisée mais tranquille, et lui sourit comme du sein d'un profond havre de paix. Le nourrisson était rouge, plissé et minuscule, ainsi que l'avait été son fils. Mais il sentait qu'elle était pleine de vie, qu'elle avait la volonté de survivre. Tsuru lui tendit cette miniature aux yeux fermés, aux mains avides.

– Jolie petite, dit-il en la prenant dans ses bras, bouleversé pour la deuxième fois de sa vie par ce pur miracle.

Il s'aperçut qu'il venait de dire le début d'une vieille chanson surgie de son autre vie, dans sa lointaine patrie. Burns, de nouveau : « Jolie petite, mignonne petite, joyeuse petite… »

Tsuru parla d'une voix basse mais forte, du fond de ce lieu où il ne s'était jamais rendu.

– Nous l'appelons Hana.

Ils en avaient déjà discuté. Tomu pour un garçon, Hana pour une fille. C'était un beau nom, qui signifiait Fleur. Et ça sonnait comme Anna, ou Hannah.

– Hana, dit-il. *Hai* !

Hana.

Plus tard, le médecin demanda à parler à Glover. Il avait donné un somnifère à Tsuru et l'infirmière s'occupait de l'enfant.

– La petite fille très forte, dit le médecin. Une excellente santé. Elle sera très bien.

– Je le crois aussi, répliqua Glover.

Ils entendirent le bébé crier avec vigueur de l'autre côté de la porte.

– Elle a des poumons du tonnerre ! s'exclama le nouveau père.

Le médecin reprit son air sérieux.

– Je suis désolé, il y a une complication pour Tsuru-san.

Glover se raidit, sentit son cœur se serrer.

– Quel genre de complication ?

– Elle a eu déjà un bébé ?

– Oui. Elle s'est mariée très jeune.

– Peut-être la naissance a été difficile.

– Elle n'en a jamais parlé.

– Je pense c'est presque sûr. Ça explique la complication cette fois. Et peut-être elle ne pourra pas avoir d'autres enfants.

Le bébé se remit à pleurer, une voix douce le calma.

– Quelles sont les probabilités ?

– Pas bonnes.

– Mais autrement, elle se portera bien ?

– Je crois. Simplement, plus d'enfants.

Glover se tut un instant puis remercia le médecin, s'inclina, le paya généreusement pour le temps et le dérangement.

– Domo arigato gozaimasu.

– Do itashimashite.

Ces petites formules cérémonieuses, l'exercice quotidien de la politesse, permettaient d'affronter les événements, de faire régner l'ordre. Merci. Ce n'est rien.

Glover rentra sans bruit dans la chambre. Tsuru dormait profondément. Il écarta doucement les cheveux cachant son visage, embrassa sa joue.

Ils organisèrent une cérémonie très simple à Ipponmatsu, par une fraîche matinée de printemps. Quelques nuages traversaient rapidement le ciel d'un bleu limpide. La baie était couverte de jonques, de cargos, de navires de guerre à la présence menaçante. L'*Ho Sho Maru* avait quitté Aberdeen et voguait quelque part au large. La cale sèche était arrivée et sa construction avançait à vue d'œil. Elle allait changer la face du port, la face du Japon tout entier. La baie serait un jour bordée de chantiers navals, on n'en était encore qu'au commencement.

Ito séjournait à Kagoshima, où il élaborait une stratégie pour que la rébellion entre dans une nouvelle phase. Walsh se trouvait à Shanghai, occupé à conclure une affaire de plus. Mackenzie avait pris sa retraite à Édimbourg. Ces trois hommes avaient été les témoins de son mariage avec Sono. Si peu de temps avait passé depuis, et cela paraissait une éternité. Dans deux ans, Glover aurait trente ans. Ce qu'on disait était vrai : le temps semblait s'accélérer au fil des années.

Du moins, le pasteur Cameron et le prêtre bouddhiste étaient là comme lors de la première cérémonie. Les témoins étaient le médecin et l'infirmière de Tsuru, ainsi que Groom et Harrison.

– Avec un Groom à la maison, pas besoin d'aller à l'hôtel ! observa Harrison.

La valeur légale de cette cérémonie était fort incertaine. Pour Glover, il s'agissait simplement de reconnaître officiellement Tsuru et Hana, de leur conférer le statut d'épouse et de fille légitime au moins aux yeux de la communauté où ils vivaient.

Le pasteur lut les vœux, que Glover et Tsuru répétèrent.

« Promettant une entière fidélité. »

« Aussi longtemps que tous deux vous vivrez. »

Le prêtre psalmodia son invocation d'une voix sonore, s'inclina comme toujours devant Amida, le Bouddha de la Terre pure.

Namu Amida Butsu.

Il brûla de l'encens, rabattit sur eux la fumée odorante, agita une sonnette.

Glover prit la main de Tsuru et répéta encore :

– Promettant une entière fidélité.

Elle s'inclina devant lui en souriant, les yeux remplis de larmes.

Le changement, quand il arriva, fut rapide. L'armée réunissant tous les rebelles sous la bannière de l'empereur marcha sur le château d'Osaka. Malgré quelques escarmouches et une ultime résistance désespérée des troupes du shogun, les rebelles, mieux organisés et mieux armés, furent une nouvelle fois victorieux. La flotte Choshu, avec pour vaisseau amiral l'*Ho Sho Maru* récemment livré, s'intitula elle-même marine impériale japonaise et remporta une bataille navale décisive.

Le shogun fuit la ville, habillé en moine, et se réfugia dans un monastère bouddhiste au cœur des montagnes du Nord. Il envoya un messager chargé d'un rouleau portant son sceau officiel et sa signature élégamment calligraphiée, où il déclarait renoncer à tout pouvoir et prêtait serment d'allégeance à l'empereur, dans les mains divines duquel il remettait désormais son sort. L'époque des Tokugawa était révolue.

Certaines factions demandèrent que le shogun soit traqué et exécuté.

Roches, le consul français, paya sa mauvaise interprétation des oracles et sa confiance dans le shogun par un retour forcé à Paris, où l'attendait une certaine disgrâce. Du coup, Parkes se retrouva en position de force parmi les diplomates occidentaux. Il usa de son influence sur le daimyo pour le dissuader d'ordonner l'éviscération et la décapitation du shogun.

Malgré les assurances du daimyo et la confiance de Glover en Ito et les autres rebelles, la communauté étrangère vivait encore dans la peur. Un des derniers actes officiels du shogun avait été de transmettre à Parkes un message où il exprimait son regret de ne plus pouvoir garantir la sûreté d'aucun résident étranger. Avec une insouciance bien française, Roches avait déclaré perfidement le jour de son départ que les armées impériales allaient incendier jusqu'au dernier établissement étranger du pays et massacrer tous ceux qui échapperaient aux flammes, sans distinction d'âge ni de sexe.

❧

Le shogun avait tenté sur la fin de sauver sa mise en ouvrant de nouveaux ports à l'Occident. Cette stratégie fut poursuivie à Kobe, où une délégation de diplomates et de négociants comprenant Glover et Satow se rendit pour l'inauguration du nouveau Bureau des douanes. Alors qu'ils flânaient indolemment dans le quartier, une bande désordonnée de samouraïs apparut soudain et chevaucha dans leur direction.

Glover comprit que quelque chose n'allait pas quand les guerriers s'arrêtèrent, mirent pied à terre, s'alignèrent tant bien que mal et commencèrent à charger leurs fusils. En regardant leur chef, en observant son maintien, son attitude, il eut l'impression qu'il ne lui était pas inconnu. D'un coup, il se rendit compte que c'était Takashi. Au même instant, Takashi l'aperçut, le reconnut.

– Bon sang ! s'écria Glover.

Il plongea pour se mettre à l'abri tandis qu'une rafale de coups de feu en l'air fendillait la façade de l'édifice, endommageait son toit de tuiles et déchiquetait le drapeau britannique. En jetant un coup d'œil par une fenêtre, il vit que la confusion régnait chez les samouraïs, dont certains avaient basculé en arrière sous l'effet du recul de leurs armes dont ils ne maîtrisaient manifestement pas le maniement. Takashi les invectivait en hurlant et le temps sembla ralentir son cours tandis qu'ils commençaient laborieusement à recharger les fusils. Cependant, avant qu'ils aient eu le temps de se regrouper pour tirer de nouveau, on entendit un fracas de sabots et un détachement de cavalerie britannique surgissant des quais, alerté par la fusillade, s'élança vers eux. Les samouraïs remontèrent prestement en selle et s'éloignèrent au galop, suivis par les soldats, sabres au poing, prêts au combat.

Glover rejoint l'extérieur où les autres étrangers, dont Satow, se relevaient et s'époussetaient d'un air hébété, en regardant avec incrédulité les dégâts subis par le bâtiment.

– Nom de Dieu ! s'exclama-t-il.

Satow était déjà en train de griffonner dans son calepin.

Il rapporta l'incident dans un nouvel article pour le *Japan Times*, qui parut une semaine plus tard.

Cett. bande de samouraïs, écrivait-il, était un ramassis de désœuvrés de provenance variée mais appartenant apparemment pour la plupart au clan local des Bizen. Favorables à l'empereur, ils avaient rejoint l'alliance des rebelles, mais ils étaient aussi farouchement hostiles aux barbares. Outré de voir les diables étrangers prendre en main la ville avec désinvolture, leur chef avait ordonné à ses troupes d'ouvrir le feu sur eux. Seul le fait que les samouraïs n'aient reçu que depuis peu leurs fusils américains avait évité un bain de sang. Peu familiarisés avec leurs armes, ils ne savaient pas ajuster une cible et se contentèrent de tirer en l'air au hasard. Les fusiliers marins les avaient alors pris en chasse.

Toutefois les Bizen étaient meilleurs cavaliers que tireurs. Connaissant tous les tours et détours des chemins, ils avaient réussi à s'échapper dans les bois bordant la ville.

Comme toujours, Satow avait adopté un ton aussi détaché qu'amusé. Les cavaliers britanniques, notait-il, avaient chargé avec brio dans une rue déserte et étaient revenus les mains vides, en dehors de quelques trophées. Leur butin comprenait des sandales, des chapeaux parapluies appelés *kasa*, ainsi qu'une liasse de papiers attachés avec une ficelle, que Satow avait été chargé de traduire et qui n'étaient en fait que des lettres d'amour particulièrement passionnées d'une jeune femme. Satow concluait son article par un appel au calme, en réaffirmant sa conviction qu'il ne s'agissait que d'un incident isolé ne révélant en rien une menace du nouveau régime. Néanmoins, dans tout le Japon, les résidences étrangères furent de nouveau barricadées, entourées de sacs de sable et protégées par des gardes armés. Comme Satow, Glover avait confiance, mais la présence de la petite Hana le rendait circonspect et il doubla les défenses d'Ipponmatsu.

Ito arriva un soir à l'improviste et assura solennellement à Glover qu'il n'y avait aucun danger. Les renégats et autres bandits existant dans tous les clans seraient exterminés. En fait, Takashi avait déjà été arrêté et devait faire seppuku devant des témoins de la communauté étrangère. Il recevrait le châtiment de son crime, mais en tant que samouraï loyal à son clan et à l'empereur il serait autorisé à mourir honorablement.

En prononçant ces mots, Ito se redressa avec dignité, et Glover vit qu'il commençait déjà à changer. Il avait devant lui son vieux compagnon de beuverie, ce joyeux fêtard chantant des chansons grivoises où il était question de reposer sa tête sur les genoux d'une belle. Cependant cette même chanson continuait par un vers où il se promettait de prendre le pouvoir et gouverner la nation. C'était exactement ce qu'il s'apprêtait à faire. Ito le rebelle, le révolutionnaire, était en train de devenir Ito l'homme d'État.

Il afficha même du respect pour son ennemi vaincu, le shogun, en évoquant sa chute avec les mêmes accents de mythographe que lorsqu'il avait décrit la bataille des Quatre Frontières, en transformant la dure réalité des faits bruts en légende.

– Le temps des Tokugawa révolu. Le château d'Osaka tombé. Une fois de plus, Choshu et Satsuma vainqueurs. Le shogun part, se jette aux pieds du Bouddha. Maintenant, l'empereur fait le nouveau Japon. Nous construisons.

Il avait de nouveau composé un tanka pour la circonstance.

Il tombe une pluie froide.
Vaincu, il abandonne
Ses beaux vêtements,
Cherche auprès du Bouddha
Un refuge.

– À présent, lança-t-il, buvons !

Un mois plus tard, en récompense de son rôle dans la rébellion, Glover fut invité à se joindre à une députation se rendant au château d'Osaka pour l'inspecter. Parkes et Satow faisaient également partie du voyage. Ils chevauchèrent lentement avec le cortège mené par les daimyo des Choshu et des Satsuma, Ito et Godai ainsi qu'un contingent de samouraïs des deux clans.

Il pleuvait de nouveau. Ce déluge froid et agaçant rappelait sa patrie à Glover. Ils franchirent le portail, pénétrèrent dans le donjon et découvrirent un spectacle de désolation. L'édifice avait été bombardé par l'artillerie, détruit à coups de canon, puis saccagé, pillé et incendié. Des brèches énormes s'ouvraient dans les murs. Là où s'élevait le palais, il n'y avait plus qu'une ruine ravagée par les flammes, des fragments déchiquetés de maçonnerie surgissant au-dessus de ce qui avait été un carrelage. Des armes abandonnées, des armures cabossées gisaient çà et là, brûlées et roussies par l'incendie. Certaines étaient tordues, enchevêtrées, après avoir fondu sous l'effet du feu.

Au lieu du sentiment de triomphe auquel il aurait pu s'attendre, Glover n'éprouva qu'un grand vide, une vague mélancolie. Satow et Parkes partageaient cette impression.

– C'est déprimant, déclara Satow.

– Ça ne fait pas si longtemps que je me trouvais dans ce château, dit Parkes, fêté par le shogun. Et il m'est apparu comme le plus beau et le plus raffiné des hommes.

– Encore que peu apte à vivre à notre époque, observa Satow.

– On en vient à s'interroger sur ce que nous avons déclenché dans ce pays, soupira Parkes.

Le déluge redoublait. Des rideaux de pluie s'avançaient en rafales à travers la cour. La bannière de l'empereur claquait au-dessus des ruines. Si jamais il avait des doutes, Glover, silencieux, les garda pour lui.

Les trois hommes furent invités à assister comme témoins au suicide rituel de Takashi. Les Satsuma avaient maintenant installé leur quartier général dans la ville, à l'intérieur d'un temple spacieux au milieu d'un vaste domaine, où l'exécution devait avoir lieu.

– Sale affaire, dit Parkes que cette perspective mettait mal à l'aise.

En revanche, Satow semblait quasi ravi à l'idée d'observer de près la cérémonie.

Comme Parkes, Glover n'avait aucune envie de s'y rendre, mais il lui semblait qu'il offenserait ses hôtes japonais en refusant leur invitation. Malgré son désir de rester stoïque, il se sentit baigné de sueur lorsque le prisonnier fut conduit dans la salle du temple.

Vêtu d'une robe de coton rêche d'un bleu sombre, Takashi marchait avec la dignité convenant à un samouraï, sans sembler le moins du monde intimidé ni effrayé. Il était flanqué de gardes armés portant casque et cuirasse. À quelques pas derrière lui, aussi respectueux qu'un serviteur, s'avançait un homme en gris.

Ito chuchota à Glover :

– C'est le *kaishaku.*

– Le bourreau ?

– Non, l'ami.

Takashi monta sur une estrade basse drapée de toile d'un blanc immaculé et recouverte d'un épais tapis de feutre rouge vif. Les yeux fixés droit devant lui, il s'agenouilla sur le tapis tandis que l'homme en gris, le kaishaku, se mettait à genoux près de l'estrade.

Takashi s'inclina, non en victime mais en suppliant. Il regarda chacun des témoins dans les yeux en s'inclinant à chaque fois. Ses yeux ne croisèrent qu'un instant ceux de Glover. Durant ce bref instant, cependant, il sembla à Glover que Takashi était déjà ailleurs, loin de cet endroit, au-delà même de la haine et du mépris. Son regard était perçant, froid, détaché.

Un fonctionnaire vêtu de blanc s'avança devant Takashi, s'inclina et lui présenta un plateau de laque noire sur lequel se trouvait un sabre court wakizashi, dégainé. Takashi s'inclina en réponse, prit le sabre, l'éleva avec une sorte de vénération et le posa devant lui. Puis il fit glisser sa robe sur ses épaules, de façon qu'elle se déploie autour de lui en le laissant nu jusqu'à la taille. Avec soin, posément, il repoussa l'étoffe ample de ses manches sous ses genoux, afin de s'empêcher de basculer en arrière.

Il faisait de plus en plus froid dans la salle. Le moindre son résonnait dans le silence tendu, quintes de toux gênées, étouffées, craquements sur le parquet lorsqu'un des observateurs, mal à l'aise, changeait de position. Et aussi le bruissement des mouvements étudiés de Takashi se préparant à la dernière action de sa vie.

Saisissant le sabre dans sa main droite, il l'éleva de nouveau devant ses yeux, parut presque le caresser. Puis il retint son souffle et, sans un tressaillement, plongea franchement la lame dans le côté gauche de son ventre. Tous les témoins se mirent à haleter légèrement. Ils avaient beau savoir ce qui allait se passer et s'y être préparés, la violence de la réalité les prit de court, les heurta de plein fouet.

Lentement, minutieusement, toujours sans broncher, il transperça sa propre chair de la gauche vers la droite. Parkes détourna les yeux. Satow enregistrait chaque détail, le bruit du sabre, la plaie rouge s'ouvrant peu à peu, afin de les noter plus tard dans son journal. Glover regardait fixement le visage de l'homme, stoïque, impassible, tourné vers l'intérieur.

Quand la lame atteignit l'extrémité droite de l'abdomen, Takashi la redressa en une dernière entaille vers le haut puis la retira, ensanglantée, et la replaça devant lui. Se penchant en avant, il tendit le cou. Pour la première fois, son visage se tordit en une grimace de douleur, mais aucun son ne s'échappa de sa bouche. Le kaishaku se leva d'un bond. D'un seul geste rapide comme l'éclair, il tira son sabre, l'abattit et trancha net la tête de Takashi.

La tête coupée tomba avec un bruit sourd. Le sang jaillit, imprégnant le tapis de feutre et le teignant d'un rouge plus foncé.

Glover jeta un dernier regard au visage soudain privé de vie, les yeux fermés, la bouche pincée, les traits figés en un masque de souffrance.

Dehors, dans le froid, Parkes eut un haut-le-cœur et dut se maîtriser pour ne pas vomir. Satow bavardait avec animation.

– Je n'ai pas du tout trouvé ça répugnant, déclara-t-il.

Il était déjà en train de griffonner dans un carnet.

– En fait, cette cérémonie m'a paru pleine de décence et de dignité. Elle était nettement plus respectable que les séances de divertissement public devant la prison de Newgate !

Glover ferma les yeux, incapable d'effacer l'image du visage du samouraï, ce masque mortuaire. Et telle avait donc été la mort de Matsuo, brutale et douloureuse, sans avoir commis d'autre crime que de rompre un vœu obscur. Ce code était trop dur, trop barbare. Et pourtant…

Ito s'approcha de lui, s'inclina.

– Vous voyez la justice de l'empereur faite.

– Mais avec honneur.

– Oui.

Le message était clair. Le régime de l'empereur était favorable à l'Occident, et aucune attaque contre les étrangers ne serait excusée ni même tolérée à l'avenir.

L'empereur lui-même s'installa à Edo, l'ancien bastion du clan des Tokugawa, qui serait rebaptisé Tokyo, la capitale de l'Est. Il y occupa le palais qui avait été celui du shogun, et prit à son tour un nouveau nom. Désormais, il serait Meiji, le monarque éclairé, et l'année serait appelée Meiji Gan Nen, la première année de son règne.

13

Maki

Nagasaki, 1869-1870

WALSH S'EN ALLAIT, RETOURNAIT DANS SA PATRIE. Il se rendit à Ipponmatsu pour prendre un dernier verre.

– À la santé du nouveau Japon ! s'exclama Glover.

– Je leur souhaite bonne chance, répliqua Walsh.

– Que voulez-vous dire ?

– Vous me connaissez, Tom. Je préfère me retirer de la course quand je suis en tête.

Il regarda Glover par-dessus son verre de whisky.

– Vous devriez peut-être en faire autant.

– Me retirer ?

Walsh éclata de rire.

– Je crois bien que vous ignorez bel et bien le sens de ce mot !

– Pourquoi me retirerais-je ? Nous avons encore tant à faire.

– Nous ?

– Je suis partie prenante dans ce qui se passe ici, Jack.

– Je sais que vous avez beaucoup investi dans ce pays, Tom. Bon sang, c'est vous qui avez financé leur sacrée révolution ! Mais économiquement, la situation est instable.

– Après une révolution, ça n'a rien d'étonnant !

– Ils ont trop présumé de leurs forces. Ils sont incapables de payer leurs dettes.

– Pour le moment, c'est vrai.

– Et si jamais ils vous remboursent, leur monnaie est tellement dévaluée que vous ferez une perte énorme.

– L'argent est loin d'être mon seul mobile dans cette affaire.

Walsh se mit à pouffer.

– Vous avez vraiment fait du chemin !

– Je suis chez moi ici. Nous allons redresser la situation.

– Encore « nous ».

– Oui, c'est comme ça que je vois les choses.

Tsuru amena Hana pour qu'elle dise bonne nuit à son père avant d'aller se coucher. La petite fille dormait à moitié, les yeux embués de sommeil, en se cramponnant à une poupée en tissu coloré. Il l'embrassa sur la tête et vit que Walsh souriait.

– Quel bon père de famille !

L'Américain dit bonne nuit à Tsuru, qui répondit poliment en le saluant de la tête :

– *Oyasumi nasai.*

Glover savait qu'elle ne l'appréciait guère, et il comprenait pourquoi.

Les deux hommes sortirent dans la nuit froide et marchèrent jusqu'au portail. Walsh comptait faire une visite d'adieu au Sakura, traverser une dernière fois Shian Bashi et Omoikiri Bashi.

– Il y a quand même des choses que je regretterai dans ce pays ! gloussa-t-il. J'imagine qu'il est impossible de vous convaincre de m'accompagner ? Même un père de famille a le droit de s'amuser un peu !

– Je suis bien comme je suis, répliqua Glover.

Et il était sincère.

Walsh avait raison. Retard et dévaluation avaient pour conséquence que ses dettes atteignaient un niveau alarmant. Il devait cent mille dollars rien qu'à Jardine's, de l'argent qu'il avait emprunté pour les clans et qu'il était maintenant sommé de rembourser. Avec la fin des combats, le commerce des armes avait décliné. Il avait vu trop grand dans son affaire de thé et les bénéfices n'étaient pas au rendez-vous. Ses opérations avec la soie avaient fait long feu, de même que le trafic d'opium.

Groom, Harrison et Ringer décidèrent de reprendre leur indépendance. Ils n'en voulaient nullement à Glover, mais ils n'avaient tout bonnement plus envie de suivre ses directives. Même si ce n'était pas dit ouvertement, ils regardaient d'un œil critique son soutien sans réserve à la révolution.

Il affirmait qu'on n'en était encore qu'au début. Qu'il fallait maintenant entreprendre l'industrialisation à grande échelle du Japon, lequel devrait extraire son propre charbon, fabriquer son propre acier et construire ses propres bateaux.

Les trois hommes respectaient sa vision, mais ils ne la partageaient plus. Au lieu d'une expansion, ils étaient partisans d'une diversification, d'une spécialisation. Ringer reprendrait à son nom la manufacture de thé. Harrison monterait sa propre entreprise, en centrant de nouveau ses activités sur l'immobilier. Groom comptait s'installer à Shanghai pour s'adonner comme par le passé à la spéculation monétaire.

Il leur fallut toute une journée de discussion et de négociation pour parvenir enfin à un accord d'ensemble. Il y eut des mots durs, des accusations, des revendications souvent opposées. Les échanges furent parfois vifs, mais toujours imprégnés d'un respect mutuel. Grâce aux sommes que ses anciens associés lui avanceraient, Glover pourrait commencer à éponger ses dettes, mais le problème serait loin d'être réglé pour autant.

À la fin de cette réunion, Glover leur serra la main, les remercia et leur souhaita bonne chance. Quand ils eurent quitté son bureau, il s'effondra à sa table, épuisé. L'air était chargé de relents de tabac. Il avait mal à la tête.

Devant lui se trouvait sa petite collection de souvenirs censés lui porter bonheur : le morceau de bambou, le papillon en papier, le dollar d'argent, la pièce itzibu. Il leur avait adjoint une banderole de soie jaune, le kingire d'Ito, symbole de loyauté envers l'empereur. À l'arrière-plan, il avait installé la petite poupée de Daruma, ce jouet d'enfant dont le visage peint avait une expression féroce. Il lui donna un petit coup sur la tête, rien que pour le voir basculer puis se redresser. Huit fois de suite.

Il enfila sa veste, sortit dans la rue. Au lieu de rentrer directement chez lui, il marcha le long du front de mer, en respirant l'air du soir et en essayant de s'éclaircir les idées. Il aimait ce moment de la journée, le ciel commençant à s'assombrir mais encore baigné de lumière, les lampes jaunes allumées dans les boutiques et les maisons, sur les bateaux mouillés dans la baie. En passant devant le marché, il lui prit la fantaisie de s'enfoncer dans ses allées étroites, de se perdre dans le labyrinthe de ses éventaires, en s'abandonnant aux cris des marchands et en se laissant assaillir par ses odeurs d'encens et de pétrole, d'huile brûlante, d'épices musquées et de poisson séché. L'après-midi touchait à sa fin et certains vendeurs remballaient déjà leur marchandise. Ce spectacle emplit Glover d'une vague mélancolie, d'un sentiment de vide, d'aspiration nostalgique à quelque chose qu'il était incapable de nommer. Tant de vies s'écoulaient, et il en connaîtrait lui-même si peu. Cet endroit qu'il traversait. Cet ici et maintenant. Chaleur et tristesse. La lumière du soir.

À quelques pas devant lui, une jeune femme lui tournant le dos, un châle sur ses épaules, payait ses quelques achats. Pour une raison ou pour une autre, le marchand semblait lui parler avec rudesse. Glover ne comprenait pas les mots – même après toutes ces années, une bonne partie de la langue lui était encore inaccessible –, mais le ton était indubitablement hostile. L'homme jeta par terre son paquet d'emplettes, qu'elle se baissa pour ramasser. Glover ne voyait toujours pas son visage, mais quelque chose dans ses gestes, la forme de sa tête, la ligne de son cou, était étrangement familier. Cette femme lui rappelait quelqu'un.

Il s'aperçut soudain qu'elle était accompagnée d'un enfant, un petit garçon. Elle le prit par la main et s'éloigna rapidement. Glover se détourna, s'arrêta net. Il venait de retrouver le souvenir que l'inconnue lui évoquait. Il reprit son chemin. Ce n'était qu'une coïncidence, une ressemblance fugitive. Puis il s'arrêta de nouveau, saisi d'un doute. Il fallait qu'il la suive, qu'il vérifie. Mais elle avait disparu dans une allée, pouvait avoir tourné dans n'importe quelle direction pour s'enfoncer encore dans le marché ou rejoindre la rue. Quel chemin choisir ? Les venelles étaient noires de monde, la foule l'empêchait d'avancer. Les bruits et les odeurs avaient perdu tout leur charme. La litanie des *irrashaimase* l'irritait, les effluves de poisson séché lui soulevaient le cœur.

Toute cette histoire était ridicule. Il ne la retrouverait jamais. De toute façon, il avait dû lui-même imaginer la ressemblance, par une lubie née de sa fatigue, de son état d'esprit. Alors qu'il avait de nouveau rebroussé chemin pour retourner chez lui, elle s'avança devant lui, distraite. D'un seul coup, avec une évidence irrévocable, elle était là. Maki.

Seigneur.

Maki.

Elle l'aperçut, lâcha un instant la main du petit garçon, porta la main à sa gorge. Ses yeux s'écarquillèrent quand elle le reconnut et un cri inarticulé monta du fond de son être, comme un sanglot étranglé. Elle posa la main sur sa bouche pour étouffer ce cri, puis sembla se souvenir de l'enfant et reprit sa main, l'attira contre elle.

– Maki, dit Glover submergé par l'émotion.

Son cœur bondit. Dans son enfance, un jour qu'il contemplait la cascade de Banchory, il avait vu les saumons s'élancer hors de l'eau dans leur course folle vers l'amont, bondir dans l'air. C'était exactement cette sensation.

Ou une troupe d'ois‿aux effrayés s'envolant brusquement.

– Maki !

L'air désorienté, comme en rêve, elle posa soigneusement par terre son panier, serra encore plus fort la main de l'enfant, s'inclina.

– Guraba-san.

– Bon Dieu, Maki, c'est moi ! Tom, ton gaijin ! Le barbare plein de poils ! Yaban !

– J'ai cru vous retournez chez vous, dit-elle. En Sukoturando. Ne plus revenir au Japon en cette vie.

– C'était vrai, répliqua-t-il. Je veux dire, je suis effectivement retourné dans mon pays. Mais je suis revenu depuis trois, quatre ans.

– Si longtemps ?

– Il y a eu du changement. Sacrément, même. Comme on dit chez nous, de l'eau a coulé sous les ponts.

– *Hai*, dit-elle. *So desu*. De l'eau.

– Il s'est passé tant de choses.

– Beaucoup changé, approuva-t-elle. Tout.

– Un vrai bouleversement, dit-il en écartant les bras comme pour embrasser l'étendue des événements.

– De l'eau sous les ponts.

– Oui.

Elle avait parlé très bas. À présent elle se taisait, repoussait une mèche retombant sur son visage. Elle paraissait fatiguée. Une lassitude profonde se lisait dans son regard. Elle ne portait aucun bijou et était habillée d'une simple robe en coton sombre, attachée à la taille par un obi. Se cramponnant à elle, le petit garçon avait enfoui son visage dans sa robe pour se cacher. Il risqua un coup d'œil craintif sur Glover, qui le regarda à son tour et découvrit pour la première fois ce petit être terrifié, aux yeux écarquillés. Quelque chose dans ses traits le troubla. Sa peau était plus pâle que celle de sa mère, ses cheveux non pas noirs mais châtain clair, et ses yeux levés vers Glover… D'un seul coup, il eut la même certitude qu'en cette autre vie, sur le Brig o'Balgownie, face à Annie et son petit Jamie.

Il s'accroupit et dit doucement à l'enfant :

– *O namae wa* ?

Le petit garçon enfouit de nouveau son visage dans la robe de sa mère.

– Il s'appelle Shinsaburo, dit Maki.

Glover s'inclina devant l'enfant.

– Shinsaburo-san. *Yoroshiko onegai shimasu.*

Le petit hasarda un nouveau coup d'œil. Glover cacha son propre visage derrière ses mains, le regarda entre ses doigts. Encore peu rassuré, l'enfant se réfugia derrière sa mère pour plus de sûreté.

Glover se releva.

– Son père est un gaijin ?

– Yaban, dit-elle en esquissant un faible sourire, plein de tristesse et d'ironie. Vous savez.

Il se hasarda à demander :

– Mon fils ?

Elle acquiesça de la tête.

– *Hai, so desu.*

Il respira un grand coup.

– Tu es sûre ?

Elle lui lança un regard qui l'atteignit en plein cœur.

– Pendant tout ce temps, personne d'autre. Vous seul.

Il tendit la main vers le petit, qui de nouveau se détourna, se cacha.

Son fils. Shinsaburo. La chair de sa chair.

– Seigneur, dit-il. Maki. Pourquoi ne m'as-tu rien dit ?

– J'ai essayé. Vous absent. La femme dans la maison m'a dit vous loin, peut-être vous ne reviendrez pas.

– Tsuru ?

– *So desu.*

– C'est pour ça que tu es partie ?

Elle hocha la tête.

– Ça arrive tout le temps. Le gaijin s'en va. Il ne veut pas savoir. Ensuite, pas facile pour moi. J'ai prié Jizo, j'ai vu le médecin pour perdre l'enfant. Mais je n'ai pas fait ça. Pas eu le cœur.

Elle serra de nouveau le petit garçon contre elle.

– Alors, j'ai dû partir. Plus travailler au Sakura. Rentrer dans mon village.

– Bon Dieu, Maki, si j'avais su !

Les épaules de la jeune femme se voûtèrent, elle baissa la tête.

– Je ne savais pas non plus. À propos de vous. Ce que vous faisiez.

Il essaya de prendre la mesure de la situation.

– Bon sang !

– Une mauvaise période pour moi, reprit Maki. Après la naissance, les gens ont vu c'est un enfant de gaijin. Beaucoup pas gentils avec moi. Ils me crient après. Parfois, ils jettent des objets sur moi dans la rue.

Il songea soudain à la scène qu'il avait vue, à la voix hostile du marchand.

– Cet homme, tout à l'heure, il a dit quelque chose ?

– *Hai.* Mais pas important. Ça arrive tout le temps. Pas grave.

– Comment ça, pas grave ? s'écria-t-il. C'est insupportable, nom de Dieu !

Une fureur soudaine l'envahit. Il fit mine de se retourner pour partir à la recherche du marchand. Ce salaud allait devoir s'excuser. S'il refusait, Glover lui casserait la figure. Mais Maki posa la main sur son bras, le calma par cette simple caresse légère, encore familière après toutes ces années.

– Non, dit-elle. Ça n'arrange rien.

Il savait qu'elle avait raison. Il desserra les poings, s'efforça de refouler sa colère inutile. La main de Maki reposait encore sur son bras. Il la serra un instant dans sa propre main.

Ils marchèrent le long du front de mer, n'échangèrent que quelques mots entre les silences.

– C'est cruel, dit-il. À présent, j'ai épousé Tsuru. Nous avons une fille, Hana.

– *So desu.*

Il était étrange de penser qu'il était resté tard dans son bureau à batailler pour trouver un accord avec les autres, qu'il était sorti précisément à cette heure et avait fait ce détour, déambulé dans le marché, ce qui n'était nullement dans ses habitudes. Et elle était venue du village faire des courses ici, s'était elle aussi davantage attardée qu'à l'ordinaire. Elle devait passer la nuit chez son amie Yumi. Cette dernière avait également quitté le Sakura, s'était mariée avec un de ses clients, un riche négociant de Kobe. Quand l'époux de Yumi était à Osaka ou Edo pour ses affaires, Maki pouvait séjourner chez son amie.

– Yumi comprend, dit-elle. Elle est gentille avec moi.

Fatigué, le petit garçon commença à pleurnicher. Elle le prit dans ses bras et le consola.

La nuit qui s'assombrissait. La résignation dans les yeux de Maki. Les pleurs de l'enfant. La dureté, la complexité de cette réalité.

– J'ai besoin de temps, déclara Glover. Il faut que je réfléchisse à une solution.

– Une solution, répéta-t-elle en lui souriant avec une ironie triste. Peut-être il n'y en a pas.

Il héla un conducteur de pousse-pousse pour qu'il amène Maki chez son amie. Il donna à la jeune femme tout l'argent qu'il avait dans son portefeuille.

– Je t'en donnerai davantage demain, dit-il. Viens à mon bureau. À la même heure.

– *Hai, so desu.* Demain.

Il regarda le pousse-pousse s'enfoncer dans la nuit. Puis il rentra à Ipponmatsu, auprès de Tsuru et Hana.

Tsuru resta calme, impassible. Elle l'écouta en silence expliquer la situation, se contenta de hocher imperceptiblement la tête.

– Je veux simplement faire ce qui est le mieux.

– *Hai,* dit-elle. Le mieux.

La journée avait été longue. Il était fatigué. Après avoir pris un bain brûlant, il alla se coucher. Mais son sommeil fut inquiet, agité. Il allait sans cesse de brusques réveils en rêves étranges. Il se trouvait dans une sorte de temple, à la recherche de Maki, et tout le monde lui donnait son avis. Walsh lui disait en riant : « Vous voilà diablement embarrassé, Tom ! » Et il imitait un diable de comédie en pointant les doigts comme des cornes sur les côtés de sa tête. Puis ses doigts se métamorphosaient en cornes bien réelles, suffisamment acérées pour transpercer et blesser. Mackenzie secouait la tête et s'exclamait : « Ah, Tom, espèce de nigaud ! Je vous avais bien dit de faire attention de ne pas fourrer votre petit oiseau n'importe où. Mais évidemment, vous ne m'avez pas écouté ! » Puis Ito offrait un verre à Glover. « Dans mon ivresse, je repose ma tête sur les genoux d'une belle, proclamait-il d'un air concupiscent. Les grands hommes ont beaucoup de femmes ! Haha ! » Puis son expression changeait, il se faisait sérieux : « Mais vous avez épousé Tsuru, vous avez des devoirs. » Il vidait d'une traite le verre qu'il s'apprêtait à lui donner et l'alcool dégoulinait sur son menton. En riant, il essuyait sa bouche avec sa main. « C'est un *koan*, Guraba-san. Une question à répondre. Quelle solution ? » Et il faisait retentir une cloche de fer dont la rumeur résonnait encore dans le crâne de Glover quand il se réveilla et se redressa.

À côté de lui, le lit était vide.

– Tsuru ?

Il se leva, alluma la lampe et se rendit dans la chambre voisine, où Hana dormait. Tsuru était assise dans l'obscurité, en chemise de nuit, les cheveux en désordre, au chevet de la petite fille. Elle leva les yeux, effrayée, quand il dirigea sur elle la lumière de la lampe et découvrit qu'elle pleurait.

– Tsuru, dit-il.

Elle baissa la tête en sanglotant.

– Que se passe-t-il, ma petite ?

Il s'approcha d'elle, posa une main sur son bras, attendit que ses pleurs se soient calmés.

Elle renifla, s'essuya le visage.

– Maintenant, vous avez un fils, dit-elle.

C'était si difficile pour elle.

– Tsuru pas de fils, jamais. Peut-être vous voulez épouser l'autre femme, apporter le fils ici. Envoyer Tsuru et Hana au loin.

– Tsuru ! s'exclama-t-il. Au nom du ciel ! Tu es ma femme ! Hana est ma fille ! Crois-tu vraiment que je pourrais vous mettre à la porte ?

– Je ne sais pas, répliqua-t-elle. Comment savoir ? Je ne connais pas la manière des gaijin.

– Dieu tout-puissant ! Ou devrais-je plutôt invoquer le Bouddha ? Amida tout-puissant !

Il vit qu'elle ne comprenait pas ce qu'il disait, mais elle parut sensible à son ton rassurant, cajoleur, et elle se mit à rire au milieu de ses larmes. Passant un bras autour de son épaule, il la ramena dans leur chambre, éteignit la lampe et se coucha près d'elle en la tenant dans ses bras jusqu'à ce qu'elle s'endorme. Cependant lui resta éveillé, les yeux ouverts dans l'obscurité.

Jardine's continuait de le presser de payer et les fluctuations monétaires continuaient. Il était sur le point de vendre sa cale sèche au nouveau gouvernement pour 130 000 dollars, ce qui représentait un bénéfice de 60 000 dollars – une bonne affaire pour eux, et pour lui de quoi respirer un peu. Un deuxième navire de guerre, le *Jho Sho Maru*, avait d'ores et déjà quitté Aberdeen. Il était plus grand que son prédécesseur, plus puissant, mieux armé. Les Japonais apprendraient à bâtir eux-mêmes des bateaux de cette importance. Grâce au savoir-faire écossais, ils construiraient des bassins plus modernes, développeraient leur propre industrie en exploitant leur propre charbon et en forgeant eux-même leur fer et leur acier. Glover apporterait sa contribution, il se sortirait de sa mauvaise passe. Il avait déjà investi dans une mine de charbon sur l'île de Takashima, dans la baie de Nagasaki.

Quand l'affaire serait en train, elle produirait du charbon à deux dollars la tonne, laquelle serait vendue quatre dollars cinquante à Nagasaki. Si la production s'élevait à trois cents tonnes par jour, à raison de vingt jours de travail par mois, combien cela rapporterait-il ?

Il était fatigué. Tsuru gémissait dans son sommeil. Il songea au visage de Maki, au petit garçon, son fils. Deux dollars cinquante la tonne. Rien que du bénéfice. Le prix du charbon. Calculer. Trois cents tonnes. Le *Jho Sho Maru* fendant les flots. Il n'arrivait pas à se concentrer. Tout lui échappait sans cesse. C'était comme essayer de garder de l'eau dans ses mains. Ou d'enfiler une aiguille. Le rire d'Ito. Les fluctuations. Pertes et profits. Ces stupides questions sans réponse. Applaudir d'une seule main. Le petit matin.

Maki ne vint pas le lendemain. Il attendit dans son bureau jusque tard dans la soirée, en arpentant la pièce et en jetant des coups d'œil par la fenêtre tandis que le ciel s'assombrissait, que les lampes répandaient leur lumière tremblante dans les boutiques et sur les éventaires, mais la jeune femme resta invisible. Il se mit à pleuvoir. Il ferma son bureau et rentra chez lui en faisant un détour par le marché, au cas où. L'endroit l'irrita plus que jamais. Tous ces bruits, ces odeurs. Il vit le marchand qui s'était montré grossier envers Maki. Avec des gestes exercés, il découpait prestement des poissons à l'aide d'un couteau tranchant comme une lame de rasoir. L'homme l'aperçut et lui adressa un sourire à la fois narquois et obséquieux. Glover fut soudain pris d'une envie impérieuse de lui donner un coup de poing en pleine figure. Il s'imagina en train de lui arracher ensuite son couteau et de l'égorger, de l'étriper. La férocité de cette pensée, sa violence gratuite, le perturba. Il avait les mains moites. Se détournant, il reprit le chemin de sa maison, sentit l'air de la nuit rafraîchir son visage en sueur.

Quand Tsuru lui demanda s'il allait bien, il réagit avec brusquerie, lui lança sèchement que Maki ne s'était pas montrée et qu'il n'avait pas pris son adresse, de sorte qu'il ne pouvait entrer en contact avec elle pour le moment. Tsuru hocha la tête d'un air soulagé, ce qui mit un comble à l'exaspération de Glover. Il lui déclara qu'il retrouverait la trace de Maki grâce à la tenancière du Sakura. Il pourrait remonter jusqu'à Yumi et ensuite poursuivre ses recherches. Mais il allait devoir attendre quelques jours, car il devait se rendre à Tokyo pour une rencontre avec Ito.

Tsuru s'inclina profondément, garda la tête baissée. Il vit qu'elle sanglotait et se sentit bouleversé.

– Oh, ma petite ! s'exclama-t-il. Il s'agit de mon fils.

– Je sais, dit-elle d'une voix morne. Je sais.

❧

Le prince Ito Hirobumi du clan des Choshu, Premier ministre désigné du gouvernement Meiji, l'attendait dans un vaste bureau meublé d'une table en chêne et de lourdes chaises européennes.

– Guraba-san ! Je suis heureux de vous voir !

– Ito-san ! Quel honneur d'être admis en votre illustre présence !

– Vieux bandit !

– Jeune gredin !

Un portrait de l'empereur était accroché au mur derrière lui, non loin d'un tableau plus petit représentant Ito lui-même, dans une pose d'une dignité écrasante et en costume anglais bien coupé à la veste ornée d'une brochette de décorations.

– Impressionnant, dit Glover.

– Merci, répliqua Ito en lui offrant un cigare et en lui faisant signe de s'asseoir sur une des chaises tapissées de cuir sombre.

Ils évoquèrent une nouvelle fois la dévaluation de la monnaie. Ito exprima ses regrets pour les pertes subies par Glover.

– Je savais que je courais des risques.

– La situation devrait se calmer, déclara Ito. On devrait revenir à l'équilibre.

– Je l'espère, dit Glover.

Il parla à Ito de ses dettes, de son investissement dans la mine, de ses autres projets. Et il lui raconta sa rencontre avec Maki et le petit garçon.

– Le fils rend tout compliqué, observa Ito.

– On croirait une de vos foutues devinettes. Ces satanées histoires où on ne comprend rien.

– Les koan. *Hai*.

– C'est insoluble.

– Un de mes préférés est à propos de maître Nansen. Il entre un jour dans la salle de méditation et deux moines se disputent pour un chat, en disant chacun il lui appartient. Le maître prend le chat dans sa main, son sabre dans l'autre. Il déclare si un des deux moines dit un mot juste, ils peuvent sauver le chat. Ils restent muets, ne disent rien. Le maître coupe le chat en deux.

– Seigneur !

Ito fit mine d'abattre un sabre.

– Ha !

Glover était encore perturbé par cette histoire lorsque Ito lui dit que quelqu'un voulait faire sa connaissance et agita une clochette en cuivre posée sur son bureau. Un jeune homme entra précipitamment, s'inclina très bas. Ito aboya un ordre, le jeune homme sortit à reculons et revint avec le visiteur, un homme d'affaires japonais entre deux âges, vêtu comme Ito d'un costume occidental avec faux col et cravate.

– Guraba-san, dit Ito. Je vous présente Iwasaki-san. Il est impatient de vous rencontrer.

– *Hajimemashite*, dit Glover. *Dozo yoroshiku.*

– Je suis très honoré, déclara Iwasaki.

Ils s'inclinèrent d'égal à égal.

– J'admire ce que vous faites pour le Japon, dit Iwasaki. Pour l'industrie japonaise.

– Merci.

– La cale sèche. Maintenant le charbonnage.

– Sans parler des navires de guerre !

– *Hai, so desu.*

– Iwasaki-san a aussi de grands projets, intervint Ito.

– Vraiment ?

– Le Japon a besoin construire ces choses ici. Nous devons faire nous-mêmes.

– Absolument ! Il faut développer l'industrie lourde, rivaliser avec l'Occident.

– Je crée une société pour construire des bateaux, des machines.

– Magnifique.

– Je serais honoré si vous étiez conseiller pour cette société.

Glover tira un moment sur son cigare en silence.

– Votre proposition m'honore, répondit-il enfin. Bien sûr, j'ai d'autres engagements.

– Je suis certain nous pouvons trouver un accord, dit Iwasaki. Faire que ça en vaut la peine.

– Je vais y réfléchir très sérieusement, assura Glover.

– La société a son nom d'après l'emblème du clan. Elle s'appelle Trois Diamants. Mitsu-bishi.

– Ce nom me plaît. Il sonne bien.

Ils s'inclinèrent de nouveau, se serrèrent la main.

– *Mitsubishi.*

Glover était aux abois et ses créanciers resserraient leur étau. Il reçut un nouveau message de Jardine's exigeant avec les regrets d'usage le règlement complet de ses dettes. Cette lettre le mit en colère. Après toutes ces années, le travail qu'il avait effectué pour eux, l'engagement dont il avait fait preuve, il trouvait intolérable d'être traité comme un mauvais payeur de plus. Il fit une boule de la lettre et la jeta à l'autre bout de la pièce.

Il y avait aussi un courrier de la City of Glasgow Bank réclamant le remboursement d'un prêt qu'il avait contracté pour aider au financement du *Jho Sho Maru*. Même si les clans lui versaient l'intégralité de ce qu'ils lui devaient pour le bateau, la dévaluation de la monnaie était telle qu'il serait perdant dans cette affaire.

Il avait joué les quémandeurs auprès de l'agent de la Société commerciale hollandaise, qui avait elle-même investi massivement au Japon. Se présentant comme un élément moteur pour l'avenir du pays, il demandait à avoir sa part de leurs investissements. Les Hollandais répondirent qu'ils étaient d'accord pour garantir ses dettes, mais à condition qu'il leur cède par écrit la mine de charbon en guise de caution. Il fut contraint d'accepter, car il était bel et bien ruiné, en faillite.

Sur son bureau, la poupée de Daruma le fixait de ses yeux de pantin féroce. Il lui donna une chiquenaude et la regarda basculer en arrière puis se redresser, rebondir.

Il traversa les deux pont, Hésitation et Décision, pénétra dans le quartier des plaisirs et se rendit droit au Sakura. L'endroit paraissait différent dans la journée, plus petit et miteux, sans rien d'engageant. La nuit, il avait toujours eu un charme un peu magique du fait de la lueur dorée des lanternes, des ombres jouant sur les shoji, de l'odeur suave de l'encens. La lumière du jour était trop brutale pour lui et le rendait banal.

Glover monta sur la véranda, fit coulisser l'écran. D'un seul coup, tout lui revint. Il respira l'air parfumé, se rappela le tout jeune homme qu'il avait été, pareil à un acolyte entrant dans le temple. Le shoji s'ouvrant doucement. Le visage de Sono. L'intensité de ses nuits avec Maki qui l'avaient ramené à la vie.

Maki.

Une silhouette bougea dans l'obscurité. La tenancière le reconnut, battit des mains, lui souhaita la bienvenue tout en criant à deux des pensionnaires de venir s'occuper de lui. Elle proclama qu'elle était ravie de le revoir. Il devait être en manque, pour venir à cette heure du jour. Elle avait justement ce qu'il lui fallait, quelqu'un qui allait le rajeunir de plusieurs années.

Il éclata de rire et expliqua qu'il ne pouvait rester, qu'il n'était venu que pour lui demander un service. Il fallait qu'il retrouve Maki. La tenancière parut déçue, cependant elle écouta son histoire avec un visage affichant une compassion exagérée. Elle était désolée, elle avait entendu dire que Maki avait un enfant mais elle ignorait son adresse. Il insinua qu'elle savait peut-être où habitait Yumi. Oui, elle le savait. Elle allait lui écrire l'adresse et il pourrait s'y rendre en jinrikisha, car ce n'était pas très loin. Elle ajouta qu'il fallait qu'il revienne bientôt. Ils lui manquaient tous : Ito-san, l'Américain Walsh, et surtout lui, Guraba-san. Ç'avait été une époque heureuse, et ils pourraient s'amuser de nouveau comme alors.

Il la remercia avec sincérité, s'inclina et repartit dans l'autre sens, en franchissant une nouvelle fois les deux ponts. Après avoir hélé un pousse-pousse, il montra au coureur l'adresse que la tenancière avait griffonnée de son écriture à l'élégance aisée. L'homme hocha la tête et fit signe à Glover de monter dans le véhicule. Glover prit un air contrit en désignant sa propre personne lourde et encombrante. Le coureur éclata de rire et lui montra ses bras maigres mais nerveux, en gonflant ses muscles.

– *Tsuyoi* ! lança-t-il.

– Fort ! dit Glover.

– *Hai* !

Il cracha sur ses mains, les frotta et partit au trot, en tirant le pousse-pousse chargé de son passager imposant.

Ils traversèrent Motokago-machi, une artère animée bordée de boutiques et d'éventaires, s'engagèrent dans des rues plus calmes, des venelles défoncées, et finirent par faire halte devant une solide maison en bois à deux étages.

– C'est ici ?

Le coureur acquiesça de la tête.

– Vous attendez ?

Glover sortit sa montre de sa poche et imita sur le cadran l'avancée des aiguilles. L'homme hocha de nouveau la tête, s'accroupit par terre à côté de son véhicule.

Glover s'approcha de la maison en criant :

– *Yumi-san* ! *Gomen kudasai* !

Pas de réponse. Le vent agitait un pin derrière la maison. Glover essaya de faire coulisser le shoji, qui s'ouvrit aisément. Il appela à l'intérieur.

– Bonjour, Yumi ! Vous êtes là ?

Il entendit un bruissement dans la maison, un autre écran qui coulissait, puis Yumi apparut et s'avança d'un air inquiet, sur ses gardes.

– Yumi ! répéta-t-il.

Elle écarquilla les yeux, surprise, le reconnut enfin.

– Guraba-san !

Elle s'agita fébrilement, comme si elle voulait à la fois s'incliner, l'accueillir sur le seuil et aller ranger à l'intérieur quelque désordre imaginaire afin de recevoir dignement son hôte.

– Tout va bien ! lança-t-il.

En multipliant les courbettes, elle l'invita à entrer.

– *Dozo* !

Il laissa ses bottes dans le vestibule et la suivit dans la pièce principale. Elle s'empressa autour de lui, lui donna des coussins pour s'asseoir, se rendit à la cuisine pour remplir une petite bouilloire métallique et la mettre à chauffer sur le fourneau.

Elle revint en arrangeant ses cheveux et en lissant son kimono bleu. Il s'aperçut soudain qu'elle était enceinte.

– Félicitations, dit-il.

– Merci ! répliqua-t-elle d'un ton à la fois ravi et embarrassé.

Puis, comme si elle revenait à la réalité, elle porta la main à sa bouche.

– Vous voulez Maki. Je suis désolée, pas là aujourd'hui. Elle vient demain, non, hier.

– J'ai besoin de la voir, déclara-t-il.

– *Hai*. Je vous montre où.

Elle alla chercher la bouilloire, l'apporta et se mit machinalement à préparer du thé pour lui. Elle battit dans le bol la mixture d'un vert éclatant de façon à obtenir un liquide mousseux, puis elle fit tourner le bol et le lui tendit.

– *Dozo*.

– *Arigato*, Yumi-san.

Il but une gorgée.

– *Itadakimasu*.

Contente, elle hocha la tête. Normalement ils auraient dû échanger des propos convenus sur le temps, la qualité du thé, le vernis du bol. Mais il se contenta de répéter qu'il devait absolument retrouver Maki.

– Je l'ai rencontrée. Je suis au courant pour l'enfant.

– Elle m'a raconté, déclara Yumi.

– Elle avait dit qu'elle viendrait parler avec moi dès le lendemain.

– Elle ne veut pas. Trop triste.

– Je comprends. Mais…

– Votre fils.

– *Hai.*

Elle lui expliqua que Maki habitaı plus loin sur la même route.

– C'est loin d'ici ? demanda-t-il.

– Après le temple. Un long chemin.

Elle lui offrit encore du thé. Il faillit refuser puis se rappela les règles de politesse, accepta en remerciant et but un second bol.

– Votre mari a de la chance, dit-il.

– Non. Moi j'ai la chance. Maintenant, vous allez voir Maki.

Dehors, le coureur somnolait près de son pousse-pousse. Il se réveilla et bondit sur ses pieds à leur approche. Yumi lui apporta un bol d'eau et lui expliqua où il devait se rendre. L'homme regarda Glover, fit une nouvelle fois jouer ses muscles en lui souriant d'un air de conspirateur.

Ils passèrent devant le sanctuaire shinto de Suwa, avec son torii rouge vif, puis devant le temple bouddhiste de Teramachi. La chaussée devint plus étroite et défoncée, les maisons s'espacèrent. Glover commençait à se demander s'ils n'avaient pas manqué un tournant et continué trop loin, mais ils finirent par atteindre le quartier de Maki, qui n'était guère qu'un village de cabanes délabrées. Le coureur s'arrêta devant la dernière, le dos ruisselant de sueur.

– *Are wa*, dit-il hors d'haleine.

Celle-ci.

Glover le remercia et se dirigea vers la maison qui avait un aspect fragile, provisoire, comme si elle pouvait être emportée par la première tempête, le moindre vent un peu violent. Le shoji de l'entrée n'était pas complètement fermé. Quand il approcha, l'écran coulissa et il la découvrit, agenouillée, les yeux levés vers lui.

Maki.

Paisible, sans émotion, elle s'inclina profondément. Elle semblait s'attendre à sa visite comme à une nécessité inévitable. Il y eut un mouvement derrière elle et le petit garçon, Shinsaburo, vint jeter un coup d'œil par-dessus son épaule. Elle se leva, rassura l'enfant, posa une main sur sa tête. Puis elle invita Glover à entrer et recula à l'intérieur.

La pièce était sombre, un peu enfumée par le fourneau installé contre le mur du fond. L'odeur douce-amère de bois brûlée se mêlait à des effluves de cuisine, à un faible parfum d'encens, sans parvenir à couvrir tout à fait la puanteur s'échappant d'une fosse d'aisance cachée derrière un écran dans un coin. Dans l'autre coin, un baquet de bois était poussé contre le mur. Au centre de la pièce se trouvait une table basse près de laquelle étaient enroulés deux futons. Ils vivaient donc à deux dans cet espace confiné. Mais même dans ce logement exigu, Maki avait fait de la place pour un petit autel surmonté d'un rouleau suspendu et s'ornant d'un petit Bouddha en argile, d'un rameau fleuri dans un simple vase non vernissé. À côté reposait son samisen, enveloppé dans une pièce de soie.

– Comment vous m'avez trouvée ? demanda-t-elle.

– Par Yumi.

Elle hocha la tête en souriant avec lassitude.

– Je savais vous viendrez un jour.

– Pourquoi n'es-tu pas venue me voir après notre dernière rencontre ? Je t'ai attendue le lendemain.

Elle poussa un profond soupir.

– Ce n'est pas simple. Vous avez une épouse, une fille, une autre vie.

– Mais cet enfant est mon fils. J'en suis responsable.

– Non, répliqua-t-elle. Je suis seule responsable. J'ai décidé de l'avoir, de ne pas l'offrir à Jizo et tuer avant sa naissance. Je lui ai donné la vie. C'est mon karma.

Il se sentit envahi par un malaise familier, une sorte de panique grandissant en lui comme lorsque Ito réglait un problème en faisant référence au bushido, son code aussi féroce qu'inflexible, ou lui posait une de ces questions sans réponse qu'on appelait koan. Il n'y avait de réponse que dans l'action. Mais quelle action ? Peu importait, du moment qu'elle soit juste ! Mais comment savoir qu'elle était juste ? Simplement en agissant.

Il se surprit à raconter à Maki sa dernière visite à Ito, l'histoire de ce maître coupant un chat en deux.

– Ça m'a mis mal à l'aise, dit-il. Je n'ai pas compris.

– C'est difficile. Il faut toute la vie pour comprendre. Cette histoire sur le chat très dure.

– Brutale.

– *Hai.*

– Au Sakura, Ito avait coutume de crier ces questions entre deux chansons !

Elle sourit.

– Je pense peut-être lui ne comprend pas.

– C'est possible.

Elle parla au petit garçon, l'envoya jouer dehors.

– Tu me racontais souvent des histoires, dit Glover.

– Peut-être moi ne comprends pas.

– Je me souviens de celle sur cet homme fuyant devant un tigre et se retrouvant accroché à une plante, au-dessus d'un abîme où un autre tigre l'attend.

– Et il goûte les fraises.

– Oui.

Elle se tut un instant.

– J'ai une histoire préférée, en ce moment. Dans un petit village, une jeune femme enceinte. Jeune homme le père, elle ne veut pas dire. La famille demande, la jeune femme dit responsable le moine zen qui vit seul hors du village. Ils vont à lui très en colère, en déclarant il est le père. Il dit : « Vraiment ? » Puis le bébé naît, ils vont à lui et disent : « C'est votre enfant, vous devez veiller sur lui. » Il dit : « Vraiment ? » Et il prend l'enfant dans sa maison. Le temps passe, la jeune femme se sent très mal. Elle dit la vérité. La famille se sent terrible. Ils vont au moine et disent : « Nous désolés, pas votre enfant, nous le reprenons. » Le moine dit : « Vraiment ? »

Dans le silence, ils entendirent l'aboiement d'un chien, le garçon en train de courir et de jouer en chantonnant tout seul.

– Ce n'est pas un endroit pour lui, dit Glover. Tu ne peux pas l'élever ici.

Maki avait grandi ici même, avait été vendue aux gens de Maruyama alors qu'elle sortait à peine de l'enfance. Mais le monde flottant apparaissait comme une évasion, le chemin de la liberté.

Elle regarda Glover droit dans les yeux. Malgré ses cheveux attachés en arrière et son visage sans maquillage, sa beauté le troublait encore. Ses yeux, la ligne de son cou. Elle ne portait qu'une robe de coton et la serra plus étroitement sur elle.

Elle lui souriait comme d'un lieu lointain au fond d'elle-même, avec une expression imprégnée de tristesse et d'une sorte de compassion.

– Vraiment ?

Il dit qu'il y avait de la place à Ipponmatsu, qu'elle et l'enfant pourraient s'y installer.

Elle répliqua en riant que Tsuru-san ne serait pas contente.

Il déclara que c'était sa maison, qu'il pouvait agir à sa guise.

– La maison peut-être grande, dit-elle. Mais pas assez grande pour deux femmes !

Elle avait raison, bien sûr, il le savait depuis le début.

Il lui donna une enveloppe contenant de l'argent pour l'aider à s'occuper de l'enfant. De quoi la dépanner, en attendant.

Elle prit l'enveloppe avec grâce, le remercia et la plaça devant le sanctuaire, sans l'ouvrir.

Les créanciers de Glover se réunirent dans son bureau. Il avait chargé un jeune comptable écossais appelé Simpson de vérifier ses comptes en détail et de tout inscrire noir sur blanc. D'une voix sonore et tranquille, il lut les chiffres comme un juge prononçant sa sentence.

– Vous auriez dû faire lever l'assistance avant la condamnation, observa Glover.

Ses dettes s'élevaient au total à 500 000 dollars. Son capital, en dehors de la mine, représentait 200 000 dollars.

Il ne lui restait plus qu'à cesser de faire des affaires pour son propre compte et à s'en remettre à la Société commerciale hollandaise, dont l'offre tenait toujours. Leur représentant, un dénommé Baudian qui officiait à Nagasaki depuis des années et connaissait bien Glover, avait déjà rédigé le contrat.

La société épongerait les dettes de Glover en échange de ses parts dans la mine, dans laquelle il avait investi une fortune. Il serait engagé comme directeur de la mine, avec un salaire de deux cents dollars par mois.

Glover relut le document, prit une plume.

– Où est la clause prévoyant que le diable viendra prendre livraison de mon âme ?

Il signa d'un trait de plume, serra la main à Baudian et aux autres assistants puis alla surveiller lui-même le remplacement du panneau *Glover & Co* par un autre indiquant *SCH*.

Il se mit au travail avec encore plus d'acharnement que lorsque la mine lui appartenait. Travailler pour le compte d'une autre société semblait le libérer. Il investit dans des machines plus modernes et fit creuser un nouveau puits. On fit venir un engin à vapeur pour dégager les galeries. Celles qui existaient déjà furent élargies afin de pouvoir acheminer le charbon dans des bennes, qu'on faisait monter jusqu'à la surface dans des cages avant de les décharger directement dans des chalands accostés à la jetée.

La direction de la société fit l'éloge de son énergie et de sa persévérance. Le gouvernement japonais exprima ses regrets que le Japon n'ait pas adopté cette technologie et développé sa propre industrie minière des années plus tôt. Néanmoins, Mr Glover avait ouvert la voie, et comme toujours d'autres le suivraient.

Il installa même une liaison télégraphique – la première – entre le carreau de la mine de Takashima et son bureau sur le Bund. Le *Nagasaki Advertiser* qualifia cette initiative de remarquable innovation, et aussi de geste spectaculaire rappelant l'ouverture de la première ligne ferroviaire du pays par le même Mr Glover. Cet homme tournait toujours à plein régime, déclarait l'article, et faisait preuve une fois de plus d'un courage indomptable.

Grâce au travail, il pouvait oublier pendant quelques heures Maki et le petit garçon.

Des mois avaient passé. Il avait envoyé encore de l'argent, par l'intermédiaire de Yumi. Il n'était pas retourné voir Maki. La mine exigeait toute son attention, bien sûr, sans compter ses autres obligations. Mais au fond de son cœur, il savait qu'il y avait autre chose. La situation était intenable. C'était comme couper le chat en deux. Il fallait prendre une décision.

Il décida d'en parler avec Tsuru. Elle resta agenouillée en silence, le visage impassible, tandis qu'il évoquait la possibilité d'adopter l'enfant.

– Tu sais que je veux un fils, dit-il. Tous les hommes ont ce désir.

Elle baissa la tête d'un air accablé.

– Je suis si désolée, je ne vous ai pas donné un fils.

– Non ! s'écria-t-il en se prenant la tête entre les mains. Bon sang, c'est déjà assez difficile comme ça ! Ce n'est pas ce que je voulais dire.

Comme Sono, elle avait l'impression d'avoir échoué, d'avoir commis une faute.

– Personne n'est fautif, déclara-t-il. Nous voulons tous les deux un fils, et nous ne pouvons pas en avoir.

Elle hocha la tête.

– *Hai*.

– Or il se trouve d'une part que j'ai un fils, d'autre part qu'il n'a pas de véritable foyer et que Maki ne peut pas s'occuper de lui. Nous avons plein de place, ici, et nous ne sommes pas pauvres. D'accord, les Hollandais me paient une misère, mais mes dettes seront bientôt épongées et les affaires vont pouvoir reprendre.

L'offre d'Iwasaki, l'ami d'Ito, tenait toujours. Il pourrait l'aider à lancer cette nouvelle société appelée Mitsubishi. Ce qui l'obligerait à passer du temps à Tokyo, voire à s'établir là-bas. Le *Jho Sho Maru* allait arriver et Glover recevrait de l'argent pour le navire, même si cela ne correspondrait pas à sa valeur réelle.

– Mon bateau va nous remettre à flot ! dit-il.

Elle ne comprit pas la plaisanterie mais hocha quand même la tête en souriant, et il eut un brusque élan de tendresse pour elle.

– Oh, Tsuru ! Je veux juste dire que nous pouvons nous débrouiller. Nous allons recueillir l'enfant ici et l'adopter.

Elle baissa encore la tête d'un air soumis.

– *Hai, so desu.*

– Il sera un frère pour Hana.

– *Hai.*

Elle se tut de nouveau, laissa le silence s'installer.

– Et la femme ? demanda-t-elle enfin.

Ce sujet était douloureux pour elle.

– Elle ne vient pas ici ?

– Non, dit-il d'une voix basse mais décidée. Ça ne pourrait pas marcher.

– Marcher ?

– Ce serait impossible.

Un autre silence.

– Alors quoi elle fait ?

Aussi infaillible qu'une des questions sans réponse d'Ito. Un coup en pleine poitrine.

– Je ne sais pas, dit-il. Peut-être va-t-elle aller de l'avant, trouver un travail.

– Peut-être retourner travailler au Sakura.

– Non ! s'écria-t-il avec une violence qui le surprit lui-même.

– Alors quoi faire d'autre ?

Il n'en savait vraiment rien. Ce n'était pas son problème, mais c'était pourtant lui le responsable.

Cette fois, il renonça au pousse-pousse. Il loua un cheval à un Anglais qui dirigeait un manège près de Dejima. En chemin, il repassa devant le sanctuaire de Suwa, puis le temple de Teramachi. Maki lui avait raconté un jour que les prêtres du sanctuaire gardaient un cheval d'une blancheur immaculée qui ne pouvait être monté que par l'un des dieux. Glover n'avait aucune idée de ce que cela pouvait signifier. Sa monture trottait lourdement sur ses sabots de fer. Il se rappela comme Ken Mackenzie lui avait parlé avec enthousiasme de la façon dont les Japonais, en voyant des sabots de fer pour la première fois, les avaient copiés et avaient changé leurs habitudes du jour au lendemain. Il regrettait Ken, sa franchise, sa sagesse sévère. Walsh aussi lui manquait, avec son cynisme et son esprit caustique. Glover était depuis dix ans dans ce pays. Ça commençait à faire longtemps.

Il talonna son cheval le long des rues de plus en plus étroites et crasseuses. Au-dessus du village, un cerf-volant bleu dansait dans le vent. Il tomba près de la maison de Maki et Shinsaburo accourut pour le rattraper. En voyant Glover sur sa monture, il ramassa le cerf-volant et rentra précipitamment dans la maison en appelant sa mère.

Elle sortit pour l'accueillir, en essayant d'arranger ses cheveux et de les nouer en arrière avec un fermoir. Levant les yeux vers lui, elle s'inclina avec un sourire incertain. Une nouvelle fois, Glover fut bouleversé et son cœur bondit comme les saumons dans cette rivière lointaine…

Le petit garçon regarda le cheval avec fascination puis détala quand il se mit à s'ébrouer, les naseaux dilatés. Glover mit pied à terre et attacha sa monture à un poteau.

À l'intérieur, Maki avait allumé un bâtonnet d'encens afin de purifier l'air et de bénir la maison. Elle remercia Glover pour l'argent qu'il avait envoyé, en disant que cela avait changé leur vie.

– Ce n'est rien, dit-il.

– Pas rien, répliqua-t-elle. Beaucoup.

– Bah !

L'odeur dans la pièce était toujours aussi forte, avec peut-être en plus des relents d'humidité, de moisissure. Maki fit tourner le bâtonnet d'encens entre ses doigts pour que son parfum se répande.

– Tu joues encore ? demanda-t-il en montrant le samisen sous son enveloppe de soie.

Il croyait presque l'entendre, plein du souvenir des nuits au Sakura.

– Pas tellement, répondit-elle. Pas maintenant.

– Non.

L'ambiance était imprégnée de tristesse, de vacuité.

– *Chotto monoganashii*, dit-il.

– Pas *chotto*, le reprit-elle. Pas peu. *Motto*. Beaucoup.

– *Motto monoganashii.*

– *Hai.*

Elle se leva.

– Je fais du thé.

Elle s'occupa de faire bouillir l'eau, rincer et essuyer les bols, mélanger le thé et le laisser infuser, le verser et le faire mousser avec le fouet en bambou. La répétition des gestes convenus lui permettait de s'oublier, de s'échapper dans le cérémonial, délivrée de l'obligation de parler et de penser.

Glover resta assis à la regarder. Une ou deux fois, il sourit et fit signe de la tête au petit garçon posté près de la porte, prêt à fuir.

Posément, Maki versa le thé.

– *Dozo.*

Il but une gorgée, exprima son approbation.

– *Itadakimasu.*

Elle remplit une seconde fois le bol, qu'il vida et reposa.

– Maki, dit-il. Il faut que nous parlions de l'enfant.

Elle posa la théière sur le plateau, renversa la passoire pour qu'elle s'égoutte. Il continua.

– Je peux lui apporter une vie meilleure.

Elle lui lança un regard qui l'atteignit en plein cœur.

– Vraiment ?

L'espace d'un instant, il sentit l'abîme s'ouvrir, la vacuité s'approfondir.

Elle l'écouta sans discuter puis dit simplement :

– Pas aujourd'hui.

– Non. Choisis toi-même le moment.

– Deux semaines.

– D'accord, dans deux semaines.

Elle le raccompagna à la porte et il se retourna, la serra contre lui. Le petit garçon tira sur la manche de sa mère, se mit à pleurer. Elle se dégagea et le prit dans ses bras.

Dehors, Glover monta sur le cheval. L'enfant le contempla de nouveau avec une admiration effrayée. Glover tendit les bras en proposant de prendre le petit pour qu'il essaie de s'asseoir sur la selle. Maki parut hésiter, hocha la tête en fronçant les sourcils d'un air incertain. Elle murmura quelques mots rassurants à l'enfant et le tendit à Glover, qui le prit par les bras pour le soulever. Il resta ainsi un instant entre eux, les jambes ballantes, puis il commença à se débattre frénétiquement et laissa échapper un cri. Glover le rendit à Maki, qui le serra contre elle en lui parlant doucement pour le calmer. Glover leur fit un geste de la main, fit tourner sa monture et s'élança sur le chemin. En se retournant, il vit que la mère et le fils n'avaient pas bougé, le regardaient s'éloigner.

La scène lui revint, déformée, dans un rêve. Maki lui tendait l'enfant et celui-ci se débattait, gigotait en tous sens. Glover avait mis pied à terre et tenait le petit par le bras gauche. Maki le tenait par le bras droit, et au lieu de lui donner son fils elle tentait de le reprendre, l'attirait vers elle. Ils le tiraient ainsi chacun de son côté, mais un personnage se tenait entre eux, vêtu de noir, un moine ou un prêtre. Glover comprenait que c'était le maître de l'histoire d'Ito qui leur posait sa question, les pressait de répondre.

– Que dites-vous ? demandait le maître en brandissant un sabre.

Frappé de stupeur, Glover sentait sa gorge se serrer, il suffoquait, incapable d'articuler un mot. Et il ne parvenait pas à faire un geste tandis que le maître attrapait l'enfant par la peau du cou, comme un chat décharné.

– Rien qu'un mot.

Pas de réponse.

Le maître déposait l'enfant et, d'un coup de sabre, le tranchait en deux.

Les deux moitiés de corps s'effondrèrent par terre et Glover se réveilla en hurlant.

– Non !

Tsuru semblait s'être faite à l'idée d'accueillir l'enfant à la maison. Elle aussi avait désiré avoir un fils, un frère pour Hana. Elle prépara un espace pour lui, en divisant la chambre d'Hana avec un écran et en installant un petit futon sur un socle en bois. Elle lui acheta même des habits au marché, quelques jouets. Elle était prête.

Le rêve avait perturbé Glover, mais il l'avait écarté de son esprit, absorbé qu'il était par la direction de la mine et l'arrivée imminente du *Jho Sho Maru* en provenance d'Aberdeen.

La mine était florissante. Le second puits était opérationnel et on avait amélioré les systèmes de drainage et de ventilation. Le puits atteignait une profondeur de près de cinquante mètres et donnait sur une veine de charbon haute de deux mètres cinquante, exploitée jour et nuit par roulement d'équipes de mineurs. Glover se rendait chaque jour sur l'île et s'émerveillait de l'efficacité avec laquelle le charbon était extrait, amené à la surface, transporté par des chaînes humaines de travailleurs noircis par la poussière et se passant les seaux jusqu'aux soutes des jonques et des chalands attendant leur cargaison.

Il restait sur les quais à observer l'opération, stupéfait par la rapidité sans précipitation des mineurs, et aussi par leur apparente allégresse. Toute la journée, ils ne cessaient de bavarder, de rire, de plaisanter. Glover ne comprenait pas grand-chose à leur jargon guttural, mais il devinait qu'ils échangeaient surtout des remarques égrillardes. En voyant leurs gestes obscènes, il ne s'indignait pas mais éclatait de rire. La prochaine fois qu'Ito viendrait à Nagasaki, il l'emmènerait ici comme traducteur. Il imaginait déjà le rire tonitruant du Japonais.

Ito devait assister à l'arrivée du navire de guerre, en compagnie d'Iwasaki. Avec l'aide de Glover, ils avaient déjà acheté un terrain à l'autre bout de la baie, commencé à construire une cale sèche plus vaste et à ébaucher le chantier naval Mitsubishi.

❧

Au jour dit, il s'était mis à bruiner. Au fil des heures, la pluie était devenue plus violente. Le ciel s'obscurcissait lorsque Glover sortit de la ville pour s'engager sur la route étroite. Il avait emporté dans sa sacoche une cape en toile cirée pour que l'enfant ne se mouille pas, et Tsuru avait insisté pour qu'il prenne également un petit kasa, un chapeau parapluie en paille.

Quand il approcha du village, le chemin n'était plus guère qu'une coulée de boue. Il s'arrêta devant la cabane, attacha sa monture et cria :

– Maki ! *Guraba desu* ! *Gomen kudasai* !

Il attendit la réponse, le « *Hai, dozo* ! » familier, mais aucune voix ne s'éleva à l'intérieur. Pas un bruit.

La porte n'était pas verrouillée. Il la fit coulisser, regarda la pièce. Personne. Il entra, se rappela ses bottes boueuses et se baissa pour les ôter. La pluie battante sur le toit aggravait l'impression de vide, de désolation. L'humidité suintant des murs exhalait une odeur qui rendait encore plus fétide l'atmosphère où l'encens n'était plus qu'un faible souvenir.

Maki ne pouvait être loin. Peut-être s'était-elle simplement rendue au marché, avait été surprise par la pluie et s'était abritée quelque part. Il attendrait.

Tsuru alla ouvrir la porte et découvrit la femme et l'enfant, tous deux trempés jusqu'aux os par la pluie. Bien qu'elle fût interloquée, elle s'effaça et les invita à entrer d'une voix impassible. Maki secoua la tête en déclarant qu'elle ne pouvait rester, mais elle poussa le petit garçon à l'intérieur et lui expliqua que tout allait bien se passer.

Tsuru lui demanda pourquoi elle était venue alors que Guraba-san s'était rendu chez elle. Maki répliqua que l'enfant avait eu peur du cheval, qu'elle avait pensé que cela pourrait créer des difficultés et avait donc décidé de l'amener elle-même.

Tsuru répéta qu'il fallait qu'elle entre pour se sécher et manger quelque chose, mais Maki dit que c'était impossible, qu'elle devait s'en aller.

Tsuru comprenait. Maki lui tendit un sac de toile contenant quelques affaires de l'enfant, ses vêtements, ses sandales. Tsuru le prit en hochant la tête. Maki s'inclina, se détourna et partit.

Peut-être avait-elle changé d'avis et s'était-elle enfuie avec l'enfant. Cependant la maison n'avait pas l'air abandonnée. Il y avait des fleurs fraîches devant le petit autel. Le samisen enveloppé de soie n'avait pas bougé. Des marmites et des bols à thé étaient posés à l'envers sur un égouttoir en bois. La literie avait été roulée et rangée.

Elle ne pouvait pas être allée bien loin. Il remit ses bottes, releva son col de manteau pour se protéger de la pluie et sortit. Il commença par faire le tour du village à cheval, traversa un pont enjambant une rivière aux eaux gonflées par le déluge. Deux ou trois femmes se hâtaient d'aller se mettre à l'abri. Il leur demanda si elles avaient vu Maki, mais elles gardèrent la tête baissée et lui firent signe de s'éloigner.

Il se pouvait qu'elle fût allée voir Yumi. Et de toute façon, celle-ci devait savoir où elle était.

Mais non, Yumi ne l'avait pas vue de toute la semaine. Lors de sa dernière visite, elle lui avait semblé triste, silencieuse.

Glover se sentit soudain inquiet. En un éclair, il songea qu'elle avait dû se jeter dans la rivière. Avec la netteté affreuse d'un cauchemar, il l'imagina flottant sur le ventre, les manches de son kimono déployées comme des ailes. Il se ressaisit. C'était absurde. Peut-être s'était-elle simplement trompée de jour et avait-elle décidé d'aller en ville, d'emmener le petit garçon au marché.

Il était inutile d'arpenter à cheval cette rue sous la pluie. Glover remercia Yumi. Il allait rentrer chez lui et reviendrait le lendemain, tôt le matin.

Après lui avoir enlevé ses vêtements humides, Tsuru avait frotté l'enfant, l'avait rincé en versant des seaux d'eau chaude sur sa tête puis l'avait enveloppé dans une serviette tandis qu'elle préparait le baquet du bain. Elle souleva ensuite cette petite créature nue et fragile, l'installa dans le baquet et la laissa tremper à son aise. Pendant toute l'opération, l'enfant ne dit rien, se contenta de regarder autour de lui d'un air hébété, croyant rêver. Il regarda droit devant lui pendant qu'elle le sortait du bain, le séchait et lui mettait un costume marin flambant neuf qu'elle avait acheté pour lui. Elle lui présenta Hana, déclara qu'elle était sa sœur et que cette maison était son nouveau foyer. Elle lui donna des jouets – une balle aux couleurs vives, un cheval de bois –, en lui disant qu'ils étaient à lui et qu'il pouvait jouer avec. Il les regarda tristement.

Quand Glover arriva, complètement trempé, le petit garçon leva les yeux sur lui, surpris et désemparé.

– Dieu soit loué ! s'exclama Glover.

Puis il regarda à la ronde.

– Maki ?

– Elle laisse l'enfant et s'en va, dit Tsuru.

Il se tourna vers la porte et fut un instant sur le point de ressortir dans la nuit, mais il se raisonna. Il devenait ridicule. Maki pouvait se débrouiller seule, sans doute avait-elle pris un pousse-pousse pour rentrer chez elle ou chez Yumi. Il irait la voir le lendemain matin. C'était bien assez tôt. Dans la matinée. Il était fatigué.

Tsuru remplit le baquet d'une eau si brûlante qu'il eut du mal à l'endurer, mais il se renversa en arrière et laissa le sang marteler son crâne tandis que des lueurs dansaient derrière ses yeux fermés. Son esprit vagabonda et il vit de nouveau les ailes déployées du kimono de Maki. Elle volait, non, elle dormait, non, sa robe était humide, lourde, l'entraînait vers le fond. Elle était en train de se noyer.

Il se débattit, refit surface en hurlant une nouvelle fois :

– Non !

Son cri résonna dans la pièce embrumée par la vapeur. Il haletait dans l'air chaud. Tsuru accourut, inquiète.

Il revint à lui : il était chez lui, ici et maintenant, immergé dans son bain brûlant.

– Tout va bien, s'entendit-il dire. J'ai juste fait un rêve idiot.

Il sortit de l'eau, ruisselant. Tsuru lui apporta une serviette et il se sécha, enfila un yukata et une robe plus chaude en coton.

Le petit garçon était toujours assis, l'air perdu. Toutefois Tsuru avait cuisiné et la pièce sentait bon le gingembre et le sésame, l'oignon et le poisson. Il devait avoir faim. Il se leva, s'approcha de la table et regarda fixement les plats. La robuste table de chêne et les chaises de salle à manger étaient trop hautes pour lui. Hana avait une petite table à elle, devant laquelle elle s'agenouillait. Tsuru y avait disposé un bol et des baguettes pour le garçonnet. Elle lui servit une portion généreuse de bouillon aux nouilles.

– *Dozo.*

Il se mit à manier ses baguettes en plongeant presque le visage dans son bol, avala bruyamment jusqu'à la dernière bouchée, aussi absorbé et goulu qu'un jeune animal. Après quoi, avec une politesse parfaite, il lança de sa voix flûtée :

– *Itadakimasu.*

Tsuru remplit derechef son bol. Glover apporta son propre repas et s'agenouilla à la table basse, à côté du petit et d'Hana. Tsuru l'imita. Hana battit des mains en riant. Le garçonnet la regarda en esquissant un sourire incertain.

– C'est ici ta maison, maintenant, déclara Glover. *Katei desu.* Et nous sommes ta famille.

– *Kazoku desu*, dit Tsuru.

Elle lui expliqua qu'il porterait un nouveau nom dans sa nouvelle vie. Il s'appellerait Tomisaburo, qu'on abrégerait en Tomi. Et son nom de famille serait Guraba. Il serait donc à l'avenir Tomi Guraba, comme son père, Tom Glover.

Le garçonnet regarda autour de lui, scruta les visages de ces étrangers. Il demanda où était sa mère. Il ne comprenait pas.

Accablée, frissonnante, Maki arriva à ce qui lui tenait lieu de maison. Le long trajet à pied dans les deux sens l'avait épuisée. Elle avait demandé à un coureur de pousse-pousse de l'emmener, mais il avait affirmé que c'était trop loin par un temps pareil. Même en lui offrant de lui payer le double de la course, elle n'avait pu le fléchir.

Elle fit coulisser la porte et s'écroula à l'intérieur, prostrée. Elle devrait faire chauffer de l'eau, remplir le baquet. Elle devrait se forcer à manger quelque chose. Mais c'était au-dessus de ses forces, elle n'était capable que de se recroqueviller sur le sol.

Elle resta longtemps ainsi. Le jour baissait. Elle se redressa, raide et endolorie, songea à allumer la lampe, ne bougea pas. Elle ne pouvait supporter l'idée de regarder la pièce, de la voir vide.

Dans un coin, un objet bleu luisait dans la pénombre. Elle ne parvenait pas à savoir de quoi il s'agissait. Elle se traîna à côté pour le voir de plus près : c'était le cerf-volant du petit. Elle le prit dans ses mains et ressentit un choc douloureux à l'idée de ce monde familier, désormais inaccessible. Avec douceur, elle reposa le cerf-volant. Elle alla s'agenouiller devant l'autel, essaya de prier Amida. Mais elle se sentait hébétée, les mots lui semblaient pesants, absurdes, des sons vides de sens rompant inutilement le silence.

Sa main effleura le samisen et elle retira son enveloppe de soie, pinça les cordes tendues qui émirent un grincement strident, désaccordé, privé de toute résonance, de tout *yo-in*.

Près de la porte se trouvait une hache dont elle se servait pour couper du bois. En un éclair, elle se retrouva avec la hache dans la main, en train de fracasser le samisen, de fendre le bois, tandis que les cordes de boyau laissaient échapper un dernier cri étranglé, un râle d'agonisant. Comme en rêve, en se regardant elle-même agir, elle laissa tomber la hache, ouvrit la porte et s'élança dehors d'un pas chancelant.

Il pleuvait toujours à verse. Elle l'avait oublié. Peu lui importait. Elle était sortie sans chaussures. Elle s'en fichait. Ses vêtements étaient déjà lourds et trempés après sa longue marche. Ils se plaquaient sur elle, l'imprégnaient d'un froid glacial. La pluie cinglait sa tête nue, ses pieds nus glissaient dans la boue. Elle se traîna en titubant à la lisière du village, sur le pont de bois enjambant la rivière. Elle s'arrêta au milieu, baissa les yeux.

Sous l'effet du déluge, la rivière en crue roulait des flots impétueux. L'eau était trouble, terne, chargée de boue et de limon. Elle avait cru apercevoir son propre reflet, une dernière fois, mais elle ne vit rien. Guraba-san, Tom, l'avait dit en anglais, cette expression des gaijin… De l'eau sous les ponts.

Oui.

Elle se hissa sur le garde-fou en bois, se laissa tomber.

Namu Amida Butsu.

Le froid faisait mal. Le poids de ses vêtements l'attirait vers le fond. Elle haleta et suffoqua tandis que ses poumons se remplissaient. L'eau se referma sur sa tête.

Le *Jho Sho Maru* avait fait un voyage difficile depuis son lancement à Aberdeen. Les nouvelles de sa progression parvenaient par télégraphe jusqu'à Shanghai, d'où un vapeur venait les apporter à Nagasaki pour Glover. Son lancement au chantier naval de Hall Russell avait été un triomphe, réduisant au silence les critiques qui pensaient qu'avec ses mille cinq cents tonnes et ses soixante mètres de long il était tout bonnement trop gros et rentrerait dans la rive opposée de la Dee. Mais les chaînes énormes avaient tenu bon et le navire était resté à flot. Glover imaginait sa masse gigantesque se redressant dans l'eau grise. À présent, les mêmes critiques allaient devoir comprendre qu'Aberdeen, malgré ses dimensions moins importantes, pouvait rivaliser avec les chantiers navals installés plus au sud, sur la Clyde et la Tyne.

Après s'être amarré au quai Victoria pour recevoir son équipement et tester ses moteurs de dix mille chevaux-vapeur, le navire avait quitté le port sous les acclamations d'une foule de spectateurs. Il se rendit d'abord en Irlande, afin d'embarquer une partie de son équipage de quatre-vingt-dix marins et une poignée de techniciens qualifiés. De là il cingla vers le cap de Bonne-Espérance, où il faillit faire naufrage dans un brouillard épais. Après avoir fait le plein de charbon au Cap, il continua en direction de Shanghai en survivant à quelques tempêtes dans l'océan

Indien. À présent, après un périple de cinq mois, il pénétrait dans le port de Nagasaki et la moitié de la ville était venue l'admirer. Les gens poussaient des cris de joie et agitaient des drapeaux tandis qu'une fanfare entonnait une marche.

Glover était à l'avant de la foule, dans un espace réservé aux invités d'honneur, en compagnie d'Ito et d'Iwasaki. À côté de lui se trouvait le petit garçon, habillé de son costume marin. Glover le présenta cérémonieusement aux deux hommes. Son fils, Tomisaburo.

Son fils.

Un mois avait passé depuis son arrivée chez eux, et il était encore désemparé, effrayé. Il réclamait toujours sa mère et demandait quand il pourrait rentrer à la maison. Par moments, il oubliait, se consacrait pleinement à jouer, à créer son propre monde, à accomplir un petit travail. Puis il regardait soudain autour de lui, de nouveau perdu, comme s'il s'éveillait d'un rêve.

Après le bouleversement qu'avait été la venue de son fils, Glover avait laissé passer une semaine sans songer à aller voir Maki, à lui parler de nouveau. Quand il revit sa maison, elle était encore déserte, mais cette fois elle paraissait abandonnée, inhabitée. La porte était verrouillée. Deux femmes du village passaient par là, peut-être les mêmes que celles qu'il avait vues une semaine plus tôt. Il les appela et leur demanda si elles savaient où Maki était partie, mais elle s'éloignèrent précipitamment, comme pour fuir le mauvais œil. Il fit le tour de la maison, découvrit à l'arrière un trou dans l'écran de papier d'une fenêtre. Il regarda à l'intérieur, sans distinguer grand-chose dans l'obscurité, mais nota que l'odeur d'humidité et de pourriture dominait maintenant toutes les autres. On ne sentait aucun effluve de cuisine, aucun parfum d'encens. Il découvrit un caniveau couvert de mauvaises herbes, où on avait déversé toutes les ordures de la maison, parmi lesquelles il aperçut ce qui ressemblait à la carcasse fracassée d'un samisen.

La fanfare jouait maintenant une autre marche et Ito se redressa, lui demanda s'il reconnaissait cet air. Glover n'entendait quant à lui qu'une cacophonie, un vacarme assourdissant d'instruments désaccordés, mais Ito se mit au garde-à-vous en disant que c'était la glorieuse chanson qui avait accompagné leur rébellion. Il fit un salut militaire au petit garçon, lequel parut encore plus déconcerté. Glover le prit dans ses bras pour le rassurer et lui permettre de mieux voir. L'espace d'un instant, il vit dans les yeux de l'enfant quelque chose de sa mère.

Il avait laissé la cabane déserte de Maki pour se rendre chez Yumi. Le mari de cette dernière était là. Il s'était montré plein d'une courtoisie déférente, mais derrière cette façade il semblait hostile, soupçonneux, et son regard démentait son sourire. Yumi était mal à l'aise, lui avait déclaré en baissant les yeux que Maki était partie et ne reviendrait pas. Glover sentait qu'elle ne lui disait pas tout, qu'elle lui cachait une partie de l'histoire. Mais il savait aussi qu'il était inutile de l'interroger. Il la remercia, s'inclina devant son mari, prit congé et repartit à cheval, lentement, pour aller retrouver sa maison, sa vie.

Le navire s'approcha du quai, dominant la foule de sa silhouette imposante. À présent, on se rendait compte de ses dimensions énormes.

Sa proue s'ornait d'un soleil rayonnant. Le drapeau flottant en haut du mât arborait le même motif du soleil levant, symbole de l'empire.

Ito était radieux.

– L'empereur en personne montera à bord. Ce sera le vaisseau amiral de la marine impériale japonaise.

La foule poussa des acclamations. La fanfare joua l'hymne national. Ito et Iwasaki firent le salut militaire. Glover souleva son fils, le hissa sur ses épaules.

– Regarde, Tomisaburo ! dit-il. Regarde !

14

Bombe au gingembre et dynamite

Tokyo, 1911

– Le vieux Glover n'a rien à vous dire.

C'est par ces mots qu'il avait commencé leur entretien, assis dans son vieux fauteuil en cuir, dans le salon de sa maison spacieuse à Tokyo.

Le jeune journaliste, Lawrence, avait d'abord cru qu'il était sérieux, que son voyage dans le froid et la neige n'avait été que du temps perdu. Puis il s'était aperçu que les yeux du vieillard pétillaient.

Deux heures plus tard, il avait griffonné des pages entières de notes, en s'efforçant tant bien que mal de suivre le récit des dix premières années de Glover au Japon. Le vieillard racontait dans un style direct et laconique, qui ne tombait que rarement dans la vantardise.

– Vous pouvez dire ce que vous voudrez, mon garçon, lui avait-il déclaré. C'était moi le plus grand des rebelles. Sans moi, le nouveau Japon n'existerait pas. C'est aussi simple que ça.

Et l'histoire qu'il racontait était réellement étonnante, une épopée pleine de sensations fortes et de prouesses. Arrivé à vingt ans, sans aucune expérience, dans un pays violemment hostile aux étrangers, il avait conquis une situation exceptionnellement brillante et s'était affirmé comme l'un des hommes les plus puissants du Japon avant même d'avoir atteint sa trentième année. Il y avait là l'étoffe d'un roman.

– Vous avez vraiment fait des étincelles ! s'exclama le jeune homme.

– Oui, j'étais du genre à péter le feu, dit Glover. Et maintenant, puis-je vous offrir du thé ?

Une jeune servante japonaise apporta le plateau. Son regard rencontra celui de Lawrence et elle sourit, tout en versant le thé dans deux tasses en fine porcelaine.

– *Miruku* ? demanda-t-elle.

– *Milk*, du lait, dit-il. Oui, merci, *arigato*.

Elle sourit de nouveau, amusée par son accent, s'inclina et sortit.

– Je vois que vous êtes sensible à leur charme, observa Glover.

– Elle est exquise, dit Lawrence.

– C'est vrai. Yuko-san est une perle.

Il remua son thé.

– Alors, où en étions-nous ?

– Au triomphe des rebelles. Le shogun est renversé, l'empereur restauré, Ito-san devient Premier ministre et le nouveau Japon industrialisé est en marche, avec en avant-garde la bannière aux trois diamants de Mitsubishi.

– Magnifique.

Glover sembla un instant tressaillir de douleur, mais cela ne dura pas et il se reprit, fit signe à Lawrence de poursuivre.

– Vous êtes sûr que vous vous sentez assez bien ?

– Ma santé n'est pas excellente. Mais dites-moi ce que vous voudriez encore savoir.

Peut-être était-ce simplement l'effort de parler deux heures durant qui avait épuisé le vieillard. Cependant Lawrence sentait qu'il y avait autre chose. En racontant son histoire, Glover avait revécu ces dix années où il avait été pleinement, glorieusement vivant. À présent, une lumière s'était éteinte.

– Je me suis installé à Tokyo. Je suis devenu riche, puissant, prospère.

Il fit une pause.

– Et maintenant je suis vieux.

Il ferma les yeux, respira profondément. Puis il but son thé à petites gorgées.

Lawrence attendit un moment avant d'essayer de nouveau de le faire parler.

– Il y a eu des… déconvenues, juste après la rébellion.

– C'était inévitable, déclara Glover. La période était troublée, on était en plein bouleversement.

– Une époque intéressante !

– Pour sûr.

– En fait, vous avez fait faillite.

– Je n'aime guère ce mot, mais c'est exact.

– Et vous avez réussi à vous remettre à flot.

– J'avais gagné une fortune puis je l'avais perdue, alors j'ai refait fortune.

– Puis ce fut Mitsubishi, l'installation à Tokyo.

– Et le reste appartient à l'histoire, comme on dit.

– Mais vous n'avez pas rompu les ponts avec Nagasaki.

– J'ai gardé ma maison là-bas.

– Ipponmatsu.

– Je n'ai pas pu me résoudre à la vendre.

– Trop de souvenirs ?

– Évidemment. Mais en dehors des sentiments, il y a aussi un aspect pratique. Mon fils, Tomisaburo, vit encore là-bas avec sa charmante épouse, Waka. Ma fille, Hana, est elle aussi heureusement mariée à un excellent garçon, un Anglais du nom de Bennett. Ils ont quatre enfants, de sorte que je suis quatre fois grand-père ! Malheureusement, son mari travaille pour mon vieux complice, Ringer, et ses affaires l'ont obligé à s'installer en Corée avec toute sa famille.

– Et votre fils n'a jamais marché sur vos traces ?

– Comment ça ?

– Il n'a pas été un aventurier intrépide ? Il n'a pas gagné et perdu des fortunes, ni provoqué une révolution ?

Le vieillard sourit.

– Peut-être Tomi manquait-il un peu de… feu. Mais il a fort bien réussi sa vie. Je suppose que par tempérament il était plutôt studieux et réservé. Il a séjourné dans votre pays, vous savez. Il a étudié la biologie à l'université de Pennsylvanie.

– Vraiment ?

– À son retour, il s'est lancé dans le transport maritime. On peut donc dire qu'il a été un peu influencé par moi, je présume. Avec mon aide, il a négocié l'achat du premier chalutier à vapeur du Japon, le *Smokey Joe*, construit à Aberdeen. Ç'a été une révolution dans le secteur de la pêche.

– Vous êtes décidément incorrigible, pas vrai ?

– Ça se pourrait bien ! Les intérêts de Tomi ont toujours été davantage intellectuels. Il se rendait chaque matin au port afin de vérifier les prises, mais pas pour des raisons commerciales. La biologie était sa première passion, et il examinait les poissons pour les cataloguer. Ça fait des années qu'il travaille à une sorte d'atlas de tous les poissons de la région. Il a engagé des artistes pour faire des dessins détaillés. Ce n'est pas une mince affaire.

– Vous et votre fils, vous entendez-vous bien ?

– Quelle question !

– Je me disais juste qu'il a dû être difficile de passer après vous, comme on dit au music-hall !

Glover poussa un grognement et Lawrence changea de tactique.

– À propos de music-hall, il y a une petite chanson qui fait le tour des bars de San Francisco en ce moment. Il se pourrait qu'elle vous plaise.

Il se racla la gorge et chanta d'une voix outrancièrement nasillarde, en battant la mesure sur le bras de son fauteuil.

Bombe au gingembre et dynamite,
Il n'y a que ça la nuit
À Nagasaki,
Là où les gars mâchent du tabaki
Et où les femmes sont… oh la la !

Glover ouvrit de grands yeux puis éclata d'un rire tonitruant.

– Oh la la !

Mais son rire le fit tousser si fort qu'il s'étouffa, le visage rouge, et se mit à haleter en agrippant sa taille comme s'il souffrait.

Yuko entra en hâte, lui apporta un verre d'eau et resta à son côté tandis qu'il buvait et retrouvait son calme après cet accès.

– Quelle barbe ! s'exclama Glover.

– Je devrais vous laisser, dit Lawrence. Vous êtes fatigué.

– Ça va aller. Ne me faites pas rire, c'est tout !

Il tendit son verre à Yuko.

– *Biiru, kudasai. Uisukii, arigato.*

Elle sembla hésitante, presque réticente, puis s'inclina et sortit en jetant un regard à Lawrence.

– Je lui ai juste demandé d'apporter quelque chose de plus fort, expliqua Glover. Voyons, où en étions-nous ?

– À la bière au gingembre et la dynamite !

– Absolument !

Yuko revint avec un plateau laqué qu'elle posa sur la table. Il portait deux bouteilles de bière et deux chopes, ainsi qu'une carafe de whisky et deux verres en cristal taillé. Avec la même efficacité gracieuse dont elle avait fait preuve pour servir le thé, elle dévissa les bouchons des bouteilles et versa la bière en inclinant les chopes afin que la mousse ne déborde pas. Puis elle versa du whisky dans les verres, en en rajoutant un peu dans celui de Glover lorsque celui-ci écarta légèrement le pouce et l'index pour montrer qu'il en voulait plus. Il hocha la tête en souriant et elle s'inclina de nouveau avant de sortir à reculons.

– Cette bière provient de ma propre brasserie, annonça Glover en levant sa chope.

– Kirin, dit Lawrence. Je l'ai déjà goûtée. Elle est excellente.

– La *kirin* est une créature mythique, moitié cheval, moitié dragon. Elle symbolise la chance.

– Ce nom était donc tout indiqué, observa Lawrence.

– C'est ce qu'ont prouvé les faits, répliqua Glover en buvant une gorgée. La bière a été introduite au Japon par les Hollandais, et les Japonais ont vite fait de la trouver à leur goût ! À l'origine, évidemment, elle était importée. Puis un Américain a ouvert une petite brasserie à Yokohama. Il avait appelé sa bière Spring Barley.

– Ça ne sonne pas mal non plus.

– Mais pas aussi bien que Kirin. L'entreprise a périclité pour diverses raisons, cependant l'idée était bonne.

– Il existait un marché pour le produit.

– Exactement. J'ai compris que c'était prometteur et j'ai racheté la société. En lui donnant davantage d'envergure, j'en ai fait un succès.

– Impressionnant.

– C'est toujours la même histoire. Il s'agit d'amener les Japonais à fabriquer leurs propres produits sur place.

Il vida sa chope, la reposa et prit son verre de whisky.

– Cela dit, le scotch vient de chez nous. Il y a des choses que même les Japonais ne sont pas capables d'imiter !

Lawrence rit et leva son verre.

– À votre santé !

– Je crains qu'elle ne soit plus au rendez-vous, répliqua Glover. *Kanpai* !

Ils avalèrent d'un trait leur whisky. Glover fit une grimace, se servit un autre verre qu'il vida sur-le-champ. Puis il se leva en s'excusant :

– L'appel de la nature…

Son absence se prolongea de façon insolite. Lawrence en profita pour regarder les photographies encadrées au mur.

Le navire de guerre *Jho Sho Maru.* Une photo de famille : Glover et Tsuru avec Tomisaburo et Hana. Glover à la réception donnée lors du mariage de sa fille, dans le jardin d'Ipponmatsu. Glover tel qu'il était maintenant, un vieillard distingué, entouré par des officiers de marine japonais, dont l'amiral Togo. Un portrait de Glover en tenue de cérémonie, avec une médaille épinglée sur sa poitrine. Ito Hirobumi, vêtu d'une somptueuse tunique militaire couverte de médailles – le cliché portait une dédicace pour Glover. Et Glover dans sa jeunesse, les poings sur les hanches, les yeux fixés sur le vaste monde.

– Toute une vie, dit Glover en rentrant dans la pièce. Et tout ça pour aboutir à un vieillard bouffi qui souffre et pisse du sang.

– Je suis désolé.

– Pas autant que moi, mon garçon.

Il s'assit de nouveau dans son fauteuil.

– Les médecins pensent que c'est le mal de Bright. Les reins ne fonctionnent plus. Ce n'est pas drôle.

– Non.

– Ils ont raconté que je devrais arrêter de boire et de fumer, qu'il fallait faire attention à ce que je mangeais. Je leur ai dit : « Et pourquoi, mon Dieu ? »

Lawrence ne put s'empêcher de pouffer.

– Voyez-vous, reprit Glover, ils sont tous morts.

Il fit un geste large, qui semblait englober tous ses contemporains.

– Ils ont tous foutu le camp. Envolés !

Il versa encore du whisky à son hôte et lui-même.

– Tsuru s'est éteinte voilà plus de dix ans. Elle est enterrée à Nagasaki, au cimetière de Sakamoto. Quand j'aurai rendu mon dernier soupir, je la rejoindrai là-bas.

Il leva de nouveau son verre.

– À la vôtre !

– *Kanpai* ! répondit Lawrence d'un ton moins joyeux.

– Après la mort de Tsuru, Martha s'est installée ici. Dieu la bénisse. Elle avait perdu son propre mari et une fille. Nos parents n'étaient plus de ce monde depuis longtemps. Je lui ai proposé de venir ici et elle a dit : « Pourquoi pas ? »

– Et s'est-elle plu dans ce pays ? S'est-elle faite à la vie japonaise ?

– Comme un poisson dans l'eau. Elle avait toujours eu un tempérament religieux. Elle s'est convertie au catholicisme et s'est consacrée à de bonnes œuvres. Elle était très aimée. Elle aussi est enterrée à Sakamoto.

Dehors, le jour s'assombrissait. Yuko entra et alluma les lampes, tira les rideaux, attisa le feu dans la cheminée.

Glover regarda les photographies sur le mur, dont le verre reflétait le feu étincelant.

– Ito aussi n'est plus, bien sûr. Tué par la balle d'un assassin. Un jeune nationaliste coréen fanatique. Qui l'aurait cru ? Ito le grand rebelle, le grand réformateur, exécuté au nom de la révolte.

– C'est dans l'ordre des choses, observa Lawrence. Chaque génération doit détruire pour pouvoir reconstruire.

– Ito est resté en contact avec moi jusqu'à la fin. Il écrivait encore des poèmes et m'avait envoyé ce qui pourrait bien être sa dernière œuvre. Je peux le réciter de mémoire :

Rien ne change dans l'univers.
Passé et présent ne font qu'un.
Les poissons nagent dans les eaux profondes.
Les mouettes traversent le ciel.

– C'est très pénétrant, commenta Lawrence. Nettement plus que *Bière au gingembre et dynamite* !

– Mais Ito aurait aussi apprécié cette chansonnette ! Sans l'ombre d'un doute !

– Je vois que vous êtes vous-même un passionné de musique.

Lawrence désigna de la tête un phonographe sur une petite table, près du feu faisant rougeoyer le coffret d'acajou verni et briller le pavillon en cuivre.

– Un miracle de la technologie moderne, déclara Glover. Hier soir, vous auriez juré que le comte John McCormack chantait dans cette pièce ! Mais écoutez-moi ceci.

Il brandit un disque dans une pochette de papier marron.

– Connaissez-vous Mr Gilbert et Mr Sullivan ?

– Je ne suis pas vraiment amateur d'opéra.

– Moi non plus. Si je devais rester assis toute une soirée à entendre un de ces machins, je crois que mon cerveau souffrirait autant que mon derrière ! Mais ces deux gaillards sont merveilleusement distrayants. Voici un extrait du *Mikado*, dont je doute qu'il remporte un grand succès au Japon ! C'est un type du consulat qui me l'a rapporté de Londres en se disant que ça m'amuserait. Écoutez, voici ce que je veux vous faire entendre.

Il souleva le bras, posa le disque de bakélite sur la platine, remonta l'appareil puis abaissa le bras de façon que l'aiguille se pose sur la rainure. Après quelques craquements et sifflements, on entendit le son caractéristique d'un orchestre attaquant un morceau.

– Là ! Cet air qu'ils jouent ! C'est l'hymne des kingire, les troupes rebelles qui ont renversé le shogun. On l'a joué lors de l'arrivée du *Jho Sho Maru*. Les Japonais ont la réputation d'être stoïques, de cacher leurs émotions, mais Dieu m'est témoin que le vieil Ito avait la larme à l'œil !

La chanson se termina, l'aiguille resta à grincer sur le disque et Glover souleva le bras. Il semblait lui-même passablement ému.

– Si je puis me permettre cette remarque, Ito et son gouvernement ont eux aussi été critiqués.

Glover le regarda droit dans les yeux.

– Comme vous l'avez dit vous-même il y a un instant, c'est dans l'ordre des choses.

– On les a notamment accusés d'être bellicistes.

– Vous faites allusion aux guerres avec la Chine et la Russie.

– Dans les deux cas, c'est le Japon qui a commencé les hostilités.

– Ils ont retenu les leçons de leurs anciens maîtres. Comme tous les pays en expansion, ils doivent protéger leurs frontières.

– En cherchant à les élargir.

– La guerre avec la Chine concernait un territoire contesté.

– La Mandchourie, et par voie de conséquence la Corée.

– Le Japon est un très petit pays entouré de voisins énormes et conquérants. Il a vu dans la Corée un État tampon.

– Et en soumettant cette nation, il a provoqué une révolte qui a abouti à l'assassinat d'Ito.

– Vous êtes en train de parler d'un de mes amis, monsieur. Vous allez trop loin.

Glover était contrarié et Lawrence comprit qu'il avait encore assez de fougue et de colère en lui pour monter sur ses grands chevaux. L'espace d'un instant, le journaliste vit le jeune homme qu'il avait été.

Inquiète d'entendre Glover élever la voix, Yuko entra dans la pièce.

Lawrence fit amende honorable.

– Excusez-moi, monsieur Glover. Je ne voulais pas vous offenser.

– C'est bon. Mais n'oubliez pas que vous êtes dans ma maison.

– Absolument.

Lawrence regarda Yuko, haussa les épaules et sourit. Sans faire attention à lui, elle emporta le plateau et les verres vides.

Glover attendit qu'elle fût sortie et fixa de nouveau son regard sur Lawrence.

– Si je me souviens bien, la presse britannique et américaine a été rien moins qu'enthousiaste quant à l'issue des batailles. En fait, la joie était générale, surtout à l'idée de voir l'Ours russe se faire rosser.

– Par le Singe japonais !

– Exactement. Ito était furieux que son peuple soit caricaturé de cette façon.

– Ah, ces journalistes !

Le jeune homme voulait détendre un peu l'atmosphère, mais Glover resta sérieux.

– J'ai entendu d'autres récits après le conflit avec la Chine, mais j'ai eu tendance à les mettre en doute.

– On a parlé d'actes de barbarie, de violence, d'une cruauté incroyable.

Glover hocha la tête.

– Ce sont les bruits qui ont couru.

– J'ai été renseigné par un de mes compatriotes qui s'est trouvé par hasard sur les lieux. Un aventurier et trafiquant d'armes nommé James Allan. Il a écrit un récit assez effrayant des événements, qui n'est pas à conseiller aux âmes sensibles. Ce qu'il décrit est un véritable carnage. L'armée japonaise s'est déchaînée avec une sauvagerie dépassant l'entendement, offrant le spectacle de massacres gratuits, de cadavres empilés dans les rues, de têtes coupées empalées sur des lances.

– Vous décrivez ces scènes supposées avec une certaine complaisance, monsieur Lawrence. Peut-être devriez-vous vous lancer dans l'écriture de romans à sensation. Je suis sûr que Mr Allan pourrait en faire autant.

– À ma connaissance, il n'a écrit rien d'autre que le compte rendu de ces atrocités auxquelles il considère avoir échappé par miracle.

– Vous l'avez vous-même qualifié d'aventurier. Peut-être a-t-il quelque peu enjolivé son récit.

– Peut-être.

Ils restèrent un moment silencieux. Glover regardait le feu d'un air songeur. Puis ils se mirent à parler en même temps :

– Je…

– Ce…

– Continuez, je vous en prie, dit Lawrence avec déférence.

– J'allais dire qu'il se pourrait que les soldats japonais aient été grisés par la facilité de leur succès. Il s'agissait de la première intervention militaire du pays hors de ses frontières depuis deux siècles.

– Eh bien, on peut dire qu'ils sont en train de rattraper le temps perdu. Leur victoire sur la Russie a été aussi rapide qu'imprévue.

– La Russie s'était montrée agressive depuis l'épisode chinois. Elle avait ses propres ambitions dans la région, évidemment, et avec le soutien persuasif de sa marine elle avait récupéré de force les territoires contestés. Pour les Japonais, c'était devenu une question d'honneur.

– N'est-ce pas toujours le cas ?

– Ils vivent selon un code. Et il n'est pas si aisé de rejeter ce genre de choses.

Le sabre de Matsuo était accroché au mur dans son fourreau.

Lawrence observa les photographies et montra celle de Glover avec les officiers de marine.

– J'ai vu que vous aviez fait le connaissance de l'amiral Togo.

– Je l'ai rencontré plus d'une fois, répliqua Glover. Je le connais bien.

– Sa manière de conduire la guerre contre la Russie a été qualifiée par un observateur de bushido en action, et ses offensives comparées aux coups fulgurants d'un sabre de samouraï.

– Je suis certain que l'amiral serait fier d'une telle description. Vous savez, alors qu'il n'était qu'un jeune garçon, il a servi une batterie de canons lors du bombardement de Kagoshima.

– Vraiment ?

– Et cette expérience, au lieu de le remplir de colère, lui a inspiré le désir de rivaliser avec la puissance navale des Anglais et des Américains.

– Il me semble qu'il est en bonne voie de réaliser ce rêve, déclara Lawrence. Et votre aide n'y est pas pour rien.

Il regarda le portrait de Glover arborant sa médaille.

– Je suppose que c'est la décoration que vous avez reçue de l'empereur.

– Il y a un an tout juste, dit Glover en se redressant sur son fauteuil. L'ordre du Soleil-Levant. C'était un grand honneur pour moi.

Une nouvelle fois, il respira bruyamment, comme s'il souffrait.

– Pardonnez-moi, lança Lawrence. Je vous ai pris beaucoup de temps.

– Ç'a été un plaisir, assura Glover en se reprenant. Pour l'essentiel !

Il serra la main du jeune homme. Sa main était encore ferme, son regard encore empreint de vivacité et de franchise.

– Merci, dit Lawrence. Vous faites partie de l'histoire de ce pays et de cette époque.

– Je suis un vénérable monument !

– Vous avez changé les choses. Combien d'entre nous peuvent en dire autant ?

Glover regarda de nouveau les photographies sur le mur.

Sa vie.

– Je ne crois pas qu'aucun de nous ait imaginé combien le changement serait rapide. En quarante ans, le Japon est passé du Moyen Âge au vingtième siècle. Bien entendu, ça ne s'est pas fait sans désordre. Mais nous avons maintenant devant nous une nation dynamique, tournée vers l'avenir. Je pense qu'Ito et les autres ont fait des miracles. Non seulement ils se sont débarrassés du shogun et du tout-puissant bakufu, mais ils ont mis fin au pouvoir des daimyo, empêché les samouraïs de se pavaner dans les rues avec une arrogance sans bornes, convaincus que chacun devait se prosterner sur leur passage. Vous savez qu'il existait en bas de l'échelle sociale une classe de travailleurs misérables appelés *eta*, encore inférieurs aux paysans. En fait, ils étaient exclus de la société. Ils n'avaient aucun droit.

– Comme les intouchables en Inde.

– Exactement. Ils n'avaient aucune existence légale et personne ne s'intéressait à eux. Sauf, bien sûr, quand il s'agissait de faire les travaux auxquels tous les autres refusaient de s'abaisser, comme abattre les animaux et dépecer leurs carcasses, enterrer les morts, prendre part aux exécutions.

– Et leur situation a changé ?

– L'empereur a décrété que les eta étaient des êtres humains, avec des droits et des libertés. Ils peuvent vivre et travailler où ils veulent, et on les appelle maintenant comme les paysans les *heimin*, les gens du commun.

– C'est un progrès ! dit Lawrence.

– Assurément, répliqua Glover en plissant les yeux et en le regardant de haut. Ce n'est pas encore la démocratie, mais c'est un pas dans cette direction.

– Une démocratie présidée par l'empereur, le fils du ciel.

– C'est une figure de proue. Par son exemple, il amène son peuple à adopter les nouveautés. Lorsqu'il a coupé son chignon, la moitié de la population masculine l'a imité !

– Avez-vous rencontré Mr Rudyard Kipling ?

– « Si tu peux garder ton sang-froid quand tous autour de toi perdent le leur et t'en rendent responsable… » Voilà ce que j'appelle de la grande poésie !

– C'est vrai.

– Il s'est rendu à Nagasaki, il y a quelques années. Je l'ai rencontré lors d'une réception au Club des Étrangers. Pourquoi m'interrogez-vous à son sujet ?

– C'est juste que je l'ai rencontré, moi aussi. En fait, je l'ai interviewé. Il s'est plaint d'un certain nombre de changements, de ce qu'il considérait comme une modernisation trop rapide.

– Je crois me souvenir qu'il détestait voir des Japonais en costume occidental ! Il a dit que leurs aïeux avaient été bien inspirés de transformer les premiers missionnaires chrétiens en biftecks !

– Quel personnage étonnant !

Sans avoir été appelée, Yuko était apparue, chargée du chapeau et du manteau de Lawrence.

– *Arigato gozaimasu*, lui dit-il en s'inclinant.

– *Do itashimashite*, répliqua-t-elle en s'inclinant plus bas que lui.

Il se tourna de nouveau vers Glover.

– Auriez-vous également rencontré un autre écrivain, un Français appelé Pierre Loti ?

– Une fois, je crois, en passant. Pourquoi ? L'avez-vous connu, lui aussi ?

– Non, je n'étais pas encore né quand il a séjourné à Nagasaki. Je me demandais simplement si vos chemins s'étaient croisés, c'est tout. Il a écrit un roman intitulé *Madame Chrysanthème**, qui a eu un certain succès.

– J'en ai entendu parler. Mais je crains de n'avoir pas lu un seul roman depuis mon adolescence. À l'époque je lisais des récits d'aventures, comme *L'Île au trésor* ou *Robinson Crusoé*.

– Des livres magnifiques. Je les ai lus aussi ! En réalité, le dénommé Loti n'a pas eu le coup de foudre pour le Japon, et ça se sent dans ce qu'il écrit. Cependant son ouvrage a mis à la mode le *japonisme**, les *japonaiseries**. Un Américain, Long, a écrit un récit nettement plus bienveillant intitulé *Madame Butterfly*, d'où a été tiré le livret d'un opéra du signor Puccini.

– Comme je vous l'ai dit, je ne suis pas un fanatique d'opéra.

– Non, bien sûr, approuva Lawrence en boutonnant son manteau. Excusez-moi. C'était juste histoire de dire quelque chose. Simple curiosité. Toutefois, si je puis me permettre, je vous chercherai des exemplaires de ces romans et vous les enverrai avec un enregistrement de *Madame Butterfly*.

– C'est trop gentil de votre part.

– Votre opinion sur ces ouvrages m'intéresserait.

Il allait ajouter quelque chose mais se ravisa et fit à la place une remarque sur la beauté de la maison, le charme de son site.

– C'est vraiment histoire de parler ! s'exclama Glover. Mais vous avez raison, c'est une belle demeure. En fait, je me la suis offerte grâce à Mitsubishi, avec un petit coup de main d'Ito-san.

– Le quartier s'appelle Azabu ?

– Oui. Nous sommes vraiment à la campagne, près du parc Shiba. Le seul inconvénient, c'est qu'il faut faire près de cinq kilomètres pour arriver au siège de Mitsubishi, à Marunouchi. Récemment encore, je m'y rendais presque chaque jour, mais le trajet en pousse-pousse est infernal sur ces chaussées complètement défoncées. Sans compter que par un temps pareil, ce serait évidemment hors de question.

– La couche de neige atteint quinze centimètres sur certaines routes.

– De toute façon, je ne suis plus en état d'affronter ce trajet.

– Au printemps, peut-être.

– Peut-être.

Lawrence se sentit soudain embarrassé en sentant le poids presque insupportable dont étaient chargés les mots, les silences. Même sans le vouloir, ils parlaient de la mort.

– Ma voiture doit m'attendre au bout de la rue, dit-il.

– Bon voyage !

Ils se serrèrent de nouveau la main.

Yuko ouvrit la porte et le vent s'engouffra en faisant voler des flocons de neige. Elle la referma vivement dans le dos du visiteur, puis accompagna le vieillard dans le salon et entreprit de tisonner le feu dans la cheminée. Il resta assis devant, à regarder danser les flammes rougeoyantes.

❧

Bien que la neige ait commencé à se calmer, il faisait encore froid quelques semaines plus tard, quand Tomisaburo vint lui rendre visite. Glover aimait beaucoup son fils, mais il déplorait la raideur cérémonieuse qui semblait imprégner leurs relations.

Hana était bien la fille de son père, qui lui avait légué son tempérament batailleur. Elle savait comment badiner avec lui, le calmer, le faire rire. Avec Tomi, au contraire, il y avait toujours cette distance pleine de réserve.

Ce maudit journaliste avait mit le doigt sur un point sensible. Glover avait été content de parler avec lui, de se replonger avec volupté dans son passé. Mais cet entretien l'avait fatigué et avait éveillé en lui une irritation qu'il ne comprenait pas lui-même.

Yuko avait pris le manteau de Tomisaburo, qui s'était incliné devant elle avec ce léger embarras qu'il manifestait toujours face aux jeunes femmes. À présent il était assis dans le fauteuil près du feu, en face de son père, et buvait son thé à petites gorgées tandis que le vieillard lui racontait la visite du journaliste et se plaignait qu'elle l'ait perturbé.

– Sans doute lui en avez-vous trop dit, déclara Tomisaburo.

– Oui, tu as raison. Il va probablement tirer de mes confidences un article retentissant pour je ne sais quel journal à sensation !

Il éclata d'un rire qui dégénéra de nouveau en cette douleur fulgurante au côté.

– Bon Dieu ! s'exclama-t-il. Si je ne peux même plus rire, il ne me reste pas grand-chose.

– Vous devriez vous reposer davantage, suggéra Tomisaburo d'une voix inquiète.

– Foutaise ! De toute façon, j'ai devant moi une éternité de repos ! Mais dis-moi, qu'est-ce qui t'amène à Tokyo ?

Les yeux de Tomisaburo se mirent à briller.

– J'avais envie de vous voir, bien sûr. Mais je voulais aussi contrôler une livraison de papier fait à la main, pour le livre.

– Ah, oui ! Ton atlas.

– J'ai engagé encore plusieurs artistes et l'ouvrage est en bonne voie. D'après mon estimation, il existe cinq cent cinquante-huit espèces de poissons dans les eaux autour de Kyushu, et le livre comprendra plus de huit cents illustrations, y compris des dessins de crustacés, de mollusques et de cétacés.

– Impressionnant ! dit Glover avec sincérité.

Il ne put s'empêcher d'ajouter d'un ton narquois :

– Bien entendu, tu peux remercier l'amiral Togo pour l'avancement de ton projet.

Tomisaburo sembla perplexe.

– Comment ça ?

– C'est sa victoire sur les Russes qui a permis l'extension des zones de pêche japonaises.

– Oui, dit Tomisaburo avec sérieux. C'est vrai.

– Et comment va la pêche ? Que devient le *Smokey Joe* ?

– Il marche très bien, répondit Tomisaburo heureux de revenir sur un terrain moins glissant. Un autre chalutier à vapeur est parti d'Aberdeen et deux autres sont en construction dans le chantier naval Mitsubishi.

– Parfait.

– Et nous projetons d'expédier à titre d'essai des cargaisons de poissons aux marchés d'Osaka par le nouveau chemin de fer.

– Si on m'avait écouté, cette ligne existerait depuis quarante ans !

(Les rails posés le long du Bund, la locomotive rugissant au milieu de nuages de fumée, Glover actionnant le sifflet, tirant des coups de pistolet en l'air...)

– Peut-être le pays n'était-il pas prêt, ce n'était pas le bon moment.

– Baliverne ! Tu as toujours péché par excès de prudence !

Tomisaburo pinça les lèvres.

– Je suis ce que je suis, et ce que la vie a fait de moi.

– Au nom du ciel, reprends du thé ! s'écria Glover. Et raconte-moi les nouvelles de Nagasaki.

Tomisaburo se détendit un peu.

– J'espère être élu président de la Nagasaki Golf Association, déclara-t-il. Il est question d'ouvrir un terrain de golf public à Unzen.

Glover lança en riant :

– Je me rappelle le jour où je me suis débrouillé tant bien que mal sur le terrain de Stonehaven, au sommet de la falaise ! Il me semble que quelqu'un avait suggéré que le jeu pourrait avoir du succès au Japon. Mais cette fois, je n'ai pas prévu le coup !

(Des drapeaux claquant au vent de la mer du Nord. Une affaire à régler…)

– Le Club international est florissant, poursuivit Tomisaburo avec une sorte d'orgueil hésitant. Je fais partie du comité.

– Tu es un homme très occupé.

– Nous avons récemment inauguré nos nouvelles salles de réunion. Vous ne devinerez jamais où elles se trouvent !

– À Maruyama, dans le quartier des fleurs.

– Non, dit Tomisaburo avec patience. À Dejima.

– Dejima ! Voilà qui est approprié !

(Le jeune homme qu'il était, au zèle plein de gaucherie. La populace à l'autre bout du pont, les fenêtres fracassées. La nuit brûlante. Cette jeune fille, la première…)

– Oui, singulièrement approprié. Soixante-six membres assistaient à l'inauguration. Des Japonais, des Américains, des Européens, et même des Russes et des Chinois.

– Tu me surprends. Peut-être y a-t-il réellement de l'espoir pour l'avenir !

– C'est la raison d'être de ce Club, déclara Tomisaburo de nouveau sérieux. Il vise à nourrir cet espoir en créant des liens d'amitié et de compréhension.

– Une noble ambition.

– Ç'a été vraiment une soirée magnifique ! s'enthousiasma Tomisaburo entraîné par son sujet. Le maire présidait et le gouverneur était présent, ainsi que le consul des États-Unis. Malgré tout, la réunion s'est déroulée sans formalité excessive, et un excellent repas a contribué à instaurer un climat de franche gaieté.

Glover se remit à rire.

– Par moments, Tomi, tu parles comme un parfait gentleman anglais !

Tomisaburo parut troublé par cette remarque.

– Vraiment, dit-il.

Puis il resta silencieux.

Glover savait qu'il n'avait pas eu la tâche facile. Ses années à l'école, Gakushuin, avaient été agitées. Les autres élèves, tous fils d'aristocrates, l'avaient mis en quarantaine en le traitant de métis. Plus d'une fois, il était rentré chez lui en sang, mais il avait tout supporté avec stoïcisme, s'était retranché dans une carapace protectrice et réfugié dans une retraite au fond de son être.

« Je suis ce que je suis, et ce que la vie a fait de moi. »

– L'ironie de la chose, reprit Tomisaburo au bout d'un moment, c'est que beaucoup de gentlemen anglais auxquels j'ai affaire me considèrent comme un petit arriviste japonais possédé par des idées de grandeur.

– En somme, tu es confronté au pire de ces deux mondes, dit Glover en prenant soudain conscience du fardeau que cela devait représenter.

Ils se turent de nouveau devant la cheminée où le feu crépitait.

– Vous savez, lança Tomisaburo, je suis ujiko, paroissien du sanctuaire de Suwa. Ce statut est refusé aux étrangers. De ce point de vue, au moins, je suis donc totalement Japonais.

– Je connais le sanctuaire de Suwa, dit Glover. Voit-on encore là-bas ce cheval blanc que seuls les dieux ont le droit de monter ?

– Oui.

(Il était passé devant le sanctuaire, en se rendant chez Maki. Le petit garçon avait été terrifié par le cheval, et par le redoutable gaijin venu bouleverser son monde…)

– Que pensez-vous de ces choses ? demanda timidement Tomisaburo.

– Quelles choses ?

– Les sanctuaires. Les chevaux blancs. Les dieux.

– La religion ?

– Appelez ça religion, philosophie, superstition, comme vous voulez. Nous n'avons jamais abordé ces sujets ensemble.

– Non.

Glover réfléchit un instant.

– Je suppose que mon père, Dieu ait son âme, m'a légué une certaine réticence.

– Vous a-t-il également légué sa foi ?

– J'imagine que oui. Un fatalisme sinistre d'homme du Nord ! Même si j'ai passé ma vie à le défier ou l'ignorer, c'est comme un fondement de mon être.

– Et vos convictions n'ont jamais été troublées par les théories de Mr Darwin ?

– Je n'ai jamais pris la peine de m'y intéresser vraiment.

– Je trouve ses idées passionnantes.

– C'est le biologiste qui parle !

– Et vous savez, d'un point de vue shintoïste – ou bouddhiste, d'ailleurs –, ces idées n'ont rien de conflictuel. Le shinto est habité par un animisme fondamental, le sentiment que tout a une âme et que cette âme transmigre. À travers la réincarnation, le bouddhisme reconnaît déjà la théorie de l'évolution. Seule la tradition judéo-chrétienne a un problème avec ces conceptions.

– Tu crois donc en cette… réincarnation ? Tu penses que nous vivons plusieurs vies ?

– Je m'efforce de garder un esprit ouvert et de vivre de mon mieux à chaque instant.

– Tu as raison, ce sont des questions dont nous n'avons jamais parlé.

– Non.

– Nous n'avons jamais beaucoup parlé, du reste.

– Tu étais un homme occupé.

– Et maintenant je suis un vieillard, un malade, et bientôt je serai mort.

– C'est notre sort à tous, père.

– Mais ça arrive sacrément trop vite.

Il se mit à tousser et un nouvel accès le déchira d'une douleur si aiguë qu'il poussa un cri, chercha désespérément à respirer. Tomisaburo appela Yuko, qui accourait déjà avec une pleine carafe d'eau. Elle remplit un verre que Glover but avidement. D'une main tremblante, il le lui tendit pour qu'elle recommence. Son visage était rouge, trempé de sueur. Yuko tamponna le front du vieil homme avec un linge et dit en japonais à Tomisaburo que son père était fatigué et avait besoin de repos, qu'il avait été très heureux de sa visite mais qu'elle se permettait humblement et respectueusement de suggérer qu'il était temps de le laisser.

Il hocha la tête, s'inclina. Glover agita une main et s'efforça pénibleme t de parler.

– Bon sang ! Les crises empirent.

Il respira profondément.

– Elles viennent de plus en plus vite.

Tomisaburo était inquiet.

– Vous devriez peut-être aller à l'hôpital.

Il jeta un regard à Yuko pour quêter un soutien, une approbation, mais elle détourna les yeux.

Glover remua de nouveau la main, fit une grimace, réussit à parler.

– Les médecins ne peuvent rien pour moi.

Il rassembla ses forces. Le pire était passé.

– Quand ce sera l'heure, je veux être ici, recevoir les soins de cet ange secourable.

Yuko ne comprit pas complètement, mais devina l'essentiel. Elle posa une main sur le bras de Glover, se détourna et quitta la pièce en hâte.

Glover se leva, chancelant mais de nouveau vaillant.

– J'ai été heureux de te voir, Tomi. Et de te parler.

Ils échangèrent une poignée de main.

– Je reviendrai, dit Tomi. Le mois prochain.

Glover acquiesça de la tête, mais son regard était habité d'une certitude, d'une prescience.

– Salue de ma part Waka bien affectueusement, et aussi Hana et les enfants quand tu les verras.

Il serra plus fort la main de son fils, poussa un soupir et le prit dans ses bras, ce qu'il n'avait pas fait depuis l'enfance de Tomi. Et Tomisaburo, l'homme, en resta muet d'étonnement.

– Nous aurions dû parler davantage, dit Glover.

– *Hai.* Oui.

Glover traversa la pièce et décrocha le petit sabre de samouraï glissé dans son fourreau. Se retournant, il le tendit des deux mains à son fils.

– Je voudrais t'offrir ceci.

– Mais c'est… balbutia Tomisaburo. C'est…

– Je sais. Je t'en prie.

Il s'inclina, s'avança et tendit de nouveau le sabre. Et Tomisaburo, se pliant au rituel de cet instant, ne put qu'accepter, s'incliner, prendre le sabre.

Glover aperçut brièvement dans son regard quelque chose de la mère de son fils, rien qu'une lueur vite effacée.

– Ah, mon garçon, dit-il. Je suis désolé.

– Pourquoi ?

– Je suis désolé, c'est tout.

Tomisaburo s'inclina de nouveau, porta le sabre à son front.

❧

Il était brûlant. La douleur irradiait son être, le torturait et le déchirait avec une intensité insoutenable. Trempé de sueur, secoué de frissons, il sentait sa chemise de nuit moite se coller à son corps. Qu'est-ce que ça signifiait ? Était-il mort, en enfer ? Le pasteur en avait parlé en fulminant dans l'église grise et humide, au cœur du Nord glacé, il y avait une éternité. Ne nous induis pas en tentation. Délivre-nous du mal. Flammes infernales et damnation. Le salaire du péché. Il était en feu, tourmenté par la fièvre. Il se débattit, rejeta au loin les draps, agrippa convulsivement sa gorge. Il devait se calmer, éteindre cet incendie. Il s'imagina en train de plonger dans une eau froide. Se revit enfant, maigre et presque nu, se jetant du haut du pont en agitant bras et jambes avant de s'enfoncer dans une gerbe d'écume au cœur de l'eau froide du Don puis de remonter à la surface, hors d'haleine et fou de joie, sortir en s'ébrouant comme un chien bâtard et grimper de nouveau sur le pont afin de replonger, rien que pour le plaisir, la sensation. Et quand il était jeune homme, arpentant la ville avec ses copains. Cette nuit où il était monté sur le parapet pour jouer les équilibristes, complètement ivre, et le jeune Robertson avait basculé en arrière, était tombé dans le fleuve, et lui s'était précipité sans hésiter à sa suite pour le sortir de là. Et arriver avant les autres à la clé de voûte du pont. Ruisselant, les vêtements trempés, les bottes inondées. Robertson. Était-il encore vivant ? Un vieillard avec des enfants adultes, des petits-enfants. Seigneur, Annie. Oh la jolie fille. Au milieu des dunes, un long jaillissement dans le néant. Répandre son foutre. Merde. Le mouchoir blanc d'Annie barbouillé de rouge. Merde. Ah, Tam ! Ah, Tam. Tu vas recevoir ta récompense. On va te faire rôtir en enfer comme un hareng. Tu tourneras sur une broche en brûlant. Non, pas ça.

Il s'assit sur son lit, il était ici, c'était la nuit, le petit matin. Oui. Il y avait une carafe d'eau à son chevet. Yuko. Que Dieu la bénisse, cette perle. Ses mains tremblaient quand il saisit la carafe, la porta directement à ses lèvres. Il renversait autant d'eau qu'il en buvait, mais il mourait de soif, il fallait qu'il boive jusqu'à ce qu'il soit enfin désaltéré, il avalait avidement le liquide sans prendre garde qu'il mouillait son visage, sa chemise, les draps. Il buvait. Il était ici, chez lui, dans sa maison. Azabu. Le parc Shiba. Tokyo. Japon. Dans l'école de son enfance, le solide collège en granit de la Chanonry, il avait écrit son nom et son adresse dans son cahier de devoirs, au verso de la couverture. Thomas Blake Glover. La gendarmerie maritime. Bridge of Don. Aberdeen. Écosse. Grande-Bretagne. Europe. L'hémisphère Nord. La Terre. Le système solaire. L'univers. Il avait fait tourner le globe dans le bureau du courtier maritime, en posant son doigt sur le Japon. Le pays des dragons ! Un pays ruisselant de lait et de miel. C'est un peu loin, non ?

À présent il frissonnait, l'eau répandue commençait à le glacer. Et le froid l'effrayait plus que le feu, la simple pensée de descendre dans l'abîme glacial, les ténèbres infinies, enterré dans le sol gelé. La terre. Déserte et vide. Rien. Un tigre, il avait fait des étincelles. À présent le feu allait s'éteindre, étouffé. Tomi avait dit que nous continuions d'exister. Aussi longtemps que roule la terre rougeoyante. Finir pour de bon, en terminer, n'être plus rien. S'en aller à jamais au ciel ou en enfer, rêve ou cauchemar pour l'éternité. Ou revenir encore et encore. Il découvrirait bientôt la vérité. Il allait savoir.

Maintenant, il tremblait de tout son corps. C'était l'hiver. Dehors, la terre était gelée, les arbres dénudés. Azabu. Le parc Shiba. Tokyo. Kyushu. Le Japon. L'Asie. L'hémisphère Nord. Le système solaire. L'univers. Le vide. Sa chemise de nuit était trempée. Il se pelotonna sous les couvertures, se recroquevilla pour essayer de se réchauffer. Il avait envie de dormir mais craignait de ne pas se réveiller s'il s'abandonnait au sommeil. Immobile, blotti dans les draps, il sentit la chaleur revenir en lui. Atsuka !

Le vieux Ken Mackenzie avait bien ri. Mais Ken aussi était parti depuis longtemps, mort et enterré. Et Walsh avait péri dans un accident après être rentré dans sa patrie. Quel gredin ! Le quartier des plaisirs, l'eau brûlante du bain. Les shoji s'ouvrant sans bruit.

Sono.

Oh, ma petite, si jeune, si jeune, et le bébé qui n'avait pas survécu. Il ne voulait pas y penser, il voulait juste dormir, mais tant d'images revenaient le harceler. Kagoshima, la ville bombardée, dévastée, l'incendie faisant rage sur le front de mer, l'odeur de brûlé, tous ces cadavres. Sono. Une fumée légère quand il s'était retourné pour un dernier regard. La douleur le déchirait de nouveau, lancinante, un élancement continuel, qui refusait de s'arrêter, et par intervalles le coup de poignard de la vraie souffrance profonde, la lame acérée fendant la chair. En donnant le sabre de Matsuo à Tomisaburo, il avait vu dans son regard une lueur qui lui avait rappelé Maki, disparue depuis tant d'années mais encore présente dans la mémoire de Glover. Maki. Le son du samisen. Les nuits au Sakura, l'intensité de cet embrasement du corps. Il ne s'était jamais senti aussi pleinement vivant, ni avant ni après. Couché dans les bras de la jeune femme, comblé dans tous son être, en respirant son parfum, en entendant son rire. Les histoires qu'elle lui racontait dans son anglais hésitant. Applaudir d'une seule main. Couper le chat en deux. Le bord de la falaise et le tigre en chasse, le tigre aux aguets, le goût délicieux de la fraise. Le tigre rugissait. Faire des étincelles. Bombe au gingembre et dynamite. Que ça la nuit. À Nagasaki, là où les gars mâchent du tabaki et les femmes, les femmes… Il sentit un nouvel élancement douloureux, vit Tsuru, la fidèle compagne de tant d'années, la jeune femme qu'elle était, devenue vieille avec lui et maintenant disparue. Une poignée de poussière à Sakamoto. Il la rejoindrait là-bas quand son heure serait venue, bientôt. S'abandonner au sommeil. Lâcher prise, tout simplement.

Il rentrait chez lui à Ipponmatsu, où tous l'attendaient car on donnait une fête en son honneur. Mais chaque pas lui coûtait un effort douloureux et il avançait si lentement, si affreusement lentement. Quelqu'un lui tendit un mouchoir blanc et il essuya son front avec. Quelle chaleur, *atsuka*. Puis la souffrance se déchaîna de nouveau et il toussa violemment, cracha dans le mouchoir. Il vit qu'il avait craché du sang rouge vif. Il déploya le morceau d'étoffe, et c'était le drapeau japonais, de sorte qu'il n'osa pas le laisser tomber par terre. Encore un pas, puis un autre, avec une telle souffrance. Se reposer, c'était tout se qu'il voulait. Il s'arrêta et s'appuya à l'arbre. On l'attendait, tout le monde était à l'intérieur. C'est alors que quelqu'un s'avança vers lui à grandes enjambées, une silhouette sombre, hostile. Il savait que c'était une menace mais ne parvenait pas à bouger. Et Takashi avait tiré son sabre et se dirigeait droit sur lui, en brandissant son arme. Glover n'eut que la force de baisser la tête, mais la lame tranchante eut beau s'agiter, elle resta coincée dans la branche s'élevant au-dessus d'eux et le coup ne s'abattit jamais. Cette scène s'était déjà déroulée. Et ceci aussi : Takashi agenouillé s'effondrant sur la lame. Glover était le témoin et Ito le kaishaku, l'ami prêt à le décapiter. Un seul coup de sabre, rapide comme l'éclair, et la tête roula sur le sol, le visage tordu en un rictus. Mais voilà que ce visage était celui de Glover, que ces yeux le regardaient tandis que la tête s'immobilisait sur le drapeau qu'on avait posé là. Il fallait qu'il bouge mais il en était incapable. Rassemblant ses forces, il s'arracha au sommeil, loin de ce qui n'était qu'un rêve.

La réalité, c'était ceci. La douleur lancinante, devenant plus intense alors que les répits se faisaient plus rares. Ceci. Ses pieds nus sur le sol, sa chemise de nuit trempée de sueur collant à son corps. Ceci. La bougie allumée sur la table de nuit, sa lueur tremblante. Le pot de chambre en porcelaine sous le lit. L'effort pour se baisser et l'attraper. Merde. Le laisser par terre, se lever, pisser un filet rouge vif. Ces élancements torturants, bientôt il n'y aurait plus de répit, rien qu'une longue souffrance. Il lui fallait du laudanum. Le flacon se trouvait dans le meuble à l'autre bout de la pièce, si loin. Ses pieds enflés et brûlants. Pris d'une impulsion soudaine, il écarta les rideaux et regarda dehors. De la gelée sur la terre. Une lumière grise presque imperceptible dans le ciel. Les silhouettes dénudées des arbres entre lesquelles les étoiles brillaient, lointaines et glacées. Il ouvrit le tiroir, sortit le flacon, le petit compte-gouttes en verre avec la poire en caoutchouc, le remplit, avala les gouttes. Retourna au lit, poussa du pied le pot de chambre sous le lit, le sentit se renverser. S'allongea, la tête sur l'oreiller. Ceci.

Le dernier poème d'Ito. Rien ne change dans l'univers. Passé et présent ne font qu'un. Mais ce n'était pas vrai, tout changeait, rien ne restait pareil. Puis il était question de nager dans les eaux profondes. De l'eau sous les ponts. Le temps passait. Tout vieillissait et mourait.

Il était arrivé en automne, avait senti la chaleur, respiré l'air. En face du port, le versant de la colline était couvert d'érables rougeoyants. Il était sorti du bateau, avait descendu la passerelle d'un pas mal assuré. Il avait vu la jeune fille qui maintenait en l'air son papillon de papier en agitant un éventail et il était tombé sous le charme.

Il ferma les yeux, vit de l'eau, plongea. Elle était froide et sombre. Il refit surface, s'enfonça de nouveau et l'eau se referma sur lui.

Yuko le trouva au matin, déjà raidi et glacé, le visage tordu en un dernier rictus. Elle le regarda un instant en silence, s'inclina, remonta le drap pour le couvrir.

15

La forme est vacuité

Nagasaki, 1945

Le sergent actionna son briquet Zippo et la flamme brilla dans la pièce qui s'assombrissait. Il alluma sa cigarette, en tira une deuxième du paquet à l'intention du caporal, qui la garda derrière son oreille pour plus tard. À la réflexion, le sergent en offrit également une à Tomisaburo. Le vieil homme secoua la tête en disant :

– Non, merci. Je ne fume pas.

Le sergent souffla la fumée, dont l'odeur fade et âcre remplit la pièce. Il déclara qu'ils devaient y aller mais que Tomisaburo aurait bientôt de leurs nouvelles.

– Vraiment, dit ce dernier sans faire aucun effort pour meubler le silence.

Quand le sergent eut terminé sa cigarette, il laissa tomber le mégot par terre, l'écrasa sous son talon.

– OK, lança-t-il. Je suppose que vous ne comptez pas partir avant notre retour.

– Il n'y a nulle part où aller, répliqua Tomisaburo.

– C'est vrai, dit le sergent.

Les deux GI attachèrent la jugulaire de leur casque, mirent leur fusil sur l'épaule. Tomisaburo les raccompagna jusqu'à la porte à moitié fracassée par leurs coups de pied. Ça n'avait pas d'importance. Plus rien ne comptait.

Il rentra dans le salon et s'assit dans son fauteuil, essaya de réfléchir. De la fumée de cigarette flottait encore dans l'air, répandant une puanteur tenace.

Il était fatigué.

Une décision s'imposa enfin à lui. Il se leva et alluma un reste de bougie, se rendit à la salle de bains, posa la bougie au bord de la baignoire. Il savait qu'il n'y avait presque plus d'eau. Dans le meilleur des cas, le réservoir en contiendrait assez pour remplir le seau dont il se servait pour se rincer. Il plaça le seau sous le tuyau et tourna la manivelle. Un filet d'eau d'un brun sale jaillit en crachotant et le seau se remplit de quelques pouces de liquide.

Bon. C'était mieux que rien.

Il retira les vêtements qu'il avait portés pendant des jours, inchangés depuis l'explosion de la bombe : la veste et le pantalon noirs, le gilet, la chemise et la cravate, les chaussettes et les sous-vêtements. Il les laissa en tas sur le sol et resta nu. D'un seul coup, il revit le visage de sa mère.

Pas Tsuru. Sa vraie mère, se détournant, lâchant sa main.

Elle l'avait appelé Shinsaburo.

Son visage, maintenant, si clair.

Tsuru l'avait déshabillé, avait brûlé ses vêtements. Elle lui avait coupé les cheveux, l'avait baigné puis lui avait fait endosser un costume marin blanc tout neuf, dont le coton rugueux irritait la peau.

Il grimpa dans la baignoire glacée, s'accroupit, humecta un linge et se lava de son mieux, versa le restant d'eau crasseuse sur sa tête, se leva en frissonnant et se sécha avec une serviette.

Maintenant.

La bougie coulait tandis qu'il se dirigeait vers sa chambre, toujours nu.

Ouvrant son armoire, il écarta les austères complets-vestons noirs, les chemises à col cassé, et sortit à la place sa tenue japonaise. Avec solennité, il revêtit la tunique blanche et l'ample pantalon, la robe grise aux manches larges attachée avec une ceinture, les chaussettes de coton blanc. Il vit dans le miroir son reflet à la lueur vacillante de la bougie. Comme si c'était quelqu'un d'autre, il s'inclina.

Au salon, il reposa la bougie sur son bureau. Elle était presque consumée mais durerait bien assez longtemps.

Son phonographe était couvert de poussière. Il ne savait pas s'il fonctionnait encore. Il souleva le couvercle, remonta l'appareil. La platine pivota. Le mécanisme semblait intact. Ses disques étaient rangés dans un coffret en bois. Il finit par trouver ce qu'il cherchait, l'air de *Butterfly*. Le disque en bakélite qu'il sortit de sa pochette marron était rayé à force d'avoir été écouté, mais le cataclysme ne l'avait pas cassé. Un miracle. Il l'essuya avec sa manche, le plaça sur la platine, remonta de nouveau l'appareil et tourna le pavillon en direction de la pièce. Soulevant le bras, il l'amena au-dessus de la rainure, abaissa l'aiguille. L'introduction familière s'éleva en grésillant, remplit le salon.

Il prit le sabre de son père, le wakizashi, s'agenouilla par terre et le plaça devant lui. Puis il le porta à son front, sortit du fourreau la lame d'acier qui étincela à la lueur de la bougie. Certains textes hindous comparaient l'âme quittant le corps à un sabre qu'on tirait de son fourreau. Une fois le fourreau mis de côté, l'âme resplendissait, libre. D'autres parlaient d'enlever un vieux vêtement usé.

Ce costume hors d'âge qu'il avait abandonné sur le sol.

Il leva les yeux vers le portait de son père, le visage sévère, réprobateur. Cependant il se sentit étrangement plein de compassion pour lui. Son père lui-même avait vécu, lutté et souffert. Sa vie avait été elle aussi une histoire racontée par un imbécile, pleine de bruit et de fureur, et qui signifiait quoi ?

Rien.

La forme est vacuité.

À présent, son propre temps tirait à sa fin. Les barbares étaient aux portes. Peu importait que ce fussent les Américains ou les hommes du Kenpeitai. La pierre et l'enclume. La peste et le choléra. Il se trouvait dans un désert, n'avait nulle part où aller.

Posant de nouveau le sabre, il dénoua la ceinture autour de sa taille et ôta sa robe. Puis il ouvrit sa tunique, sentit la vieille peau flasque de son ventre. Il prit l'arme et plaça l'extrémité de la lame sous son nombril, un peu à gauche. Même cette pression imperceptible suffit à percer la peau. Il tressaillit et respira profondément. La musique arrivait à son apogée glorieux, bouleversant. « *Un bel dì…* » Mais l'aiguille se coinça, tout s'arrêta. Il retint son souffle et se laissa tomber en avant de tout son poids sur la lame.

16

Un beau jour

Nagasaki, 2005

Le jeune couple, Andrew et Michiko, faisait la queue à l'entrée du domaine. La chaleur d'août était moite, accablante. Andrew acheta un éventail en plastique à un vendeur ambulant et le donna à Michiko pour qu'elle se rafraîchisse. En riant, elle esquissa quelques pas de danse, à mi-chemin entre la geisha et la fille de Harajuku, et le regarda en faisant battre outrancièrement ses cils noirs et épais.

Elle n'avait cessé d'avancer rapidement à travers le pot-pourri excentrique qu'elle avait téléchargé sur son iPod – Joy Division, White Stripes, Miles Davis, Megadeth. Éteignant l'appareil, elle se mit à observer les illustrations de l'éventail. Sur une face, on voyait une version de la maison de Glover, Ipponmatsu, dans un style de bande dessinée, avec un petit orchestre de jazz de quatre musiciens jouant devant la façade. Au-dessus, sur une lune jaune, était assis un angelot aux yeux ronds. Les étoiles remplissant le ciel nocturne tombaient sur la terre en scintillant. L'une d'elle avait atterri dans le jardin, où elle s'était enfoncée dans le sol. Elle servait de siège à un petit couple se regardant les yeux dans les yeux, lui en costume bleu foncé, elle vêtue d'une robe rose très courte. Les musiciens étaient japonais, les amoureux, occidentaux, avec des yeux ronds.

– Ah ! s'exclama Michiko ravie, car elle adorait le kitsch.

Sur l'autre face, on lisait Glover Gardens. Ces mots anglais surmontaient une caricature de Glover en vieillard trapu, vêtu d'un complet noir, se tenant au garde-à-vous en saluant de la main droite. Une bulle sortant de sa bouche annonçait : « Yo ! »

– Yo !! cria Michiko en riant de plus belle. Guraba-san ! Yo !

Elle s'éventa tout en prenant Andrew par le bras.

Ils s'étaient rencontrés à Kyoto. Elle était étudiante, il enseignait l'anglais dans le cadre du programme d'échange JET. Cela faisait un mois qu'ils sortaient ensemble, et le séjour d'Andrew au Japon tirait à sa fin.

C'était lui qui avait eu l'idée d'aller à Nagasaki, une ville qu'il avait toujours eu envie de connaître.

Le soixantième anniversaire de la bombe tombait justement ce jour-là. Ils s'étaient joints à la foule silencieuse massée devant le mémorial, un simple monolithe noir. Émus, ils avaient marché main dans la main à travers la ville, en gardant le silence. Puis ils s'étaient arrêtés pour prendre un café et des beignets, et Michiko avait envoyé un texto à son amie Yuko, à Kyoto. Puis elle avait proposé d'aller visiter la maison de Glover.

– Tu as une raison particulière pour y aller ? avait-il demandé.

– Non, répondit-elle. J'ai juste lu des choses sur cet endroit.

Ils étaient donc allés faire la queue devant le domaine. Pendant ce temps, elle écoutait sa musique. « C'est le même que tu as toujours connu, l'amour nous séparera de nouveau… »

Ils franchirent enfin le portail et s'engagèrent sur un trottoir roulant traversant le jardin au son d'un air de Puccini. « *Un bel dì vedremo...* »

Dans la maison, ils vagabondèrent de pièce en pièce sans se soucier de suivre un guide. Le mobilier n'était sans doute pas d'origine, mais il était d'époque. Le bois verni, sombre et lourd, créait une atmosphère évocatrice. Le salon abritait des mannequins de cire d'un jeune Glover complotant avec deux samouraïs rebelles. Les personnages avaient un aspect artificiel et légèrement miteux, digne d'un musée de station balnéaire. Glover avait l'air stupéfait, les samouraïs semblaient inquiets. Michiko se remit à rire et prit une photo sur son portable en vue d'un futur texto pour Yuko.

Dehors, ils se promenèrent dans le jardin et lurent l'inscription sur la statue de Glover, un buste en bronze au visage sinistre. Andrew feuilleta une brochure qu'il avait ramassée. Il connaissait les grandes lignes de l'histoire de Glover, sa légende. La statue faisait face à la maison, en tournant le dos à la ville en contrebas et à la baie s'étendant au-delà. Les yeux mi-clos, Andrew essaya d'imaginer à quoi pouvait ressembler le panorama dans les années 1860. Il devait être à peu près identique, en dehors des kilomètres de chantiers navals.

– Toujours cette foutue ironie de l'histoire ! s'exclama-t-il en contemplant la vue.

– J'aime bien quand tu dis des gros mots, dit-elle. C'est très sexy, très écossais !

– Merde !

– Ah !

– Quand même, c'est vrai que c'est ironique.

Il montra du doigt les chantiers navals de l'autre côté de la baie.

– Ces connards de Mitsubishi. Glover a aidé à fonder la firme, à créer toute cette puissance. Et pourquoi les Américains ont-il largué la bombe ici ? Pour démolir ces foutus chantiers navals !

– Ce n'est pas bien.

– Putain, tu l'as dit !

– Mais ça ne signifie pas que lui était un méchant homme.

– Non ?

– Il a un visage gentil. Et fort. Comme toi.

– Ce n'est qu'une statue !

– Mais elle doit être ressemblante. Il y a quelque chose.

Elle lui tendit son portable en disant :

– Prends une photo.

– Je sais. Pour envoyer un texto à Yuko !

Elle grimpa sur le mur à côté de la statue, lissa sa minijupe, agita ses jambes moulées dans des mi-bas rayés et chaussées de Doc Martens rouges, passa un bras autour du cou de Glover et sourit de toutes ses dents en faisant un V avec deux doigts, le signe de la paix.

– Yo !!

Il la cadra en riant devant son énergie allègre et la totale irrévérence de son sourire effronté contrastant avec l'expression sévère du visage de bronze aux sourcils froncés. Elle lui lança un regard qui l'atteignit en plein cœur, le bouleversa soudain. Il appuya sur le déclic, saisit l'instant au vol.

Elle sauta en bas du mur, demanda à voir la photo. Satisfaite du résultat, elle battit des mains.

Il l'embrassa avec fougue, la serra contre lui à l'étouffer.

– Holà ! s'exclama-t-elle en riant de nouveau.

Elle caressa la joue d'Andrew, jaugea cette situation nouvelle, ce changement d'humeur. Elle lui rendit son baiser, avec légèreté, le prit par la main et l'entraîna vers l'autre statue, celle qu'elle avait envie de voir, celle de la femme : Cho Cho San, Madame Butterfly, avec son petit garçon.

On entendait au loin un chœur de voix féminines, et il crut d'abord qu'il s'agissait encore d'un enregistrement. Mais lorsque la musique alla crescendo, il se rendit compte qu'il s'agissait de Japonaises bien réelles, alignées devant la maison et vêtues de jupes longues et de châles écossais. Elles chantaient « Mon amour est sur l'océan ». Une nouvelle fois, c'était kitsch, bizarre, sentimental, mais il se sentit malgré lui absurdement ému.

Michiko photographia les chanteuses, se dirigea en folâtrant vers la statue, s'arrêta pour la regarder. Cho Cho San était en kimono, coiffée en hauteur dans le style traditionnel. Elle désignait de la main gauche un point lointain de l'autre côté de la baie et avait passé son bras droit autour des épaules du petit garçon, en un geste protecteur.

Andrew s'attendait à de nouvelles pitreries de Michiko, mais elle était soudain devenue sérieuse, mélancolique.

– Une photo ? proposa-t-il.

Elle le regarda distraitement, très loin de lui. Puis elle sembla se rappeler sa présence, lui tendit le portable.

– *Hai*, dit-elle doucement.

Il la cadra de nouveau sur l'écran minuscule, mais cette fois il n'y eut pas de sourire impertinent, de signe de la paix, de regard intrépide à la Harajuku. Il la vit sans apprêt, l'air presque désenchantée, la tête légèrement inclinée. Quand il lui montra la photo, elle ne lui jeta qu'un coup d'œil, regarda de nouveau la statue. Il vit qu'elle avait les larmes aux yeux.

– Hé ! s'exclama-t-il. Que se passe-t-il ?

Elle fit un geste vague de la main, essaya de rire.

– Je ne sais pas, répondit-elle. C'est très étrange.

Elle extirpa un paquet de mouchoirs de son sac à main, s'essuya les yeux et se moucha énergiquement.

– *Chotto monoganashii*, dit-elle.

Elle ne trouvait pas de traduction exacte, peut-être parce que les mots n'avaient pas d'équivalents.

– Un peu de tristesse, expliqua-t-elle. Je ne sais pas. J'ai envie de savoir ce qui est arrivé à cette femme, l'héroïne de cette histoire. Et cela me donne comme une sensation de *déjà vu**, tu comprends, une sorte de sentiment familier.

En la regardant, il éprouva soudain lui aussi ce sentiment étrange, cette impression de familiarité. Il effleura le visage de Michiko, la vit sous une lumière entièrement nouvelle. Comme s'il la reconnaissait.

Chotto monoganashii. Il comprenait intuitivement. Un peu de tristesse, douce-amère. Tout passe, tout est fugitif. Il leva les yeux sur la statue, entendit les voix nasales et légèrement fausses des chanteuses. « Ramenez-moi mon amour… »

Que lui était-il arrivé ? Qu'était devenue l'héroïne de cette histoire ?

Bonne question.

Chotto monoganashii.

Il embrassa la bouche douce, tiède et vivante de Michiko.

17

La terre pure

Nagasaki, 1912

Parfois ce feu la brûlait de nouveau, même dans sa vieillesse, et elle se rappelait sa vie antérieure, la femme qu'elle avait été. Elle se rendait compte que c'était sans doute là aussi nécessaire – regarder cette réalité en face, puis ne plus y penser. Elle avait écrit un tanka, parmi bien d'autres poèmes, à propos du voyage de sa vie. D'une main exercée, en quelques coups de pinceau, elle l'avait recopié sur un rouleau.

Franchi le pont de l'hésitation
Et le pont de la décision,
Traversé le monde flottant
Pour atteindre
La terre pure.

Même maintenant que ses mains tremblaient parfois, les coups de pinceau étaient encore fermes et énergiques. Sa calligraphie avait été louée par maître Shinkan en personne pour son élégance sans effort, sa fluidité tempérée par une certaine rudesse qui la rendait réelle, délivrée de l'artifice ou d'un raffinement trop intellectuel. Bien entendu, à peine le maître avait-il prononcé ces éloges qu'il avait craint qu'ils ne lui montent à la tête. De peur qu'elle ne devienne arrogante, il s'était aussitôt ravisé et avait déclaré que cette écriture maladroite et fruste ne pouvait qu'être l'œuvre d'une femme manquant fâcheusement de volonté.

Ça aussi. Ne plus y penser.

Le monde flottant.

Sa vie sous le nom de Maki Kaga appartenait depuis longtemps au passé. Une autre incarnation, un rêve. Et cette vie où elle était la nonne Ryonan serait également bientôt terminée. Elle le savait.

Ça aussi.

Guraba-san. Elle pensait à lui avec affection, avec compassion. La version japonaise de son nom lui avait tellement plu qu'il l'avait fait transcrire en kanji. Même si les caractères signifiaient pièce vide ou entrepôt vide, il aimait leur dessin, la mélodie des mots. C'était attendrissant. Malgré son tempérament fougueux, son esprit guerrier, il avait quelque chose d'un petit garçon.

Ce souvenir la fit sourire. Il l'avait prise dans ses bras, l'avait fait tournoyer en riant.

Elle lui avait donné un enfant, Shinsaburo. Son propre fils.

Un rêve. N'y pense plus.

« L'existence est souffrance. La souffrance naît du désir. »

Ce jour où elle avait été chez lui pour lui apprendre qu'elle était enceinte. L'autre femme était là, celle qu'il avait épousée, Tsuru. Elle avait deviné toute l'histoire et s'était débarrassée d'elle en lui faisant croire qu'il était parti définitivement.

On aurait dit un récit ancien, une pièce de nô ou de kabuki. Un seul instant avait suffi pour changer entièrement sa vie, sous l'effet du destin, du karma ou tout simplement du hasard. Si l'autre femme lui avait dit la vérité... Aurait-elle continué sa vie comme avant ? Aurait-elle suivi la voie du Bouddha ?

Namu Amida Butsu.

La pleine lune était rouge. Elle s'était arrêtée au bout du jardin, s'était courbée pour vomir. La nuit même, elle s'était rendue à la maison de thé, avait pris ses affaires et s'était installée à l'extérieur de la ville.

L'accouchement avait été difficile. « L'existence est souffrance. La souffrance naît du désir. » Elle avait perdu tant de sang qu'elle avait failli mourir, mais elle était parvenue à s'en tirer. Les villageoises l'avaient aidée, l'avaient soignée jusqu'au moment où elle avait été assez forte pour s'occuper de l'enfant.

Elle ne pouvait pas retourner à la maison de thé. Cette vie-là était terminée. Elle travaillait quand l'occasion se présentait, en cousant des vêtements pour des femmes de la ville, en écrivant des lettres pour les gens ne sachant pas lire. Tant bien que mal, elle réussit à se débrouiller, à vivoter. Son existence n'était ni bonne ni mauvaise. Puis elle le vit dans la rue, un fantôme, un personnage sorti d'un rêve, mais si réel. Et lui aussi l'aperçut, et cette vie à son tour toucha à son terme.

Elle suspendrait le rouleau du tanka sur le mur nu de sa cellule, le laisserait en guise d'épitaphe, à la manière des auteurs de haïkus composant leur *jisei*, leur poème de mort, quand ils savaient que leur heure était venue. À présent, elle allait en faire une seconde copie, qu'elle porterait en offrande sur la colline.

Elle s'assit très droite afin de se consacrer au *zazen*, la méditation silencieuse, comme chaque jour avant le lever du soleil. Transie de froid, le corps douloureux, mais l'esprit clair et le cœur pur, elle psalmodia à son habitude une invocation au Bouddha Amida, le Bouddha de la Compassion, le Bouddha de la Terre pure. Elle entendait sa voix comme si elle ne lui appartenait pas, profonde et puissante, retentissante.

Namu Amida Butsu.

Namu Amida Butsu.

Elle récita un verset du *Sutra du diamant. Shiki soku ze ku.* La forme est vacuité. Elle habita ces mots, resta assise dans cet espace dépouillé, jardin de pierre de l'esprit.

Une heure passa peut-être, à l'aune du temps extérieur. Les premiers rayons d'un pâle soleil s'infiltrèrent à travers le shoji, s'avancèrent sur le plancher, atteignirent ses pieds en leur apportant un faible début de chaleur. Elle s'inclina, saisit la clochette de fer et la fit sonner une fois, écouta le son s'enfler puis mourir lui aussi en retournant au silence.

La forme est vacuité.

Elle déplia ses vieux membres raidis, si engourdies qu'ils ne sentaient plus la douleur.

Il y eut un faible bruit sur la véranda, des pas légers effleurant les planches. Elle sourit. Quelqu'un posa un plateau. La porte s'ouvrit sur Gisho, la jeune nonne, qui s'inclinait en lui apportant son thé. Ryonan hocha la tête et l'invita à entrer.

Elle déclara qu'un jour Gisho la découvrirait comme Daruma, qui était resté si longtemps en méditation que ses jambes s'étaient atrophiées puis détachées. C'était cela, la vraie discipline !

Gisho sourit, les yeux brillants, et dit qu'elle avait autrefois une poupée de Daruma chez elle.

Il est arrondi par le bas, observa Ryonan, de sorte qu'il roule sur lui-même. Si on le fait basculer, il se redresse aussitôt. Il existe une comptine à ce sujet : « Sept fois en bas. Huit fois en haut. Oui ! »

Une leçon utile.

Gisho posa sur le feu la petite bouilloire remplie d'eau, plaça les feuilles vertes en poudre dans le bol préféré de Ryonan, versa l'eau, laissa infuser. Puis elle prit un fouet en bambou et battit vivement la mixture pour la faire mousser. Après avoir fait tourner le bol une fois et demie, elle l'offrit à Ryonan, qui s'inclina et la remercia. La vieille femme but une gorgée. Le thé était parfait, d'une amertume qui réveillait soudain.

C'était là aussi un don de Daruma, dit Ryonan. Un jour, il s'était endormi en méditant. Furieux contre lui-même, il s'était arraché les paupières afin que ses yeux restent toujours ouverts. À l'endroit même où il avait jeté ses paupières poussa le premier théier. Depuis lors, les moines pouvaient boire du thé afin de se maintenir éveillés !

Gisho sourit de nouveau. Bien qu'elle eût souvent entendu ces histoires, elle ne s'en lassait jamais.

Ryonan but une seconde gorgée, la savoura. Dans le monde extérieur, Gisho avait appris l'art du thé, le *cha no yu*, car elle se préparait à devenir geisha. Mais il y avait eu des complications.

Ryonan n'avait pas voulu savoir les détails. Sans doute un homme devait être en cause, comme dans presque toutes ces histoires.

La tâche était plus dure pour celles qui étaient jolies. Elles devaient renoncer à davantage que les autres. Gisho lui rappelait la jeune femme qu'elle avait été. Elle avait la même fougue, le même amour de la vie, le même courage. Peut-être cela lui permettrait-il de tenir. La voie n'était pas faite pour les faibles. La jeune femme serait brisée plus d'une fois, son courage réduit à néant. Mais il était possible qu'elle poursuive son chemin parmi les débris, qu'elle survive. Huit fois en haut…

Le bol de Ryonan était vide. Elle le tendit à Gisho, qui l'essuya prestement avec un linge – respecter les règles de la cérémonie avait fait partie de son apprentissage –, avant de le remplir de nouveau et de le rendre à la vieille femme en louant sa beauté.

– Ce n'est qu'une vieillerie, assura Ryonan. Il n'a rien d'extraordinaire. Le vernis est fendillé, la surface s'est ébréchée avec le temps.

– C'est ce qui me plaît en lui, répliqua Gisho.

– Il me rend bien service, dit Ryonan.

Elle but les dernières gouttes.

– Ce thé est parfait. Il réchauffe mon vieux cœur.

Gisho s'inclina, contente.

– Puisqu'il vous plaît tant, déclara Ryonan en lui tendant le bol, je serais heureuse de vous le donner. Gardez-le.

Prise au dépourvu, Gisho parut vraiment surprise et touchée.

– Bien, dit Ryonan. Vous avez d'autres tâches. Allez-y.

Elle prépara la pierre à encre, déploya le rouleau de papier, charmée par sa simple texture un peu rugueuse, et le maintint en place avec des morceaux de bois. Saisissant le pinceau de bambou, elle mordilla la pointe et l'humecta de salive afin d'assouplir les poils. Ses dents lui faisaient un peu mal, mais pas plus que le reste de son corps. La vie n'avait plus pour elle que des jours douloureux. Vraiment, l'existence était souffrance !

Mais il était bon d'être né humain, d'être ici en ce matin d'automne, de suivre la voie du Bouddha. Et la brise soufflant à travers l'écran ouvert était bonne, avec son froid qui n'avait encore rien à voir avec les glaces de l'hiver. Ce dernier viendrait bien assez tôt.

Elle avait sur sa langue un faible arrière-goût du thé de Gisho, vif et amer, qui sentait lui aussi l'automne. Elle avait allumé un unique bâtonnet d'encens, dont le parfum n'avait rien de douceâtre ni d'écœurant mais était imprégné d'une suavité résineuse, comme les feux de bois de l'automne, comme les vieilles poutres à l'odeur profonde et mystérieuse dans la salle de méditation.

Elle redressa son dos, gonfla le pinceau d'encre et traça un premier trait.

Bien.

Le poème s'ouvrait sur la traversée du pont de l'hésitation. Elle écrivit d'une main légèrement tremblante, en chargeant les caractères d'un peu de l'incertitude impliquée par les mots. Le pont de l'hésitation. Shian Bashi.

Elle poussa un soupir tandis que la forme des caractères la ramenait à la réalité physique du pont, à la jeune femme qu'elle avait été, Maki Kaga, le franchissant non sans réticence. Jeune, tellement jeune. Elle ressentit une pitié douloureuse pour elle, pour son insouciance, sa beauté.

Elle trempa de nouveau le pinceau dans l'encre.

Le vers suivant était celui de l'autre pont. Le pont de la décision. La certitude, l'esprit déterminé. Omoikiri Bashi. Elle l'écrivit avec assurance et vivacité. Cette fois encore la forme même des caractères la toucha en plein cœur, la ramena en arrière si bien que, l'espace d'une instant, elle fut vraiment cette jeune femme se hâtant de franchir le second pont afin de pénétrer dans le quartier des plaisirs, pleine de l'espérance joyeuse que son amant allait venir la voir.

Cette tempête de la chair, cette pure excitation, cette émotion intense et lumineuse. Même à l'époque, elle savait qu'il ne s'agissait que d'un rêve éphémère. Mais qu'il semblait réel, bouleversant !

Elle reprit de l'encre, écrivit le vers suivant en quelques traits fluides et éloquents. Le monde flottant. *Ukiyo.*

Le quartier des plaisirs comme un rêve du ciel, où tout n'était qu'élégance, parfums délicieux, soies bruissantes, musique et rires. L'ivresse d'un monde de beauté et de raffinement.

Évanoui, disparu.

Elle reposa le pinceau, le ventre déchiré par une douleur soudaine. Elle respira profondément, tenta de la dépasser. Cette douleur non plus ne durerait pas.

Namu Amida Butsu.

Au temps où elle était la jeune Maki, elle avait connu l'enfer. Les gaki, les spectres avides, avait hurlé dans son esprit, en en chassant toute pensée, toute espérance.

Il était venu emmener le fils de Maki. Ils étaient tombés d'accord que c'était la bonne solution. L'enfant aurait un foyer accueillant, la sécurité, une vie meilleure, qu'elle ne serait pas en mesure de lui donner. C'était préférable. Mais ainsi elle restait seule face au vide, éperdue, sans aucune raison de vivre. Elle n'avait plus rien.

Les voix hurlaient et elle n'aspirait plus qu'à être délivrée, en finir. Les eaux se refermèrent sur elle, remplirent ses poumons, et elle commença à s'en aller, à ne plus sentir le froid, à cesser même de se débattre pour respirer, pour résister à l'irruption des ténèbres. Puis elle revint à elle, de retour dans cette carcasse misérable que des mains attrapaient, entraînaient dans l'autre élément, bourraient de coups afin de la ramener dans cette vie où tout n'était que souffrance et dureté. Elle se retrouva sur la berge, secouée de haut-le-cœur, les poumons suppliciés par l'air qu'elle aspirait en suffoquant, épuisée, frissonnante et à moitié morte.

Puis d'autres mains la soulevèrent, la portèrent, l'enveloppèrent dans des draps pour la réchauffer. Les femmes du village prirent la suite des hommes et la menèrent dans le pavillon de bains, où elles lui enlevèrent ses vêtements trempés qui collaient à son corps. Elles la savonnèrent et la frottèrent, puis l'installèrent doucement dans le baquet rempli d'eau brûlante. Elle se retrouva de nouveau immergée, mais cette fois dans une eau à la chaleur réparatrice, bienfaisante, qui la ramena de l'autre rive.

La pure gentillesse humaine de ces femmes, ce moment d'une bonté simple et agissante la bouleversa. Elle se mit à pleurer et se sentit lavée, vidée.

L'accès était passé mais elle ne reprit pas tout de suite le pinceau, resta assise, calme et immobile, en regardant le poème inachevé. La fin était ce qui comptait le plus. La déclaration finale, la réponse au mystère, le terme du voyage. Il fallait que la calligraphie soit parfaite.

Les villageoises s'étaient occupées d'elle. Elles lui apportaient un peu de nourriture – du gruau de riz, du bouillon de légumes. Elle survécut, s'en sortit au jour le jour. Il lui aurait été difficile de dire qu'elle vivait vraiment. Elle se contentait d'exister, l'esprit engourdi, le corps affaibli. Il lui arrivait d'être secouée de frissons. Elle avait failli se noyer et semblait tenter, par ses quintes de toux torturantes, d'expulser l'eau qui avait manqué faire exploser ses poumons. Le pire, c'étaient les matins glacés, et aussi les réveils au milieu de la nuit, quand elle luttait désespérément pour respirer. Parfois il lui semblait qu'elle s'était bel et bien noyée, qu'elle était morte et se trouvait dans un au-delà lugubre, où errait un peuple de fantômes auquel elle appartenait désormais.

Un matin, elle se leva très tôt dans la pénombre grise, s'habilla et se mit à marcher machinalement, sans but. Elle se retrouva sur un pont enjambant la rivière et contempla les eaux rapides. Par moments, elle apercevait son propre reflet, troublé sans cesse par le courant mais bien réel, même si elle ne faisait que l'entrevoir. Les fantômes n'ont pas de reflet. Elle n'était donc pas un spectre. Puis elle eut la sensation effrayante d'avoir sous les yeux celle qu'elle avait été, Maki, se débattant encore sous l'eau, se noyant encore et lui lançant un regard implorant.

Elle s'éloigna en chancelant, franchit le pont et s'engagea sur une route étroite sortant de la ville. Le ciel commençait à s'éclaircir, les oiseaux lançaient déjà leurs appels aigus, leurs cris avides. Elle n'avait pas mangé, n'avait aucune idée de la direction qu'elle avait prise. En voyant s'approcher une silhouette sombre, elle se raidit. C'était un homme, marchant d'un pas lent. Elle songea à rebrousser chemin et s'enfuir, trouver un endroit où se cacher, mais elle était trop fatiguée, il lui semblait soudain avoir des jambes de plomb. Elle s'arrêta, attendit et se rendit compte qu'il s'agissait en fait d'un moine aux vêtements noirs et au crâne rasé.

Le moine s'arrêta à son tour, s'inclina devant elle en tendant sa sébile.

– Je n'ai rien, dit-elle.

– Eh bien, donnez-moi votre rien, répliqua-t-il.

Et il se détourna pour reprendre sa marche.

Elle eut l'impression d'avoir reçu un coup, d'une violence à couper le souffle.

Il s'immobilisa et lui cria :

– Alors ? Voulez-vous venir ou vous en aller ?

Sans hésiter, l'esprit vide, elle se traîna à sa suite, courut en trébuchant pour le rattraper.

Durant tout le trajet jusqu'au temple, le moine ne lui adressa pas un mot. Il se contentait d'avancer, en comptant sur elle pour le suivre. Ce ne fut qu'en voyant les autres moines le saluer avec une déférence presque craintive qu'elle comprit qu'il était le maître, Shinkan.

Sans lui donner aucune instruction, il la confia à une jeune nonne qui la conduisit à la cellule qu'elle occuperait. C'était une pièce minuscule, pleine de poussière et de courants d'air, aux tatamis usés et râpés, aux shoji déchirés. Il y avait des toiles d'araignées dans les coins, des excréments d'oiseaux et de souris sur le sol. Elle se détourna comme pour partir, mais découvrit qu'elle était incapable de bouger, ne pouvait se forcer à faire un seul pas. La jeune nonne, qui l'avait laissée un moment, revint avec des balais, des plumeaux et des chiffons, ainsi qu'un seau d'eau. Retroussant ses manches, elle fit un signe de tête à Maki. Cette fois au moins, celle-ci comprenait. Quand elles eurent nettoyé la cellule, la nonne disparut de nouveau et rapporta des bouts de tatami, des morceaux de papier à shoji, quelques ustensiles très simples.

Elles ne s'arrêtèrent qu'un instant pour manger un peu de riz et de légumes marinés, avaler un maigre potage. Vers le milieu de l'après-midi, elles avaient fait suffisamment de réparations pour rendre la pièce habitable. Maki se sentit absurdement satisfaite, sourit à la nonne et alla dehors.

Le maître passait par là et elle voulait lui dire qu'elle avait travaillé dur pour nettoyer et remettre en état la cellule, qu'elle ne savait pas vraiment pourquoi elle était ici mais était prête à rester et à travailler pour subvenir à ses besoins.

Il l'écouta, hocha la tête et déclara que la première séance de méditation avait lieu à trois heures du matin.

La communauté comprenait quatre nonnes, qui vivaient à l'écart dans un coin de l'enceinte, et vingt moines. Hommes et femmes ne se mêlaient pas, en dehors des séances de méditation zazen où ils restaient assis de longues heures durant, et lors des repas frugaux, qu'ils prenaient tous en silence en regardant droit devant eux. Dès le premier jour, cependant, elle nota qu'un ou deux moines lui lançaient furtivement des regards qui lui étaient familiers, chargés d'un désir d'autant pire qu'il était caché.

Une nouvelle fois, elle essaya de parler au maître, lui demanda pourquoi elle était ici.

– C'est à vous de vous le demander, répliqua-t-il. Et le moyen de demander, c'est de rester assise. Et le moyen de répondre, c'est de rester assise encore. Jusqu'au moment où il n'y a aucune question, ni personne pour en poser, ni vains efforts pour obtenir des non-réponses. C'est très difficile. À présent, continuez sur cette voie.

Ces paroles la remplirent d'irritation. Pendant presque toute une séance, sa colère lui fit presque oublier la douleur dans son dos, ses genoux, ses chevilles, au plus profond de sa chair. Puis la souffrance se rappela si bien à elle qu'elle changea de position. Le maître était derrière elle, une longue latte en bois à la main. Elle l'avait déjà vu faire et savait à quoi s'attendre. Se penchant en avant, crispée, elle reçut sur le dos huit coups cinglants, brefs mais douloureux. Après quoi le maître s'inclina et elle s'inclina en retour, pour montrer soi-disant sa reconnaissance devant tant de sollicitude mais en réalité pour réfréner sa fureur. Le maître esquissa un sourire qui lui prouva qu'il savait tout cela, puis il hocha la tête, reprit son air sévère et lui dit de continuer.

Chacun de ses nerfs semblait lui crier d'en finir, de partir en courant. Rien ne s'y opposait. La porte était ouverte. Elle resta assise.

La deuxième semaine, elle rasa son crâne. Ses boucles épaisses, noires comme de la laque, gisaient en touffes sur le sol. Sa tête chauve piquait sous les doigts quand elle la touchait. Le rasoir avait laissé çà et là de petites coupures qui la brûlaient légèrement. Elle fut heureuse de n'avoir pas de miroir pour voir à quoi elle ressemblait. Mais la brise du matin était fraîche sur sa peau.

Maintenant au moins, les moines allaient cesser de lui lancer des regards brûlants.

Non.

Une nuit, quelqu'un glissa un papier sous sa porte. C'était un message d'un moine lui déclarant son amour et lui demandant de lui donner un signal afin qu'il la rejoigne la nuit suivante. Le texte n'était pas signé et se terminait par un tanka.

Je me tourne et me retourne
Dans la longue nuit glacée,
Je ne pense et ne repense
À rien d'autre
Qu'à vous.

À la fin de la séance matinale de zazen, elle s'inclina devant le maître et lui demanda la permission de lire quelque chose. Il sembla surpris mais acquiesça de la tête. Défroissant la boule de papier, elle lut le message et le poème, puis regarda la rangée de moines et déclara que si l'auteur de ces lignes l'aimait vraiment il devrait s'avancer et la prendre dans ses bras sur-le-champ.

Il y eut un instant de silence absolu, puis on entendit un raclement de gorge mécontent. Un jeune moine étouffa un rire, reprit aussitôt son sérieux.

Elle refit une boule de la feuille de papier et récita un tanka qu'elle avait composé en réponse.

Dans la longue nuit glacée,
Je ne pense à rien,
À rien du tout.
Ma tête rasée est rêche
Et pique sous les doigts.

Le maître poussa un grognement, lui dit de verser le thé pour les moines. Aucun d'entre eux ne la regarda dans les yeux.

Cela n'arrêtait pas. Malgré son crâne rasé, ses vêtements ternes, son sérieux intense, chaque nouveau moine arrivant au temple semblait tomber amoureux d'elle, comme s'il émanait encore d'elle le parfum et le charme du monde flottant. Même parmi les moines âgés, un ou deux ascètes édentés lui lançaient des regards enflammés qui l'embarrassaient. L'abbé d'un temple de Kyoto vint en visiteur et donna une conférence sur l'impermanence du monde, son caractère transitoire et illusoire. En rencontrant le regard de la jeune femme, il se mit à bégayer, perdit le fil de son discours. Il finit par perdre son calme, rugit quelques références au sutra de Hui Neng et conclut par une remarque sur la nature éphémère de la beauté avant de sortir précipitamment de la salle.

Elle demanda audience au maître. Il la fit attendre une semaine puis accéda à sa requête.

Quand elle entra, il était assis et lui tournait le dos, absorbé dans la lecture d'un texte sacré. Il l'ignora et elle dut encore patienter. Elle resta assise en silence. Il lui demanda enfin, sans se retourner :

– Pourquoi Bodhidharma est-il venu de l'occident ?

Prise de court, elle resta muette. Elle s'attendait à tout sauf à cette question.

– Ne vous inquiétez pas, dit-il. Je n'attends pas de réponse. Mais vous avez entendu parler de Bodhidharma ?

– Oui, répliqua-t-elle. Je connais plusieurs histoires à son sujet.

– Ces histoires sont nombreuses, et la plupart ne sont que des contes pour enfants. Cependant elles expriment un enseignement.

– J'en suis sûre.

– Savez-vous qu'on raconte qu'il a arraché ses propres paupières ?

– Et un théier a poussé là où elles étaient tombées.

– Oui.

Pour la première fois depuis qu'elle était dans la pièce, il se tourna vers elle. Il tenait à la main un rasoir ouvert dont la lame brillait à la lueur de la bougie posée sur son autel. Il plaça le rasoir devant elle.

– Un proverbe affirme que le chemin de la vérité est plus étroit que le fil d'un rasoir.

Elle garda le silence, contempla la lame en imaginant son tranchant.

– Connaissez-vous l'histoire de la nonne Ryonan ?

– Non, répondit-elle.

– Elle était d'une rare beauté. Elle descendait d'un guerrier illustre, Shingen, et avait hérité d'une partie de son courage. Sa grâce raffinée avait fait d'elle la favorite de la cour de l'impératrice. Mais lorsque sa maîtresse mourut, elle comprit combien la vie humaine était éphémère. Sa jeunesse et sa beauté étaient vouées à se flétrir. Elle résolut de se détourner du monde pour étudier le zen. Malheureusement, sa famille avait d'autres projets. Elle fut contrainte de se marier, mais il était entendu qu'elle pourrait se faire nonne une fois qu'elle aurait mis trois enfants au monde. Elle fit ce qu'on exigeait d'elle, puis elle rasa sa tête et se rendit dans un temple zen. Toutefois le maître refusa de l'accueillir. Il déclara qu'elle était trop belle, même avec son crâne rasé et son costume de nonne.

« Elle alla voir un autre maître, qui lui fit la même réponse. Elle parcourut le pays mais partout elle se heurta au même refus. Sa beauté était une malédiction.

Maki sentit son cœur se glacer. Le maître continua son récit.

– Elle alla trouver finalement le maître Hakuo, à Edo. Comme les autres, il la rejeta sous prétexte qu'elle était beaucoup trop belle et que son aspect charmant ne causerait que des ennuis. Elle se rendit alors à la cuisine, saisit un tisonnier brûlant et l'approcha de son visage.

Maki tressaillit.

Le maître attendit un instant puis poursuivit.

– Elle se brûla affreusement. Les cicatrices allaient gâter à jamais sa beauté. Elle retourna auprès de Hakuo, qui lui jeta un coup d'œil et déclara : « Parfait, vous pouvez rester. »

Maki tremblait et des larmes la suffoquaient tant elle se sentait misérable, furieuse et désespérée.

– Elle prit le nom de Ryonan, dit le maître. Ce qui signifie « claire conscience ». Elle évoqua son expérience dans un tanka, une forme poétique que vous affectionnez vous-même.

Dans le palais de l'impératrice
Je brûlais de l'encens
Pour parfumer mes vêtements.
À présent je brûle mon visage
Pour être admise dans le temple zen.

Le maître laissa le silence s'installer puis poussa le rasoir en direction de Maki.

– Eh bien ? dit-il.

Un moment passa. Elle entendit le vent dans les arbres, sentit un filet de sueur ruisseler dans son dos. Puis elle cessa de trembler. Son esprit était clair et froid, son attention concentrée sur son propre souffle, les battements de son cœur. Elle était encore libre de partir à tout instant. La porte était toujours ouverte. Rien ne la forçait à rester.

Elle se pencha, saisit le rasoir et le brandit. Une seule entaille suffirait pour déchirer la chair et laisser une cicatrice. Elle se roidit.

Namu Amida Butsu.

Elle ferma les yeux, frappa. Mais avant que la lame puisse atteindre son visage, elle sentit une main agripper fermement son poignet.

Le maître lui arracha le rasoir.

– Vous êtes forte, dit-il. Avec une telle détermination, il se peut que vous réussissiez. Vous ne devez pas vous laisser distraire de votre but par ces hommes stupides et leurs attentions importunes. C'est eux qui ont un problème, pas vous.

Et il lui donna le nom de Ryonan puis déclara :

– Puisse votre conscience être claire.

Tout cela semblait si lointain, vieux d'une éternité. Mais le souvenir de cette scène était vibrant, intense. Elle se rappelait exactement ce qu'elle avait ressenti, la panique puis le détachement, le poids du rasoir dans sa main.

Des années plus tard, elle avait demandé un jour au maître :

– Et si vous n'aviez pas attrapé ma main ? Si je m'étais frappée ou même m'étais tranchée la gorge ?

– Il n'y a pas de « si », avait-il répliqué avec rudesse. Seul existe ce qui se produit, ce qui est.

Mais à dater de ce jour où elle était devenue Ryonan, tout avait changé. Il semblait qu'elle se fût bel et bien balafrée, qu'elle portât une cicatrice. Son regard se tourna vers l'intérieur. Son visage irradiait maintenant un calme et une force qui la protégeaient des moines, refroidissaient leur ardeur et les rendaient circonspects.

À présent, elle souriait en y repensant. Ces pauvres idiots qui s'efforçaient d'éteindre ce feu ou de le canaliser dans leur méditation.

« L'existence est souffrance. La souffrance naît du désir. »

Jusqu'au dernier moment, avant la libération, la prise de conscience, le dragon pouvait encore se dresser et rugir.

Elle se mit à pouffer. Ce matin même, lorsqu'elle avait pensé à Guraba-san avec compassion, elle l'avait revu clairement, dans tout l'éclat de sa jeunesse. Et la tendresse affectueuse qu'elle avait alors éprouvée avait suscité un faible souvenir, un frémissement, même dans cette vieille chair. Elle en aurait parlé à la jeune Gisho, si elle n'avait craint de la décourager !

Il valait aussi bien qu'elle n'eût aucun miroir où se regarder. Elle y aurait découvert le visage d'une vieillarde maigre et ridée, aussi rugueuse qu'un lézard. Voilà des années qu'elle n'avait pas vu son reflet, en dehors de quelques coups d'œil en franchissant la rivière sur cette silhouette à la surface de l'eau, tremblante et indistincte.

La dernière fois qu'elle avait vu un véritable miroir, elle était dans son âge mûr. Suivant le conseil du maître, elle avait dépassé les confins du village pour aller mendier dans la ville, de maison en maison, en psalmodiant des prières.

Je cherche refuge dans le Bouddha. Je cherche refuge dans l'ordre. Je cherche refuge dans le dharma.

À la porte d'une maison, une vieille femme s'était inclinée et l'avait invitée à entrer. Laissant ses geta sur le seuil, elle avait attendu dans le vestibule frais.

Les bruits et les odeurs de la vie de famille montaient jusqu'à elle. Les effluves de sésame et de gingembre s'échappant de nouilles en train de cuire dans de l'huile bouillante. Les voix aiguës d'enfants occupés à jouer. Les petits-enfants de la vieille femme, la vie continuant d'elle-même son cours, de génération en génération.

Elle retira son vieux kasa en paille, qui la protégeait aussi bien du soleil que de la pluie en toute saison.

Basho avait écrit un haïku.

> *Quand je pense que c'est ma propre*
> *Neige sur mon kasa*
> *Elle paraît légère.*

Elle sourit en se le remémorant et vit soudain qu'une autre nonne, plus âgée qu'elle, le visage tanné, répondait à son sourire. Étonnée de ne pas s'être aperçue plus tôt de sa présence, elle s'inclina. L'autre fit de même. Elle porta la main à son visage, et une nouvelle fois l'autre l'imita. C'est alors qu'elle se rendit compte qu'elle était devant un miroir. Voilà quel était son visage tel qu'il apparaissait à autrui, le visage d'une étrangère et pourtant…

Le combat était là, les années d'épreuves, dans les rides autour de la bouche, sur le front. Mais quelque chose brillait dans les yeux, une lumière intérieure, une clarté. À sa façon, c'était une beauté plus grande que le charme facile de Maki dans la fleur de son âge. Cependant, même alors, cet élément avait contribué à son rayonnement, avait été sans cesse présent derrière le masque de la jeune femme.

Elle s'inclina devant ce double, son reflet, elle-même.

Namu Amida Butsu.

La vieille femme de la maison revint avec un peu de riz et quelques pièces.

Elle exprima sa gratitude en s'inclinant, remit kasa et sandales, reprit son chemin.

Ce fut plus tard ce même jour qu'elle le vit, si grand, aisément reconnaissable. Il marchait de l'autre côté de la rue. Ses cheveux et sa moustache commençaient à grisonner mais il était toujours beau et avait acquis une distinction nouvelle. La femme qui le suivait devait être Tsuru, vieillie, alourdie. Et derrière eux, c'était l'enfant. Elle eut un coup au cœur et sentit soudain le souffle lui manquer.

Guraba-san regarda dans sa direction. Y avait-il eu une brève lueur dans ses yeux ? Une illumination, un souvenir ? Il ôta son chapeau avec une politesse touchante, qui la frappa douloureusement. Tsuru ne vit en elle qu'une nonne vieillissante, une mendiante miteuse. Mais l'enfant s'arrêta, traversa la rue et se dirigea vers elle. C'était presque un jeune homme, maintenant, dans son uniforme de collégien à la tunique militaire sombre et boutonnée jusqu'au cou. À travers les verres de ses lunettes rondes, il lui jeta un regard qui l'atteignit en plein cœur. Ses cheveux avaient foncé mais étaient encore d'un châtain tirant sur le blond. Elle manqua défaillir quand il tendit la main vers elle. Puis elle comprit qu'il lui faisait l'aumône. Sa propre main tremblait quand elle lui présenta la sébile. Il y laissa tomber une unique pièce en argent, s'inclina.

Elle s'inclina profondément, le remercia et lui souhaita d'être comblé des bénédictions du Bouddha Amitaba.

Tsuru l'appela. Tomisaburo. Le nom qu'ils lui avaient donné pour rappeler celui de son père. Tom Glover. Tomi Guraba.

Son fils, Shinsaburo. Mais il n'était plus à elle. En fait, il ne l'avait jamais été. Pas plus qu'à Guraba ou à Tsuru. Comment un être pourrait-il appartenir à un autre ? Ce jeune homme suivait la vie prescrite par son karma, comme eux tous.

La petite famille prit le chemin de Minami Yamate. Ils rentraient chez eux. Ryonan saisit la pièce dans sa sébile et l'embrassa. Pour la première fois depuis qu'elle avait prononcé ses vœux, elle avait les larmes aux yeux.

Elle avait gardé la pièce. À présent, elle la faisait tourner dans sa main ridée. Elle la donnerait à Gisho, de même que ses autres maigres possessions. Elle n'emporterait rien avec elle.

En offrant déjà son bol à la jeune femme, elle avait vu passer dans ses yeux une brève inquiétude, l'appréhension à demi consciente de ce que ce don pouvait signifier.

Ryonan avait déjà souvent répété qu'elle voulait suivre l'exemple de la nonne Eshun. Elle avait déclaré à Gisho que lorsque son heure serait venue, elle le lui dirait et s'en irait.

En atteignant sa soixantième année, Eshun avait annoncé qu'elle allait quitter ce monde. Elle avait fait dresser un bûcher funéraire, s'était assise en tailleur au milieu et avait ordonné qu'on y mette le feu.

Comme les flammes jaillissaient, un moine lui cria : « Fait-il chaud, là-dedans ? »

Elle avait répondu : « Quelle question stupide ! » Puis elle était morte et avait été réduite en cendres.

Quand mon heure sera venue, je vous le dirai et je m'en irai.

Le regard de Gisho.

Il était temps.

Elle accorda de nouveau son attention au rouleau portant la calligraphie inachevée de son tanka.

Le grand maître Genshin avait décrit la Terre pure comme la perfection absolue et déclaré que pour parvenir à cette félicité il fallait psalmodier le nom d'Amida, le Bouddha de la compassion.

Namu Amida Butsu.

Une nouvelle fois, elle gonfla d'encre le bout du pinceau. Puis elle écrivit le caractère d'un seul geste assuré.

Jodo. Terre pure.

Voilà.

Sa tâche était accomplie.

Elle posa le pinceau, fit sonner la clochette de fer afin d'appeler Gisho et la mettre au courant.

Les deux pierres tombales se dressaient côte à côte dans le cimetière de Sakamoto. Celle de gauche était plus haute et étroite. Elle portait une inscription en japonais : Tsuru Glover. 1850-1899. Ryonan connaissait suffisamment l'écriture anglaise pour lire ce qui était gravé sur la seconde : Thomas Blake Glover. 1838-1911.

Un an plus tôt, un visiteur passant au monastère lui avait appris la nouvelle, qu'il avait lue dans un journal. Il avait déclaré que Guraba-san avait été un grand homme, l'un des fondateurs du Japon moderne. L'Écossais était mort à Tokyo et avait été incinéré. On avait rapporté ses cendres à Nagasaki, où elles avaient été enterrées. L'urne avait été transportée à travers la ville en grande pompe, avec en tête du cortège le fils du défunt, Tomisaburo. De nombreux dignitaires étaient présents, dont certains étaient venus exprès de Tokyo.

Ryonan avait remercié le visiteur et fait le vœu de se rendre là-bas, afin de rendre un dernier hommage aux morts quand le temps serait venu.

S'inclinant devant la tombe de Glover, elle pria pour que la bénédiction du Bouddha Amida l'accompagne dans la suite de son voyage. Puis elle s'inclina devant la tombe de Tsuru, lui souhaita de recevoir à son tour la bénédiction du Bouddha.

Consentir. Pardonner. Puissent tous les êtres sensibles connaître l'illumination.

Namu Amida Butsu.

Elle sortit le rouleau de sa manche, lut de nouveau son ultime tanka, son jisei, hocha la tête avec approbation en regardant la calligraphie.

Franchi le pont de l'hésitation
Et le pont de la décision,
Traversé le monde flottant
Pour atteindre
La terre pure.

Quelques offrandes très simples avaient été déposées devant les tombes : un flacon de saké, un support à bâtonnets d'encens, une poignée de fleurs dans une poterie. Elle plaça le rouleau à côté de celles-ci, s'inclina et reprit son chemin.

D'après Genshin, avait-elle lu, tous les trésors et la gloire du monde ne sont rien, ne sont qu'une goutte dans l'océan, comparés à la beauté enchanteresse de la Terre pure. La Terre elle-même est en émeraude, et chacune de ses enceintes abrite des temples par millions, des pagodes d'or et d'argent. Dans les jardins se trouvent des étangs argentés, couverts de fleurs de lotus étincelant de myriades de couleurs. Des oiseaux de toutes sortes volent dans le ciel en chantant, et au-dessus d'eux planent les *kalavinka* à la voix suave, des êtres ailés au visage de femme ravissant. Des rivières et des fleuves de cristal roulent leurs flots resplendissants entre des berges bordées d'arbres sacrés. Les arbres ont des troncs d'argent, des branches d'or, des fleurs de perle et de corail. Ils s'ornent de cordes constellées de joyaux, dont chacune est attachée à une cloche sacrée faisant retentir le message de la Loi suprême. L'air est imprégné d'un parfum grisant, où se mêlent la douce odeur des fleurs et les effluves opulents de l'encens. Le ciel ne s'obscurcit jamais, la lumière brille éternellement et il tombe sans cesse une pluie de pétales. Une musique délicieuse s'échappe d'instruments aux noms inconnus qui jouent d'eux-mêmes, sans qu'une main les effleure, et des êtres célestes chantent sans fin les louanges du Bouddha Tathagata.

Elle s'arrêta pour reprendre son souffle à mi-chemin de la montée, non loin d'Ipponmatsu où son fils vivait peut-être encore. Elle lui souhaita d'être heureux. Puisse-t-il parvenir un jour à l'illumination. Puis elle continua de gravir la colline.

L'ascension était rude. Malgré la fraîcheur de l'automne, elle était en sueur. Le vieux sanctuaire au sommet de la colline était abandonné et tombait en ruine. Un endroit idéal pour s'asseoir et reposer ses vieux os.

Elle s'assit en s'appuyant contre un mur de pierre, à l'abri. Le soleil de la fin d'après-midi la réchauffa un peu. D'ici, elle voyait la cité s'étendant en contrebas. Près d'Ipponmatsu se trouvait quelques autres maisons occidentales, formant un quartier d'étrangers. Elle regarda plus loin, au-delà du quartier des plaisirs, les quais du port et l'île de Dejima. Elle avait contemplé ce panorama avec Guraba-san, il y avait une éternité.

Tout changeait sans changer. Il y avait maintenant les bassins, les fabriques, les chantiers navals, mais au-delà, de l'autre côté de la baie, les collines portaient toujours la riche parure rougeoyante des érables à l'apogée de leur splendeur automnale.

Ceci.

Quelque part au loin, hors de vue, se trouvait le temple où elle avait passé toutes ces années de lutte, en s'efforçant de rester fidèle à la voie du Bouddha.

Ceci aussi.

Un rêve.

La brise lui porta le chant rauque d'une cigale. Bientôt, elle aurait fait son temps et il ne resterait d'elle que son enveloppe desséchée. Le cri d'une pie-grièche s'interposa, perçant et mélancolique. Des oies sauvages traversèrent le ciel en formation irrégulière, comme pour répéter leur départ.

Elle sentit une odeur de fumée de bois et la respira, encens doux-amer, avant de se redresser et de concentrer son regard.

Genshin avait écrit que le pouvoir de la concentration, en éveillant l'imagination, pouvait mener directement à la Terre pure. La contemplation d'une unique fleur de lotus peut ouvrir sur l'éternité, au-delà de tous les horizons. Il parlait de la méditation sur le siège du lotus où Bouddha est assis, le lotus du cœur.

Là-haut, aucun lotus ne s'épanouissait. Seul un maigre chrysanthème se pressait contre le mur, à côté de quelques touffes de liseron.

Elle sourit aux fleurs et elles inclinèrent la tête pour la remercier de son regard.

Elle ralentit son souffle, le laissa entrer et sortir de soi-même.

Le lotus du cœur. Elle le sentit s'ouvrir, pétale après pétale.

Le joyau dans le lotus.

Om.

La cité scintillait à ses pieds. Ce lieu. Ce temps. La Terre pure.

Un jour, tout ceci retournerait à la poussière. Les civilisations allaient et venaient, prenaient leur essor et s'écroulaient. Tathagata inspirait, expirait.

La forme est vacuité.

Elle resta assise tandis que la lumière commençait à pâlir et que le soir devenait glacial. Mais rien ne l'atteignait. Elle était au-delà.

Remerciements

Cet ouvrage est évidemment une fiction, une œuvre de l'imagination, mais j'ai tenté de rendre aussi exactement que possible l'arrière-plan historique, sans pour autant laisser les faits gêner l'intrigue ! Nombreux sont ceux qui ont aidé à la réalisation du livre, et je tiens à témoigner ma gratitude aux personnes suivantes. À Alex McKay, non seulement pour sa magnifique biographie de Thomas Glover, *The Scottish Samurai*, mais aussi pour m'avoir fait partager avec autant de générosité que de gentillesse sa science immense et sa documentation. À Sachiko MacKay, pour m'avoir conseillé de son côté dans les domaines linguistique et culturel. À Brian Burke-Gaffney, auteur de *Starcrossed, A Biography of Madame Butterfly*, pour son aide lors de mon séjour à Nagasaki et pour son magazine et site Internet Crossroads, source inépuisable de renseignements sur Nagasaki et son histoire. À Mari Imamura, pour avoir traduit certains passages en japonais. À Richard Scott Thomson, pour avoir cru en une version filmée de cette histoire, qui verra tôt ou tard le jour, c'est certain ! À Steve McIntyre et au Scottish Screen pour leur soutien financier, et à Bob Last pour sa participation. À Isobel Murray et au regretté Giles Gordon, pour avoir suggéré qu'il y avait là matière à un bon roman ! À Liam McIlvanney, David Mitchell, Sian Preece et Amanda Boothe, pour m'avoir fourni des matériaux. À Judy Moir, pour sa première réaction à la lecture des chapitres du début. À mon agent, Camilla Hornby, pour ses constants encouragements durant l'écriture du livre. À toute l'équipe de Canongate, en particulier Jamie Byng pour ses vues ambitieuses, Francis Bickmore pour son travail de relecture courtois, précis et inventif, Joe Harding pour avoir fait la promotion du livre et Jessica Craig pour l'avoir vendu dans le monde entier. À Janani, pour avoir tenu le coup. À Sri Chimnoy, pour m'avoir inspiré sans relâche et m'avoir montré que je pouvais exiger le maximum de moi-même.

Domo arigato gozaimasu !

Achevé d'imprimer
sur Roto-Page
par l'Imprimerie Floch
à Mayenne, en avril 2010.
Dépôt légal : mai 2010.
Numéro d'imprimeur : 76167.

Imprimé en France